# NARCISO & GOLDMUND

## OBRAS DO AUTOR PUBLICADAS PELA EDITORA RECORD

*Com a maturidade fica-se mais jovem*
*Demian*
*Felicidade*
*Francisco de Assis*
*O jogo das contas de vidro*
*O Lobo da Estepe*
*A magia de cada começo*
*Narciso e Goldmund*
*Sidarta*
*A unidade por trás das contradições: religiões e mitos*

TRADUÇÃO DE MYRIAM MORAES SPIRITUS

# HERMANN HESSE

## NARCISO & GOLDMUND

5ª EDIÇÃO

PREFÁCIO DE WALDEMAR FALCÃO

EDITORA RECORD
RIO DE JANEIRO • SÃO PAULO
2023

CIP-BRASIL. CATALOGAÇÃO NA PUBLICAÇÃO
SINDICATO NACIONAL DOS EDITORES DE LIVROS, RJ

H516n
5. ed.
 Lacour, Nina
  Narciso e Goldmund / Hermann Hesse ; tradução Myrian Moraes Spiritus. - 5. ed. - Rio de Janeiro : Record, 2023.

  Tradução de: Narcissus and Goldmund
  ISBN 978-65-5587-418-1

  1. Ficção alemã. I. Spiritus, Myrian Moraes. II. Título.

23-85113
CDD: 833
CDU: 82-3(430)

Gabriela Faray Ferreira Lopes - Bibliotecária - CRB-7/6643

TÍTULO EM ALEMÃO:
Narziss und Goldmund

Copyright © 1957 by Hermann Hesse, Montagnola.

Todos os direitos reservados por Suhrkamp Verlag, Frankfurt am Main.

Texto revisado segundo o Acordo Ortográfico da Língua Portuguesa de 1990.

Todos os direitos reservados. Proibida a reprodução, no todo ou em parte, através de quaisquer meios. Os direitos morais do autor foram assegurados.

Direitos exclusivos de publicação em língua portuguesa somente para o Brasil adquiridos pela
EDITORA RECORD LTDA.
Rua Argentina, 171 – Rio de Janeiro, RJ – 20921-380 – Tel.: (21) 2585-2000, que se reserva a propriedade literária desta tradução.

Impresso no Brasil

ISBN 978-65-5587-418-1

Seja um leitor preferencial Record.
Cadastre-se no site www.record.com.br
e receba informações sobre nossos
lançamentos e nossas promoções.

Atendimento e venda direta ao leitor:
sac@record.com.br

# Prefácio

*Narciso e Goldmund* situa-se cronologicamente entre os últimos trabalhos de Hermann Hesse. Escrita em 1930, depois de *O lobo da estepe* (1927) e antes de *O jogo das contas de vidro* (1943), a obra trata dos temas recorrentes do escritor alemão naturalizado suíço: a adequação ao *status quo* e a rebeldia contra os valores estabelecidos, a dicotomia Apolo/Dioniso, Vishnu/Shiva, o caminho do rigor ascético e espiritual e o do êxtase artístico e sensual.

Como um monge taoísta, Hesse mais uma vez nos propõe o dilema dos contrários, o choque dos opostos que deve conduzir a uma síntese que englobe ambos num mesmo universo. Esta construção é evidente desde o título do romance: Narciso é um monge noviço de inteligência brilhante, racional e contido, e Goldmund um jovem aluno do convento de grande beleza física e profundas inquietações existenciais. Entre os dois opostos desenvolve-se uma amizade que ultrapassa as convenções e os limites da relação entre noviço e aluno.

A consciência das diferenças que se estabelecem entre ambos, longe de afastá-los, aproxima-os ainda mais, na medida em que percebem que são complementares. Hesse chega ao ponto de insinuar uma forte atração homossexual entre os dois, cogitada por meio de pensamentos de Narciso logo no início do livro. Mas rapidamente o autor transcende a questão da sensualidade, transmutando-a numa profunda afinidade espiritual. Além disso, a descoberta, por Goldmund, do amor das mulheres e dos prazeres da cama afasta de vez esta possibilidade. Fica marcada, no entanto, a ousadia do autor de sugerir tal tema no ano de 1930, e entre dois jovens religiosos.

*Narciso e Goldmund* talvez seja uma das obras de Hermann Hesse em que mais se percebe a influência e a afinidade com a linha de pensamento de Carl Gustav Jung. Os sonhos dos personagens são elementos importantes em todo o texto, a dualidade apolíneo/dionisíaco é o eixo central do romance, as diversas menções ao arquétipo da Grande Mãe, a Mãe da Humanidade, também estão por toda parte. Percebem-se implícitos na história conceitos como inconsciente coletivo, arquétipo e individuação, entre diversos outros comuns na escola junguiana.

Goldmund, com sua inquietação e curiosidade, acaba sendo o personagem que conduz o ritmo da história. Depois de algum tempo vivendo no convento e bebendo da sabedoria de seu amigo Narciso, ele conhece uma jovem, se apaixona perdidamente e resolve fugir um dia para ir em busca de sua felicidade. Longos são os trajetos que percorre e múltiplas as aventuras que lhe aparecem ao longo do caminho, cheio de belas e adoráveis mulheres e muitas confusões e brigas. O encontro com um mestre escultor e a consequente descoberta da sua vocação artística marcam uma outra etapa de sua jornada, na qual ele se estabelece — por algum tempo, pelo menos — e desenvolve seu talento, terminando por executar uma obra-prima que impressiona profundamente seu professor. Quando as circunstâncias apontam na direção de um sucesso material e uma provável acomodação burguesa, depois de ter sido convidado pelo mestre para ser seu principal pupilo e sucessor, o anseio de liberdade de Goldmund novamente fala mais alto e ele prefere retornar à vida errante que levava desde a fuga do convento.

Entre idas e vindas, a lidar com o dilema de se estabelecer e criar raízes ou continuar com a vida de peregrino errante, Goldmund segue se metendo em confusões provocadas pelo seu amor às mulheres. O destino, outro personagem preferido de Hermann Hesse, acaba por fazê-lo reencontrar Narciso, agora já tornado abade. O nobre amigo o salva de uma situação complicada e grave, e leva-o de volta ao convento, onde ambos retomam seus diálogos de profunda sabedoria e riqueza espiritual. Goldmund passa a ser o artista residente do convento, onde se dedica a esculpir suas obras auxiliado por um jovem assistente.

Mais uma vez Hesse desdobra a sua complexa riqueza interior em dois personagens fundamentais e opostos, arquétipos de Vishnu e Shiva, a manutenção e a renovação. O caminho para a iluminação não é uma via de mão única, possui muitas estradas e muitas possibilidades. A opção pela santidade e pela vida monástica é apenas uma dessas possibilidades, constata Narciso depois de reencontrar o amigo e ver em seus olhos o brilho do divino. O êxtase artístico é tão válido quanto o arrebatamento religioso como forma de se chegar à individuação. Não existe um caminho que seja melhor ou pior do que o outro.

Os dilemas propostos por Hermann Hesse em toda a sua obra estão aqui mais presentes do que nunca. A rebeldia de Goldmund é a mesma de Sidarta, a mesma de Demian; de uma forma mais sutil é também a mesma que se manifesta na contida insatisfação de José Servo no *Jogo das contas de vidro*. Seus personagens parecem sempre procurar o mergulho total nas suas dicotomias até fundirem os opostos numa síntese que quase sempre se encontra próxima ao ponto de onde partiram, como em uma volta de 360 graus no círculo do *Tao*. A vida do próprio Hesse sempre esteve plena destes diálogos entre os opostos: educado para ser teólogo, rejeitou por longo tempo a religião estabelecida, para, depois de uma viagem à Índia (terra natal de sua mãe) e do conhecimento do hinduísmo, fazer as pazes com o cristianismo a ponto de, em suas duas últimas obras — justamente *Narciso e Goldmund* e *O jogo das contas de vidro* —, colocar conventos e ordens religiosas como importantes personagens e interlocutores fundamentais do enredo.

O caminho até a síntese, no entanto, sempre será cheio de questionamentos e dúvidas, apegos e abandonos. A espiritualidade de Hesse jamais tendeu para as soluções fáceis e rasas. Ao contrário, as angústias e inquietações são a própria ferramenta de sua investigação, e, como afirmam os ocultistas, a "noite escura da alma" como preâmbulo da iluminação é uma companhia constante para aqueles que trilham a verdadeira busca e não aceitam as fórmulas prontas como receita de felicidade. Esta será a principal razão pela qual a obra deste "peregrino do Oriente" ecoou tão fundo na alma dos que tomaram parte na revolução de costumes que aconteceu nos anos sessenta e que serve como referência para tudo que se discute até os dias de hoje no campo da espiritualidade e da quebra de paradigmas do mundo ocidental.

*Waldemar Falcão*
*Rio de Janeiro, dezembro de 2002*

# Capítulo 1

Na entrada do Convento de Mariabronn, em frente à arcada sustentada por finas colunas duplas e bem perto da estrada, erguia-se um castanheiro, filho desgarrado do sul, trazido de Roma por um peregrino. Castanheiro nobre, de rija estirpe. Sua coroa pendia sobre o caminho e balançava suavemente com o vento. Na primavera, mesmo depois que as nogueiras do convento já ostentavam sua jovem folhagem rubra, o castanheiro ainda fazia esperar por suas folhas, e somente na época das noites mais curtas é que despontavam entre as folhagens os raios pálidos de um verde esbranquiçado das suas flores estranhas, exalando um cheiro agreste e penetrante. Em outubro, após a colheita da uva e da maçã, deixava cair de sua coroa, com o vento do outono, os frutos espinhosos que nem sempre amadureciam no mesmo ano. Estes eram motivos de briga entre os alunos do convento que os iam assar na lareira da cela do vice-prior Gregório, oriundo da Suíça. Estranha e delicada, a bela árvore balançava sua copa sobre a entrada do convento, hóspede de boas intenções, embora um tanto friorenta, originária de uma outra zona, e aparentada por laços misteriosos com as elegantes colunas duplas de pedra de cantaria do portal, e com os ornatos de pedra do arco das janelas, cornijas e pilares; amada pelos suíços e latinos, e considerada uma forasteira pelos da terra.

Muitas gerações de alunos do convento haviam passado sob a árvore estrangeira; com seus cadernos debaixo do braço, conversando, rindo, brincando, brigando e, de acordo com cada estação do ano, descalços, calçados, uma flor na boca, uma noz entre os dentes, ou uma bola de neve na mão. Sempre chegavam novatos, as fisionomias mudavam, mas a maioria deles se parecia: eram louros, de cabelos cacheados. Muitos ficavam ali: tornavam-se noviços, monges, recebiam a tonsura, seus cabelos eram cortados, usavam a batina e o cordão; liam nos seus livros, vigiavam os meninos, ficavam velhos, morriam. Outros, terminados os anos de estudos, voltavam com seus pais aos castelos ou aos seus lares de comerciantes e artesãos; ingressavam no mundo, levavam uma vida de divertimentos e de labuta; às vezes voltavam para uma visita ao convento, homens-feitos, e traziam seus filhos para serem alunos dos padres; durante um momento olhavam, sorridentes e pensativos, para o castanheiro, mas logo se perdiam no mundo.

Nas celas e salões do convento, entre as severas arcadas das janelas e as eretas colunas duplas de pedras vermelhas, vivia-se, ensinava-se, estudava-se, administrava-se, governava-se; diversas artes e ciências eram aqui ministradas e herdadas de uma geração para outra, piedosas e mundanas, claras e obscuras. Livros eram escritos e comentados; sistemas, engendrados; manuscritos dos antigos, compilados; iluminuras, pintadas; crenças do povo, conservadas; crenças do povo, escarnecidas. Erudição e piedade, orgulho e modéstia, sabedoria do Evangelho e sabedoria dos gregos, magia branca e magia negra — aqui praticava-se de tudo um pouco —, havia lugar para tudo; havia lugar para meditação e para arrependimento, como também para sociabilidade e vida farta; de acordo com a personalidade do abade então na função ou a tendência da época, a preferência recaía numa ou noutra das situações. Às vezes o convento era visitado devido à fama dos seus exorcistas e entendidos nas manhas do demônio; outras vezes, devido à sua música excelente ou por causa da sua sopa de peixe e do pastelão de fígado de veado servidos no refeitório — cada coisa a seu tempo. E, entre a multidão de monges e alunos, de piedosos e frívolos, dos que jejuavam e dos que se regalavam, havia sempre, entre os que lá chegavam, viviam e morriam, um ou outro indivíduo único e especial, aquele que todos amavam ou que todos temiam; aquele que parecia ser um predestinado; aquele do qual se falava por muito tempo ainda, mesmo quando seus contemporâneos já haviam caído no esquecimento.

Também agora viviam no Convento de Mariabronn dois indivíduos especiais: um velho e um jovem. Entre os muitos irmãos cujo burburinho enchia os dormitórios, as capelas e as salas de aula, havia dois que todos conheciam, que todos respeitavam. Um era o abade Daniel, o velho; o outro, o discípulo Narciso, o jovem que ingressara recentemente no noviciado, destacando-se graças às suas faculdades excepcionais; vencera as barreiras e fora designado professor, principalmente de grego. Ambos, tanto o abade como o noviço, distinguiam-se naquela casa: despertavam curiosidade e eram observados, admirados e invejados, e às vezes caluniados.

Quanto ao abade, era amado pela maioria, por sua bondade, simplicidade e humildade. Apenas os eruditos do convento incluíam no seu amor um pouco de desprezo, porque o abade Daniel podia ser um santo, mas nunca um sábio. Ele tinha a simplicidade da sabedoria, mas seu latim era precário e seus conhecimentos de grego, nulos. Os poucos que, ocasionalmente, escarneciam da simplicidade do abade encantavam-se sobretudo com a figura de Narciso, o jovem prodígio, o belo adolescente com seu grego refinado, seu comportamento impecável de cavalheiro, seu olhar tranquilo e penetrante de pensador, seus lábios finos, belos e severos. Como conhecedor de grego ele era apreciado pelos eruditos; graças à sua aparência nobre e distinta, era admirado por quase todos. Muitos simplesmente o amavam, mas por ser tão reservado e moderado, e também devido às suas maneiras fidalgas, era desprezado por alguns.

Abade e noviço, cada um carregava a seu modo o destino dos eleitos: dominando a seu modo, sofrendo a seu modo. Eles se sentiam mais próximos e mais atraídos um pelo outro do que por qualquer outro no convento; mesmo assim não se entrosavam, e nenhum dos dois se sentia à vontade na presença do outro. O abade tratava o jovem com todo o carinho, com todo o cuidado; preocupava-se com ele como se se tratasse de um ente raro, sensível e talvez como se fosse um irmão precoce e possivelmente em perigo. O jovem, por sua vez, acatava todas as ordens, os conselhos e os elogios do abade, com uma conduta perfeita; jamais o contradizia, jamais se mostrava mal-humorado e, se o abade estava certo em achar que o único defeito do irmão Narciso era o orgulho, este conseguia ocultá-lo muito bem. Nada se poderia dizer contra ele; era perfeito e ninguém podia competir com ele. Mas, na verdade, tinha poucos amigos além dos eruditos, pois em torno daquele jovem erguia-se uma atmosfera de frieza, criada pela sua fidalguia.

— Narciso — disse-lhe o abade após ouvi-lo em confissão —, reconheço minha culpa por tê-lo julgado com severidade. Muitas vezes eu o considerei orgulhoso e talvez tenha sido injusto. Você é muito só, meu jovem irmão, muito isolado, você tem admiradores, mas não amigos. Gostaria de ter motivos para censurá-lo, de vez em quando, mas não tenho. Gostaria que você às vezes fosse desobediente, como acontece frequentemente com pessoas da sua idade. Mas você nunca se comporta mal. Eu me preocupo um pouco com você, Narciso.

O jovem ergueu os olhos escuros para o velho abade.

— Desejo muito, venerável padre, não vos causar preocupações. Talvez seja orgulhoso, venerável padre. Peço-vos, portanto, que me castigueis. Às vezes tenho até o desejo de punir a mim mesmo. Enviai-me para uma cela solitária, padre, ou permiti que execute serviços humildes.

— Você é jovem demais para ambas as coisas, querido irmão — disse o abade. — Além disso, você tem grande capacidade para o pensamento e as línguas, meu filho. Seria desperdiçar os talentos dados por Deus se eu o obrigasse a executar trabalhos grosseiros. Com certeza você vai se tornar um mestre e um erudito. Não é este seu desejo?

— Perdoai-me, padre, ainda não estou bem certo dos meus desejos. Sempre sentirei prazer nos estudos, de que outra forma poderia ser? Mas não creio que a minha vida ficará limitada aos estudos. Nem sempre são os desejos que determinam o destino e a missão de um homem, mas sim outra coisa: a predestinação.

O abade ouvia com uma expressão séria. Entretanto, um sorriso espalhou-se no seu velho rosto quando disse:

— Até onde eu conheço as pessoas, todos nós tendemos um pouco, principalmente na mocidade, a confundir predestinação com desejos. Já que você acredita saber algo com relação ao seu destino, fale-me a respeito. Para que fim você acha que foi predestinado?

Narciso semicerrou os olhos escuros, de forma que eles desaparecessem sob os longos cílios pretos. Ele não respondeu.

— Fale, meu filho — insistiu o abade após uma longa espera.

Com voz suave e de olhos baixos, Narciso começou a falar:

— Acredito, venerável padre, que, acima de tudo, fui predestinado para a vida de convento. Acho que me tornarei monge, serei padre, serei vice-prior e talvez abade. Não creio nisso porque assim o deseje. Meu desejo não inclui cargos, porém eles me serão impostos.

Ambos ficaram calados durante muito tempo.

— Por que você acredita nisso? — perguntou o velho, hesitante. — Que faculdade você possui, além da erudição, que lhe dá esta certeza?

— É uma capacidade — respondeu Narciso, pausadamente — de perceber o caráter e o destino dos homens; não só o meu próprio destino, como o dos outros também. Esta faculdade obriga-me a servir os outros, no sentido de dominá-los. Se eu não tivesse nascido para a vida monacal, teria que ser juiz ou homem de Estado.

— É bem possível — assentiu o abade. — Você confirmou essa sua capacidade de conhecer os homens e seu destino? Tem alguns exemplos?

— Tenho.

— Você está disposto a citar algum exemplo?

— Estou.

— Muito bem. Já que não desejo penetrar nos segredos de nossos irmãos sem o conhecimento deles, você poderia dizer o que acha que sabe a meu respeito, seu abade Daniel?

Narciso levantou as pálpebras e encarou o abade.

— Isto é uma ordem, venerável padre?

— Sim, é uma ordem.

— É difícil dizê-lo, padre.

— Também é difícil para mim obrigá-lo a falar. Mas vou fazer isso. Fale!

Narciso abaixou a cabeça e murmurou:

— É bem pouco o que sei sobre vós, venerável padre. Sei que sois um servo de Deus que preferiria cuidar de cabras ou fazer soar o sininho de uma ermida humilde e ouvir a confissão dos camponeses a dirigir um grande convento. Sei que dedicais um amor todo especial à Santa Mãe de Deus e que quase todas as vossas preces são dirigidas a ela. Rezais com a intenção de que o grego e outros assuntos estudados aqui neste convento não venham a ser motivo de confusão e de perigo para as almas que vos foram confiadas. Às vezes também orais para que vossa paciência com o vice-prior não se esgote. Rogais, às vezes, para que vosso fim de vida seja tranquilo. E, acredito, vosso fim de vida será tranquilo.

No pequeno parlatório do abade tudo era silêncio. Finalmente, o velho falou:

— Você é um sonhador e tem visões — disse o senhor grisalho com amabilidade. — Mas mesmo as visões piedosas e agradáveis podem enganar; não se fie nelas, da mesma maneira que eu também não o faço. Você pode ver, meu irmão sonhador, o que penso a respeito disso tudo no fundo do meu coração?

— Posso ver, padre, que pensais favoravelmente a esse respeito. Pensais o seguinte: "Este jovem aluno é um tanto temerário; tem visões; talvez tenha meditado demais. Eu poderia, quem sabe, dar-lhe uma penitência — que, aliás, não o prejudicaria. Mas a penitência que lhe será imposta eu a tomaria também para mim." É nisto que estais pensando.

O abade levantou-se. Sorrindo, fez um gesto dispensando o noviço.

— Está bem — disse. — Não leve muito a sério as suas visões, meu jovem irmão. Deus exige de nós alguma coisa a mais, além das visões. Suponhamos que você tenha lisonjeado um velho prometendo-lhe uma morte tranquila. Suponhamos que, por um momento, o velho tenha ficado feliz ao ouvir essa promessa. Agora basta. Você deverá rezar o terço amanhã cedo, logo após a missa; deverá rezá-lo com humildade e contrição, e não superficialmente; eu farei o mesmo. Pode ir agora, Narciso, já falamos o necessário.

Em outra ocasião, o abade Daniel precisou intervir numa questão surgida entre o mais jovem dos padres-mestres e Narciso, a respeito do método de ensino. Narciso insistia com veemência na introdução de determinadas alterações no ensino, justificando-as com argumentos convincentes. Já o padre Lourenço, devido a uma espécie de ciúme, discordava, e cada nova discussão era seguida de dias de um silêncio melindrado e aborrecido, até que Narciso, movido novamente por suas convicções, voltava à questão. Por fim o padre Lourenço, um tanto amuado, disse:

— Muito bem, Narciso, acabemos com essa discussão. Você sabe que cabe a mim e não a você decidir a questão; você não é meu colega e sim meu auxiliar, e por isso me deve obediência. Mas já que este assunto parece tão importante para você, e como só sou seu superior quanto ao cargo que ocupo, e não quanto aos conhecimentos e talento, não tomarei eu mesmo uma decisão. Vamos submeter o assunto ao nosso Pai, o abade, e ele que decida.

Assim o fizeram, e o abade Daniel ouviu com paciência a discussão dos dois eruditos a respeito dos seus conceitos sobre ensino da gramática. Depois que cada um apresentou e defendeu seu ponto de vista, o abade olhou para eles com uma expressão divertida, balançou a cabeça grisalha e disse:

— Queridos irmãos, sei que nenhum dos dois acredita que eu entenda tanto desses assuntos quanto vocês. Da parte de Narciso, considero louvável o fato de ele se interessar tanto pela escola a ponto de querer aperfeiçoar o método de ensino. Entretanto, como seu superior tem uma opinião diferente, Narciso, você deve calar-se e obedecer, porque nenhum aperfeiçoamento da escola compensaria a menor perturbação da ordem e a da obediência nesta casa. Repreendo Narciso porque não soube ceder. E espero que a vocês dois, jovens estudiosos, jamais faltem superiores que lhes sejam intelectualmente inferiores; nada é melhor contra o orgulho.

Com este gracejo amigável, o abade os dispensou. Mas durante os dias que se seguiram, ele não deixou de observar os dois professores para ver se tinha sido restabelecido um clima de harmonia.

E então apareceu um rosto novo no convento, que tinha visto tantos rostos novos chegarem e partirem; um rosto novo que não passou despercebido. Tratava-se de um jovem cuja vinda já havia sido anunciada pelo pai. Chegou num dia de primavera para estudar no convento. O jovem e seu pai amarraram seus cavalos no tronco do castanheiro e o porteiro veio recebê-los.

O menino olhou para a árvore ainda despida pelo inverno.

— Nunca vi uma árvore igual a esta — disse. — Uma árvore bela e notável! Gostaria de saber como se chama.

O pai, um senhor de certa idade, com um semblante preocupado e um tanto mal-encarado, não deu atenção às palavras do filho. Mas o porteiro, porém, que gostara logo do menino, disse-lhe o nome da árvore, informou-o a respeito dela. O menino agradeceu com amabilidade, estendeu-lhe a mão e disse:

— Meu nome é Goldmund e vim estudar nesta escola.

O homem sorriu e conduziu os recém-chegados através do portal, em direção à escadaria de pedra. Goldmund entrou confiante no convento, sentindo que nesse lugar tinha encontrado dois seres dos quais podia vir a ser amigo: a árvore e o porteiro.

Pai e filho foram recebidos pelo superior da escola e, ao cair da tarde, pelo próprio abade.

Aos dois, o pai, funcionário da Coroa, apresentou seu filho Goldmund e foi convidado a permanecer por algum tempo como hóspede da casa. Mas só aceitou por uma noite, disse que precisava voltar na manhã seguinte. Ele ofereceu um dos seus dois cavalos ao convento como presente, e foi aceito. Ele falava de modo cortês e tranquilo, mas tanto o padre como o abade olharam com prazer o menino Goldmund, de comportamento respeitoso e discreto. Gostaram logo do belo e delicado rapaz. No dia seguinte, assistiram sem pesar à partida do pai; o filho, conservaram com prazer. Goldmund foi apresentado aos professores e indicaram-lhe uma cama no dormitório dos alunos. Com respeito e uma expressão triste ele despediu-se do pai, e ficou olhando até que ele desapareceu pelo estreito portão do muro do convento, passando entre o celeiro e o moinho. Uma lágrima brilhava nos longos cílios louros quando o menino se virou e foi recebido pelo porteiro com um amistoso tapinha no ombro.

— Ora, meu jovem — disse, confortando-o —, você não precisa ficar triste. A maioria dos meninos sente no início um pouco de saudade do pai, da mãe e dos irmãos. Logo você verá que aqui também se vive, e não de todo mal.

— Obrigado, irmão porteiro — respondeu o menino. — Não tenho irmãos nem mãe, só tenho meu pai.

— Em compensação, aqui você encontrará companheiros, livros, música e divertimentos novos que ainda não conhece, e todo tipo de coisa, você verá. E se precisar de um amigo, é só me procurar.

Goldmund sorriu-lhe:

— Oh! eu lhe agradeço de coração! Se quiser mesmo me agradar, diga-me logo onde está o cavalo que meu pai deixou aqui. Gostaria de cumprimentá-lo e ver se está bem.

O porteiro levou-o à estrebaria, que ficava ao lado do celeiro. À meia-luz, esta recendia fortemente a cavalos, estrume e cevada; numa das baias, Goldmund viu o cavalo castanho que o havia trazido ao convento. Pôs os braços em volta do pescoço do animal, que o cumprimentou esticando a cabeça; encostou o rosto na sua testa manchada de branco, acariciou-o delicadamente e murmurou em seu ouvido: "Alô, Bless, meu cavalinho, meu valente, você está bem? Você ainda gosta de mim? Você já comeu? Você está com saudades lá de casa? Que bom que você tenha ficado aqui, Bless, meu cavalinho, meu camaradão; voltarei sempre para ver você."

Tirou do punho da manga uma fatia de pão da sua merenda, que havia separado, e deu-a em pedaços ao cavalo. Depois despediu-se, seguiu o porteiro através do pátio, que era tão largo quanto a praça do mercado de uma cidade grande e com partes sombreadas por tílias. Na entrada interna o menino agradeceu ao porteiro com um aperto de mão e depois, percebendo que não se lembrava mais do caminho para a sala de aula, que lhe fora mostrado na véspera, sorriu, ficou encabulado e pediu ao porteiro que o acompanhasse, e este o fez com prazer. Entrou na sala, onde uma dúzia de meninos e jovens ocupavam os bancos. Narciso, o professor-assistente, virou-se para ele.

— Sou Goldmund — disse —, o novo aluno.

Narciso balançou a cabeça e, sem um sorriso, indicou-lhe um lugar no último banco e continuou a aula.

Goldmund sentou-se. Admirou-se de encontrar um professor tão jovem, apenas alguns anos mais velho do que ele; ficou também surpreso e bastante satisfeito por ver um professor tão moço, tão bonito, tão distinto, tão sério e ao mesmo tempo tão atraente e amável. O porteiro fora bonzinho com ele; o abade recebera-o afavelmente; lá no estábulo estava Bless, um pedacinho do seu lar; aqui, este professor espantosamente jovem, sério como um sábio, fino como um príncipe e com aquela voz contida, educada, objetiva e convincente!

Agradecido, prestava atenção, embora sem entender no início o assunto da aula. Sentiu-se bem; encontrava-se em companhia de criaturas boas, amáveis, e estava pronto para

22

tornar-se seu amigo. De manhã, na cama, acordara angustiado; estava cansado da longa jornada e, ao despedir-se do pai, chorara um pouco. Agora tudo estava bem; sentia-se feliz. Demorada e insistentemente, olhava para o jovem professor; alegrava-se com sua silhueta ereta e elegante, seu olhar brilhante e frio, seus lábios firmes que formavam sílabas claras e precisas; sua voz incansável.

Mas quando a aula terminou e os meninos se levantaram ruidosamente, Goldmund estremeceu e notou que dormira durante algum tempo. E ele não foi o único a notar; os colegas dos bancos vizinhos também perceberam e, aos cochichos, passaram a novidade adiante. Mal o professor saiu da sala, Goldmund foi empurrado e puxado de um lado para o outro pelos colegas.

— Dormiu bem? — perguntou um deles com um sorriso.

— Que belo aluno! — zombou outro. — Este aqui vai ser um verdadeiro pilar da igreja, dormindo logo na primeira aula!

— Vamos levar o bebê para a cama! — sugeriu um terceiro. Levantaram-no pelos braços e pelas pernas, às gargalhadas, a fim de carregá-lo dali.

Assim provocado, Goldmund ficou furioso; debatia-se, procurando libertar-se; recebia safanões e, finalmente, deixaram-no cair, enquanto um deles ainda segurava um dos seus pés. Libertou-se deste último, atirou-se sobre o que estava mais perto, e logo se viu envolvido numa luta violenta. Seu adversário era um sujeito forte, e todos assistiam com ansiedade àquela luta singular. Como Goldmund não se rendesse e ainda por cima acertasse alguns socos no valentão, logo conquistou amigos entre os colegas, antes mesmo de saber o nome de algum. Mas, de repente, saíram correndo e mal haviam desaparecido quando entrou o padre Martinho, o superior da escola, e encarou o menino, que ainda estava parado no mesmo lugar, sozinho. Ele olhou surpreso para o menino encabulado, cujos olhos azuis se sobressaíam no rosto afogueado e um tanto assustado.

— O que aconteceu com você? — perguntou o padre Martinho. — Aqueles velhacos lhe fizeram alguma coisa?

— Oh, não! Dei um jeito neles.

— Jeito em quem?

— Não sei. Ainda não sei o nome de ninguém. Um deles brigou comigo.

— Foi assim, é? Foi ele quem começou a briga?

— Não sei, não; acho que eu mesmo comecei. Eles estavam implicando comigo e eu fiquei zangado.

— Bem, você teve um bom começo aqui, meu filho. Preste atenção: se eu pegar você brigando novamente na sala, será castigado. Agora trate de chegar a tempo para o jantar. Vamos, apresse-se!

Sorrindo, ficou observando o envergonhado Goldmund, que corria, tentando ajeitar com os dedos os cabelos louros em desalinho.

Goldmund achou que sua primeira atitude na nova vida de convento havia sido de desobediência e que se mostrara insensato. Bastante abatido, procurou seus colegas, encontrando-os à mesa do jantar. Mas foi recebido com respeito e amabilidade. Estabeleceu uma paz honrosa com o inimigo; e dali em diante, sentiu que fazia parte daquele círculo.

# Capítulo 2

Embora mantivesse boas relações de amizade com todos, não encontrou de início um amigo verdadeiro; entre seus colegas, não havia nenhum por quem sentisse ter uma afinidade especial, muito menos afeto. Entretanto, os rapazes admiravam-se de descobrir naquele lutador enérgico, que no início consideraram um simpático valentão, um colega pacífico, que mais parecia se esforçar para conquistar a fama de aluno-modelo.

Havia dois homens no convento por quem o coração de Goldmund se sentia atraído, que ocupavam seus pensamentos, pelos quais sentia admiração, amor e respeito: o abade Daniel e o professor-assistente, Narciso. Achava que o abade era um santo; sentia-se atraído por sua simplicidade e bondade, seu olhar claro e solícito, seu modo de ser, a maneira de fazer-se obedecer, o modo pelo qual exercia sua função de superior, com humildade, como se se tratasse de uma missão; suas atitudes bondosas e tranquilas. Gostaria de tornar-se criado particular desse homem piedoso, estar constantemente na sua presença, obediente e serviçal, dedicando-lhe sua necessidade juvenil de devoção e sacrifício, aprendendo com ele uma vida pura, nobre e santa. Goldmund queria não só frequentar a escola do convento, mas também ficar ali talvez para sempre, e dedicar sua vida a Deus. Esta era a sua intenção, como era o desejo e a ordem de seu pai; e, provavelmente, isto fora também determinado e exigido por Deus. Ninguém parecia perceber o fardo que pesava sobre aquele menino bonito e radiante, um fardo de nascimento, uma determinação secreta para a penitência e o sacrifício. Nem o próprio abade o notara, embora o pai de Goldmund tivesse insinuado qualquer coisa e manifestado claramente o desejo de que seu filho permanecesse no convento para sempre. Uma mácula secreta parecia ligada ao nascimento de Goldmund; algo não mencionado e que parecia exigir reparação. Mas o abade sentira pouca simpatia pelo pai, dispensara às suas palavras e à sua pessoa um tanto presumida uma frieza cordial, não dando maior atenção às suas insinuações.

O outro que despertara a admiração de Goldmund o viu com maior acuidade e o pressentiu mais claramente, porém se conteve. Narciso logo percebeu que belo pássaro lhe caíra nas mãos. Este eremita pressentira imediatamente em Goldmund uma alma aparentada, embora em tudo parecesse ser seu oposto. Narciso era taciturno e macilento, Goldmund era belo e radiante. Em contraste com Narciso, um pensador e um analítico, Goldmund era um sonhador com uma alma infantil. Mas esses contrastes eram superados por algo que tinham em comum: ambos eram requintados, diferentes dos outros por suas qualidades e sinais visíveis, ambos haviam recebido do destino uma missão especial.

Foi com verdadeiro entusiasmo que Narciso se interessou por aquela alma jovem, cuja índole e destino logo reconheceu. Goldmund admirava ardorosamente seu belo mestre, dotado de uma inteligência tão superior. Mas Goldmund era tímido; não encontrou outro meio de conquistar Narciso, a não ser através de um esforço estafante para se tornar um aluno atento e estudioso. Não era apenas a timidez que o tolhia. Era também a sensação de que Narciso podia ser um perigo para ele. Era impossível tomar como exemplo e ideal o abade bondoso e humilde, e, ao mesmo tempo, Narciso, brilhante, instruído e extremamente inteligente. Contudo, sua alma jovem empenhava-se com todas as forças para atingir estes dois ideais incompatíveis. Ele sofria com isso. Algumas vezes, principalmente nos primeiros meses de sua vida como aluno do convento, Goldmund sentiu-se tão abalado, e tão confuso, que ficou tentado a fugir dali ou extravasar seu sofrimento ou sua raiva no trato com seus colegas. Ele, que era sempre tão plácido, às vezes, por causa de uma brincadeira ou atrevimento de um colega, tornava-se tão absurdamente selvagem e agressivo que somente com grande esforço conseguia dominar-se, afastando-se de olhos fechados e terrivelmente pálido. Dirigia-se então ao estábulo, onde estava seu cavalo Bless, encostava a cabeça no pescoço do animal, beijava-o e chorava ali ao seu lado. Aos poucos seu sofrimento aumentou e passou a ser visível. Suas faces encovaram-se, seu olhar apagou-se, e raramente dava a risada de que todos gostaram.

Ele próprio não sabia o que estava acontecendo. Ele queria sinceramente, e estava determinado a ser um bom aluno, a começar seu noviciado o mais cedo possível e depois tornar-se um humilde monge do convento; acreditava que todas as suas energias e qualidades levavam a estes propósitos piedosos e tranquilos; não conhecia outras ambições. Como se sentia estranho e triste ao ver que este objetivo simples e belo era tão difícil de ser alcançado! Às vezes sentia-se desencorajado e surpreso ao perceber em si tendências e disposições censuráveis; distração e má vontade em relação aos estudos, sonhos e fantasias, preguiça durante as lições, rebeldia e aversão ao professor de latim, irritação e impaciência com os colegas. O mais desconcertante era que seu amor por Narciso destoava do seu amor pelo abade Daniel. Mas, em algumas ocasiões, tinha quase certeza de que Narciso também o amava, que se interessava por ele e que o aguardava.

O menino não podia imaginar como os pensamentos de Narciso se ocupavam dele. Desejava ser amigo desse menino belo, alegre e amável; descobria nele seu polo oposto e seu complemento; gostaria de orientá-lo, esclarecê-lo, dar-lhe força e fazer com que se realizasse. Mas continha-se por muitos motivos, quase todos conscientes. Antes de mais nada, sentia-se tolhido pela aversão que sentia por professores e monges que frequentemente se apaixonavam por um aluno ou um noviço. Muitas vezes ele mesmo sentira com repulsa os olhares que lhe lançavam homens mais velhos; não poucas vezes repelira tacitamente suas amabilidades e desvelos. Agora podia compreendê-los melhor — também ele via ali uma tentação: a de gostar de Goldmund, fazê-lo rir e afagar com carinho seus cabelos louros. Mas ele nunca faria isso, jamais. Além disso, como simples auxiliar de ensino, na função de professor, mas sem a posição e a autoridade do cargo, estava habituado a tomar certos cuidados e manter certa vigilância. Estava habituado a se comportar com aqueles alunos apenas alguns anos mais jovens do que ele como se fosse vinte anos mais velho; estava habituado a não admitir, em absoluto, qualquer preferência por algum aluno e a se esforçar para ser justo e se preocupar com aqueles por quem sentia aversão. Sua missão era uma missão do espírito; a ela dedicava toda uma vida severa. Somente em segredo, nos seus momentos de fraqueza, permitia-se o prazer do orgulho, da consciência da sua superioridade intelectual e científica. Não, embora a amizade com Goldmund parecesse fascinante, não deixava de constituir um perigo, e ele não podia permitir que o núcleo de sua vida fosse afetado por ela. O núcleo e o sentido de sua vida consistiam em servir o espírito, a palavra e, em seu próprio proveito, havia a renúncia silenciosa e consciente na orientação de seus alunos — e não somente a deles — para alcançar fins espirituais elevados.

Havia mais de um ano que Goldmund frequentava a escola do Convento de Mariabronn; centenas de vezes participara, junto com seus companheiros, dos jogos estudantis, à sombra das tílias do pátio de recreio e do belo castanheiro: corridas, jogos de bola, guerras de bola de neve. Agora chegara a primavera, mas Goldmund sentia-se cansado e adoentado; tinha dores de cabeça frequentes e precisava fazer um esforço para ficar acordado na sala de aula e para se concentrar.

Uma noite, Adolfo — o mesmo aluno cujo primeiro contato resultara em luta e com o qual nesse inverno começara a estudar Euclides — foi falar com ele. Foi durante o intervalo após o jantar, quando era permitido brincar no dormitório e também passear e conversar nas áreas externas do convento.

— Goldmund — disse, enquanto acompanhava o colega que descia as escadas —, quero contar-lhe uma coisa, algo muito divertido. Como você é um menino exemplar e um dia vai ser bispo, primeiro quero sua palavra de honra de que não irá nos denunciar aos professores.

Goldmund, sem vacilar, deu sua palavra de honra. Havia uma honra do convento e uma honra entre os colegas, e muitas vezes as duas entravam em conflito; ele sabia disso, mas como em todo lugar as leis não escritas são mais fortes do que as escritas, ele, como aluno, jamais fugiria às leis e aos códigos de honra dos colegas.

Adolfo conduziu-o para fora do portal, debaixo das árvores. Havia, contou o rapaz em voz baixa, alguns companheiros bons e corajosos, de cujo grupo ele fazia parte, que davam continuidade a uma antiga tradição dos alunos, recordando-se de que não eram monges. De vez em quando, saíam escondidos do convento para passar a noite na aldeia. Era uma brincadeira, uma aventura da qual um camarada de confiança não podia deixar de participar; eles estariam de volta tarde da noite.

— Mas o portão vai estar trancado — objetou Goldmund.

É claro que estaria trancado, mas era exatamente aí que estava a graça. Eles sabiam voltar por caminhos secretos sem serem notados — afinal de contas, não seria a primeira vez.

Goldmund recordava-se de ter ouvido a expressão "ir à aldeia". Significava para os alunos escapadas noturnas, em busca de todos os tipos de prazeres e aventuras secretos, o que era expressamente proibido pelo regulamento do convento e punido com castigos severos. Estremeceu. "Ir à aldeia" era pecado, era proibido. Mas compreendeu que justamente por esse motivo era considerado um ponto de honra assumir o risco, e que era considerado uma distinção ser convidado a participar dessa aventura.

Teria preferido dizer não, sair correndo dali e enfiar-se na cama. Estava cansado, sentia-se abatido; durante toda a tarde tivera dor de cabeça. Mas sentia-se um tanto envergonhado diante de Adolfo. Quem sabe lá fora aquela aventura lhe traria algo de belo e de novo, algo que pudesse dissipar dores de cabeça, apatia e todos os tipos de mal-estar. Era uma excursão para o mundo, embora secreta e proibida e não muito digna. Mas talvez trouxesse alívio, talvez fosse uma experiência. Ele ficou ali, indeciso, enquanto Adolfo procurava convencê-lo. De repente, deu uma gargalhada e concordou.

Sem serem vistos, ele e Adolfo embrenharam-se entre as tílias no imenso pátio já escuro, cujo portão externo a essa hora da noite estava fechado. O companheiro conduziu-o até o moinho do convento onde, ao crepúsculo e com o movimento constante das rodas, era fácil esquivar-se sem ser visto ou ouvido. Na escuridão era possível, através da janela, alcançar um depósito úmido e escorregadio, de assoalho de tábuas de madeira que eram retiradas e colocadas sobre o riacho para se poder alcançar o outro lado. Finalmente, chegava-se lá fora na estrada principal envolta em tênue claridade. Tudo isso era excitante, cheio de mistérios, e o menino gostou muito.

Na orla da floresta encontraram um terceiro colega, Konrad, e após uma longa espera chegou o grandalhão Eberhard. Os quatro meninos atravessaram a floresta; acima deles voavam aves noturnas e algumas estrelas despontavam com seu brilho úmido entre as nuvens paradas. Konrad conversava, fazendo pilhérias; às vezes os outros riam com ele, mas pairava sobre todos a solene ansiedade da noite, e seus corações batiam apressados.

Depois de uma hora de caminhada chegaram à aldeia, do outro lado da floresta. Ali tudo parecia adormecido e as cumeeiras baixas brilhavam palidamente, entremeadas com a madeira escura das vigas; em lugar nenhum via-se luz. Adolfo ia na frente, e silenciosamente contornaram algumas casas, subiram uma cerca, encontraram-se num jardim, pisaram a terra macia dos canteiros, tropeçaram nuns degraus e pararam diante da parede de uma casa. Adolfo bateu numa janela, esperou, bateu novamente. Ouviu-se um ruído no interior da casa; logo brilhou uma luz, a janela foi aberta e, um atrás do outro, os meninos subiram por ela, entrando numa cozinha com uma floreira preta e chão de terra. Sobre o fogão, uma lamparina a óleo tremeluzia com uma chama fraca. Ali estava uma moça magra, criada da casa dos camponeses, que estendeu a mão para cumprimentar os intrusos. Atrás dela, saindo da escuridão, surgiu uma jovem de longas tranças escuras. Adolfo trouxera consigo alguns presentes: metade de um pão branco do convento e algo dentro de um saquinho de papel, que Goldmund desconfiou ser um pouco de incenso roubado, velas de cera ou coisa semelhante. A jovem de tranças saiu e, às escuras, foi tateando em direção à porta; ausentou-se durante algum tempo e depois voltou trazendo um jarro de barro cinza com uma flor azul pintada, que ofereceu a Konrad. Este bebeu e passou adiante; todos beberam a sidra de maçã, de sabor muito forte.

À luz da minúscula chama da lamparina, as moças sentaram-se em banquetas duras e em volta delas, no chão, os alunos se acomodaram. Falavam baixinho e bebiam sidra; Adolfo e Konrad dominavam a conversa. Às vezes um se levantava e acariciava o cabelo e o pescoço da moça magra, murmurando-lhe coisas ao ouvido; mas não tocavam na mais jovem. Com certeza, pensava Goldmund, a maior é a criada da casa e a menorzinha, a bonitinha, é a filha dos patrões. Aliás, era-lhe totalmente indiferente, nada disso lhe dizia respeito, pois jamais voltaria àquele lugar. A fuga secreta e o passeio noturno através da floresta, isso fora belo, estranho, excitante, cheio de mistérios, sem ser perigoso. Embora fosse proibido, a consciência não lhe pesava por ter infringido a proibição. Mas isto aqui, esta visita em plena noite às meninas, isto era mais do que proibido, e, na sua opinião, era pecado. Para os outros talvez não passasse de uma pequena aventura; para ele, não; para ele que nada sabia, destinado à vida monacal e ao ascetismo, não eram permitidas brincadeiras com moças. Não, ele jamais voltaria àquela casa. Mas seu coração batia forte e medroso, à meia-luz, naquela cozinha pobre.

Seus companheiros se exibiam na frente das jovens, inserindo expressões latinas na conversa. A garota mais velha parecia gostar dos três; aproximavam-se dela e cada um fazia-lhe uma carícia acanhada, no máximo um beijo tímido. Pareciam saber muito bem o que lhes era permitido fazer. Como a conversa só podia ser mantida aos sussurros, a cena tinha algo de cômico, mas Goldmund não via dessa maneira. Agachara-se no chão e olhava fixamente para a chama da lamparina, mas sem deixar escapar uma só palavra do que se falava. Às vezes, com um olhar de esguelha, captava uma ou outra carícia trocada pelos jovens. Voltava o olhar rapidamente para a frente. Teria preferido não olhar para outro ponto que não fosse a garota de tranças, mas era justamente isso que ele se recusava a fazer. E quando sua vontade fraquejava e seu olhar se perdia naquele semblante doce e tranquilo da menina, ele encontrava sempre seus olhos escuros que o fixavam como que enfeitiçados.

Uma hora já havia transcorrido — jamais Goldmund vivera uma hora mais longa. A conversa e as carícias dos estudantes se esgotaram; eles ficaram sentados em silêncio, constrangidos, e Eberhard começou a bocejar. A moça disse então que era hora de irem embora. Levantaram-se, despediram-se dando a mão à moça, Goldmund, por último. Konrad saiu pela janela, seguido de Eberhard e Adolfo. Quando Goldmund ia transpor a janela, sentiu uma mão segurando seu ombro. Não pôde parar e somente quando já se encontrava do outro lado, no chão firme, é que se virou lentamente. A jovem de tranças estava debruçada na janela.

— Goldmund — murmurou. Ele estacou. — Você vai voltar? — perguntou, a voz tímida não passava de um sopro.

Goldmund sacudiu a cabeça. Ela estendeu as duas mãos, segurou sua cabeça e ele sentiu o calor daquelas mãos pequenas em sua fronte. Ela debruçou-se ainda mais, até que seus olhos escuros encontraram os dele.

— Volte sim! — murmurou ela, e sua boca tocou a dele num beijo infantil.

O rapaz saiu correndo, atravessou o pequeno jardim, escorregou nos canteiros, cheirou terra molhada e esterco, feriu a mão numa roseira, pulou uma cerca e seguiu estabanadamente os companheiros para fora da aldeia, em direção à floresta. "Nunca mais", ordenou sua vontade. "Amanhã, novamente!" suplicou seu coração.

Ninguém surpreendeu aqueles pássaros noturnos; sem incidentes alcançaram Mariabronn e, atravessando o riacho, passando pelo moinho, pelo pátio das tílias, percorrendo passagens secretas, passando por alpendres e janelas divididas por colunas, chegaram ao convento e ao dormitório.

Na manhã seguinte, o grandalhão Eberhard teve de ser acordado aos murros, de tão pesado que era seu sono. Todos chegaram a tempo para a missa, a sopa da manhã e a reunião no auditório. Mas Goldmund estava tão pálido que o padre Martinho perguntou-lhe se estava doente. Diante do olhar ameaçador de Adolfo, respondeu que estava bem. Mas à tarde, durante a aula de grego, Narciso não tirou os olhos dele. Também percebera que Goldmund estava indisposto, mas não disse nada e ficou observando-o. No fim da aula, chamou-o e, para não despertar a atenção dos outros alunos, enviou-o com um recado à biblioteca. Depois seguiu-o até lá.

— Goldmund — disse —, posso ajudá-lo? Parece que você precisa de ajuda. Talvez esteja doente. Vá para a cama e receberá uma sopa que damos aos doentes e um copo de vinho. Hoje sua cabeça não está boa para o grego.

Durante muito tempo ele ficou esperando uma resposta. O menino pálido encarou-o com um olhar perturbado; abaixou a cabeça, levantou-a novamente. Seus lábios tremiam; tentou falar e não conseguiu. De repente, inclinou-se para o lado, encostou a cabeça na mesa de leitura, entre as duas cabeças de anjo esculpidas no carvalho, e começou a chorar tão violentamente que Narciso ficou constrangido e desviou os olhos por um momento, antes de segurar e erguer o menino que soluçava.

— Tudo bem — disse ele no tom mais amistoso que Goldmund já o ouvira falar. — Tudo bem, meu amigo, chore à vontade, isto o fará sentir-se melhor. Agora sente-se, não precisa falar. Vejo que você está exausto, com certeza fez um grande esforço para não deixar transparecer nada; você foi muito corajoso. Chore à vontade, é o melhor que tem a fazer. Não? Já terminou? Está se sentindo bem outra vez? Pois bem, agora vamos para a enfermaria; você se deita e à tardinha já se sentirá melhor. Venha!

Evitando passar pelas salas de estudos, levou-o até a enfermaria; indicou-lhe uma das camas vazias e, enquanto Goldmund obedientemente trocava de roupa, foi à procura do seu superior para comunicar-lhe a doença do menino. Como havia prometido, mandou que lhe enviassem um bom prato de sopa e um copo de vinho, duas regalias que o convento costumava conceder aos doentes; benefícios que eles apreciavam bastante quando não estavam se sentindo muito mal.

Deitado no leito da enfermaria, Goldmund procurava refletir sobre a sua confusão. Talvez uma hora antes ele pudesse explicar a si mesmo por que se sentia hoje tão cansado. Que tensão mortal em sua alma deixara sua cabeça vazia e seus olhos ardendo? Era o esforço desesperado, renovado a todo momento, frustrado a todo instante, para esquecer a noite anterior — nem tanto a noite, nem tanto a agradável e louca fuga do convento trancado, nem tanto a excursão através da floresta ou da ponte improvisada e escorregadia sobre o riacho preto, ou mesmo o subir e descer das cercas, através de janelas e passagens, apenas aquele momento na janela daquela cozinha escura, a respiração e as palavras da garota, a pressão das mãos dela, o beijo de seus lábios.

Mas agora alguma coisa nova ocorrera, outro choque, outra experiência. Narciso se preocupava com ele, gostava dele, cuidava dele — o jovem professor sutil, nobre, distinto, inteligente, com sua boca fina e ligeiramente irônica. E pensar que ele fraquejara na frente do professor, ficara diante dele constrangido, gaguejante e acabara chorando! Em vez de conquistar essa criatura superior com as armas mais nobres, o grego, a filosofia, o heroísmo espiritual e um estoicismo nobre, tombara vencido — fraca e miseravelmente! Jamais se perdoaria por isso; jamais poderia encarar Narciso novamente sem se envergonhar!

Mas o choro aliviara a tensão; a solidão do quarto e a cama confortável fizeram-lhe bem e o desespero foi reduzido à metade. Pouco depois veio um irmão servente trazendo uma sopa de aveia, um pedaço de pão branco e, para acompanhar, uma pequena caneca de vinho tinto, que os alunos só bebiam em ocasiões especiais. Goldmund bebeu e comeu, esvaziou metade do prato, empurrou-o para o lado e começou novamente a remoer seus pensamentos, mas não conseguia pensar; pegou novamente o prato e comeu mais algumas colheradas. Um pouco mais tarde, quando a porta foi aberta sem ruído e Narciso entrou para ver o doente, ele dormia e suas faces estavam novamente coradas. Durante muito tempo, Narciso ficou olhando para ele com afeto, com curiosidade e também com um pouco de inveja. Constatou que Goldmund não estava mais doente, e que no dia seguinte não haveria mais necessidade de trazer-lhe vinho. Mas sabia que o gelo fora quebrado e que de agora em diante eles seriam amigos. Hoje Goldmund precisara dele. Numa outra ocasião ele próprio poderia se sentir fraco e precisando de ajuda e amor. E deste menino ele os aceitaria, caso fosse necessário.

# Capítulo 3

Foi uma amizade curiosa que começou entre Narciso e Goldmund; agradou a poucos e às vezes parecia que também desagradava a ambos.

No início foi Narciso, o pensador, quem sentiu mais dificuldades. Para ele tudo era espírito, até mesmo o amor; ele era incapaz de ceder a uma atração sem primeiro refletir a respeito. Nesta amizade, ele era o espírito que dirigia, e durante muito tempo somente ele reconheceu o destino, a profundidade e o sentido dessa amizade. Por muito tempo conservou-se isolado no meio do amor, sabendo que seu amigo só viria a pertencer-lhe plenamente quando ele o levasse ao reconhecimento. Efusivo, ardoroso, brincalhão e despreocupado, Goldmund entregou-se à nova vida enquanto Narciso, consciente e responsável, aceitou as exigências do destino.

Para Goldmund, no início foi uma libertação, uma convalescença. Sua necessidade juvenil de amor fora violentamente despertada e ao mesmo tempo intimidada irremediavelmente pela visão e o beijo de uma moça bonita. No íntimo, sentia que a vida que sonhara até então, tudo aquilo em que acreditara, todas as coisas para as quais julgara ter sido destinado, toda a sua vocação, tudo havia sido abalado profundamente por aquele beijo na janela, pela expressão daqueles olhos escuros. Seu pai decidira que ele deveria levar uma vida de monge, e ele aceitava essa determinação com plena vontade. A chama do seu primeiro fervor juvenil estava voltada para um ideal religioso ascético-heroico, e, no primeiro encontro furtivo, no primeiro apelo da vida aos seus sentidos, no primeiro aceno da feminilidade, ele sentiu que ali havia um inimigo, um demônio, um perigo: a mulher.

E agora o destino lhe proporcionava a salvação; no momento mais difícil, aquela amizade surgiu e ofereceu às suas ânsias um novo altar para veneração. Aqui era-lhe permitido amar; era-lhe permitido entregar-se sem pecado; dar seu coração a um amigo admirável, mais velho e mais inteligente, espiritualizando as perigosas chamas dos sentidos, transformando-as nas chamas mais nobres do sacrifício.

Mas durante a primeira fase desta amizade, Goldmund topou com obstáculos desconhecidos, com uma frieza inesperada e misteriosa, com exigências assustadoras. Jamais lhe ocorreu que pudesse ver-se como um contraste, o polo oposto de seu amigo. Achava que somente o amor, somente uma dedicação sincera eram necessários para fazer de dois um só, para apagar as diferenças e vencer os contrastes. Como era ríspido, seguro de si, preciso e inexorável esse Narciso! Para ele, uma dedicação inocente, caminhar juntos no campo da amizade, parecia algo desconhecido e indesejável. Ele parecia não entender nem tolerar caminhadas sonhadoras por trilhas que não conduziam a uma direção específica. Quando Goldmund parecera doente, ele se mostrara solícito, certamente o ajudava e o aconselhava com lealdade em todos os assuntos relativos à escola e aos estudos, explicava os trechos mais difíceis dos livros, procurava interessá-lo no campo da gramática, da lógica, da teologia. Mas nunca parecia verdadeiramente satisfeito e de acordo com o amigo; frequentemente parecia sorrir e não o levar a sério. Goldmund sentia que não era uma simples implicância de mestre, apenas uma condescendência de pessoa mais velha e mais inteligente, mas que havia algo mais por trás disso, algo mais profundo, mais importante. Mas não conseguia descobrir esse algo mais profundo e, assim, essa amizade quase sempre o fazia sentir-se triste e desamparado.

Na verdade, Narciso percebia muito bem as qualidades do seu amigo; ele não era cego à sua beleza que desabrochava, nem à sua energia vital, natural, e à sua plenitude em flor. Não era um professor pedante que pretendesse alimentar uma alma jovem e ardorosa com o grego, ou retribuir um amor inocente com a lógica. Pelo contrário, ele amava cada vez mais o adolescente louro, e isto para ele significava um perigo, pois, a seu ver, o amor não era um estado natural e sim um milagre. Não lhe era permitido se apaixonar; não podia contentar-se com a contemplação agradável de seus belos olhos, com a proximidade daquela presença loura, e radiante; nem por um segundo podia permitir que esse amor dominasse os sentidos. Porque, se Goldmund *se sentia* destinado ao ascetismo monástico e a uma perpétua aspiração à santidade, Narciso *estava* realmente destinado a essa vida. Para ele, o amor só era permitido em sua forma mais sublime e elevada. Narciso não acreditava na vocação de Goldmund para o ascetismo. Ele sabia decifrar as pessoas mais claramente do que a maioria, e aqui o amor aumentava essa clareza. Reconheceu a natureza de Goldmund e a compreendeu profundamente apesar dos contrastes, porque ela era a outra metade perdida da sua própria. Viu que essa natureza estava protegida por uma couraça resistente, por ilusões, erros de educação, palavras paternas, e há muito que suspeitava de todo aquele segredo sem complicações dessa jovem existência. Estava plenamente consciente do seu dever: desvendar ao próprio portador o seu segredo; libertá-lo da couraça e devolver-lhe sua verdadeira natureza. Seria difícil, e o mais difícil nisto tudo é que talvez perdesse.

Com uma cautela infinita Narciso aproximava-se de seu objetivo. Passaram-se meses sem que houvesse oportunidade para uma abordagem mais séria ou de uma conversa mais profunda entre ambos. Apesar de sua amizade, havia essa separação, a corda do arco estava tensa entre eles. Andavam lado a lado, um cego e um homem dotado de visão; que o cego não soubesse de sua própria cegueira era um grande alívio para ele próprio.

Narciso fez a primeira investida quando tentou descobrir que experiência havia abalado o menino, fazendo com que, num momento de fraqueza, ele fosse procurá-lo. A investigação foi mais fácil do que imaginara. Havia muito tempo que Goldmund sentia necessidade de confessar a alguém a experiência daquela noite; mas não havia ninguém, além do abade Daniel, em quem ele confiasse o suficiente, e o abade não era seu confessor. E quando Narciso, num momento que lhe pareceu propício, recordou o início da amizade deles e tocou de leve no segredo, o menino disse sem rodeios:

— É uma pena que você ainda não tenha recebido as ordens sacras e não possa ouvir confissões; bem que eu gostaria de me livrar de tudo aquilo na confissão e cumprir a devida penitência. Mas eu não poderia contá-lo ao meu confessor.

Com muito tato, astuciosamente, Narciso insistiu, e a pista foi encontrada.

— Lembra-se — arriscou o moço — daquela manhã em que você parecia estar doente, você não pode ter-se esquecido, pois foi quando nos tornamos amigos. Muitas vezes pensei a respeito. Talvez você não tenha percebido, mas eu me sentia realmente desamparado naquela manhã.

— Você, desamparado? — exclamou Goldmund, incrédulo. — O desamparado era eu! Eu é que estava ali, engolindo em seco, incapaz de dizer uma só palavra, e ainda por cima comecei a chorar como uma criança! Oh, até hoje sinto vergonha daquele momento; cheguei a pensar que jamais conseguiria encará-lo outra vez. Você me viu tão fraco e em estado tão deplorável!

Com muito jeito, Narciso continuou insistindo.

— Compreendo — disse — que tudo aquilo foi muito desagradável. Um sujeito tão decidido e corajoso como você, chorar diante de um estranho, justamente diante do professor, isto não combinava com você. Bem, naquela ocasião achei que você estivesse doente. Tremendo de febre, até um homem como Aristóteles pode se comportar de maneira estranha. Mas você não estava realmente doente. Nem sinal de febre! Foi por isso que você ficou envergonhado. Ninguém se envergonha por estar com febre, não é mesmo? Você se envergonhou porque sucumbiu à outra coisa, a alguma coisa que o havia perturbado profundamente. Acontecera algo de especial?

Goldmund hesitou um pouco e depois disse, pausadamente:

— Sim, aconteceu uma coisa especial. Suponhamos que você seja meu confessor; mais cedo ou mais tarde isto tem de ser revelado.

De cabeça baixa, contou ao amigo tudo que acontecera naquela noite.

Sorrindo, Narciso retorquiu:

— Pois bem, aquilo de "ir à aldeia" é de fato proibido. Mas pode-se fazer muita coisa proibida e depois até achar graça, ou então confessar, e tudo estará resolvido, e não é da conta de ninguém. Por que você também, como quase todos os alunos, não poderia fazer, uma vez ao menos, essas pequenas loucuras? O que há de tão terrível nisso?

Sem inibições, Goldmund explodiu:

— Você fala tal como um mestre-escola! Você sabe muito bem do que se trata. É claro que não vejo grande pecado em infringir os regulamentos da casa uma vez e participar de uma peraltice de alunos, embora isto não seja exatamente parte do treinamento para a vida do convento.

— Um momento! — exclamou Narciso com rispidez. — Você não sabe, amigo, que muitos padres piedosos passaram exatamente por este tipo de treinamento preparatório? Você não sabe que uma vida de dissipação pode ser um dos caminhos mais curtos para se alcançar a santidade?

— Ora, chega de conversa! — protestou Goldmund. — O que eu quis dizer é que não foi aquela pequena desobediência que pesou na minha consciência. Foi outra coisa. Foi aquela garota. Não posso descrever a sensação para você. Um sentimento de que, se eu tivesse cedido à tentação, se tivesse apenas estendido a mão para tocar nela, jamais poderia me redimir, aquele pecado teria me tragado como se fosse um abismo do inferno e não me soltaria mais. Então seria o fim de todos os belos sonhos, de toda virtude, de todo amor a Deus e ao Bem.

Narciso assentiu, muito pensativo.

— O amor a Deus — disse lentamente, medindo as palavras — nem sempre é o amor ao Bem. Gostaria que fosse tão simples! Sabemos o que é bom, está escrito nos Mandamentos. Mas Deus não está contido nos Mandamentos; estes são apenas uma pequena parte dele. Um homem pode cumprir os Mandamentos e estar afastado de Deus.

— Mas será que você não me compreende? — queixou-se Goldmund.

— Claro que eu o compreendo. Você sente que a mulher e o sexo são a essência de tudo aquilo que você chama de "mundo", de "pecado". Você se acha incapaz de cometer todos os outros pecados, ou, se cometê-los, pensa que não vão aniquilá-lo; você os confessaria e tudo acabaria bem. Mas esse pecado, não!

— Isso mesmo, é exatamente o que sinto!

— Veja você, eu o compreendo. Afinal de contas, você não está tão errado: a história de Eva e da serpente não é uma simples fábula. Mesmo assim, você não tem razão, meu caro; você *teria* razão se fosse o abade Daniel, ou seu patrono São Crisóstomo, se fosse um bispo, ou um padre, ou mesmo um simples monge. Mas você não é nada disso; é um aluno, e embora queira permanecer para sempre no convento, ou seu pai queira isso para você, ainda não fez os votos nem foi ordenado. Se hoje ou amanhã você for tentado por uma moça bonita e ceder à tentação, não terá quebrado nenhum juramento, nem traído nenhum voto.

— Votos não escritos! — exclamou Goldmund muito excitado. — Para mim, justamente o que não foi escrito é mais sagrado, é algo que trago dentro de mim. Você não percebe que isto pode valer para muitos outros, mas para mim nada significa? Você também não fez os seus votos e não foi ordenado, mas nunca se permitiria tocar uma mulher! Ou será que estou enganado? Você não é assim? Ou não é o homem que eu pensei que era? Você não fez um juramento há muito tempo, em seu coração, que ainda não foi feito com palavras diante dos superiores, mas ao qual você se sente preso para sempre? Você não é como eu?

— Não, Goldmund, não sou como você, não do modo como você pensa. É bem verdade que conservo um juramento, até aí você está certo, mas de modo algum sou como você. Vou lhe dizer uma coisa da qual você um dia se lembrará: nossa amizade não tem outra finalidade nem outro sentido a não ser o de lhe mostrar como você é completamente diferente de mim!

Goldmund ficou perplexo; a expressão de Narciso e seu tom de voz não admitiam réplicas. Ele ficou calado. Por que Narciso dissera aquelas palavras? Por que motivo os juramentos não pronunciados de Narciso eram mais sagrados que os seus? Será que ele não o levava a sério? Será que o via simplesmente como uma criança? As confusões e as tristezas dessa amizade singular estavam recomeçando.

Narciso não tinha mais dúvidas sobre a natureza do segredo de Goldmund. Por trás daquilo estava Eva, a Mãe da Humanidade. Mas como era possível que um adolescente tão belo, tão sadio, tão viçoso, repelisse o despertar do sexo com um antagonismo tão amargo? Devia haver um inimigo oculto que conseguira fazer com que tão magnífica criatura ficasse internamente dividida e se voltasse contra os instintos. Este demônio precisava ser descoberto e tornado visível; só então poderia ser vencido.

Enquanto isso, Goldmund era cada vez mais evitado pelos companheiros, ou então eles é que se sentiam postos de lado, por ele traídos. Ninguém encarava com bons olhos sua amizade com Narciso. Os maliciosos, aqueles que haviam se apaixonado por um dos dois, achavam que aquilo era contra a natureza. Mesmo os que tinham certeza de que não se podia suspeitar de nada errado faziam restrições a essa amizade. Ninguém queria ver aqueles dois amigos juntos. Parecia que eles estavam se isolando dos outros de modo arrogante, como se fossem aristocratas e considerassem os outros inferiores. Isto não era espírito de coleguismo, não combinava com o espírito do convento, não era próprio de um cristão.

Muitas coisas a respeito dos dois chegavam aos ouvidos do abade Daniel: boatos, queixas, difamações. Ele vira muitas amizades entre jovens durante mais de quarenta anos de sua vida de convento; faziam parte da vida do convento e eram uma tradição agradável; às vezes eram uma brincadeira, às vezes representavam um perigo. Ele esperava, observava, sem interferir. Uma amizade tão forte e excludente era algo raro, provavelmente não isenta de perigo, mas, como não duvidava nem por um instante da sua pureza de intenções, deixava-a seguir seu curso. Se Narciso não tivesse uma posição excepcional entre os alunos e professores, o abade não teria hesitado em impor certas regras no sentido de separar os dois. Não era bom que Goldmund se afastasse dos colegas da mesma idade, preferindo a companhia de um colega mais velho, um professor. Mas seria lícito perturbar o extraordinário e talentoso Narciso, que todos os professores consideravam um igual, e até mesmo superior a eles, interferir na sua carreira tão brilhante e destituí-lo de suas funções de ensino? Se Narciso não tivesse se firmado como professor, se aquela amizade tivesse resultado em negligência e parcialidade, o abade já o teria rebaixado. Mas nada havia contra ele, nada, a não ser um boato, nada, a não ser uma desconfiança mesclada de ciúmes por parte dos outros. Além disso, o abade conhecia os dons excepcionais de Narciso, do seu notável, profundo e talvez um tanto arrojado conhecimento dos homens. Ele não supervalorizava esses dons; preferiria que Narciso tivesse outros dons, mas não duvidava que este havia descoberto no aluno Goldmund algo incomum e, sem dúvida, conhecia melhor do que ninguém aquele menino. O próprio abade não percebera nada de especial em Goldmund, a não ser um certo entusiasmo prematuro, uma ansiedade um tanto precoce que o levava, como um simples aluno e hóspede do convento, a se comportar como se já pertencesse ao convento e fosse um dos irmãos. Não via motivo para temer que Narciso estimulasse esse zelo imaturo, embora comovente. Ele temia mais por Goldmund, que seu amigo o contagiasse com certo orgulho de espírito e arrogância erudita, mas este perigo não parecia ser grave, em se tratando desse aluno. Quando pensava como era muito mais fácil, cômodo e tranquilo para um superior tratar com criaturas medíocres do que com as dotadas de natureza forte e excepcional, o abade teve de sorrir e suspirar. Não, ele não se deixaria contagiar pela desconfiança; não queria ser ingrato com as duas criaturas excepcionais que tinham sido confiadas aos seus cuidados.

Narciso refletia muito sobre seu amigo. O dom especial de poder ver e reconhecer emocionalmente a natureza e o destino dos homens há muito o havia esclarecido a respeito de Goldmund. Tudo que havia de vivo e de radiante nesse jovem falava muito claramente: ele apresentava todos os sinais de uma criatura de grande energia vital, talvez um artista, mas, de qualquer modo, uma pessoa com grande potencial para o amor, cuja realização e felicidade consistiam em ser facilmente inflamável e capaz de se dar. Por que motivo este ser dotado de sentidos tão apurados e ricos estaria tão determinado a se dedicar à vida ascética do espírito? Narciso refletiu muito a esse respeito. Ele sabia que o pai de Goldmund estimulara essa determinação do filho. Teria sido ele que a provocara? Que artimanhas usara para fazer o filho acreditar que este era seu destino e seu dever? Que espécie de homem seria esse pai? Narciso tocara muitas vezes, intencionalmente, nesse assunto do pai — e Goldmund falara bastante a respeito —, mas, mesmo assim, não conseguia imaginar esse pai, não conseguia vê-lo. Isto não seria estranho e suspeito? Quando o menino falava de uma truta que pescara anos atrás, quando descrevia uma borboleta, quando imitava o chamado de um pássaro, quando falava a respeito de um colega, de um cão ou de um mendigo, ele criava imagens vívidas. Quando falava do seu pai, não se via nada. Não, se esse pai realmente fosse uma figura tão importante, poderosa e dominadora na vida de Goldmund, ele o teria descrito de maneira diferente, teria sido capaz de evocar imagens vívidas dele! A opinião de Narciso a seu respeito não era, portanto, das mais favoráveis; não gostava dele; chegou até a se perguntar se ele era realmente o pai de Goldmund. Mas o que lhe dava tanto poder? Como ele conseguira encher a alma de Goldmund com sonhos tão estranhos ao próprio núcleo daquela alma?

Goldmund também cismava. Ele se sentia afetuosamente amado por seu amigo, mas tinha, com frequência, a sensação desagradável de que o outro não o levava a sério, de que era tratado um pouco como se fosse uma criança. E o que o seu amigo queria dizer quando insinuava, reiteradamente, que não era igual a ele?

Mas as cismas de Goldmund não o ocupavam o dia inteiro. Não conseguia ficar pensando durante muito tempo de cada vez. Havia outras coisas a fazer durante o dia. Às vezes ia ver o porteiro, com quem se dava muito bem. Suplicava e, com astúcia, conseguia uma vez ou outra a oportunidade de montar seu cavalo Bless durante uma ou duas horas; também era muito estimado pelos criados do convento; frequentemente, em companhia do empregado do moinho, ficava à espreita de uma lontra, ou assavam bolo folheado com a excelente farinha dos prelados e que Goldmund, de olhos fechados, sabia distinguir dos outros tipos de farinha pelo cheiro. Embora Goldmund passasse muito tempo com Narciso, sobravam-lhe algumas horas que gostava de dedicar aos seus antigos divertimentos e hábitos. E geralmente as horas consagradas ao serviço de Deus também lhe davam alegria; gostava de cantar no coro dos alunos, de rezar um terço diante de um santo de sua devoção, de ouvir o belo e solene latim da missa, de ver através de incenso o ouro dos utensílios do culto e dos ornamentos que brilhavam; de admirar as estátuas silenciosas e dignas das imagens dos santos sobre as colunas: os evangelistas com seus animais; Jacó com seu chapéu e sua bolsa de peregrino.

Sentia-se atraído por essas figuras de pedra e de madeira; gostava de pensar que tinham uma relação secreta com ele, talvez como padrinhos imortais e oniscientes, que protegiam e orientavam sua vida. Sentia o mesmo amor e a mesma ligação secreta com as colunas e capitéis das janelas e portas, com os ornamentos dos altares, com os bastões e guirlandas de um perfil tão belo, com essas flores e folhas que se projetavam das pedras das colunas, dobrando-se de modo tão eloquente e intenso. Parecia-lhe um mistério profundo e valioso que, fora da natureza com suas plantas e animais, pudesse existir uma segunda e silenciosa natureza criada pelo homem: essas criaturas, animais e plantas de pedra e de madeira. Passava muitas de suas horas livres copiando essas figuras: cabeças de animais e ramos de folhas; às vezes também desenhava flores, cavalos e rostos humanos de verdade.

E gostava muito dos cantos litúrgicos, principalmente dos dedicados a Maria. Amava o ritmo enérgico e severo desses cantos, suas súplicas sempre repetidas. Orando, podia acompanhar seu sentido cheio de dignidade, ou podia esquecer seu significado e ficar absorto na cadência solene dos versos, nas notas profundas e arrastadas, nas vogais cheias e sonoras, nos refrões piedosos. Bem no fundo do seu coração, ele não amava os estudos, nem a gramática nem a lógica, embora essas matérias também tivessem sua beleza. Ele amava de verdade o mundo das imagens e dos sons da liturgia.

Sempre que podia, quebrava aquele distanciamento que surgira entre ele e seus colegas. Com o correr do tempo, sentiu-se aborrecido e contrariado de se ver cercado de rejeição e frieza; sempre que era possível, fazia rir um vizinho de carteira casmurro, ou um vizinho de cama muito calado conversar, e, com algum esforço, conseguia ser amável e por alguns instantes reconquistava uns dois amigos. Por duas vezes, sem que tivesse intenção, essas aproximações lhe renderam um convite para ir "à aldeia". Ficou assustado e retraiu-se imediatamente. Não, não iria mais à aldeia e conseguiria esquecer a garota de tranças, não se lembraria mais dela ou, pelo menos, quase nunca.

# Capítulo 4

As tentativas de Narciso não conseguiram fazer Goldmund revelar o seu segredo. Durante muito tempo ele se esforçara, aparentemente sem resultado, para despertá-lo, ensinar-lhe a linguagem por meio da qual o segredo poderia ser contado.

A descrição que o amigo fizera de sua casa e de sua infância não lhe forneceram uma imagem clara. Ali estava um pai como uma sombra, amorfo, que ele venerava; a lenda de uma mãe há muito tempo desaparecida ou morta, que era apenas um nome apagado. Aos poucos, Narciso, o experiente leitor de almas, passou a perceber que seu amigo era uma daquelas pessoas às quais faltava um pedaço da vida; a pressão de circunstâncias ou algum tipo de poder mágico suprimiram uma parte do seu passado. Ele percebeu que não conseguiria nada simplesmente perguntando e insinuando, que superestimara o poder da razão e que falara muitas palavras em vão.

Mas o amor que o ligava ao amigo e seu hábito de passar muito tempo juntos não foram inúteis. Apesar das profundas diferenças de personalidade, cada um havia aprendido muito com o outro. Ao lado da linguagem da razão, uma linguagem da alma surgiu aos poucos entre eles; era como se houvesse ramificações da rua principal, alamedas pequenas, quase secretas. Aos poucos, a força imaginativa da alma de Goldmund penetrou por esses caminhos nos pensamentos e nas palavras de Narciso, fazendo com que ele compreendesse — e compartilhasse — muitos dos sentimentos e das percepções de Goldmund. Devagar, desenvolviam-se à luz do amor novos laços de alma para alma; as palavras vieram depois. Foi assim que, num dia sem aulas, houve uma conversa na biblioteca que nenhum dos dois esperava — uma conversa que tocou na essência e no sentido da sua amizade, lançando-lhe novas luzes.

Haviam conversado a respeito de astrologia, matéria que não era ministrada no convento e era até proibida: Narciso dissera que a astrologia era uma tentativa de organizar e ordenar os diferentes tipos de pessoas, de acordo com sua natureza e seu destino. Neste ponto, Goldmund objetou:

— Você fala sempre a respeito de diferenças, e eu finalmente descobri que esta é sua teoria preferida. Quando você se refere à grande diferença que supostamente existe entre mim e você, por exemplo, tenho a impressão de que esta diferença não passa da sua estranha determinação de estabelecer diferenças!

Narciso: — Bem, você acertou em cheio. De fato, para você essas diferenças não têm importância; mas, para mim, elas são o mais importante. Sou um estudioso por natureza e a ciência é a minha vocação. E a ciência, citando suas próprias palavras, nada mais é que a "determinação de estabelecer diferenças". Não se poderia definir melhor a sua essência. Para nós, homens de ciência, nada é tão importante quanto estabelecer diferenças; a ciência é a arte da diferenciação. Por exemplo, encontrar em cada ser humano as características que o distinguem dos demais é conhecê-lo.

Goldmund: — Está bem. Um homem usa tamancos e é um camponês; outro usa uma coroa e é um rei. Isto são diferenças. Mas crianças também podem vê-las, sem precisar de nenhuma ciência.

Narciso: — Mas se o camponês e o rei usarem a mesma roupa, a criança não conseguirá mais distinguir um do outro.

Goldmund: — Nem a ciência conseguirá.

Narciso: — Pois eu acho que sim. Não que a ciência seja mais inteligente que a criança, mas é mais paciente; ela não retém somente os sinais mais evidentes.

Goldmund: — Isto, toda criança inteligente também faz. Reconheceria o rei pelo olhar ou pelo porte. Em resumo: vocês, sábios, são orgulhosos, vocês sempre acham que todas as outras pessoas são tolas. Uma pessoa pode ser muito inteligente sem ter estudos.

Narciso: — Fico satisfeito por ver que você começa a perceber isso. Logo você verá também que não me refiro à inteligência quando falo da diferença que há entre nós. Não digo: você é mais inteligente ou mais tolo, melhor ou pior. Digo apenas: você é diferente.

Goldmund: — Isto é muito fácil de entender. Mas você não fala apenas das nossas diferenças de personalidade; muitas vezes você se refere às diferenças de destinos e escolhas. Por exemplo: por que o seu destino seria diferente do meu? Nós dois somos cristãos; nós dois decidimos viver aqui no convento; nós dois somos filhos do bom Pai do Céu. Nosso objetivo é o mesmo: a eterna bem-aventurança. Nosso destino é o mesmo: a volta para Deus.

Narciso: — Muito bem. É verdade que, do ponto de vista do dogma, um homem é exatamente igual a outro, mas na vida não é assim. Por exemplo, o discípulo favorito do Salvador, em cujo peito Ele descansou a cabeça, e aquele outro discípulo que o traiu... dificilmente você poderia dizer que os dois tinham o mesmo destino.

Goldmund: — Você é um sofista, Narciso! Desta forma, jamais nos aproximaremos um do outro.

Narciso: — De maneira alguma nós nos aproximaremos um do outro.

Goldmund: — Não fale assim!

Narciso: — Estou falando sério. Nós não estamos destinados a nos aproximar um do outro, assim como o sol e a lua, ou o mar e a terra. Nós dois, caro amigo, somos sol e lua, somos mar e terra. Nosso propósito não é ficarmos iguais e sim de um reconhecer o outro, aprender a ver o outro e respeitá-lo pelo que ele é: cada um é o oposto e o complemento do outro.

Confuso, Goldmund abaixou a cabeça e seu rosto ficou triste. Finalmente disse:

— É por este motivo que você muitas vezes não leva a sério os meus pensamentos?

Narciso hesitou antes de responder. Então, com voz clara e ríspida, disse:

— É por isso mesmo. Você precisa se acostumar, meu querido Goldmund, e entender que você é a única pessoa que eu levo a sério. Acredite, levo a sério cada entonação da sua voz, cada gesto seu, cada sorriso. Mas os seus pensamentos eu levo menos a sério. Levo a sério em você tudo que julgo essencial e necessário. Por que você quer que eu dê uma atenção especial aos seus pensamentos quando você tem tantos outros dons?

Goldmund sorriu com amargura.

— Eu bem que disse, você sempre me considerou uma criança!

Narciso ficou firme:

— Uma parte dos seus pensamentos eu considero como sendo de criança. Lembre-se do que dissemos antes: uma criança inteligente não precisa ser forçosamente menos inteligente que um erudito. Mas quando a criança quer impor sua opinião a respeito de ensino, então o erudito não a leva a sério.

Goldmund disse com energia:

— Mesmo quando não tratamos de estudos você ri de mim! Por exemplo: você age sempre como se minha devoção, meus esforços para progredir nos estudos, meu desejo de tornar-me monge, tudo isso não passasse de criancice.

Narciso o encarou com severidade.

— Eu o levo a sério quando você é Goldmund. Mas nem sempre você é Goldmund. Não desejo nada mais do que ver você tornar-se totalmente Goldmund. Você não é um sábio; você não é um monge; um sábio e um monge podem ser fabricados com madeira mais ordinária. Você acha que, para mim, você não é suficientemente instruído, ou lógico ou piedoso. Pelo contrário, para mim você é muito pouco você mesmo.

Perplexo e magoado Goldmund retraiu-se após essa conversa. Mas alguns dias depois ele desejou ouvir mais. E desta vez Narciso conseguiu apresentar-lhe um quadro das diferenças entre suas naturezas que Goldmund considerou mais aceitável.

Narciso falara cordialmente, e sentiu que Goldmund estava aceitando suas palavras de boa vontade, que tinha poder sobre ele. Seu êxito fez com que ele cedesse à tentação de falar mais do que pretendia; deixou-se arrebatar por suas próprias palavras.

— Veja: sou superior a você somente em um ponto: estou acordado, enquanto você está apenas meio acordado, ou, às vezes, completamente adormecido. Entendo por acordado aquele que conhece, com a razão e a consciência, sua energia, seus impulsos e fraquezas mais íntimos e irracionais, e sabe como lidar com eles. O verdadeiro sentido do seu encontro comigo é você aprender isto a respeito de si mesmo. No seu caso, Goldmund, o espírito e a natureza, a consciência e o mundo dos sonhos estão muito afastados. Você esqueceu sua infância, e das profundezas da sua alma ela o solicita. Ela o fará sofrer até que você a ouça. Mas agora basta disso tudo! Como já disse, sou mais forte do que você porque estou acordado. Este é o único ponto em que sou superior a você, e é por isso que lhe posso ser útil. Em todos os outros aspectos, meu caro, você é superior a mim, ou melhor, será, assim que você tiver encontrado a si mesmo.

Goldmund escutara espantado, mas ao ouvir as palavras "você esqueceu sua infância", estremeceu como se tivesse sido atingido por uma flecha. Narciso não percebeu; ele costumava ficar com os olhos fechados por alguns momentos enquanto falava, ou olhava fixamente para a frente, como se isso o ajudasse a encontrar as palavras certas. Ele não notou que o rosto de Goldmund de repente se contraiu.

— Eu... superior... a você — gaguejou Goldmund, com a sensação de que seu corpo inteiro ficara entorpecido.

— Certamente — continuou Narciso. — Naturezas como a sua, com percepções fortes e delicadas, guiadas pela alma, os sonhadores, os poetas, os amantes, são quase sempre superiores a nós, homens de espírito. Sua origem é materna.

Vocês vivem plenamente; foram dotados da força do amor, da capacidade de sentir. Ao passo que nós, seres da razão, embora frequentemente pareçamos estar dirigindo e governando vocês, não vivemos plenamente, vivemos numa terra árida. A vocês pertence a plenitude da vida, a seiva das frutas, o jardim do amor, o belo panorama das artes. Seu lar é a terra; o nosso, o mundo das ideias. Vocês correm o risco de se afogar no mundo dos sentidos; o nosso risco é de sufocarmos no vácuo. Você é um artista; eu, um pensador. Você dorme no regaço materno; eu acordo no deserto. Para mim brilha o sol; para você, a lua e as estrelas; você sonha com moças; eu, com rapazes...

Goldmund ouvia com os olhos arregalados. Narciso falava dominado por uma espécie de autoembriaguez retórica. Muitas de suas palavras atingiram Goldmund como espadas. Quase no final empalideceu, e fechou os olhos; quando Narciso percebeu e perguntou-lhe, assustado, qual era o problema, o menino, terrivelmente pálido, respondeu:

— Uma vez eu fraquejei e chorei na sua frente, você se lembra disso. Isto não deve acontecer de novo. Eu nunca me perdoaria, nem a você! Por favor, saia agora e deixe-me sozinho. Você me disse palavras terríveis.

Narciso estava abatido. Deixara-se arrastar pelas próprias palavras e sentiu que falava melhor do que habitualmente. Agora via com consternação que algumas dessas palavras haviam abalado profundamente o amigo, atingindo-o no âmago. Era penoso para ele deixá-lo sozinho nesse momento, e hesitou por um ou dois segundos, mas a expressão de Goldmund não lhe dava escolha. Confuso, saiu correndo a fim de permitir ao amigo a solidão de que ele necessitava.

Desta vez a tensão na alma de Goldmund não se dissipou por meio de lágrimas. Ele ficou imóvel, sentindo-se ferido profunda e desesperadamente, como se o amigo lhe tivesse enfiado uma faca no peito. Respirava com dificuldade, com o coração apertado, uma palidez de cera no rosto, as mãos como mortas. Era a velha dor, porém muito mais aguda, o mesmo abalo íntimo, a sensação de ter de encarar algo terrível, algo insuportável. Mas desta vez não houve o alívio das lágrimas para superar o sofrimento. Santa Mãe de Deus, o que estava acontecendo? Tinha sido assassinado? Matara alguém? O que fora dito de tão terrível?

Ele arquejava, fazia força para respirar. Como alguém que tivesse sido envenenado, ele tinha a sensação de que precisava se livrar de algo mortal, que estava bem dentro dele. Com movimentos de um nadador, atirou-se para fora do quarto. Fugiu, buscando inconscientemente os lugares mais silenciosos e desertos do convento, atravessando corredores, descendo escadas e saindo para o ar livre. Chegou ao lugar mais recôndito do convento, o claustro; aí, os canteiros verdes estavam banhados pelo sol de um céu claro; o cheiro de rosas chegava em doces ondas hesitantes pelo ar frio.

Sem perceber, Narciso atingira o objetivo que almejava há muito tempo: identificara o demônio que dominava seu amigo; fizera com que ele se mostrasse. Uma de suas palavras tocara o segredo que Goldmund trazia no coração, que reagira num sofrimento violento. Durante muito tempo Narciso ficou perambulando pelo convento à procura do amigo, mas não conseguiu encontrá-lo.

Goldmund estava debaixo de uma das arcadas de pedra que davam no jardinzinho do claustro; sobre as colunas do arco, três cabeças de animais, de cães e lobos esculpidos em pedra, o encaravam com os olhos esbugalhados. A dor revolvia-se dentro dele, sem encontrar saída em direção à luz, à razão. Um medo mortal apertava-lhe a garganta e o estômago. Automaticamente, olhou para cima, viu as cabeças dos animais no capitel de uma das colunas, e teve a impressão de que elas estavam latindo e uivando dentro dele.

"Vou morrer a qualquer momento", sentiu com terror. "Vou perder o juízo e as bocarras destes animais vão me devorar."

Com o corpo tremendo, caiu do lado da coluna. A dor era intensa; tinha atingido o limite. Ele desmaiou, mergulhando no desejado esquecimento.

O abade Daniel tivera um dia bem desagradável; dois dos monges mais idosos do convento tinham ido procurá-lo, exaltados, gritando, cheios de queixas, discutindo furiosamente por causa de antigas ciumeiras insignificantes. O superior dera-lhes toda a atenção, advertira-os sem êxito; acabara dispensando--os com severidade, impondo-lhes penitências bastante duras. Com uma sensação de inutilidade no coração, dirigira-se à capela do subsolo, onde rezou de joelhos; depois ergueu-se, mas sem se sentir aliviado. Agora, atraído pelo perfume das rosas, encaminhou-se para o claustro a fim de respirar um pouco de ar puro. Ali encontrou o aluno Goldmund desmaiado, caído sobre o piso de pedras. Olhou-o com tristeza, assustado com a palidez e o ar ausente daquele rosto habitualmente atraente. O dia não havia sido bom, e agora ainda mais isto! Tentou erguer o rapaz, mas o esforço era excessivo para ele. Com um suspiro profundo, o homem idoso afastou-se para chamar dois internos mais jovens, a fim de que levassem o rapaz para dentro; também mandou chamar o padre Anselmo, que era o médico do convento. Também ordenou que procurassem Narciso, que logo apareceu diante dele.

— Você já soube da novidade? — perguntou o abade.

— A respeito de Goldmund? Sim, já soube, venerável padre; acabei de ouvir que ele está doente, ou que sofreu um acidente e trouxeram-no carregado.

— Sim, encontrei-o caído perto do claustro, onde, aliás, não deveria estar. Não sofreu nenhum acidente, está apenas desmaiado. Isto não me agrada. Parece-me que você deve ter algo a ver com isso, ou pelo menos deve saber a respeito, já que são tão íntimos. Foi por isso que mandei chamá-lo. Fale!

Narciso, como sempre comedido nas atitudes e na linguagem, fez um resumo da sua conversa com Goldmund, e do seu efeito surpreendentemente violento sobre o rapaz. O abade sacudiu a cabeça, aborrecido:

— Estranhas conversas são essas — disse, esforçando-se para manter a calma. — O que você acabou de contar foi a descrição de uma conversa que poderia ser chamada de interferência na alma alheia, e pode ser considerada uma conversa de confessor. Mas você não é o confessor de Goldmund. Você não é confessor de ninguém, nem ao menos foi ordenado. Como pôde falar desta maneira a um aluno, num tom de conselheiro e sobre coisas que só competem a um confessor? Como você mesmo pode constatar, as consequências foram ruins.

— As consequências — disse Narciso em tom brando mas firme — nós ainda não conhecemos, venerável Pai. Fiquei assustado com a violência da reação, mas não tenho dúvida de que as consequências da nossa conversa serão benéficas para Goldmund.

— Veremos. Agora não falo das consequências, mas da sua conduta. O que o levou a manter conversas desse tipo com Goldmund?

— Como o senhor sabe, ele é meu amigo. Tenho por ele uma afeição especial e acredito compreendê-lo muito bem. O senhor disse que eu agi, em relação a ele, como um confessor. Não me outorguei nenhum tipo de autoridade religiosa; simplesmente achei que o conhecia um pouco melhor do que ele próprio se conhece.

O abade encolheu os ombros:

— Sei que essa é sua especialidade, Narciso. Esperemos que com isso você não o tenha prejudicado. Goldmund está doente? Quero dizer, há algo errado com ele? Está debilitado? Dorme direito? Come bem? Sente alguma dor?

— Não, até hoje estava bem, sadio. Sadio de corpo.

— E há algum outro problema?

— Na verdade, sua alma está doente. Como o senhor sabe, ele está na idade em que começam as lutas com o instinto sexual.

— Eu sei. Ele está com dezessete anos?

— Dezoito.

— Pois bem, dezoito. Mas essas lutas são coisa natural; todos passam por essa fase. Isto não é motivo para se dizer que sua alma está doente.

— Não, venerável Pai. Não é este o único motivo. A alma de Goldmund está doente há bastante tempo; é por isso que essas lutas são mais perigosas para ele do que para outros rapazes da sua idade. Acredito que ele sofre, porque esqueceu uma parte do seu passado.

— É? Que parte?

— A mãe e de tudo que lhe diz respeito. Eu também não sei nada sobre ela; só sei que é aí que deve estar a origem da doença dele. Porque, aparentemente, Goldmund nada sabe a respeito da mãe, a não ser que a perdeu muito cedo. Mas dá a impressão de que se envergonha dela. Mesmo assim, deve ter herdado dela a maior parte dos dons que possui, pois o que conta a respeito do pai não justifica o fato de esse homem ter um filho tão atraente, talentoso e singular. Nada disso me foi contado; deduzi a partir de indícios.

O abade, que no início chegara a se divertir com essa conversa prematura e que soava arrogante, começou a meditar sobre o assunto. Lembrava-se do pai de Goldmund como um homem um tanto presunçoso e desconfiado; agora, ao vasculhar a memória, recordou-se de repente de algumas palavras que ele dissera sobre a mãe de Goldmund. Ela o cobrira de vergonha e depois fugira, contou; ele, por sua vez, fizera tudo para eliminar no filho tanto sua lembrança como algum vício que ele pudesse ter herdado dela. E parecia ter conseguido, porque o menino manifestara a intenção de dedicar sua vida a Deus, como expiação pelos pecados da mãe.

Narciso nunca havia desagradado tanto ao abade quanto hoje. Mesmo assim, como ele percebera bem a situação e como parecia de fato conhecer bem Goldmund.

Ele fez uma última pergunta sobre os acontecimentos do dia, e Narciso disse:

— Eu não pretendia deixar Goldmund tão transtornado. Lembrei-lhe que ele não se conhece e que esquecera sua infância e sua mãe. Alguma coisa que eu disse deve tê-lo impressionado e penetrado na escuridão contra a qual venho lutando há muito tempo. Ele pareceu ter ficado fora de si, olhando para mim como se não me reconhecesse e nem a si próprio. Várias vezes eu lhe dissera que ele estava adormecido, que não estava realmente acordado. Agora ele foi despertado, quanto a isso não tenho a menor dúvida.

Narciso foi dispensado sem uma reprimenda, mas com a proibição temporária de visitar o enfermo. Enquanto isso o padre Anselmo mandara que deitassem o rapaz desmaiado na cama e sentara-se ao seu lado. Não lhe parecia aconselhável forçá-lo a voltar à consciência por meios violentos. O rapaz parecia muito doente. O velho, com seu rosto enrugado e bondoso, olhava para o jovem; de vez em quando tomava-lhe o pulso e auscultava o coração. Com certeza, pensava, o menino comera alguma coisa extravagante: um punhado de trevo azedo ou algo semelhante; isso acontecia às vezes. A boca do rapaz estava fechada, de modo que não conseguira examinar-lhe a língua. Gostava de Goldmund, mas tinha pouca paciência com seu amigo, aquele professor precoce, jovem demais. Aí estava o resultado: certamente Narciso tinha alguma coisa a ver com este incidente tolo. Mas também, que ideia deste menino tão encantador, de olhos claros, com quem a natureza fora tão generosa, escolher justamente aquele sábio orgulhoso, aquele gramático vaidoso, para quem o grego era mais importante do que todas as criaturas vivas deste mundo!

Muito tempo depois, quando a porta se abriu e o abade entrou, o padre Anselmo ainda estava sentado ao lado da cama, olhando para o semblante do jovem inconsciente. Que rosto simpático, jovem, sem maldade; e tudo que se podia fazer era ficar sentado, querendo ajudar mas provavelmente não podendo. É claro que tudo podia ser devido a uma cólica; ele poderia receitar vinho quente, talvez um pouco de ruibarbo. Porém, quanto mais olhava para aquele rosto pálido, esverdeado e contraído, mais suspeitava de outra causa, muito mais grave. Padre Anselmo tinha experiência. Muitas vezes, durante sua longa vida, vira criaturas possessas. Hesitou em formular essa suspeita até para si mesmo. Iria esperar e observar. Mas se este pobre rapaz tiver mesmo sido enfeitiçado, pensou com rancor, provavelmente não precisaremos procurar o culpado muito longe dali, e ele não deve esperar nada de bom.

O abade aproximou-se da cama, olhou o doente e levantou delicadamente uma de suas pálpebras.

— Ele pode ser acordado? — perguntou.

— É melhor esperar mais um pouco. O coração é sadio. Não devemos permitir que ninguém se aproxime dele.

— É grave?

— Creio que não. Não encontrei ferimentos nem sinal de pancada ou tombo. Talvez ele esteja desmaiado devido a uma cólica. Dores muito violentas podem provocar perda de consciência. Se ele tivesse sido envenenado, estaria com febre. Não, ele vai recobrar os sentidos e viverá.

— Não seria um mal da alma?

— Eu não excluiria isto. O que sabemos nós? Será que ele sofreu um grande choque? A notícia de alguma morte? Uma discussão violenta, uma ofensa? Isso certamente explicaria tudo.

— Não sabemos. Tome providências para que ninguém venha visitá-lo. Por favor, fique ao seu lado até que ele volte a si. Se ele piorar, mande chamar-me, mesmo que seja durante a noite.

Antes de sair do quarto, o ancião debruçou-se novamente sobre o doente. Pensou no pai dele e também no dia em que aquele menino louro e encantador lhe fora confiado, e no fato de que todos no convento gostaram dele desde o início. Ele também se alegrara ao vê-lo no convento. Mas Narciso tinha razão a respeito de uma coisa: este jovem não se parecia em nada com o pai. Quanta preocupação por todos os lados, como nossos esforços eram insuficientes! Será que ele próprio tinha sido negligente com este pobre rapaz? Seria certo o fato de Narciso conhecê-lo melhor do que qualquer outra pessoa ali? Como ele poderia ser ajudado por alguém que ainda estava no noviciado, que ainda não fora ordenado padre, e cujos pensamentos e opiniões tinham uma espécie de desagradável superioridade, alguma coisa quase hostil? Sabe Deus se Narciso também não tinha sido tratado de maneira errada durante todo esse tempo? Será que por trás daquela máscara de obediência ele escondia alguma coisa perversa, talvez hedonismo? E ele tinha sua parte de responsabilidade naquilo que os dois jovens viessem a ser no futuro.

Já estava escuro quando Goldmund voltou a si. Sentia a cabeça vazia e confusa. Sabia que estava deitado numa cama, mas não sabia onde. Não pensou nisso; não tinha importância. Mas onde estivera? De que estranho lugar de experiência ele voltara? Havia estado num lugar muito distante dali, vira alguma coisa ali, algo fora do comum, algo maravilhoso, mas também apavorante e inesquecível — mas, mesmo assim, esquecera. Onde teria sido? O que assomara de dentro dele, tão grande, tão doloroso, tão glorioso, e que depois desaparecera novamente?

Profundamente atento, escutou dentro de si, de onde hoje alguma coisa havia saído de modo impetuoso, onde algo havia acontecido — mas o que teria sido? Um emaranhado de imagens surgiu diante dele; via cabeças de cães e aspirava o perfume de rosas. Como sofrera! Fechou os olhos. A dor terrível que sentira! Tornou a adormecer.

Quando acordou do mundo dos sonhos que desaparecia rapidamente, ele viu. Encontrou de novo a imagem e estremeceu de dor e alegria. Ele a viu. Ele viu a mulher alta, radiosa, lábios grossos e cabelos brilhantes — sua mãe. E ao mesmo tempo pensou ter ouvido uma voz: "Você esqueceu sua infância." De quem era aquela voz? Escutou, refletiu e descobriu. Era de Narciso. Narciso? Num instante, tudo voltou: ele se lembrava. Oh, mãe! Montanhas de entulho desabaram, oceanos de esquecimentos desapareceram. A mulher que estivera perdida, a infinitamente amada, estava olhando novamente para ele com seus olhos azuis de rainha.

O padre Anselmo, que cochilava na poltrona perto da cama, acordou. Ouviu o doente se mexer, ouviu-o respirar. Levantou-se lentamente.

— Quem está aí? — perguntou Goldmund.

— Sou eu, não se preocupe. Vou acender o candeeiro.

Acendeu o candeeiro; o brilho iluminou seu rosto enrugado e benevolente.

— Eu estou doente? — continuou Goldmund.

— Você desmaiou, meu filho. Estenda a mão, vamos ver este pulso. Como é que você se sente?

— Bem. Obrigado, padre Anselmo, o senhor é muito bondoso. Não sinto mais nada; estou apenas cansado.

— É natural que você esteja cansado. Logo irá dormir outra vez. Mas antes tome um gole de vinho quente, que já está pronto. Vamos beber juntos uma caneca. Bem, à nossa amizade, meu jovem!

Ele conservara uma jarra de vinho quente de prontidão.

— Com que então nós dois tiramos um cochilo, hein? — disse o médico rindo. — Que belo enfermeiro, você deve estar pensando, que não consegue ficar acordado! Bem, todos nós somos humanos. Agora beberemos um pouco dessa poção mágica, meu rapaz. Nada melhor do que uma festinha destas em plena noite. Então, à saúde!

Goldmund riu, tocou no copo do padre como num brinde e provou o vinho quente. Ele havia sido aromatizado com canela e cravo, e adoçado. Ele nunca provara uma bebida assim. Lembrou-se de sua doença anterior, quando Narciso cuidara dele. Agora era o padre Anselmo que estava cuidando dele. Era tão agradável e estranho estar deitado ali à luz do candeeiro, bebendo uma caneca do doce vinho quente em companhia do velho padre no meio da noite.

— Você está com dor de barriga? — perguntou o velho.

— Não.

— Pensei que você estivesse com cólicas, Goldmund. Bem, então esta não é a causa. Mostre-me a língua. Aí está, seu velho Anselmo, não acertou outra vez! Amanhã você vai continuar na cama e eu voltarei para examiná-lo. Já terminou seu vinho? Ótimo, espero que lhe faça bem. Vamos ver se ainda tem mais um pouco. Meia caneca para cada um, se dividirmos igualmente. Você nos pregou um belo susto, Goldmund! Caído lá, no claustro, como um pequeno cadáver. Você não está mesmo com dor de barriga?

Eles riram e dividiram o resto do vinho reservado para os doentes; o padre fazia gracejos e Goldmund olhava para ele, agradecido e divertido, com os olhos novamente brilhantes. Então o velho saiu e foi deitar-se.

Goldmund ainda ficou algum tempo acordado. As imagens emergiam novamente dentro dele; as palavras do seu amigo se reacendiam. A mulher loura e radiosa, sua mãe, apareceu outra vez em sua alma. Como o vento quente das montanhas, sua imagem passou na sua frente, como uma nuvem de vida, de calor, de ternura e de profunda sedução. Mãe! Como foi possível esquecê-la!

# Capítulo 5

Até agora, as poucas coisas que Goldmund sabia a respeito de sua mãe lhe haviam sido contadas por outras pessoas. A imagem dela quase desaparecera de sua memória, e, do pouco que sabia, não contara quase nada a Narciso. A mãe era um assunto que estava proibido de mencionar, algo de que devia se envergonhar. Tinha sido dançarina, uma mulher bela e impetuosa, de origem nobre, embora pobre. O pai de Goldmund dizia que a tirara da pobreza e da vergonha, e como não tinha certeza de que ela não fosse pagã mandara batizá-la, e fizera com que aprendesse religião; casara-se com ela, transformando-a numa mulher respeitável. Mas depois de alguns anos de vida civilizada e organizada, ela voltou às suas antigas artes e práticas, provocando escândalos, e seduzindo homens; em várias ocasiões permanecera fora de casa durante dias e semanas, adquirira fama de feiticeira e, finalmente, após o marido ter ido diversas vezes procurá-la, levando-a de volta para casa, ela fugiu para sempre. Sua má reputação continuou viva durante certo tempo e depois foi se apagando. Aos poucos o marido foi se recuperando de todos aqueles anos de desassossego, de vergonha, de sustos e das contínuas surpresas que ela lhe preparava. Em lugar da esposa irrecuperável passou a educar seu filho pequeno, que se parecia tanto com a mãe nos traços e na constituição física. O marido havia se transformado num homem amargurado e dado a beatices, incutindo em Goldmund a crença de que ele deveria consagrar a vida a Deus para expiar os pecados da mãe.

Era essa história que o pai de Goldmund costumava contar a respeito da esposa desaparecida, embora preferisse não falar dela. Ele insinuara isso ao abade no dia em que levara o filho ao convento. Esses fatos foram contados a Goldmund como uma lenda terrível, mas ele aprendera a afastá-los de sua mente e quase os esquecera. A verdadeira imagem da mãe fora totalmente apagada, uma imagem completamente diferente que não era feita das descrições e dos boatos grosseiros e sinistros contados pelo pai e pelos criados. Ele esquecera a sua própria lembrança verdadeira da mãe. E agora esta imagem, estrela dos seus primeiros anos, surgia novamente.

— Não entendo como pude esquecer tudo aquilo — disse ao amigo. — Nunca em minha vida amei alguém como amei minha mãe, de maneira tão absoluta e ardente; ela era o sol e a lua para mim. Só Deus sabe como consegui apagar aquela imagem luminosa na minha alma e transformá-la aos poucos naquela criatura má, mesquinha e amorfa que ela foi para o meu pai e para mim durante todos esses anos.

Fazia pouco tempo que Narciso terminara seu noviciado e tomara o hábito. Seu comportamento em relação a Goldmund mudara de maneira estranha. Porque Goldmund, que antes desdenhara as insinuações e os conselhos do amigo por considerá-los incômodos sinais de superioridade e pedantismo, sentia agora, desde a sua experiência profunda, uma surpreendente admiração pela sabedoria do amigo. Quantas de suas palavras haviam se tornado realidade como se fossem profecias; como aquele ser misterioso havia enxergado no seu íntimo; com que precisão adivinhara o segredo da sua vida, aquela ferida secreta; com que habilidade o curara!

Pelo menos Goldmund parecia estar curado. Não só aquele desmaio não trouxera consequências, como também tudo que era imaturo e falso no caráter de Goldmund parecia ter desaparecido, sua equivocada vocação monacal, sua crença de que era obrigado a prestar um serviço especial a Deus. O rapaz parecia rejuvenescido e envelhecido ao mesmo tempo desde que encontrara a si mesmo. Tudo isso ele devia a Narciso.

Mas Narciso agora comportava-se de maneira estranhamente cautelosa com o amigo. Abandonara aquele seu ar superior e dogmático; por seu lado, o outro o admirava mais do que nunca. Via que Goldmund absorvia energias de fontes secretas às quais ele não tinha acesso; ele conseguira estimular seu crescimento, mas não tinha participação nele. Notava com alegria que o amigo se libertava do seu domínio, mas também entristecia-se com o fato. Via que aquela amizade, que tanto significara para ele, estava chegando ao fim. Ainda sabia mais a respeito de Goldmund do que ele próprio. Goldmund reencontrara sua alma e estava pronto para seguir o seu chamado, mas não sabia para onde ela o levaria. Narciso sabia disso e sentia-se impotente; o caminho favorito do seu amigo o levaria a lugares onde ele, Narciso, jamais pisaria.

A ânsia de Goldmund por aprender tinha diminuído bastante, assim como sua vontade de discutir com o amigo. Envergonhado, recordava-se de algumas de suas discussões anteriores. Enquanto isso, Narciso começou a sentir necessidade de isolamento; fosse por ter terminado o noviciado, ou devido à sua experiência com Goldmund, Narciso começara a mostrar uma tendência para o jejum e para as longas orações, confissões frequentes, penitências voluntárias, e Goldmund compreendia isso. Desde seu restabelecimento, seus instintos ficaram mais aguçados. Embora não soubesse para onde seu futuro iria levá-lo, sentia, quase sempre com uma clareza angustiante, que seu destino estava sendo moldado, que este intervalo de inocência e de paz estava chegando ao fim, e que dentro dele tudo estava tenso e preparado.

Essas premonições quase sempre eram alegres, mantinham-no acordado boa parte da noite, como se fosse uma doce paixão; outras vezes eram obscuras e profundamente opressivas. A mãe, por tanto tempo desaparecida, voltara para ele: isto representava uma grande felicidade. Mas para onde o levava seu chamado sedutor? Para o desconhecido e a confusão, para o sofrimento, talvez até para a morte! Certamente não o levaria à calma, doce e segura cela de um monge e à vida comunitária do convento. Seu chamado nada tinha em comum com as ordens do pai, que durante tanto tempo ele confundira com seus próprios desejos. A religiosidade de Goldmund se alimentava desse sentimento; quase sempre era tão forte e ardente quanto uma violenta sensação física. Na repetição de longas orações à Santa Mãe de Deus, ele extravasava os sentimentos exacerbados que o levavam à própria mãe. Mas quase sempre suas orações terminavam naqueles sonhos estranhos e perturbados que tinha com tanta frequência agora: sonhos com ela, dos quais participavam todos os seus sentidos. O mundo materno espalhava seu aroma em torno dele, olhava de modo sombrio com aqueles misteriosos olhos amorosos, troava como um oceano, como o paraíso; balbuciava carinhosamente sons sem sentido, ou melhor, sons cheios de significados que enchiam seus sentidos de um gosto de doçura e sal e roçava com cabelos sedosos seus olhos e lábios sedentos. Sua mãe não representava somente o olhar doce e amoroso de seus olhos azuis, o belo sorriso que promete felicidade e um carinhoso conforto; nela havia também, em algum lugar sob aquela aparência sedutora, muita coisa assustadora e obscura, árida, pecaminosa e lamentável, todo nascimento e toda morte.

O jovem mergulhava nesses sonhos, nessa rede intrincada de sentidos animados pela alma. De maneira fascinante, eles ressuscitaram não apenas o passado: havia infância e amor materno, a manhã da vida, radiosa e dourada; mas neles oscilava também um futuro ameaçador, promissor, enganador e perigoso. Por vezes, esses sonhos, em que a mãe, a Virgem e a amante se fundiam em uma só, pareciam-lhe depois crimes hediondos, blasfêmias, pecados mortais sem perdão; outras vezes, encontrava neles apenas harmonia e libertação. Cheia de mistérios, a vida o encarava: um mundo sombrio e impenetrável; floresta imóvel e espinhosa, repleta de perigos fantásticos — mas estes eram os segredos de sua mãe, provinham dela, levavam a ela, eram o círculo pequeno e escuro, o minúsculo abismo ameaçador dentro dos seus olhos claros.

Tanta coisa da sua infância esquecida emergia daqueles sonhos com a mãe; tantas florzinhas de recordações despontavam da interminável profundeza do esquecimento, como mimosas perfumadas recendendo a esperanças, lembranças de emoções da infância, talvez de incidentes, talvez de sonhos.

Às vezes com peixes que vinham nadando ao seu encontro, pretos e prateados, frios e lisos; nadavam para dentro dele, através dele, chegando como mensageiros que traziam boas notícias, notícias de uma realidade ainda melhor e desapareciam abanando a cauda, iam embora como sombras, tendo trazido novos enigmas em vez de mensagens. Ou sonhava com peixes nadando e aves voando; cada um deles, peixe ou ave, era sua criatura, dependiam dele, podiam ser controlados por ele como uma respiração; irradiavam dele como um olhar, como um pensamento saído dele, e novamente voltavam para dentro dele. Sonhava muitas vezes com um jardim, um jardim mágico com árvores fantásticas, flores imensas e cavernas profundas, de um azul-escuro; no meio da relva brilhavam os olhos de animais desconhecidos; nos galhos das árvores deslizavam cobras viscosas; de videiras e arbustos pendiam grandes, reluzentes e úmidos bagos gigantescos que cresciam na sua mão ao serem colhidos, vertendo um suco quente como sangue, ou tinham olhos e os moviam de um jeito sedutor e astuto; tateando, recostava-se no tronco de uma árvore, apanhava um galho e via e sentia entre o tronco e o galho, ali aninhados, como os pelos densos na concavidade da axila. Uma vez sonhou com ele mesmo ou com seu santo padroeiro; sonhou com Goldmund de Crisóstomo que tinha uma boca de ouro, e com a boca de ouro dizia palavras e as palavras eram pequenos bandos de aves que fugiam em revoada.

Um dia sonhou que era crescido e adulto, mas estava sentado no chão como uma criança; na sua frente havia uma quantidade de barro e ele estava moldando figuras como uma criança:

um cavalinho, um touro, um homenzinho, uma mulherzinha. Aquilo de amassar o barro era muito divertido e ele dava aos animais e aos homens órgãos genitais ridiculamente grandes; no sonho, isso pareceu-lhe muito engraçado. Depois, ficou cansado da brincadeira, quis retirar-se mas sentiu alguma coisa viva atrás dele, algo silencioso e imenso que se aproximava; quando se virou, viu com espanto, mas não sem alegria, que as suas pequenas figuras de barro tinham crescido e estavam vivas. Imensos gigantes mudos, as figuras passavam por ele, crescendo cada vez mais, gigantescas e caladas, seguindo seu caminho em direção ao mundo, altivas como torres.

Goldmund vivia mais nesse mundo de sonhos do que no mundo real. O mundo real: a sala de aula, o pátio do convento, a biblioteca, o dormitório e a capela eram apenas a superfície; uma leve e trêmula camada que envolve o mundo de imagens, cheio de sonhos e do sobrenatural. O menor incidente poderia abrir um buraco naquela camada fina: o som de uma palavra grega durante uma aula aborrecida podia sugerir alguma coisa; a onda de perfume que saía da bolsa de ervas do padre Anselmo, a visão de uma guirlanda de folhas esculpidas em pedra projetando-se do topo de uma coluna, no arco da janela — esses pequenos estímulos eram suficientes para perfurar a camada de realidade e liberar os abismos enfurecidos, os rios e as vias-lácteas de um mundo de imagens da alma que se encontram sob a realidade pacífica e árida. Uma inicial latina transformava-se na face perfumada de sua mãe; um som prolongado da Ave-Maria, nas portas do paraíso; uma letra grega, em cavalo fogoso, em cobra rastejante que desliza rapidamente entre as flores deixando em seu lugar a árida página da gramática.

Raramente falava a esse respeito com Narciso, e só de vez em quando dava a ele um indício do seu mundo de sonhos.

— Creio — disse um dia — que a pétala de uma flor ou um verme minúsculo no caminho revelam e contêm muito mais do que todos os livros de uma biblioteca. Não se pode dizer muita coisa apenas com letras e palavras. Algumas vezes, escrevo uma letra grega qualquer, um teta ou ômega e, quando entorto um pouco a pena, a letra ganha uma cauda e se transforma em um peixe e lembra, por alguns segundos, todos os riachos e rios do mundo; tudo que é frio e úmido, o oceano de Homero e a água sobre o qual andou São Pedro; ou a letra transforma-se em ave, sacode a cauda, arrepia as penas, estufa o peito, canta e levanta voo. Você provavelmente não dá muita atenção a letras como essas, não é, Narciso? Mas eu lhe digo: foi com elas que Deus escreveu o mundo.

— Dou muita atenção a elas — respondeu Narciso, triste. — São letras mágicas e com elas os demônios podem ser exorcizados. Entretanto, é claro que elas são inadequadas à prática da ciência. A mente ama o definido, a forma sólida, quer símbolos confiáveis, ama o que é, e não o que virá a ser; o real e não o possível. Não admite que um ômega se transforme em cobra ou em ave. A mente não pode viver na natureza, só contra ela, só como sua adversária. Então, Goldmund, agora você compreende que jamais será um sábio?

Sim, há muito tempo que Goldmund começara a acreditar nisso e a se conformar com isso.

— Não pretendo mais me esforçar para ter uma mente como a sua — disse, meio de brincadeira. — Eu me sinto em relação ao espírito e ao saber como me sentia em relação ao meu pai: eu achava que o amava muito e queria ser como ele; confiava em tudo que ele fazia. Mas logo que minha mãe reapareceu, fiquei sabendo novamente o que é o amor e, junto à sua imagem, a do meu pai de repente ficou desagradável, quase repugnante. Agora, estou tendendo a considerar todas as coisas do espírito como coisas do meu pai, como antimaternais, como inimigo do materno, e a sentir até um pouco de desprezo por elas.

Ele falou num tom de brincadeira, e nem assim conseguiu fazer com que o semblante do amigo se alegrasse. Narciso olhou para ele em silêncio; seu olhar era como uma carícia. Então disse:

— Eu o compreendo muito bem. De agora em diante não precisamos mais discutir; você está acordado e agora percebe a diferença que existe entre nós dois, a diferença entre a herança materna e a paterna, entre alma e espírito. Em pouco tempo você irá perceber também que a vida no convento e sua intenção de tornar-se monge são um erro para você, uma invenção do seu pai. Com isso ele queria que você redimisse a memória da sua mãe ou talvez ele quisesse vingar-se dela dessa maneira. Ou será que você ainda acredita que é seu destino permanecer no convento a vida inteira?

Pensativo, Goldmund contemplava as mãos do amigo, aquelas mãos nobres, severas e delicadas, magras e brancas. Ninguém poderia duvidar que eram mãos de um asceta, de um sábio.

— Não sei — disse com voz pausada e um pouco hesitante, adquirida há pouco, e que parecia demorar-se em cada som. — Sinceramente, não sei. Você julga meu pai com muita severidade. Para ele não foi nada fácil. Mas talvez você esteja certo nisso também. Há mais de três anos que estou na escola do convento, e ele nunca veio me visitar. Ele quer que eu fique aqui para sempre. Quem sabe não seria mesmo o ideal; eu achava que também queria. Mas hoje não sei mais o que realmente quero e desejo. Antes, tudo era simples; simples como as letras da cartilha. Agora, nada mais é simples, nem mesmo as letras. Tudo adquiriu muitos significados e faces. Ignoro o que vai ser de mim; no momento, não consigo pensar nisso.

— E também não precisa — disse Narciso. — Em breve irá descobrir qual será seu caminho. Ele começou por levá-lo de volta a sua mãe e vai conduzi-lo ainda para mais perto dela. Quanto ao seu pai, não o julgo com severidade excessiva. Você gostaria de voltar para a companhia dele?

— Não, Narciso; certamente não. Se eu fosse fazer isso, teria que ser logo que terminasse meus estudos, ou talvez agora mesmo. Como não vou ser um erudito de qualquer modo, acho que já aprendi o suficiente de latim, grego e matemática. Não, não quero voltar para a companhia do meu pai...

Mergulhado em seus pensamentos, olhava fixamente para a frente. De repente exclamou:

— Como é que você faz isso? Você consegue sempre dizer coisas ou fazer perguntas que acendem uma luz dentro de mim e me tornam claro para mim mesmo? Agora foi novamente sua pergunta, se eu gostaria de voltar para meu pai que, de repente, me fez ver que realmente não quero. Como é que você faz isso? Até parece que sabe tudo! Você disse tantas coisas que, na hora, não compreendi, mas que se tornaram muito importantes para mim depois. Foi você quem afirmou que minha origem era materna, e foi você quem descobriu que eu estava vivendo sob um fascínio e que esquecera minha infância! Como é que você conhece tão bem as pessoas? Será que eu também poderia aprender a fazer isso?

Narciso riu e sacudiu a cabeça.

— Não, meu caro, você não pode. Algumas pessoas conseguem aprender muita coisa, mas você não pertence a esse grupo e jamais será um erudito. E por que deveria? Você não necessita disso. Você possui outros dons. Você possui mais dons do que eu, você é mais rico do que eu e também mais fraco; você terá à sua frente um caminho mais belo e mais difícil do que o meu. Algumas vezes você não quis me compreender; quase sempre ficou revoltado; nem sempre foi fácil e frequentemente tive de fazê-lo sofrer. Eu precisava acordá-lo, já que você estava adormecido. Fazer você lembrar-se de sua mãe no início provocou muito sofrimento; você foi encontrado lá no claustro como se estivesse morto. Assim foi preciso... Não, não passe as mãos nos meus cabelos! Não, não faça isso! Não gosto!

— Então é assim? Não posso aprender nada? Ficarei sempre ignorante como uma criancinha?

— Haverá outras pessoas com as quais você poderá aprender. O que poderia aprender comigo, criança, já aprendeu.

— Ah, não! — exclamou Goldmund. — Não ficamos amigos para acabar tudo agora. Que espécie de amizade é esta que em pouco tempo alcança seu objetivo e depois simplesmente acaba? Você já está farto de mim? Não gosta mais de mim?

Narciso andava de um lado para o outro, o olhar fixo no chão. Depois parou na frente do amigo.

— Deixemos isso de lado — disse com suavidade. — Sabe muito bem que minha afeição por você não acabou.

Indeciso, observou o amigo. Depois começou a andar outra vez para cá e para lá, e novamente parou fixando os olhos no rosto tenso e perturbado de Goldmund. Com voz baixa, mas enérgica, disse:

— Ouça, Goldmund. Nossa amizade foi boa; tinha um objetivo que foi alcançado: o de despertá-lo. Gostaria que não terminasse; gostaria que ela se renovasse sempre, conduzindo a novos objetivos. No momento não existe um objetivo. O seu é indefinido; eu não posso conduzi-lo nem acompanhá-lo. Pergunte à sua mãe, pergunte à imagem dela, ouça o que ela tem a lhe dizer! Mas meu objetivo não é indefinido, ele está aqui, no convento, solicita-me a toda hora. Posso ser seu amigo, mas não um apaixonado. Sou um monge, fiz meus votos. Antes de ser ordenado, pedirei para ser liberado das minhas funções como professor e me recolherei durante algumas semanas para dedicar-me aos jejuns e às cerimônias. Durante esse tempo não falarei sobre coisas do mundo, nem mesmo com você.

Goldmund compreendeu. Disse com tristeza:

— Você irá fazer justamente aquilo que eu teria que fazer, se tivesse entrado para a Ordem. E depois que você tiver feito os exercícios espirituais, os jejuns, as orações, as vigílias, qual será seu objetivo?

— Você sabe — disse Narciso.

— Sim. Dentro de alguns anos você será professor dos noviços, talvez diretor do colégio. Irá melhorar os métodos de ensino, aumentar a biblioteca; talvez escreva livros. Não? Está bem, não fará isso. Mas qual será seu objetivo?

Narciso sorriu.

— O objetivo? Talvez eu morra como diretor do colégio, como abade ou como bispo. Não importa. Meu objetivo é o seguinte: colocar-me sempre no lugar onde poderei servir da melhor maneira possível, onde meus dons e minhas qualidades possam encontrar o melhor terreno, o melhor campo de ação. Não existe outro objetivo.

Goldmund: — Não há outro objetivo para um monge?

Narciso: — O objetivo da vida de um monge pode ser estudar hebraico, comentar Aristóteles, enfeitar a igreja do convento, enclausurar-se para meditar, ou fazer centenas de outras coisas. A meu ver, isso não são objetivos. Também não pretendo aumentar as riquezas do convento, nem reformar a Ordem ou a Igreja. Quero servir ao espírito dentro das minhas possibilidades, da forma como eu entendo o espírito, e nada mais. Não será isso um objetivo?

Goldmund pensou muito antes de responder:

— Você tem razão — disse. — Será que eu fui um empecilho no caminho do seu objetivo?

— Empecilho? Oh, Goldmund, ninguém me estimulou mais do que você. Você me criou dificuldades, mas não sou inimigo de dificuldades. Aprendi com elas e consegui superá-las em parte.

Goldmund o interrompeu e, gracejando, disse:

— Você as superou maravilhosamente! Mas diga-me: quando você me ajudou, orientando-me e libertando-me, e curou minha alma, você estava realmente servindo ao espírito? Fazendo isso você provavelmente privou o convento de um noviço esforçado e bem-intencionado, e talvez tenha criado um inimigo do espírito, alguém que fará justamente o contrário daquilo que você considera bom.

— E por que não? — disse Narciso com sinceridade. — Meu amigo, como você me conhece pouco! É bem possível que eu tenha destruído em você um futuro monge, mas em troca abri-lhe o caminho interior para um destino que não será comum. Mesmo que amanhã você resolvesse incendiar nosso belo convento, ou propagar mundo afora alguma teoria maluca, eu não me arrependeria, nem por um minuto, de ter ajudado você a seguir esse caminho.

Amigavelmente, pôs as mãos nos ombros do amigo.

— Veja, meu pequeno Goldmund, isto também faz parte do meu objetivo: seja eu professor ou abade, padre confessor ou qualquer outra coisa, jamais gostaria de encontrar uma criatura forte, de valor, e deixar de compreendê-la ou de encorajá-la. Uma coisa eu lhe afianço: aconteça o que acontecer com você ou comigo, quer sigamos um caminho ou outro, eu nunca ficarei indiferente quando você me procurar e achar que necessita da minha ajuda. Nunca.

Isto soava como uma despedida, e era realmente uma preparação para a despedida. Goldmund ficou olhando para o amigo, aquele rosto cheio de determinação, o olhar dirigido para a meta traçada, e sentiu então, inequivocamente, que eles não eram mais irmãos, nem companheiros ou iguais, e que seus caminhos já se separavam. Aquele homem diante dele não era um sonhador, não estava esperando um chamado do destino. Era um monge que tinha um compromisso, que pertencia a uma ordem estabelecida, a um dever; era um servo, um soldado da religião, da Igreja, do espírito. Goldmund agora sabia que não pertencia a este ambiente, isto ficara bem claro para ele hoje. Não tinha um lar; um mundo desconhecido o esperava. O mesmo acontecera outrora com sua mãe. Ela abandonara casa e propriedade, marido e filho, sociedade e ordem, dever e honra, partindo para o desconhecido, e provavelmente perecera ali há muito tempo. Ela não tivera um objetivo a seguir, e ele também não tinha. Ter objetivos era um privilégio que fora dado a outros, não a ele. Narciso já havia percebido tudo isso, e como estava certo!

Pouco depois do dia de sua conversa, Narciso parecia ter desaparecido, ter-se tornado invisível. Outro professor o substituiu nas aulas e, na biblioteca, sua mesa de leitura permanecia vazia. Ele ainda estava ali, não estava totalmente invisível; às vezes era visto atravessando o claustro, podia-se ouvi-lo murmurando orações numa das capelas, de joelhos no chão de pedras; todos sabiam que ele iniciara as grandes provas, que jejuava e que toda noite levantava-se três vezes para cumprir o dever exigido. Ele ainda se encontrava ali, embora tivesse passado para um outro mundo; podia-se vê-lo, embora raramente, mas não se podia alcançá-lo. Nada podia ser compartilhado com ele; não se podia falar com ele. Goldmund sabia que Narciso reapareceria, que retomaria seu lugar à mesa de trabalho, sua cadeira no refeitório, e que falaria novamente — mas nada seria como antes; Narciso não lhe pertenceria mais. Refletindo sobre tudo isso, chegou à conclusão de que somente Narciso fizera com que o convento, a vida de monge, a gramática e a lógica, o estudo e o espírito parecessem importantes e desejáveis para ele. Seu exemplo o havia seduzido, e seu ideal havia sido o de tornar-se semelhante a ele. É verdade que havia também o abade, que ele venerara; Goldmund o respeitara, amara, e vira nele um exemplo a ser seguido. Mas os outros, os professores e os colegas, o refeitório, a escola, os deveres, os exercícios espirituais, o convento inteiro — sem Narciso não faziam mais sentido. O que ele ainda fazia ali? Esperava, abrigava-se sob o teto do convento como um peregrino indeciso surpreendido pela chuva, que procura proteção sob qualquer teto ou árvore, simplesmente para aguardar, com medo da hostilidade do desconhecido.

Durante esse período a vida de Goldmund era apenas uma hesitação e uma despedida. Visitava os lugares que tinham se tornado queridos e cheios de significação para ele. Ficou surpreso com o fato de que houvesse tão poucas pessoas e poucos rostos dos quais seria difícil se afastar. Havia Narciso e o velho abade Daniel, e também o bom e querido padre Anselmo, e talvez o simpático porteiro e o vizinho deles, o moleiro — mas mesmo eles já haviam se tornado irreais. Seria mais difícil despedir-se da grande Madona de pedra da capela, dos apóstolos do portal. Ficou bastante tempo diante deles, diante dos belos entalhes das cadeiras do coro, da fonte do jardim, diante da coluna com as três cabeças de animais. No pátio, recostou-se nos troncos das tílias e do castanheiro. Um dia, tudo isso seria uma recordação, um pequeno álbum de imagens no seu coração. Mesmo agora, quando ainda estava ali, tudo aquilo começava a se apagar, perdia sua realidade, transformava-se fantasmagoricamente em algo que deixara de existir. Buscava ervas com o padre Anselmo, que gostava da sua presença; observava os homens trabalhando no moinho do convento, e aceitava de vez em quando um convite para um copo de vinho ou um naco de peixe assado; mas tudo isso já lhe parecia estranho e quase uma lembrança. Na meia-luz da capela e da cela de penitência, seu amigo Narciso perambulava, vivo, mas para ele Narciso transformara-se numa sombra. O convento agora parecia fora da realidade, outonal e transitório.

Somente a vida dentro dele era real, a angustiante batida do seu coração, a dor pungente da saudade, as alegrias e os temores dos seus sonhos. Pertencia a eles, e a eles se entregava. De repente, no meio de uma leitura ou de uma aula, cercado por seus colegas, abstraía-se de tudo, esquecia-se de tudo, ouvindo apenas os rios e as vozes do seu íntimo que o arrastavam para longe, para dentro de poços profundos, repletos de melodias estranhas; para abismos coloridos, cheios de aventuras fantásticas, e todos os sons se pareciam com a voz de sua mãe, e os milhares de olhos eram os olhos de sua mãe.

# Capítulo 6

Um dia o padre Anselmo chamou Goldmund à sua farmácia, seu belo depósito de ervas cheio de aromas maravilhosos. Aqui o rapaz estava familiarizado com tudo. O padre mostrou-lhe uma planta seca, higienicamente conservada entre folhas de papel, e perguntou se ele sabia seu nome, se poderia descrevê-la e como seria possível encontrá-la no campo. Sim, Goldmund a conhecia; era a erva-de-são-joão. Precisou descrever todas as suas características. O velho padre ficou satisfeito e confiou a seu jovem amigo a missão de colher à tarde uma boa quantidade daquelas plantas, indicando-lhe os melhores locais para isso.

— Em troca você terá uma tarde livre das aulas. Sei que não fará objeções e você não vai perder nada por causa disso. O conhecimento da natureza também é uma ciência, não só aquela tola gramática de vocês.

Goldmund agradeceu muito o agradável encargo de ir colher flores em vez de ficar sentado na sala de aula. Para que a alegria fosse completa, pediu permissão ao homem da estrebaria para levar seu cavalo Bless, e logo depois do almoço ele tirou o animal do estábulo. O cavalo o recebeu com entusiasmo; ele montou e trotaram satisfeitos no dia quente e luminoso. O rapaz passeou durante uma hora ou mais, aproveitando o ar puro e o cheiro do campo, e, principalmente, a cavalgada; depois lembrou-se da sua missão e procurou um dos lugares que o padre lhe havia descrito. Lá chegando, prendeu o cavalo à sombra de um bordo, conversou com ele, deu-lhe um pedaço de pão e começou a procurar as plantas. Havia um pedaço de terra inculta, coberta por diversas espécies de ervas daninhas: papoulas pequenas e retorcidas com as últimas pétalas pálidas, e muitas vagens maduras estavam entre ervilhacas secas, chicórias azul-celeste e desbotados trigos-sarracenos. Os montes de pedras entre os dois terrenos eram habitados por lagartos e ali se encontravam os primeiros arbustos amarelos floridos da erva-de-são-joão. Goldmund começou a colhê-la. Após ter apanhado um bom punhado, sentou-se numa pedra para descansar. Fazia muito calor e ele olhava ávido para as sombras das árvores na orla distante da floresta, mas ele não queria afastar-se tanto das plantas e do cavalo, que podia ver do lugar onde estava. De modo que ficou ali sentado no monte de pedras e imóvel para ver a volta dos lagartos que haviam fugido; aspirou o cheiro das ervas-de-são-joão e ergueu as folhinhas contra a luz, para examinar as centenas de minúsculas agulhas que as formavam.

Que coisa admirável, pensou, cada uma destes milhares de pequenas folhas tem espetado dentro de si este minúsculo céu de estrelas, como um bordado delicado. Tudo era estranho e incompreensível: os lagartos, as plantas, até mesmo as pedras, tudo. O padre Anselmo, que gostava tanto dele, não podia mais vir buscar sua erva-de-são-joão, pois sofria das pernas.

Havia dias em que ficava paralisado, e seu conhecimento de medicina não podia curá-lo. Talvez ele morresse dentro de pouco tempo, e as ervas no depósito continuariam exalando seu perfume, mas o velho padre não estaria mais ali. Mas ele poderia continuar vivendo ainda por muito tempo, talvez mais dez ou vinte anos, conservando o mesmo cabelo branco e fino e aqueles engraçados círculos de rugas em torno dos olhos; mas o que aconteceria com ele, Goldmund, nesses vinte anos? Ah, tudo era incompreensível e triste, embora também fosse belo. Ninguém sabia nada. Vivia-se, corria-se por esse mundo afora, ou cavalgava-se pelas florestas, e muitas coisas pareciam tão desafiadoras, promissoras ou nostálgicas: uma estrela durante a noite, uma campânula azul, um lago de um verde como o dos canaviais, o olho de uma pessoa ou de uma vaca. E às vezes parecia que algo nunca visto, mas há muito tempo desejado, estava para acontecer, como se um véu fosse cair da frente de tudo isso; mas depois passava, nada acontecia, o enigma não era decifrado, o encanto secreto ficava intacto. No fim, ficava-se velho, misterioso como o padre Anselmo ou sábio como o abade Daniel, e talvez ainda sem saber nada, esperando e à espreita.

Apanhou no chão uma concha de caracol vazia que tiniu fracamente de encontro às pedras, e estava quente do sol. Absorto, examinou as curvas da concha, as ranhuras da espiral e o caprichoso estreitamento do seu remate, a goela vazia onde havia o brilho da madrepérola. Fechou os olhos para sentir aquelas formas somente com o tato. Era uma brincadeira, um velho hábito. Virou a concha entre os dedos frouxos, acompanhando seus contornos, delicadamente, sem apertá-la, encantado com o milagre das formas, o fascínio do tangível. Uma das desvantagens da escola e do ensino, ele pensou, era que a mente parecia ter a tendência de ver e representar todas as coisas como se fossem planas e só tivessem duas dimensões. De certa maneira, isso parecia tornar todos os assuntos do intelecto superficiais e sem valor, mas não quis deter-se nessas considerações; a concha escorregou de seus dedos, sentia-se cansado e sonolento. A cabeça afundou nas ervas, que exalavam um perfume mais forte, à medida que murchavam, e ele adormeceu ao sol. Os lagartos corriam sobre seus sapatos; as plantas murchavam nos seus joelhos e na sombra do bordo, Bless dava sinais de impaciência.

Da floresta distante alguém aproximou-se, uma jovem vestida com uma saia azul desbotada, um pano vermelho amarrado sobre os cabelos pretos, o rosto bronzeado do sol de verão. A mulher chegou mais perto, com uma trouxa na mão e um cravo vermelho na boca. Viu o rapaz sentado e ficou observando-o de longe durante muito tempo, curiosa e desconfiada; vendo que ele dormia, aproximou-se na ponta dos pés morenos e descalços, parou diante de Goldmund e ficou olhando para ele. Sua desconfiança dissipou-se; aquele belo jovem não parecia perigoso e agradava-lhe muito — o que o levara até aquelas terras incultas? Ele colhera flores, ela constatou sorrindo, e elas já estavam murchas.

Goldmund abriu os olhos, voltando de uma floresta de sonhos. Sua cabeça repousava suavemente no regaço de uma mulher. Estranhamente próximos, dois olhos castanhos afetuosos olhavam os seus, sonolentos e espantados. Não se assustou, nenhum perigo brilhava naquelas estrelas castanhas, que pareciam amigáveis. A mulher sorriu diante do seu olhar espantado, um sorriso amável, e aos poucos ele também começou a sorrir. A boca da moça cobriu seus lábios sorridentes e eles se cumprimentaram com um beijo delicado, e Goldmund lembrou-se da noite na aldeia e da garota de tranças. Mas o beijo ainda não terminara. A boca da mulher demorou-se na sua, começou a se agitar, provocava e excitava, e por fim esmagou seus lábios com violência e volúpia, incendiando seu sangue, fazendo-o latejar nas veias; num jogo lento e paciente, a mulher morena instruiu-o delicadamente, entregando-se ao rapaz; deixou-o procurar e achar, inflamando-o e acalmando as chamas. O breve e maravilhoso encantamento do amor o envolveu, ardeu com um brilho dourado, diminuiu e apagou-se. De olhos fechados, ficou deitado com o rosto no regaço da mulher. Nem uma palavra fora dita. A mulher permaneceu calada, acariciando delicadamente os cabelos dele, esperando que se recuperasse. Finalmente o rapaz abriu os olhos.

— Quem é você? — perguntou.

— Eu sou Lisa — disse ela.

— Lisa — repetiu, saboreando o nome. — Lisa, você é adorável.

Ela aproximou a boca do ouvido dele e murmurou:

— Esta foi a primeira vez? Antes de mim você ainda não tinha possuído uma mulher?

O rapaz sacudiu a cabeça, negando. De repente, sentou-se, olhou para o campo em volta e para o céu.

— Oh! — exclamou — o sol está bem baixo. Preciso voltar.

— Para onde?

— Para o convento, para o padre Anselmo.

— Mariabronn? Você é de lá? Não quer ficar mais um pouco comigo?

— Bem que gostaria.

— Pois então fique.

— Não seria justo. E preciso apanhar um pouco mais destas ervas.

— Você mora no convento?

— Sim, sou aluno de lá. Mas não vou continuar. Posso vê-la de novo, Lisa? Onde você mora? Onde fica a sua casa?

— Não moro em lugar nenhum, meu querido. Você não vai me dizer seu nome? Ah, você se chama Goldmund. Dê-me mais um beijo, meu pequeno Goldmund, depois você pode ir.

— Você não mora em lugar nenhum? E onde é que você dorme?

— Se você quiser, com você na floresta, ou sobre o feno. Você vai voltar hoje à noite?

— Oh, sim. Mas onde poderei encontrá-la?

— Você sabe piar como uma coruja?

— Nunca tentei.

— Tente.

Ele tentou. Ela riu, satisfeita.

— Então saia à noite do convento e pie como uma coruja. E eu estarei por perto. Você gostou de mim, meu pequeno Goldmund, meu querido?

— Oh! gostei muito, Lisa. Agora vá com Deus, eu preciso correr.

Já estava escurecendo quando Goldmund chegou ao convento no cavalo resfolegante e ficou contente por encontrar o padre Anselmo muito atarefado. Um irmão entrara descalço no riacho, pisara num caco e ferira o pé.

Agora era importante encontrar Narciso. Perguntou por ele a um dos irmãos que trabalhava no refeitório. Não, ele respondeu, Narciso não viria para o jantar; era seu dia de jejum, e

94

provavelmente estaria dormindo, porque fazia vigília à noite. Goldmund saiu apressado. Narciso devia estar dormindo em uma das celas de penitência, na parte interna do convento. Sem hesitar, correu para lá. Ficou escutando à porta, mas não se ouvia nenhum som. Entrou bem devagar. Não lhe interessava se era proibido ou não.

Narciso estava deitado no catre estreito; à meia-luz, parecia um cadáver, assim deitado rígido de costas, o rosto pálido e fino, as mãos cruzadas no peito. Seus olhos estavam abertos, ele não estava dormindo. Em silêncio, olhou para Goldmund sem uma censura, sem se mover, e tão visivelmente absorto na meditação, numa outra época e num outro mundo, que tinha dificuldade em reconhecer o amigo e compreender suas palavras.

— Narciso! Perdoe-me, meu caro amigo, perdoe-me por vir importuná-lo; não o faço por maldade. Sei que você não deve falar comigo, mas fale, eu lhe suplico de todo o coração.

Narciso voltou a si, piscou durante algum tempo, como se estivesse lutando para acordar.

— É urgente? — perguntou com uma voz apagada.

— Sim, é urgente. Venho despedir-me de você.

— Então é mesmo urgente. Você não teria vindo em vão. Venha, sente-se aqui ao meu lado. Tenho quinze minutos antes da vigília.

— Perdoe-me! — repetiu Goldmund, consciente da sua culpa.

A cela, o catre nu, o rosto tenso de Narciso, esgotado pela falta de sono, seu olhar um tanto ausente, tudo demonstrava o quanto ele o importunava.

— Não há nada a perdoar. Não se preocupe comigo, não há nada errado comigo. Você veio se despedir, foi isso que disse? Então você está indo embora?

— Sim, vou ainda hoje. Ah, não sei como lhe contar. De repente, tudo se esclareceu.

— Por acaso seu pai veio, ou você recebeu notícias dele?

— Não, nada disso. A própria vida veio a mim. Vou embora, sem pai, sem autorização. Vou envergonhá-lo, Narciso, porque vou fugir.

Narciso voltou os olhos para seus dedos longos e alvos que saíam, magros e espectrais, das mangas compridas do hábito. Seu rosto severo e exausto não exprimiu o sorriso velado que havia na sua voz quando ele disse:

— Temos pouco tempo, meu caro. Conte apenas o essencial, de modo claro e conciso, ou você quer que eu mesmo diga o que lhe aconteceu?

— Diga-me — pediu Goldmund.

— Você se apaixonou, meu menino, você conheceu uma mulher.

— Como é que você pôde acertar novamente?

— Foi você quem me facilitou a tarefa. Seu estado, meu amigo, exibe todos os sinais daquela espécie de embriaguez a que dão o nome de paixão. Agora fale, por favor.

Timidamente, Goldmund pousou a mão no ombro do amigo.

— Agora você já falou; só que desta vez você não falou direito. É completamente diferente. Eu estava lá no campo e adormeci devido ao calor; quando acordei, minha cabeça estava sobre os joelhos de uma bonita mulher e eu senti imediatamente que minha mãe tinha vindo para levar-me em sua companhia. Não achei que aquela mulher era minha mãe. Seus olhos eram escuros, seus cabelos, pretos, minha mãe era loura como eu e totalmente diferente da outra mulher. Mesmo assim era ela, era um chamado da minha mãe, uma mensagem dela. Era como se de repente uma linda mulher desconhecida saísse dos sonhos do meu coração e segurasse minha cabeça no seu colo, sorrindo para mim como se fosse uma flor e sendo gentil comigo. No primeiro beijo senti alguma coisa derreter dentro de mim, machucando de uma maneira maravilhosa. Toda a saudade que sentira, todos os sonhos, toda a doce angústia, todos os segredos que dormiam dentro de mim despertaram, tudo estava transformado e encantado, tudo adquirira um sentido. Ela ensinou-me o que é uma mulher e os segredos que ela possui. Em meia hora ela me fez envelhecer muitos anos. Agora sei muitas coisas. Também soube, de repente, que não podia mais ficar nesta casa, nem mais um dia. Vou embora, assim que anoitecer.

Narciso ouvia e aprovava com a cabeça.

— Aconteceu de repente — disse —, mas é mais ou menos o que eu já esperava. Vou pensar muito em você. Vou sentir sua falta, amigo. Há algo que eu possa fazer por você?

— Se for possível, diga uma palavrinha ao nosso abade, para que ele não me condene inteiramente. Ele é o único nesta casa, além de você, cuja opinião a meu respeito não me é indiferente. Ele e você.

— Eu sei... Mais alguma coisa?

— Sim, uma coisa, por favor. Mais tarde, quando você pensar em mim, reze por mim! E, eu... eu lhe agradeço.

— Agradece por quê, Goldmund?

— Pela sua amizade, pela sua paciência, por tudo. Também por você ter me ouvido hoje, quando sei que foi penoso para você. E também por não tentar deter-me.

— Como eu poderia detê-lo? Você sabe o que penso a respeito disso. Mas para onde você vai, Goldmund? Você tem um destino? Você vai encontrar aquela mulher?

— Sim, vou me encontrar com ela. Não tenho um destino. Ela é uma estranha, parece que não tem casa; talvez seja uma cigana.

— Está certo. Mas, meu caro, você sabe que seu caminho ao lado dela pode ser muito curto? Acho que não deveria contar muito com ela. Talvez tenha parentes, até um marido; quem sabe que tipo de recepção o espera!

Goldmund recostou-se no amigo.

— Sei disso, embora até agora não tenha pensado no problema. Como lhe disse, não tenho destino. Esta mulher que foi tão delicada comigo não é o meu destino. Vou encontrá-la, mas não estou indo por causa dela. Vou porque preciso ir, porque ouvi o chamado.

Calou-se e suspirou. Ambos ficaram sentados, um ao lado do outro, tristes e mesmo assim felizes por sentirem que sua amizade era inabalável. Então Goldmund prosseguiu:

— Não pense que sou completamente cego e ingênuo. Não, vou-me embora feliz, porque sinto que devo fazê-lo e porque algo maravilhoso aconteceu comigo hoje. Mas não penso que tudo vai ser apenas felicidade e prazer. Acho que o caminho vai ser árduo, mas também vai ser belo, espero. É tão bom pertencer a uma mulher, entregar-se a ela. Não ria se eu estiver parecendo tolo. Veja: amar uma mulher, entregar-se totalmente a ela, envolvê-la inteiramente e sentir-se totalmente envolvido por ela isto não é o que você chama de "estar apaixonado" e chega a ridicularizar. Para mim isso representa a estrada para a vida, o caminho para o sentido da vida. Ah, Narciso, preciso deixá-lo! Eu o estimo muito, Narciso, e agradeço-lhe por você ter sacrificado por mim um pouco de repouso. Para viver é penoso afastar-me de você. Você não vai se esquecer de mim?

— Nada de tristeza! Jamais o esquecerei. Você voltará, eu lhe peço, eu espero isso. Se você estiver em dificuldade, venha ou mande chamar-me. Vá, Goldmund, e que Deus o proteja.

Levantaram-se e Goldmund o abraçou. Sabendo da aversão do amigo pelas manifestações de carinho, não o beijou, limitando-se a afagar suas mãos.

A noite estava chegando; Narciso fechou a cela e dirigiu-se à igreja, as sandálias batendo no chão de pedras. Goldmund acompanhou com um olhar afetuoso a figura descarnada até sumir como uma sombra no fim do corredor, tragada pela escuridão do portal da igreja, solicitado pelas cerimônias, pelo dever e pela virtude. Como tudo era maravilhoso, infinitamente estranho e confuso! Isto também fora estranho e assustador: vir ao encontro do amigo com o coração transbordando, embriagado por um amor que desabrochava justamente na hora em que ele meditava, consumido pelo jejum e pela vigília, crucificando sua mocidade, seu coração e seus sentidos, oferecendo-os em sacrifício, submetendo-se à mais severa obediência, para servir apenas ao espírito e tornar-se um ministro *verbi divini*! Ali ele estivera deitado, morto de cansaço, consumido, o rosto muito pálido, as mãos ossudas, como um cadáver, e mesmo assim ficara ouvindo o amigo, lúcido e compreensivo, e dera atenção a esse homem embriagado de amor que ainda trazia consigo o cheiro de uma mulher, sacrificando seus poucos minutos de repouso entre penitências. Era estranho e divinamente belo que houvesse também este tipo de amor, desinteressado, totalmente espiritualizado. Como era diferente daquele amor no campo ensolarado, aquele inebriante e imprudente jogo dos sentidos. Contudo, ambos eram amor. Ah, e agora Narciso desaparecera, após ter-lhe mostrado outra vez, claramente, no último momento, como ambos eram totalmente diferentes um do outro.

Agora Narciso estava ajoelhado diante do altar, preparado e purificado para enfrentar uma noite de preces e meditações que não lhe permitiam mais do que duas horas de sono, enquanto ele, Goldmund, fugia para encontrar sua Lisa em algum lugar sob as árvores e recomeçar com ela aqueles doces jogos carnais. Narciso saberia dizer coisas extraordinárias a respeito disso. Mas ele era Goldmund, não era Narciso, e não lhe cabia sondar profundamente esses enigmas e labirintos belos e terríveis, e dizer coisas importantes sobre eles. Goldmund queria apenas entregar-se e amar com a mesma intensidade o amigo que rezava na igreja escura e a mulher bela e ardente que esperava por ele.

Com o coração agitado por centenas de emoções conflitantes enquanto passava silenciosamente sob as tílias e saía pelo moinho, sorriu ao recordar-se daquela noite em que, junto com Konrad, fugiu do convento por esse mesmo caminho secreto a fim de "ir à aldeia". Como ficara excitado e intimamente amedrontado quando empreendeu aquela excursão proibida; e hoje ele estava partindo para sempre, tomando caminhos muito mais perigosos e proibidos e não tinha medo, não pensava no porteiro, no abade ou nos professores.

Desta vez não havia tábuas sobre o riacho e ele precisou atravessá-lo sem o auxílio de uma ponte improvisada. Tirou a roupa e jogou-a na margem oposta, depois meteu-se nu dentro do riacho fundo e agitado com a água fria até a altura do peito.

Do outro lado do riacho, enquanto se vestia, seus pensamentos voltavam para Narciso. Com uma lucidez que o deixou envergonhado, via que, agora, estava apenas fazendo aquilo que o amigo já previra e que também fora ele quem o conduzira até aqui. Viu nitidamente o rosto inteligente de Narciso, um tanto irônico, ouvindo-o dizer tantas tolices, e aquele outro Narciso que lhe abrira dolorosamente os olhos num momento crucial. Ouviu claramente as palavras que Narciso lhe dissera nessa ocasião: "Você dorme no regaço materno; eu acordo no deserto. Você sonha com moças; eu, com rapazes."

Por um instante seu coração gelou. Ficou ali, completamente só em plena noite. Atrás dele estava o convento, um lar apenas na aparência, mas um lar que ele amara e ao qual se acostumara.

Ao mesmo tempo, sentia outra coisa: agora Narciso não era mais seu cauteloso guia e conselheiro. Hoje, sentiu que entrara numa região na qual deveria encontrar sozinho os seus caminhos, onde nenhum Narciso poderia guiá-lo. Ficou contente por ter percebido isso. Olhando para trás, aquela fase de sua dependência parecia vergonhosa e opressiva para ele. Agora enxergava e não era mais uma criança ou um aluno. Era bom reconhecer isso. Mesmo assim — como era penosa a despedida! Saber que seu amigo estava ajoelhado lá na igreja e não ser capaz de lhe dar nada, não ajudar, não ser nada para ele. E agora ficaria afastado dele durante muito tempo, talvez para sempre, sem saber nada a seu respeito, não ouvir a sua voz, não ver mais seus olhos dignos.

Partiu correndo pela estradinha de pedras. A uns cem passos dos muros do convento ele parou, tomou fôlego e imitou o pio da coruja, da melhor maneira possível. Um outro pio respondeu ao longe, na direção da corrente do riacho.

"Nós chamamos um ao outro como animais", ele pensou quando se lembrou daquela hora de amor à tarde; somente agora é que lhe ocorreu que entre Lisa e ele só haviam sido trocadas algumas palavras no fim, após as carícias, e, mesmo assim, poucas e sem importância. Como haviam sido longas as suas conversas com Narciso! Agora parecia que entrava num mundo sem palavras, em que um atraía o outro com o pio da coruja, em que palavras não tinham sentido. Ele estava pronto para isso. Agora não havia necessidade de palavras ou de pensamentos, só de Lisa, de tatear e procurar sem falar nada, cego e mudo, de fundir-se em longos suspiros.

Lisa estava ali, saiu da floresta e aproximou-se. Ele estendeu as mãos para senti-la; com mãos delicadas tocou sua cabeça, seus cabelos, seu pescoço, suas costas, sua cintura delgada, seus quadris fortes. Passou um braço em volta da mulher e continuou a andar com ela sem falar, sem perguntar para onde. Ela penetrava na floresta escura com grande segurança e ele a acompanhava com dificuldade. Como uma raposa ou uma marta, ela parecia enxergar à noite, andava sem esbarrar, sem tropeçar. O rapaz se deixava conduzir para dentro da noite, para dentro da floresta, para a região cega, misteriosa, sem palavras e sem pensamentos. Não pensava mais no convento que abandonara e nem mesmo em Narciso.

Calados, atravessavam a floresta às vezes pisando no musgo macio, ou nas nervuras rijas das raízes; às vezes, a claridade do céu aparecia entre as raras copas de árvores muito altas, às vezes a escuridão era total. Galhos fustigavam o rosto deles, prendiam-se nas roupas. Mas ela conhecia bem o caminho, orientando-se com desenvoltura; parava raramente e raramente hesitava. Depois de muito tempo, numa clareira de pinheiros isolados, afastados uns dos outros, diante deles abria-se o pálido céu noturno. A floresta terminara e um vale de relva os recebeu com um doce perfume de feno. Atravessaram o vau de um riacho silencioso; ali ao ar livre o silêncio era ainda maior do que na floresta; não havia arbustos farfalhantes, animais noturnos assustados nem galhos secos estalando.

Lisa parou diante de um grande monte de feno.

— Vamos ficar aqui — disse.

Sentaram-se no feno, respirando fundo, usufruindo aquele descanso, pois estavam um pouco cansados. Deitaram-se, atentos ao silêncio, sentindo a testa mais seca e o rosto menos afogueado. Goldmund agachou-se, agradavelmente fatigado e, brincando, dobrou os joelhos, esticando-os outra vez; aspirou profundamente o ar da noite e o cheiro do feno, sem pensar no passado nem no futuro. Aos poucos foi sendo atraído pelo perfume e o calor da mulher ao seu lado, retribuindo as carícias dela, e alegrou-se quando ela começou a se inflamar, aconchegando-se mais a ele. Não, não havia necessidade de palavras nem de pensamentos. Sentiu com clareza tudo que era importante e belo, a energia juvenil e a beleza simples e sadia do corpo feminino, sentiu que ele se inflamava, sentiu seu desejo; também sentiu claramente que desta vez ela queria ser amada de modo diferente da primeira vez, que agora ela não queria ensinar nem orientá-lo, mas queria esperar sua investida e seu desejo. Tranquilamente deixou as correntes fluírem pelo seu corpo e, feliz, sentiu aquela chama descontrolada crescer, viva dentro deles, transformando seu pequeno leito no centro vital e ofegante de toda aquela noite silenciosa.

Curvou-se sobre Lisa e começou a beijar seus lábios na escuridão. De repente percebeu que os olhos e a testa dela brilhavam com uma luz suave. Admirado, acompanhou a luz e viu que seu brilho ficava mais intenso. Percebeu então a origem daquela magia: virando a cabeça, viu que sobre a orla de trechos extensos da floresta escura surgia a lua. Observou como a luz branca e suave se espalhava sobre a testa, as faces e o pescoço da moça, e disse baixinho:

— Como você é linda!

Ela sorriu como se tivesse recebido um presente. Ele sentou-se, afastou delicadamente a roupa dos seus ombros, ajudou-a a tirá-la, despiu-a, deixando seus ombros e seu colo nus, iluminados pela lua. Apaixonadamente, seus olhos e seus lábios acompanharam as sombras delicadas olhando e beijando; ela estava imóvel, como que enfeitiçada, os olhos baixos e a expressão solene, como se, mesmo para ela, sua beleza estivesse sendo descoberta e revelada pela primeira vez.

# Capítulo 7

O ar ficara mais frio nos campos e a lua estava mais alta no céu. Os amantes descansavam no leito suavemente iluminado, absorvidos nos jogos de amor, adormecendo juntos, aconchegando-se novamente um ao outro quando acordavam, excitando-se mutuamente, de novo enovelados, adormecendo mais uma vez. Após o último abraço, sentiram-se exaustos. Lisa afundara-se no feno, ofegante, Goldmund estava deitado de costas, imóvel; durante muito tempo ficou olhando a pálida lua no céu, em ambos surgia uma grande tristeza da qual haviam tentado escapar durante o sono. Tornaram a dormir profundamente, como se fosse pela última vez, como se tivessem sido condenados a ficar eternamente acordados e precisassem, nessas poucas horas, sorver antecipadamente todo o sono do mundo.

Ao despertar, Goldmund viu Lisa ajeitando seus cabelos pretos. Contemplou-a durante algum tempo, distraído, ainda meio adormecido.

— Você já está acordada? — perguntou afinal.

Ela virou-se assustada.

— Agora preciso ir embora — disse um tanto triste e constrangida. — Eu não queria despertá-lo.

— Bem, já estou acordado. Precisamos continuar andando? Afinal, somos um par de andarilhos.

— Eu, sim — disse Lisa. — Você pertence ao convento.

— Não pertenço mais ao convento, sou como você, completamente só e sem destino. Mas vou com você, é claro.

Ela desviou o olhar.

— Goldmund, você não pode vir comigo. Preciso voltar para meu marido; ele vai me bater, porque passei a noite fora. Vou dizer que me perdi por aí, mas ele não vai acreditar.

Nesse instante, Goldmund recordou-se da previsão de Narciso. Enfim, acontecera mesmo.

Levantou-se e deu-lhe a mão.

— Enganei-me — disse. — Pensei que nós ficaríamos juntos. Você queria realmente que eu continuasse dormindo para poder fugir sem se despedir de mim?

— Ah, achei que você iria ficar zangado e me bater. Que meu marido me bata, paciência, é assim mesmo. O que eu não queria era ser espancada por você.

Goldmund segurou a mão dela com força.

— Lisa — disse —, eu não bateria em você, nem hoje, nem nunca. Você não prefere ficar comigo em vez de voltar para o seu marido, já que ele a espanca?

Ela puxou a mão para que ele a soltasse.

— Não, não, não — disse ela com lágrimas na voz. E como ele percebesse que o coração dela se afastava e que ela preferia as pancadas do outro a ouvir suas palavras amáveis, soltou a mão, e ela agora chorava de verdade. Ao mesmo tempo, começou a correr. Com as mãos cobrindo os olhos molhados, ela fugiu. Sem uma palavra, ele a viu partir. Condoeu-se dela, que corria pelos campos ceifados, atraída por uma força qualquer, uma força desconhecida, que o fez pensar. Sentiu pena dela e também um pouco de si mesmo; parecia que não tivera sorte, pois estava ali sentado, sozinho, abandonado e desamparado. Mas ainda estava cansado e ansioso para dormir; nunca se sentira tão esgotado. Mais tarde, haveria tempo para ser infeliz. Tornou a adormecer e, quando acordou, o sol já estava alto e o aquecia.

Agora sentia-se descansado; levantou-se rapidamente, foi até o riacho, lavou-se e bebeu água. Muitas recordações surgiram com força; imagens dos momentos de amor vividos naquela noite exalaram seu perfume, como flores desconhecidas, evocando sentimentos suaves e ternos. Seus pensamentos concentraram-se neles quando começou sua caminhada. Mais uma vez saboreou, aspirou e tateou tudo. Quantos sonhos a mulher desconhecida realizara para ele, quantos botões ela havia feito florescer, quanta curiosidade e quanta saudade havia acalmado e quanta coisa nova havia despertado!

Diante dele estendiam-se campos e matas, áreas incultas e florestas escuras. Por trás disso talvez houvesse fazendas e moinhos, uma aldeia, uma cidade. Pela primeira vez, o mundo estava aberto para ele, livre e à sua espera, pronto para acolhê--lo, para dar-lhe alegrias ou fazê-lo sofrer. Não era mais um estudante que via o mundo através de uma janela; sua caminhada não era mais um passeio que acabava inevitavelmente na volta. Esse mundo imenso agora era uma realidade, e ele era uma parte desse mundo; nele encontrava-se seu destino, seu céu era também o dele, suas tormentas eram também as dele.

Era pequeno dentro desse mundo imenso, não maior do que um cavalo, um inseto, ele atravessava o infinito azul e verde do universo. Nenhum sino o tiraria da cama para a missa, a aula, as refeições.

Como estava faminto! Meio pão de cevada, uma tigela de leite, um mingau de aveia — que recordações deliciosas! Seu estômago despertou. Passou por um trigal e, embora as espigas ainda não estivessem bem maduras, debulhou-as com dedos e dentes, mastigando avidamente os grãos pequenos e escorregadios, arrancando outras, enchendo os bolsos de espigas. Depois encontrou avelãs. Elas ainda estavam bem verdes, mas ele mordeu com prazer, partindo as cascas e guardando um punhado no bolso.

Quando embrenhou-se na floresta, viu pinheiros e alguns carvalhos e freixos, e logo encontrou grande quantidade de morangos silvestres. O rapaz parou para comer e refrescar-se. No meio do capim espesso e duro da floresta cresciam campânulas azuis; borboletas escuras, banhadas de sol, esvoaçavam e fugiam em caprichoso voo irregular. Santa Genoveva vivera numa floresta igual a esta, e ele sempre adorara sua história. Como teria gostado de conhecê-la! Talvez houvesse ali na floresta uma ermida com um padre velho e barbudo morando numa caverna ou numa cabana feita com galhos de árvore. Talvez alguns mineiros habitassem a floresta; como seria bom encontrá-los! Também podia haver ladrões, que, provavelmente, nada lhe fariam. Seria tão bom encontrar alguém, qualquer pessoa. Mas ele sabia que podia andar na floresta durante muito tempo e não encontrar ninguém, hoje, amanhã e por muitos dias. Isto também ele deveria aceitar, se era seu destino. Era melhor não pensar muito e deixar simplesmente que as coisas acontecessem.

Ouviu o martelar de um pica-pau e tentou encontrá-lo; durante muito tempo procurou avistá-lo e, quando finalmente conseguiu, ficou observando como a ave se agarrava no tronco de uma árvore e a martelava, virando a cabeça de um lado para o outro. Que pena não se poder falar com os animais! Seria tão bom cumprimentar o pica-pau, dizer-lhe alguma coisa agradável e aprender algo a respeito da sua vida nas árvores, do seu trabalho e das suas alegrias. Se fosse possível a gente se transformar!

Lembrou-se de que às vezes costumava desenhar nas suas horas de lazer, que cobria a lousa de figuras e flores, árvores, folhas, animais e cabeças humanas. Divertia-se com isso durante horas, e algumas vezes, como um pequeno deus, criou seres tirados de sua imaginação, desenhava olhos e boca no cálice de uma flor, dando forma e feições a um punhado de folhas que brotavam num galho, e desenhara uma cabeça no topo de uma árvore. Com essa brincadeira tivera momentos felizes, conseguira fazer mágicas desenhando linhas, que quase sempre o surpreendiam — uma figura esboçada de repente se transformava numa folha ou numa árvore, a boca de um peixe, a cauda de uma raposa ou a sobrancelha de uma pessoa. É assim também que nós deveríamos ter a capacidade de nos transformar, como as linhas divertidas que ele desenhara na lousa. Goldmund gostaria de ter sido um pica-pau, talvez por um dia apenas, ou por um mês; teria então morado nas copas das árvores, teria corrido pelos troncos lisos, teria batido com o bico forte nas cascas das árvores, mantendo o equilíbrio com as penas da cauda; teria falado a linguagem dos pica-paus e extraído coisas proveitosas das cascas das árvores. O martelar do pica-pau na madeira tinha um som doce e enérgico entre as árvores.

Goldmund encontrou muitos animais dentro da floresta. Havia uma grande quantidade de coelhos. Quando ele se aproximava, saíam do mato, olhavam para ele, viravam-se e fugiam, as orelhas caídas. Numa clareira, encontrou uma cobra comprida que não se moveu. Não era uma cobra viva, e sim sua pele vazia. O rapaz apanhou-a e examinou o belo desenho cinza e marrom das costas; o sol a atravessava porque era delicada e fina como uma teia de aranha. Viu também melros de bicos amarelos que olhavam assustados para ele com seus olhos estreitos de pupilas escuras, fugindo em voo rasteiro. Havia muitos piscos-de-peito-ruivo e tentilhões. Ele chegou a um poço cheio de uma água verde e espessa, onde aranhas de pernas compridas corriam de um lado para o outro, entretidas em algum jogo incompreensível. Acima esvoaçavam algumas libélulas com asas azul-escuras. Uma vez, no fim da tarde, Goldmund viu algo, ou melhor, não viu nada a não ser um arbusto emaranhado mexer-se, ouviu galhos que se partiam e lama batendo no chão. Um animal grande, pouco visível, irrompeu no meio dos arbustos com grande impacto — talvez um veado, ou um javali, não saberia dizer. Dominado pelo medo, ficou ofegante durante algum tempo. Apavorado, ficou atento ao rumo que o animal tomara, continuando sempre à espreita, o coração batendo descompassadamente muito depois de tudo ter voltado ao silêncio.

Não conseguia encontrar a saída da floresta e foi obrigado a passar a noite ali mesmo. Escolheu um lugar para dormir e fez uma cama de musgo, tentando imaginar como seria se não conseguisse sair da floresta e tivesse de permanecer ali para sempre. Certamente seria uma grande desgraça. Talvez fosse possível alimentar-se de bagas e dormir sobre o musgo; além disso, acabaria conseguindo, sem dúvida, construir uma cabana, e talvez até fazer fogo. Mas viver sozinho para sempre, entre os troncos silenciosos e adormecidos das árvores, com animais que fugiam quando alguém se aproximava e com os quais não se podia falar — isso seria insuportavelmente triste. Não ver gente, não poder dizer bom-dia ou boa-noite para ninguém, não poder mais observar rostos e olhos, não contemplar mais moças ou mulheres, não sentir mais o calor de um beijo, nunca mais fazer o secreto e maravilhoso jogo de lábios e pernas, isso seria inconcebível! Se este fosse o seu destino, pensou, então tentaria transformar-se num animal, num urso ou num veado, mesmo que isto significasse renunciar à salvação da sua alma. Ser um urso e amar uma ursa não seria ruim, ou pelo menos seria melhor do que conservar sua razão e sua fala, mas vegetar por aí sozinho, triste e sem amor.

Antes de adormecer no seu leito de musgo ficou ouvindo, curioso e amedrontado, os inúmeros ruídos noturnos da floresta, incompreensíveis e misteriosos. Agora eram seus companheiros; tinha de viver com eles, acostumar-se com eles, competir com eles e conviver com eles; fazia parte das raposas e renas, dos abetos e dos pinheiros; devia compartilhar com eles — dividir com eles o ar e o sol; com eles passar fome e, ao seu lado, ser seu hóspede.

Adormeceu e sonhou com animais e gente; sonhou que era um urso e que, entre carícias, devorava Lisa. No meio da noite acordou com um pavor que não sabia explicar; sentiu uma angústia infinita e ficou deitado, pensando durante muito tempo, bastante perturbado. Ocorreu-lhe que ontem e hoje tinha adormecido sem dizer as orações da noite. Levantou-se, ajoelhou-se ao lado do seu leito de musgo e rezou suas preces duas vezes, por ontem e por hoje. Logo adormeceu novamente.

Na manhã seguinte, olhou assustado em volta, tinha esquecido onde se encontrava. Seu medo da floresta começou a se dissipar e com novo ânimo entregou-se à vida da floresta, andando sempre, orientando-se pelo sol. Uma vez chegou a um trecho da floresta completamente plano, com pouca vegetação rasteira e nada além de velhos pinheiros grossos. Depois de andar durante algum tempo entre essas colunas, elas lhe recordaram as colunas da igreja principal do convento, exatamente a mesma igreja na qual ele vira outro dia seu amigo Narciso desaparecer pelo portal escuro — quando fora isso? Teria sido realmente apenas dois dias antes?

Goldmund levou duas noites e dois dias para conseguir sair da floresta. Reconheceu com alegria os sinais de habitantes humanos: terra cultivada, lavouras de centeio e aveia, campos cortados por trilhas estreitas com marcas de pés. Goldmund colheu grãos de centeio e mastigou-os; olhou o campo cultivado com carinho. Após a solidão da floresta, tudo lhe parecia humano e cordial: a trilha, a aveia, as centáureas agora murchas entre os trigais. Logo encontraria gente. Após uma hora de marcha, encontrou uma cruz na extremidade de um campo; ajoelhou-se e rezou a seus pés. Contornando a ponta proeminente de uma elevação, encontrou-se de repente diante de uma tília frondosa. Encantado, ouviu a melodia de uma fonte, cuja água passava por um conduto de madeira e caía numa comprida gamela também de madeira. Bebeu daquela água fresca e deliciosa e notou com alegria alguns tetos de palha que pareciam sair dos sabugueiros, cujos bagos já estavam escuros. O mugido de uma vaca o comoveu mais do que todos esses sinais acolhedores; era um som agradavelmente caloroso e hospitaleiro, como uma saudação de boas-vindas.

Ficou observando e depois aproximou-se da cabana de onde viera o mugido da vaca. Do lado de fora, na lama, estava sentado um garotinho de cabelos vermelhos e olhos azuis; ao seu lado, num pote de barro cheio de água, ele fazia com a água e a lama uma massa que já escorria pelas pernas nuas. Feliz e compenetrado, apertava aquela lama úmida entre as mãos, via-a escorrer por entre os dedos, e daquilo fazia bolas, usando um joelho para amassar e moldar.

— Deus o abençoe, menino! — disse Goldmund com voz amável. O garoto olhou para cima, viu um estranho, escancarou a boca, contraiu o rosto gorducho e saiu correndo de quatro, berrando, e entrou pela porta. Goldmund foi atrás dele e chegou à cozinha; ali estava tão escuro, depois do brilho intenso da tarde, que o rapaz no início não conseguiu enxergar nada. De qualquer modo cumprimentou, usando uma saudação piedosa, mas não houve resposta. O berreiro do menino assustado, entretanto, foi respondido por uma vozinha fina e alquebrada que procurava consolar a criança. Finalmente, uma velha magra apareceu na escuridão e aproximou-se, com uma das mãos perto dos olhos para ver o estranho.

— Deus a abençoe, mãezinha — exclamou Goldmund —, e que todos os queridos santos abençoem seu rosto bondoso. Faz três dias que eu não via um rosto humano.

A velha encarou-o espantada, com seus olhos turvos, sem compreender.

— O que é que você quer? — perguntou, desconfiada.

Goldmund pegou a mão dela e a afagou suavemente.

— Quero dizer que Deus a guarde, vovozinha. Gostaria de descansar um pouco e ajudá-la a fazer fogo. Se depois quiser me dar um pedaço de pão, eu não recusarei, mas não há pressa alguma.

Viu um banco embutido na parede e sentou-se, enquanto a velha cortava um pedaço de pão para o menino, que olhava para o estranho com interesse e curiosidade, mas pronto para chorar e fugir a qualquer momento. A velha cortou outro pedaço de pão e veio trazê-lo para Goldmund.

— Muito obrigado — disse. — Que Deus a recompense!

— Você está de barriga vazia? — perguntou a mulher.

— Na verdade, não! Está cheia de bagos de mirtilo.

— Pois então coma! De onde você vem?

— De Mariabronn, do convento.

— Você é frade?

— Não. Sou estudante. Estou viajando.

Ela olhou para ele, meio irônica, meio ingênua, balançando um pouco a cabeça sobre o pescoço comprido e enrugado. Deixou Goldmund mastigando e levou o menino de volta para o sol. Entrou novamente e perguntou, curiosa:

— Você sabe de alguma novidade?

— Nada de mais. Conhece o padre Anselmo?

— Não. O que há com ele?

— Ele está doente.

— Doente? Vai morrer?

— Não sei. São suas pernas. Não pode andar direito.

— E vai morrer?

— Não sei. Talvez.

— Ora, que morra! Preciso fazer a sopa. Ajude-me a cortar uns cavacos de lenha.

Entregou a ele uma acha de pinheiro, muito bem seca no calor do fogão, e também um facão. Ele foi cortando os cavacos, quantos ela queria, observando como a velhinha os enfiava dentro das cinzas e, debruçando-se sobre eles, soprava até pegarem fogo. De acordo com uma ordem precisa e secreta, ela foi empilhando os cavacos de pinheiro e de faia. No fogão aberto, o fogo brilhava com intensidade e a velha puxou para o meio das chamas o caldeirão grande e preto pendurado no fumeiro por uma corrente enferrujada.

Obedecendo às ordens da velha, Goldmund foi buscar água no poço, desnatou o leite da vasilha, ficou sentado na enfumaçada meia-luz, observando as chamas brincarem e, acima delas, o rosto ossudo e enrugado da velha, que surgia e desaparecia no clarão vermelho; ali perto, por trás da parede de madeira, ouvia a vaca na manjedoura agitando-se e batendo com as patas. Tudo isso lhe agradava. A tília, o poço, o fogo brilhante sob o caldeirão, o ruído da vaca bufando e mastigando, suas patadas na parede, a semiobscuridade da sala, com a mesa e o banco, o trabalho da pequena anciã — tudo isso era belo e bom, cheirava a comida e paz, a gente, a calor e a lar. Também havia duas cabras, e soube pela velha que lá nos fundos havia um chiqueiro; também ficou sabendo que ela era a avó do camponês, e bisavó do menino. Este chamava-se Kuno; entrava e saía a todo instante e, embora não falasse uma única palavra e ainda parecesse um pouco amedrontado, não chorava mais.

Então chegou o camponês com sua mulher, e ficaram muito admirados de encontrar um estranho em sua casa. O camponês quis começar a ralhar e, desconfiado, puxou o rapaz pelo braço até a porta, para examiná-lo à luz do dia. Ele deu uma risada, bateu amigavelmente no ombro de Goldmund e convidou-o para comer com eles. Sentaram-se, e cada um mergulhou seu pão na tigela de leite coletiva, até o leite quase acabar, e o camponês bebeu o resto.

Goldmund perguntou se podia ficar até o dia seguinte e dormir sob aquele teto. Não, respondeu o homem, para isso não havia espaço, mas lá fora havia ainda muito feno espalhado e ele encontraria logo um lugar.

A camponesa ocupava-se com o filho e não participou da conversa, mas durante a refeição seus olhos curiosos se apossaram do jovem estranho. Seus cabelos cacheados e seus olhos a impressionaram, e ela também gostou do seu belo pescoço alvo, de suas mãos aristocráticas e lisas, dos seus movimentos e gestos, bonitos e livres. Como ele era distinto e nobre, e tão jovem! Mas, acima de tudo, sentiu-se atraída pela voz do rapaz. Apaixonou-se por aquela voz suave e cantante, de uma calidez envolvente e convincente, que soava como carícia. Gostaria de ficar ouvindo aquela voz por muito tempo.

Depois da refeição, o camponês foi trabalhar no estábulo. Goldmund saíra da casa para lavar as mãos na fonte e sentara-se na beira do poço a fim de se refrescar e ouvir a água correr. Ali estava ele, indeciso, não tinha mais nada para fazer ali, mas lamentava ter de partir. A mulher do camponês saiu da casa com um balde na mão, que colocou debaixo da bica para que enchesse. Ela falou baixinho:

— Se hoje à noite você ainda estiver por aqui, eu lhe levarei comida. Ali adiante, atrás do campo de cevada, há bastante feno, que só será recolhido amanhã. Você fica?

Ele contemplou seu rosto sardento, os braços fortes que erguiam o balde e os ardentes olhos grandes e claros. Sorriu para ela e concordou; a mulher afastou-se com o balde cheio de água e desapareceu na escuridão da porta. Ele continuou sentado, agradecido e contente, ouvindo a água correr. Pouco depois entrou na casa, procurou o camponês, deu-lhe um aperto de mão, despediu-se da avó e agradeceu-lhes a hospedagem. A cabana cheirava a fuligem e a leite. Um momento antes tinha sido um abrigo e um lar, agora já era um território estranho. Disse adeus e saiu.

Atrás da cabana encontrou uma capela e, perto, uma bela mata, um grupo de carvalhos velhos e fortes, assentados no meio de uma grama baixa. Ficou ali na sombra e começou a perambular entre os troncos grossos. Como era estranho o que se passava com as mulheres e com o amor; de fato não havia necessidade de palavras. A mulher do camponês só precisara de algumas palavras para indicar o lugar do encontro deles, o resto ela dissera sem palavras. Como fizera isso então? Com os olhos, sim, e com certa entonação na voz um tanto grave, e com algo mais, um cheiro talvez; uma delicada e discreta emanação da pele, por meio da qual o homem e a mulher eram capazes de saber quando desejam um ao outro. Era estranho, como uma linguagem sutil secreta, e como ele a aprendera depressa! Esperava ansioso a chegada da noite cheio de curiosidade a respeito daquela mulher alta e loura; de seus olhares e sons, do seu corpo, seus movimentos e beijos — certamente bem diferentes dos de Lisa. Onde estaria Lisa agora, com seus cabelos lisos e pretos, sua pele morena, seus suspiros curtos? Será que o marido a espancara? Ainda pensaria nele? Ou teria encontrado um novo amante, assim como ele encontrara hoje uma nova mulher? Como tudo acontecia depressa, como a felicidade se encontrava em todos os lugares, atravessando os caminhos; como era bela e quente, e como era estranhamente passageira. Isto era pecado, era adultério. Pouco tempo atrás ele teria preferido morrer a cometer este pecado. E essa já era a segunda mulher que ele esperava, e sua consciência estava calada e serena. Quer dizer, talvez não estivesse serena, mas não eram o adultério e a luxúria que a estavam perturbando. Era mais um sentimento de culpa por algum crime que não se cometeu, mas que se trouxe consigo ao nascer. Será que era isto que a teologia chamava de pecado original? Bem que podia ser. Sim, a própria vida trazia em si algo como uma culpa — por que outro motivo um homem tão puro e consciente como Narciso se submetia a penitências como se fosse um criminoso condenado? E por que ele próprio, Goldmund, teria sentido esta culpa, em algum lugar no fundo do seu íntimo? Ele não era um jovem feliz e sadio, livre como um pássaro no espaço? Não era amado pelas mulheres? Não era bom saber que ele, como amante, podia dar à mulher o mesmo prazer profundo que ele próprio sentia? Então por que ele não era completamente feliz? Por que essa dor estranha penetrava em sua alegria, como havia penetrado na virtude e na sabedoria de Narciso, este medo sutil, esta tristeza por aquilo que era transitório? Por que precisava, às vezes, cismar e meditar, quando sabia que não era um pensador?

Mesmo assim, era bom viver. Apanhou do chão uma florzinha roxa, aproximou-a da vista, olhou dentro do seu cálice minúsculo onde corriam veias e viviam pequenos órgãos finos como cabelos; a vida pulsava ali e o desejo estremecia exatamente como no ventre de uma mulher, como no cérebro de um pensador. Por que se sabia tão pouco? Por que não se podia falar com esta flor? Ora, até mesmo os homens mal conseguiam falar um com o outro; era preciso ter sorte, encontrar uma amizade especial e disposição para isso. Não, era uma felicidade que o amor não necessitasse de palavras; caso contrário, ficaria saturado de mal-entendidos e de bobagens. Oh, os olhos semicerrados de Lisa pareciam quase cegos no auge do prazer; somente o branco aparecia na fenda das pálpebras trêmulas — nem com milhares de palavras sábias ou poéticas seria possível descrevê-los! Nada, nada mesmo, poderia ser descrito — e, mesmo assim, sempre se sente necessidade de falar, necessidade de pensar!

Examinou as folhas da plantinha: como elas estavam ordenadas de maneira tão bela e inteligente em volta da haste. Os versos de Virgílio eram belos e ele os amava, mas alguns versos de Virgílio não eram tão claros e inteligentes, tão belos e cheios de significado quanto a disposição espiralada das folhinhas em torno de sua haste. Que prazer, que felicidade, que tarefa nobre e significativa seria para um homem criar uma única flor como aquela! Mas ninguém conseguiria fazê-lo, nenhum herói, nenhum rei, nenhum papa ou nenhum santo!

Quando o sol já declinava, ergueu-se e procurou o local que a camponesa lhe indicara. Ficou esperando. Como era belo esperar sabendo que uma mulher estava a caminho, ofertando-lhe muito amor.

Ela chegou trazendo um pacotinho envolto num pano de linho que continha um grande pedaço de pão e uma boa fatia de toucinho. Desatou o nó e colocou-o diante dele.

— Para você — disse. — Coma!

— Mais tarde — disse ele. — Não estou com fome de pão, estou com fome de você. Mostre-me as coisas belas que você trouxe para mim!

Ela lhe trouxera muitas coisas belas: lábios fortes e sedentos, dentes fortes e brilhantes, braços fortes e vermelhos do sol; mas ali sob o pescoço e mais embaixo ela era branca e delicada. Sabia poucas palavras, mas fez na garganta um som terno e sedutor e, quando ela sentiu em seu corpo aquelas mãos delicadas e sensíveis, tão cheias de emoção como jamais havia sentido, sua pele estremeceu e da sua garganta saiu um ronronar como o de um gato. Conhecia poucos jogos, menos do que Lisa, mas era maravilhosamente rigorosa, apertava o pescoço do amante como se quisesse parti-lo. Seu amor era ávido, infantil e simples e, ainda assim, casto; Goldmund sentiu-se feliz com ela.

Depois a mulher foi embora suspirando. Partiu pesarosa, porque não podia ficar.

Goldmund ficou ali sozinho, feliz e triste ao mesmo tempo. Só bem mais tarde lembrou-se do pão e do toucinho, que comeu solitário. Já era noite fechada.

# Capítulo 8

Goldmund já caminhara durante muito tempo, raramente passando duas noites no mesmo lugar. Sempre desejado pelas mulheres, que o faziam feliz. Ele estava queimado de sol e mais magro por causa das longas caminhadas e das refeições frugais. Muitas mulheres despediam-se dele ao romper do dia e partiam, algumas em lágrimas. Às vezes se perguntava: "Por que será que nenhuma fica comigo? Por que, se me amam e cometem adultério por uma noite de amor — por que voltam correndo para seus maridos, embora quase todas temam ser espancadas?" Nenhuma delas lhe pedira seriamente que ficasse; nem uma única que fosse pedira-lhe que a levasse com ele ou o amara o suficiente para dividir com ele as alegrias e as dificuldades da sua vida errante. É claro que ele nunca pedira isso a elas, nem ao menos insinuara tal coisa; quando interrogava seu coração, constatava que gostava da sua liberdade. Não se recordava de nenhuma mulher cuja saudade não desaparecesse nos braços da seguinte. Contudo, parecia um pouco estranho e triste que o amor tivesse que ser tão fugaz em todos os lugares, o das mulheres e o dele próprio, e que fosse saciado tão rapidamente quanto tinha se inflamado. Era assim mesmo? Era sempre assim, em todos os lugares? Ou será que dependia dele, por estar sempre tão disposto, que as mulheres o achavam desejável e bonito, mas não queriam ficar com ele mais do que aquele período curto e silencioso, no feno ou no musgo? Seria porque vivia perambulando e as sedentárias tinham horror da vida de andarilho? Ou seria por causa de algo nele, como pessoa? Será que as mulheres o desejavam do mesmo modo como desejavam um belo boneco, para acariciá-lo, abraçá-lo e depois correrem para seus maridos, embora eles as surrassem? Não sabia.

Jamais se cansaria de aprender a respeito das mulheres. Na verdade, preferia as garotas, as bem jovens, as que ainda não tinham marido, que não sabiam nada. Por elas ele poderia se apaixonar perdidamente. Mas a maioria dessas jovens era inacessível: eram as mais mimadas e muito vigiadas. Mas gostava de aprender com as mulheres. Cada uma deixava algo para ser lembrado: um gesto, a maneira de beijar, um jogo peculiar, uma maneira especial de se entregar ou de se defender. Goldmund aceitava aquilo tudo, era tão insaciável e maleável quanto uma criança; pronto para qualquer tentação; justamente por esse motivo era tão sedutor. Sua beleza apenas não seria suficiente para atrair as mulheres tão facilmente; era essa disponibilidade infantil, essa aceitação, essa curiosa inocência dos apetites, essa completa disposição para tudo que a mulher pudesse desejar dele. Sem o saber, ele era para cada mulher o amante que ela desejara e com o qual sonhara: com uma, era meigo e paciente; com outra, rápido e sôfrego; às vezes, infantil como um menino que experimentava o amor pela primeira vez, ou então habilidoso e experiente. Estava preparado para os jogos e para a luta, para os suspiros e para as risadas, para ser casto e para ser libertino; só fazia com uma mulher o que ela desejasse, nada que ela não o induzisse a fazer. Era isso que qualquer mulher com os sentidos atentos adivinhava logo nele, e que o tornava tão querido.

Ele aprendia o tempo todo. Não só aprendeu em pouco tempo várias espécies de amor, muitas artes do amor, mas também absorvia as experiências de suas amantes. Aprendia a ver as mulheres na sua multiplicidade, como sentir, cheirar, tocar nelas; seu ouvido ficou sensível a cada tom de voz; em algumas mulheres, um certo tom revela de modo infalível o tipo e o alcance das suas habilidades amorosas. Observava com encantamento inesgotável sua infinita variedade: como uma cabeça assentava sobre o pescoço, como a testa se destacava da raiz dos cabelos, o movimento de um joelho. Aprendia no escuro, de olhos fechados, com dedos delicados e sensíveis, a distinguir diferentes tipos de cabelo, de pele e de penugem. Começou a perceber bem cedo que talvez estivesse ali o sentido da sua peregrinação, que talvez fosse levado de uma mulher para outra a fim de aprender e exercitar essa capacidade de reconhecer e diferenciar de modo ainda mais sutil, profundo, por meio de uma variedade maior. Talvez fosse esse o seu destino: aprender a conhecer as mulheres e aprender o amor de mil maneiras, até atingir a perfeição, do mesmo modo como alguns músicos não se limitam a tocar apenas um instrumento, mas três, quatro, muitos. Mas qual o objetivo disso e para onde o levaria, ele não sabia; ele simplesmente sentia que este era o caminho. Ele fora capaz de aprender latim e lógica sem ter talento especial para isso — mas tinha talento para o amor, para este jogo com as mulheres, isto ele aprendia sem esforço, nunca esquecia nada. Aqui as experiências se acumulavam e se ordenavam por conta própria.

Um dia, após ter levado aquela vida errante por um ou dois anos, Goldmund chegou à propriedade de um cavalheiro rico que tinha duas filhas bonitas e jovens. Era o começo do outono e em breve as noites estariam mais frias; no último outono e no inverno ele padecera e estava preocupado com os meses seguintes, porque no inverno aquele nomadismo era penoso. Pediu comida e um lugar para dormir. Foi recebido com gentileza e, ao saber que o estranho estudara grego, o cavalheiro ordenou que saísse da mesa dos criados e fosse sentar-se em sua companhia, tratando-o quase como se fosse um igual. As duas filhas conservaram os olhos baixos; a mais velha tinha dezoito anos e a menor, apenas dezesseis: Lídia e Júlia.

No dia seguinte, Goldmund quis partir. Não tinha esperança de conquistar uma dessas belas senhoritas e não havia outras mulheres que conseguissem prendê-lo ali. Mas logo após a refeição matinal, o cavalheiro levou-o até um aposento que arrumara com um objetivo especial. O velho conversou modestamente com o rapaz, contando-lhe da sua predileção por estudos e livros, e mostrou-lhe um pequeno cofre cheio de manuscritos que ele colecionara, uma escrivaninha que mandara fazer e uma bela provisão do melhor papel e pergaminho. Aos poucos, Goldmund ficou sabendo que esse piedoso cavalheiro tinha sido um estudioso na sua mocidade, mas abandonara totalmente os estudos por causa da guerra e dos negócios mundanos até que, durante uma doença grave, recebera um aviso divino ordenando-lhe que saísse em peregrinação para expiar os pecados da sua juventude. Chegara até Roma e Constantinopla e, na volta, encontrara o pai morto, a casa vazia. Instalou-se ali, casou-se, perdeu a esposa, criou as filhas e agora, no início da velhice, começara a escrever um relato detalhado das peregrinações. Já tinha alguns capítulos escritos, mas, como confessou a Goldmund, seu latim era bastante deficiente, e isto provocara interrupções constantes. Ofereceu ao rapaz roupas novas e hospedagem se ele concordasse em corrigir o que já estava escrito, passar a limpo, e também ajudá-lo a terminar o livro de suas memórias.

Estavam no outono e Goldmund sabia o que era perambular no frio, e roupas novas não deviam ser desprezadas. Mas, acima de tudo, o rapaz gostara da perspectiva de permanecer durante muito tempo na mesma casa com as duas belas jovens. Sem pensar duas vezes, aceitou. Alguns dias depois, a governanta abriu o armário onde eram guardados os tecidos, e de lá tirou um bonito corte marrom do qual foram confeccionados um traje e um gorro para Goldmund. O cavalheiro tinha imaginado um tecido preto e uma beca, uma espécie de traje acadêmico, mas seu hóspede não aprovou a ideia e soube convencê-lo do contrário, e acabou recebendo então um traje bonito, meio de pajem e meio de caçador, que lhe assentou muito bem.

Ele não teve dificuldades com o latim. Reliam juntos o que já fora escrito e Goldmund não só corrigia as muitas expressões erradas e imprecisas, como também transformava as frases curtas e toscas em belas construções latinas, com uma gramática correta. O cavalheiro estava radiante e não poupava elogios. Todos os dias eles dedicavam pelo menos duas horas ao trabalho.

Goldmund não tinha problemas para passar o tempo na propriedade — que era muito grande e fortificada. Participava de caçadas, e com Heinrich, o caçador, aprendeu a usar a besta; familiarizou-se com os cães e tinha permissão de andar a cavalo, à vontade. Raramente ficava só; ou estava falando com um cachorro ou um cavalo, ou com Heinrich, ou mesmo Léa, a governanta, uma velha gorda, de voz masculina, sempre disposta a pilheriar e a rir, ou então o menino que cuidava dos cães, ou um pastor. Com a mulher do moleiro, que morava perto, teria facilmente começado um romance, mas mantinha-se afastado e fingia-se de inexperiente.

Estava encantado com as filhas do cavalheiro. A mais jovem era a mais bonita, mas tão recatada que mal falava com Goldmund. Este tratava as duas com muito respeito e cortesia, mas ambas sentiam sua presença como se ele as cortejasse constantemente. A mais moça fechava-se completamente, numa timidez obstinada. A mais velha, Lídia, usava com ele um tom especial, uma mistura de respeito e ironia, como se ele fosse um monstro de sabedoria. Fazia-lhe perguntas curiosas, indagava a respeito da sua vida no convento, mas sempre com uma pontinha de ironia e um ar superior de grande dama. Ele aceitava tudo, tratando-a como uma dama e Júlia como uma freirinha e, quando conseguia reter as jovens com sua conversa durante mais tempo após o jantar, ou quando Lídia dirigia-lhe a palavra fora de casa, no pátio ou no jardim, e se permitia fazer troça com ele, Goldmund ficava feliz e sentia que estava progredindo.

No pátio, os altos freixos conservaram suas folhagens durante muito tempo naquele outono, e ainda havia rosas no jardim.

Um dia chegaram visitas ao castelo. Um proprietário vizinho, sua mulher e um palafreneiro vieram a cavalo; o dia agradável os estimulara a fazer um passeio mais longo do que de costume, e ali estavam eles, pedindo pousada para a noite. Foram recebidos cordialmente, e a cama de Goldmund foi levada do quarto de hóspedes para o aposento onde ele e o cavalheiro escreviam. O quarto dele foi preparado para o casal; alguns frangos foram abatidos e um criado foi apanhar peixes na represa. Goldmund participou com prazer daquela agitação festiva e sentiu imediatamente que a senhora desconhecida o olhava com atenção. Logo que percebeu o interesse e o desejo dela por meio de algo no seu olhar e na sua voz, notou também, com curiosidade crescente, que Lídia estava diferente, silenciosa e distante, e que ficava observando-o e também à dama. Durante o banquete, à noite, o pé da senhora começou a brincar com o pé de Goldmund debaixo da mesa; ele ficou encantado com essa provocação, e mais encantado ainda com a tensão sombria e silenciosa com que Lídia observava aquilo, com olhos curiosos e ardentes. Finalmente ele deixou cair de propósito a faca no chão, curvou-se para apanhá-la embaixo da mesa e acariciou o pé e o tornozelo da dama. Notou que Lídia ficou pálida e mordeu os lábios enquanto ouvia atentamente, não tanto as histórias, mas o rapaz continuava contando anedotas do convento, sentindo que a estranha dava menos atenção a elas, fascinada pelo insinuante tom da sua voz. Todos o ouviam: seu patrão, com benevolência; o hóspede, com uma expressão impassível, embora ele também tivesse notado o fogo que abrasava o jovem. Lídia nunca o ouvira falar dessa maneira; ele desabrochava, a luxúria estava no ar, seus olhos cintilavam e na sua voz havia êxtase, havia súplicas de amor. As três mulheres sentiam isso, cada uma a seu modo: a pequena Júlia, com forte repulsa e aversão; a mulher do cavalheiro, com radiante satisfação; Lídia, com uma dolorosa agitação no coração, uma mistura de ânsia interior e de fraca resistência, e o mais violento ciúme, que fazia seu rosto ficar mais fino e seus olhos, mais ardentes. Goldmund sentia todas essas ondas e, como respostas secretas às suas solicitações, elas refluíam para ele. Como pássaros, lembranças amorosas esvoaçaram em torno dele, as que cediam, as que resistiam, lutando.

Após o banquete, Júlia retirou-se; já era tarde da noite; com uma vela no castiçal de louça, a jovem saiu da sala, recatada e distante como uma pequena freira. Os outros se demoraram um pouco mais e, enquanto os dois homens conversavam a respeito da safra, do rei e do bispo, Lídia ouvia ansiosa a conversa inconsequente de Goldmund com a dama, e entre seus fios frouxos ela percebeu que se ia formando uma rede compacta e doce de dar e receber, feita de olhares, entonações, pequenos gestos, carregados de insinuações, aquecidos pelo desejo. A moça absorvia avidamente aquele clima, mas também sentiu repugnância quando viu, ou sentiu, que Goldmund tocava no joelho da senhora desconhecida sob a mesa. Sentiu aquele contato no próprio corpo e estremeceu. Mais tarde, não conseguiu dormir e ficou metade da noite atenta, com o coração descompassado, convencida de que os dois iriam encontrar-se. Ela via na sua imaginação o que era negado a eles: via os dois se abraçando, ouvia seus beijos, tremendo de excitação, desejando e temendo que o cavalheiro traído surpreendesse os amantes e apunhalasse o coração daquele abominável Goldmund.

Na manhã seguinte o céu estava ameaçador, soprava um vento úmido, mas os hóspedes recusaram o convite para continuar ali e insistiram em partir imediatamente. Lídia estava presente no momento em que os hóspedes montaram em seus cavalos; apertou-lhes as mãos na despedida, mas sem prestar atenção no que fazia. Todos os seus sentidos estavam concentrados nos seus olhos enquanto observava que a esposa do cavalheiro, ao montar, colocara o pé na mão estendida de Goldmund, viu a mão direita dele fechar-se, firme e forte, em torno do sapato e segurar o pé da mulher vigorosamente por um momento.

Depois que os estranhos foram embora, Goldmund ficou no escritório para trabalhar. Meia hora mais tarde ele ouviu a voz de Lídia lá embaixo, ordenando que lhe trouxessem um cavalo. Seu patrão aproximou-se da janela e olhou para baixo, sorrindo e balançando a cabeça. Depois os dois ficaram vendo Lídia sair do pátio. Hoje não estavam fazendo grandes progressos no trabalho de latim. Goldmund estava distraído; com palavras gentis seu patrão dispensou-o mais cedo que de costume.

Sem ser notado, Goldmund saiu a cavalo do pátio. Enfrentando o vento frio e úmido, cavalgou pela paisagem desbotada; o animal galopava cada vez mais depressa, e Goldmund sentiu debaixo dele o calor do cavalo e seu próprio sangue que se abrasava. Atravessaram campos de restolhos e matas, lugares pantanosos cobertos de cavalinhas e junco; galopavam ofegantes naquele dia cinzento, através de pequenos vales de amieiros, de florestas de pinheiros e novamente terras marrons e incultas.

No alto de uma colina, destacando-se contra o céu de nuvens de um cinza pálido, viu a silhueta de Lídia, no cavalo que trotava mansamente. Precipitou-se ao seu encontro; a moça, vendo que ele a seguia, incitou o cavalo e saiu em disparada.

Desaparecia e surgia em seguida com os cabelos esvoaçantes. Goldmund a perseguiu como se ela fosse uma raposa, seu coração vibrava. Com palavras carinhosas, incentivava o cavalo; seus olhos alegres examinavam a paisagem, os campos de vegetação rasteira, os bosques de bordos, as margens barrentas dos charcos, voltando sempre o olhar para seu alvo: a bela fugitiva. Logo iria alcançá-la.

Quando Lídia percebeu que o rapaz se aproximava, desistiu da fuga e deixou o cavalo continuar a passo, não se virando para ver seu perseguidor. Orgulhosa e aparentemente serena, seguia em frente como se nada tivesse acontecido, como se estivesse só. Ele conduziu seu cavalo para junto do dela e, lado a lado, os dois animais ficaram andando tranquilamente, mas tanto os animais quanto os dois estavam afogueados por causa da perseguição.

— Lídia! — chamou baixinho.

Ela não respondeu.

— Lídia!

Ela continuou calada.

— Como era bonito vê-la cavalgando de longe, Lídia; seus cabelos voavam atrás de você como se fossem um raio dourado. Que beleza! Que bom você ter fugido de mim! Só assim fiquei sabendo que você gosta um pouquinho de mim. Eu não sabia e até ontem à noite eu duvidava. Mas quando você tentou fugir de mim, compreendi tudo de repente. Minha bela, minha querida, você deve estar cansada. Vamos descer dos cavalos.

Saltou e segurou as rédeas do cavalo da moça para que ela não fugisse outra vez. Ela o olhava com o rosto branco como a neve, e, quando ele ajudou-a a desmontar, rompeu em lágrimas.

Solícito, Goldmund amparou-a e caminharam juntos alguns passos; fez com que ela se sentasse no capim seco e ajoelhou-se ao seu lado. A jovem ficou ali, lutando contra os soluços; lutou corajosamente e conseguiu controlá-los.

— Ah, por que você é tão mau? — ela começou quando conseguiu falar, mal podendo articular as palavras.

— Sou tão mau assim?

— Você é um sedutor de mulheres, Goldmund. Quero esquecer o que você me disse ainda agora; foram palavras indecorosas e você não tem o direito de falar assim comigo. Como pode imaginar que eu o estimo? Vamos esquecer isso! Mas como posso esquecer-me daquilo que fui obrigada a presenciar ontem à noite?

— Ontem à noite? O que foi que você viu?

— Ah, não fique fingindo! Você comportou-se de maneira vulgar e vergonhosa, bem diante dos meus olhos, exibindo-se para aquela mulher. Você não tem vergonha? Chegou até a acariciar-lhe a perna por baixo da mesa! Bem na minha frente, diante dos meus olhos! E agora que ela foi embora, você vem atrás de mim! Você realmente não sabe o que é ter vergonha?

Goldmund já se arrependera de ter dito aquelas palavras ao ajudá-la a descer do cavalo. Como fora tolo; no amor, as palavras eram desnecessárias, devia ter ficado calado.

Não disse mais nada. Ajoelhou-se ao lado dela; ao vê-la tão bonita e infeliz, seu sofrimento o contagiou, e ele também sentiu que havia algo a lastimar. Mas, apesar de tudo o que ela dissera, viu amor nos seus olhos e também era amor aquela dor nos seus lábios trêmulos. E ele acreditou mais nos olhos dela do que nas palavras.

Mas Lídia esperava uma resposta. Como esta não viesse, seus lábios adquiriram uma expressão ainda mais amarga. Ela o encarou com os olhos ainda úmidos de lágrimas e repetiu:

— Você não tem mesmo vergonha?

— Perdoe-me — disse ele com humildade —, estamos falando de coisas que não devem ser ditas. A culpa é minha, perdão! Você perguntou se eu não tenho vergonha. Pois bem, tenho vergonha. Mas é que eu gosto de você, e o amor não conhece a vergonha. Não fique zangada comigo!

Ela mal parecia ouvir. Ficou ali, com aquela boca amargurada, olhando para longe como se estivesse sozinha. Ele jamais estivera numa situação dessas. Este era o resultado de ter falado demais.

Encostou suavemente o rosto nos joelhos da moça, na mesma hora o contato lhe fez bem. Mas sentia-se confuso e triste. Lídia também parecia triste. Ficou sentada imóvel, calada, olhando para longe. Quanto acanhamento, quanta tristeza! Mas os joelhos da moça aceitaram prazerosamente o aconchego da face do rapaz e não o repeliram. Com os olhos fechados, o rosto repousando nos joelhos dela, aos poucos Goldmund foi percebendo a forma elegante deles. Com alegria e emoção, pensou que esse joelho, com sua estrutura jovem e distinta, correspondia às unhas das mãos de Lídia, longas, belas e arredondadas. Grato, aconchegou-se ainda mais aos joelhos e deixou que seu rosto e sua boca falassem com eles.

Então sentiu a mão dela, temerosa e leve como um pássaro, pousar nos seus cabelos. Que mão querida, pensou, sentindo que ela afagava seus cabelos suavemente, de um modo infantil. Ele tivera ocasião de admirar aquelas mãos muitas vezes antes; conhecia-as como se fossem as suas: os dedos longos e elegantes, com as unhas rosadas, longas e arredondadas. Agora os dedos longos e delicados conversavam timidamente com seus cabelos. Sua linguagem era infantil e medrosa, mas era amor. Agradecido, aninhou a cabeça em sua mão; sentindo a palma com o pescoço e com o rosto.

Então ela disse:

— Já é tarde, temos que ir embora.

Ele ergueu a cabeça, olhou-a com carinho e, delicadamente, beijou seus dedos esguios.

— Por favor, levante-se — insistiu Lídia. — Precisamos voltar para casa.

Ele obedeceu imediatamente. Levantaram-se, montaram os cavalos e partiram.

O coração de Goldmund estava radiante. Como Lídia era bela, pura como uma criança e tão delicada! Nem a beijara e já se sentia grato e satisfeito!

Cavalgaram depressa e só quando chegaram bem perto da entrada do pátio ela ficou com medo e disse:

— Não deveríamos ter chegado juntos. Como somos insensatos!

E no último instante, quando saltavam dos cavalos e um criado chegava correndo, a moça murmurou depressa e bem junto do seu ouvido:

— Diga-me se você esteve ontem à noite com aquela mulher.

— Ele sacudiu a cabeça várias vezes, negando, e começou a tirar a sela do cavalo.

À tarde, depois que o pai da moça se retirou, Lídia apareceu no escritório.

— É verdade mesmo? — perguntou com angústia. Ele sabia do que se tratava. — Então, por que você ficou brincando com ela, daquela maneira tão detestável, com o intuito de fazê-la se apaixonar por você?

— Aquilo era para você — disse. — Acredite, Lídia, teria preferido mil vezes acariciar o seu pé, e não o dela. Acontece que ele nunca se aproximou de mim debaixo da mesa, para perguntar se eu gosto de você.

— Você gosta realmente de mim, Goldmund?

— Oh, sim.

— E o que vai acontecer?

— Não sei, Lídia, e também não me preocupo. Amar você me faz feliz, e não penso no que vai acontecer. Fico feliz quando a vejo andar a cavalo e quando ouço sua voz, e quando seus dedos acariciam meus cabelos. Ficarei ainda mais feliz quando puder beijá-la.

— Um homem só deve beijar sua noiva, Goldmund. Você nunca pensou nisso?

— Não, nunca pensei nisso. E por que deveria pensar? Você sabe tão bem quanto eu que não poderá ser minha noiva.

— Sim, eu sei. E como você não pode ser meu marido e nem poderá ficar ao meu lado, agiu mal ao me falar de amor. Você pensou que poder me seduzir?

— Não pensei em nada e também não acreditei em nada, Lídia. Aliás, penso muito menos do que você imagina. A única coisa que desejo é que você queira me beijar. Nós dois falamos demais. Os que se amam não fazem isso. Acho que você gosta de mim.

— Hoje de manhã você disse exatamente o contrário.

— E você fez o contrário.

— Eu? O que quer dizer?

— Primeiro você fugiu de mim ao me ver chegar. Foi quando pensei que você me amava. Depois você chorou, e eu achei que era porque gostava de mim. Então deitei minha cabeça nos seus joelhos e você me acariciou e eu pensei que era amor. Mas agora você não está agindo como uma pessoa que ama.

— Não sou como aquela mulher cujo pé você acariciou ontem. Você parece estar acostumado com aquele tipo de mulher.

— Não, graças a Deus você é muito mais bonita e mais distinta do que ela.

— Não foi isso que eu quis dizer.

— Ora, mas é verdade. Você sabe que é muito linda?

— Tenho um espelho.

— Alguma vez já examinou a sua testa no espelho, Lídia? E os ombros, as unhas e os joelhos? Reparou que se completam e como uma parte combina com a outra, que têm a mesma forma, uma forma alongada, esguia, firme e muito elegante? Você já reparou?

— A maneira como você fala! Na verdade, nunca havia notado, mas agora que você se referiu a isso, sei o que quer dizer. Agora ouça-me bem; você é mesmo um sedutor, e ainda quer que eu me torne vaidosa.

— Lamento não conseguir fazer nada certo com você. Por que eu haveria de querer torná-la vaidosa? Você é bonita e eu gostaria de provar-lhe o quanto lhe sou grato por isso. Você me obriga a dizer com palavras, quando poderia mil vezes melhor dizer sem palavras. Com palavras não posso dar-lhe nada! Com palavras não posso aprender nada com você, nem você comigo.

— E o que há para aprender com você?

— Eu de você e você de mim, Lídia. Mas você não quer. Você só quer amar o homem de quem um dia será noiva. Ele vai rir, quando descobrir que você não sabe nada, nem mesmo beijar.

— Então quer me dar aulas sobre beijo, senhor erudito?

Ele sorriu para ela. Embora suas palavras não lhe agradassem, podia sentir que, por trás daquela conversa um tanto seca e que soava falsa, havia seu recato, podia sentir que ela estava sendo dominada pelo desejo e, medrosa, lutava contra a tentação.

Goldmund não respondeu. Sorriu para ela, percebeu seu olhar inquieto, e, à medida que ela ia cedendo àquele fascínio, não sem resistência, foi aproximando seu rosto lentamente, até que seus lábios se tocaram. Os dele roçaram suavemente sua boca, que retribuiu com um pequeno beijo infantil, abrindo-se como em doloroso espanto, quando os dele não se afastaram. Ele continuou, suavemente, buscando a boca que fugia até que, por fim, veio ao seu encontro, e então ele ensinou a jovem fascinada, sem violência, como receber e dar um beijo, até que ela, exausta, escondeu o rosto no ombro dele. Deixou-a descansar, cheirou com prazer seus cabelos louros e espessos, sussurrou sons carinhosos e tranquilizadores ao seu ouvido, recordando-se de como havia sido iniciado naqueles mistérios do amor pela cigana Lisa, quando ele não passava de um aluno ignorante. Como os cabelos dela eram pretos e sua pele morena, como o sol queimava e as ervas-de-são-joão, já murchas, exalavam seu perfume! Como fazia tempo, como estavam distantes todos aqueles acontecimentos. Era assim que tudo murchava rapidamente, mal tendo tempo para florir!

Lídia foi-se refazendo aos poucos, seu rosto estava mudado, os olhos amorosos pareciam grandes e sinceros.

— Deixe-me ir, Goldmund! — disse. — Fiquei tanto tempo aqui com você, meu querido!

Todos os dias encontravam uma hora para ambos, e Goldmund deixava-se guiar por ela em tudo. Esse amor de menina o deixava feliz e comovido. Às vezes ela apenas conservava suas mãos entre as dele, durante uma hora inteira, olhava-o nos olhos e depois despedia-se com um beijo infantil. Outras vezes ela o beijava, apaixonada e insaciavelmente, mas não permitia que ele a tocasse. Uma ocasião, muito ruborizada e lutando consigo mesma, permitiu que ele visse um de seus seios, com a intenção de dar-lhe uma grande alegria. Timidamente ela afastou o vestido daquele pequeno fruto alvo; ele ajoelhou-se e o beijou, e ela o cobriu novamente com cuidado, ruborizada até o pescoço. Eles também conversavam, mas de uma maneira diferente, não mais como no primeiro dia. Inventavam nomes um para o outro; ela contava a respeito de sua infância, dos seus sonhos e dos seus divertimentos. Ela também dizia com frequência que seu amor não era lícito, já que não podiam casar-se; com tristeza e resignação ela falava sobre isso e envolvia seu amor no segredo dessa tristeza como se fosse um véu preto.

Pela primeira vez Goldmund sentiu-se não só desejado, mas também amado por uma mulher.

Uma vez Lídia disse: "Você é tão bonito e parece tão feliz, mas dentro dos seus olhos não há alegria, somente tristeza, como se seus olhos soubessem que a felicidade não existe e que tudo que é belo e precioso não fica muito tempo conosco.

Você tem os olhos mais belos que já vi, e os mais tristes também. Creio que é porque você não tem um lar. Você veio para mim saindo das florestas, e um dia você irá embora e dormirá novamente sobre o musgo e recomeçará suas longas caminhadas. Mas onde é o *meu* lar? Quando você partir, continuarei tendo um pai, uma irmã, um quarto e uma janela, junto à qual poderei sentar-me e ficar pensando em você; porém não terei mais um lar."

Ele deixou que ela falasse. Às vezes ele sorria ao ouvir as palavras dela, às vezes ficava triste. Jamais a consolava com palavras, apenas com carícias, apenas segurando a cabeça dela junto ao peito e murmurando sons suaves e mágicos, coisas sem sentido, como as amas costumam fazer para consolar as crianças que choram. Um dia Lídia lhe disse: "Gostaria de saber, Goldmund, o que será de você; penso nisso com frequência. Sua vida não será comum nem fácil! Oh, desejo que você seja feliz! Às vezes penso que você deveria tornar-se um poeta, um homem que tem visões e sonhos, e que sabe descrevê-los com belas palavras. Ah, você andará pelo mundo inteiro e todas as mulheres o amarão, mas você continuará sempre só. Seria melhor você voltar para o convento, para o seu amigo do qual já me falou tantas vezes! Eu rezarei por você, para que você não morra sozinho no meio da floresta!"

Era assim que ela falava; na maior seriedade, com o olhar perdido. Mas ele também cavalgava e ria ao seu lado pelos campos naquele fim de outono, ou apresentava-lhe charadas engraçadas ou atirava-lhe de brincadeira folhas secas e bolotas reluzentes.

Uma noite Goldmund estava deitado na sua cama, esperando o sono. O coração sofria com uma dor suave batendo dentro do seu peito, pesado e cheio. Cheio de amor, cheio de tristeza e de indecisão. Ouvia o vento de novembro sacudir o telhado; habituara-se a ficar assim durante algum tempo antes de adormecer. Baixinho, como costumava fazer todas as noites, entoou um cântico para a Virgem:

> *Tota pulchra es, Maria,*
> *et macula originalis non est in te.*
> *Tu laetitia Israel,*
> *tu advocata peccatorum!*

Com sua música suave, a canção mergulhava na sua alma; ao mesmo tempo o vento cantava do lado de fora uma canção a respeito de conflitos e longas caminhadas, de florestas, outono, da vida dos que não tinham um lar. Pensou em Lídia e pensou em Narciso, e também na sua mãe; seu coração inquieto estava cheio e pesado.

De repente, assustou-se e ficou olhando, sem poder acreditar no que via; a porta do quarto abrira-se, e do escuro saiu uma figura com uma longa camisola branca. Silenciosamente, Lídia entrou, descalça no piso de pedra, fechou devagarinho a porta e sentou-se na sua cama.

— Lídia — murmurou ele —, minha corçazinha, minha flor branca! Lídia, o que você faz aqui?

— Vim até aqui — disse — apenas por alguns minutos. Só quero ver meu Goldmund, o meu tesouro, deitado na sua cama.

Deitou-se ao seu lado, os dois muito quietos, os corações agitados. Lídia deixou que Goldmund a beijasse e que suas mãos percorressem seu corpo, e nada mais. Instantes depois ela afastou as mãos do rapaz, beijou-lhe os olhos, levantou-se em silêncio e desapareceu. A porta rangeu, o vento uivava e martelava o sótão. Tudo parecia enfeitiçado, cheio de mistérios, e receios, de promessas e ameaças. Goldmund não sabia o que pensar e o que fazer. Quando acordou, depois de um sono leve e agitado, seu travesseiro estava molhado de lágrimas.

Algumas noites depois ela voltou, o doce e alvo fantasma, e ficou deitada ao seu lado durante quinze minutos, como da última vez. Encolhida nos seus braços, sussurrava ao seu ouvido — tinha muito para contar e muito a lamentar. Ele ouvia a moça deitada no seu braço esquerdo, afetuosamente, enquanto sua mão direita acariciava seus joelhos.

— Meu Goldmund — dizia, com voz abafada, no seu ouvido. — É tão triste saber que jamais poderei ser sua. Nossa pequena felicidade, nosso pequeno segredo não vão durar muito. Júlia já anda desconfiada e em breve vai obrigar-me a contar tudo. Ou papai irá perceber alguma coisa. Se ele me encontrasse aqui na sua cama, meu adorado, sua Lídia passaria por maus momentos; ela olharia com olhos chorosos para as árvores e veria seu amado pendurado lá em cima, balançando ao vento. Seria melhor você fugir logo, agora mesmo, antes que meu pai mande prendê-lo e enforcá-lo. Uma vez vi um enforcado, um ladrão. Eu não suportaria vê-lo pendurado. Vá embora, fuja e esqueça-se de mim. Não quero que você morra, meu querido, não quero que as aves venham picar seus olhos azuis! Não, não, meu tesouro, você deve partir... ah, o que será de mim se você for embora?

— Você não quer ir comigo, Lídia? Vamos fugir juntos, o mundo é grande!

— Seria maravilhoso — ela suspirou —, seria maravilhoso poder correr o mundo com você! Mas não posso. Não conseguiria dormir na floresta, ser uma andarilha com pedacinhos de palha nos cabelos, não, não poderia. Nem posso dar esse desgosto a meu pai. Não, não diga nada, não estou imaginando coisas! Simplesmente não posso! Não poderia, do mesmo modo que jamais comeria num prato sujo ou dormiria na cama de um leproso. Ah! tudo que é bom e belo está proibido para nós, ambos nascemos para sofrer. Meu bem, meu pobre garoto, creio que ainda o verei enforcado! E quanto a mim, serei trancada no meu quarto e depois enviada para um convento. Você precisa deixar-me, meu amado, e dormir novamente com as ciganas e as camponesas. Fuja, vá embora antes que eles o prendam e enforquem. Nunca seremos felizes, nunca!

Ele acariciou suavemente seus joelhos, tocou levemente no seu sexo e suplicou:

— Oh, minha florzinha, poderíamos ser tão felizes! Você consente?

Ela empurrou sem indignação, mas com firmeza, a mão dele e afastou-se um pouco.

— Não — disse — não, você não pode. Isto é proibido para mim. Talvez você não possa compreender, meu pequeno cigano. Estou agindo mal, sou uma jovem má e estou envergonhando meu próprio lar. Mas em algum lugar da minha alma continuo orgulhosa, e ali ninguém pode entrar. Isso você precisa conceder-me, do contrário jamais voltarei ao seu quarto.

Ele nunca iria desrespeitar uma proibição dela, um desejo ou uma simples alusão. Surpreendia-se com o poder que ela exercia sobre ele, mas sofria. Seus sentidos não haviam sido aplacados e frequentemente seu coração se revoltava contra essa dependência. Às vezes lutava para se libertar dessa situação. Às vezes, com um cavalheirismo exagerado, cortejava a pequena Júlia, porque era muito importante manter boas relações com essa pessoa tão poderosa e chegar mesmo a iludi-la. Ele tinha uma relação estranha com a pequena Júlia, às vezes se comportava como uma criança e às vezes parecia onisciente. Sem dúvida alguma era mais bonita que Lídia, de uma beleza extraordinária que, combinada com sua inocência infantil, era uma grande atração para Goldmund. Frequentemente sentia-se apaixonado. E nessa forte atração que a irmã exercia sobre seus sentidos ele reconhecia, com surpresa, a diferença entre desejo e amor. No início observara as duas irmãs com o mesmo olhar, achara as duas desejáveis, porém, Júlia, mais bela e sedutora. Cortejava igualmente as duas, observando-as constantemente. E agora Lídia adquirira esse poder sobre ele. Amava-a tanto que, graças a esse amor, resignava-se a não possuí-la. Ficara conhecendo e amando sua alma. Em sua ternura infantil e sua tendência à tristeza, a alma dela se parecia com a dele.

Quase sempre ficava espantado e encantado ao constatar como a alma dela correspondia ao corpo; quando ela fazia ou dizia alguma coisa, expressava um desejo ou uma opinião, as palavras e a atitude de sua alma tinham a mesma forma do desenho de seus olhos ou do feitio de seus dedos.

Esses momentos, em que ele julgava reconhecer as formas básicas e as leis que constituíam a alma dela e também o corpo, haviam despertado mais de uma vez em Goldmund o desejo de reter alguma coisa daquela forma e recriá-la. Começou então a tentar desenhar de memória, em folhas de papel que ele conservava escondidas, alguns esboços com traços de pena, o contorno da cabeça, a linha das sobrancelhas, a mão e o joelho de Lídia.

Com Júlia, a situação estava ficando mais difícil. Com certeza ela já percebera a onda de amor que envolvia sua irmã, e todos os seus sentidos voltavam-se, cheios de curiosidade e avidez, para a fonte daquele paraíso, embora sua razão, por teimosia, se recusasse a admiti-lo. Tratava Goldmund com uma frieza e uma indiferença exageradas. Mas durante os momentos em que relaxava e esquecia destas atitudes, ela o olhava com admiração e uma curiosidade ávida. Mostrava-se frequentemente carinhosa com a irmã, indo procurá-la até mesmo na cama para absorver a atmosfera de amor e sexo com muda volúpia, e, conversando, tocava, intencionalmente naquele segredo proibido e cobiçado. Depois, com uma rispidez quase ofensiva, deixava transparecer que sabia do delito secreto de Lídia e que sentia desprezo por isso. A bonita e caprichosa criança esvoaçava entre os namorados, atraente e perturbadora; experimentava, em sonhos sequiosos, os segredos do amor, bancava a inocente e depois, outra vez, mostrava-se perigosamente conhecedora do assunto. Em pouco tempo a criança adquiriu uma espécie de poder sobre eles. Lídia sofria com isto, mais do que Goldmund, que, a não ser nas refeições, raramente via a menina. Lídia também percebia que Goldmund não era insensível aos encantos de Júlia, e às vezes surpreendia seus olhos experientes e deslumbrados observando a irmã. Não ousava dizer nada sobre isso; tudo era tão complicado, tão perigoso. Júlia não devia de modo algum ser contrariada ou ofendida; qualquer dia, qualquer hora, o segredo do seu amor podia ser descoberto, pondo fim à sua felicidade tão difícil e angustiada, talvez um fim terrível.

Às vezes Goldmund se perguntava por que não tinha ido embora dali. Era difícil viver da maneira como estava vivendo: amado, mas sem esperança de uma felicidade permitida e duradoura, ou da satisfação fácil dos seus desejos amorosos à qual ele estava acostumado até então. Seus sentidos estavam constantemente excitados e famintos, nunca aplacados; além do mais, vivia em permanente perigo. Por que continuava ali, suportando tudo isso, essas confusões e emoções contraditórias? Essas experiências, esses sentimentos e estados de espírito eram para pessoas sedentárias, com uma vida legítima, que apreciam uma sala aquecida. Será que ele não tinha o direito dos errantes, dos miseráveis, de afastar-se daquelas complicações sutis e de rir delas? Sim, ele tinha esse direito, e era um louco por querer procurar aqui uma espécie de lar, pagando por isso com tanto sofrimento, tanto constrangimento. Mesmo assim, era o que fazia. Não só suportava como ficava intimamente feliz com isso. Amar dessa forma era tolo e difícil, era complicado e exaustivo, mas também era maravilhoso. Era enternecedora a tristeza desse amor, uma tristeza de uma beleza sombria em sua loucura e sua falta de esperança. Suas noites em claro, preenchidas por pensamentos, eram belas; tudo aquilo era tão belo e agradável quanto o traço de sofrimento nos lábios de Lídia, ou o tom apagado e afetuoso de sua voz quando ela falava do seu amor e da sua tristeza. Em poucas semanas surgiram traços de sofrimento no rosto jovem de Lídia. Parecia tão bonito e tão importante para ele reproduzir as linhas do rosto dela num desenho, e sentia que ele também tornara-se diferente naquelas poucas semanas; ficara mais velho; não mais inteligente, porém mais experiente, não mais feliz, porém mais amadurecido e enriquecido na alma. Deixara de ser um menino.

Um dia Lídia disse com sua voz suave e velada: "Você não precisa ficar triste por minha causa, só quero vê-lo alegre e feliz. Perdoe-me por tê-lo deixado triste, eu o contagiei com meus receios e aflições. À noite tenho sonhos tão estranhos: estou sempre andando por um deserto tão grande e tão sombrio que nem consigo descrever; e eu ando por ali à sua procura, mas sei que você não está lá, sei que o perdi e que terei de continuar andando, andando sempre, sempre sozinha. Quando desperto, fico pensando: oh, que bom, que coisa maravilhosa ele estar aqui, poder vê-lo talvez por muitas semanas ainda, ou por alguns dias apenas, isto não importa, a única coisa que importa é que ele está aqui!"

Certa manhã Goldmund acordou ao romper do dia e ficou deitado na cama, meditando; imagens desconexas de um sonho pairavam em torno dele. Sonhara com sua mãe e com Narciso, e ainda podia ver estas duas figuras com nitidez. Quando conseguiu livrar-se da trama dos sonhos, uma claridade estranha chamou sua atenção, uma espécie de luminosidade singular que entrava pela janela. Saltou da cama, correu até a janela e viu que o parapeito, o telhado da cocheira, o portão do pátio e toda a paisagem que se estendia do outro lado cintilavam, com um brilho branco-azulado, cobertos com a primeira neve do inverno. Ficou impressionado com o contraste entre o alvoroço do seu coração e a paisagem tranquila e resignada de inverno: de que maneira plácida, enternecedora e piedosa o campo e a floresta, a colina e a mata se entregavam ao sol, ao vento, à chuva, à seca, à neve; de que maneira bela e amável o bordo e o freixo suportavam o fardo do inverno! Não se conseguiria ser igual a eles, não se poderia aprender nada com eles? Pensativo, foi até o pátio, onde patinou na neve, sentiu-a com as mãos, foi ao jardim e olhou, por cima da cerca alta e coberta de neve, os galhos das roseiras vergados pelo peso da neve.

Enquanto tomavam o mingau de aveia na refeição matinal, todos comentaram a respeito da primeira neve; todos — até as meninas — já haviam estado lá fora. A neve chegara tarde esse ano; o Natal já se aproximava. O cavalheiro falou de países do sul onde não havia neve. Mas o fato que tornou inesquecível esse primeiro dia de inverno para Goldmund ocorreu quando já era noite.

As duas irmãs haviam brigado, durante o dia, mas o rapaz não sabia. À noite, quando a casa estava silenciosa e escura, Lídia, como de costume, foi ao quarto dele, deitou-se calada ao seu lado, descansou a cabeça no seu peito para ouvir as batidas do seu coração e consolar-se com a sua proximidade. Estava triste a apreensiva, temia que Júlia os traísse. Contudo, não conseguia decidir-se a falar sobre isso com seu amado e deixá-lo preocupado. Assim, ficou deitada em silêncio sobre o seu coração, ouvindo as palavras carinhosas que ele murmurava de vez em quando, sentindo a mão dele nos seus cabelos.

Mas de repente — não fazia muito tempo que Lídia estava ali — assustou-se terrivelmente e sentou-se, os olhos arregalados. Goldmund também levou um grande susto quando a porta do quarto se abriu e entrou uma figura que ele, tomado de pavor, não conseguiu reconhecer logo. Só quando a aparição estacou ao lado da cama e se inclinou foi que percebeu, com o coração batendo descompassadamente, que era Júlia. A jovem deixou cair no chão a capa que vestira por cima da camisola. Com um grito de dor, como se tivesse sido apunhalada, Lídia recuou e agarrou-se a Goldmund.

Com uma voz irônica e triunfante, embora trêmula, Júlia disse:

— Não gosto de ficar sozinha no meu quarto o tempo todo. Ou vocês deixam que eu fique aqui com vocês, os três deitados juntos, ou vou acordar papai.

— Está bem, venha — disse Goldmund, afastando as cobertas. — Você vai ficar com os pés gelados. — Ela subiu na cama e ele fez o possível para abrir espaço naquele leito estreito, porque Lídia enterrara o rosto no travesseiro e estava imóvel. Finalmente, os três se acomodaram na cama, uma jovem de cada lado de Goldmund. Por um segundo ele não conseguiu afastar o pensamento de que há pouco tempo essa situação correspondia aos seus desejos mais secretos. Com uma angústia estranha mas intimamente deslumbrado, sentiu os quadris de Júlia ao seu lado.

— Eu só queria saber — começou ela — como era deitar na sua cama, já que a minha irmã gosta tanto de vir aqui.

A fim de acalmá-la, Goldmund começou a roçar seu rosto nos cabelos de Júlia e a acariciar suavemente seus quadris e seus joelhos, como se faz com um gato. Quieta e curiosa ela aceitou a mão que explorava; sentiu, entre fascinada e atenta, aquele encantamento sem opor resistência. Mas enquanto lançava seu feitiço, o rapaz se preocupava em consolar Lídia, murmurando-lhe ao ouvido sons familiares e amorosos, fazendo com que ela finalmente levantasse a cabeça, virando o rosto para ele. Em silêncio, beijou-lhe a boca e os olhos, enquanto sua mão mantinha a irmã enfeitiçada do outro lado. Ele tinha consciência de que aquela situação era constrangedora e grotesca, e estava se tornando quase insuportável. Foi a sua mão esquerda que lhe revelou a verdade: enquanto ela explorava o corpo bonito e ansioso de Júlia, sentiu, pela primeira vez não só a profunda desesperança do seu amor por Lídia, mas também o quanto era ridículo. Enquanto seus lábios estavam com Lídia e sua mão se ocupava de Júlia, sentiu que deveria obrigar Lídia a se render ou ir embora. Amá-la mas ter que renunciar a ela fora um erro, um absurdo.

— Meu coração — murmurou ao ouvido de Lídia —, estamos sofrendo sem necessidade. Como poderíamos ser felizes agora, nós três! Vamos fazer o que nosso sangue exige!

Ela recuou, estremecendo, e seu desejo voltou-se para a outra. Sua mão dava tanto prazer a Júlia que ela respondia com um longo e trêmulo suspiro de luxúria.

Quando Lídia ouviu o suspiro, seu coração se contraiu de ciúmes, como se nele houvessem pingado veneno. Sentou-se de repente na cama, afastou as cobertas, pôs-se de pé e gritou:

— Júlia, vamos embora!

Júlia estremeceu; a violência imprudente do grito de Lídia, que poderia traí-los, mostrou-lhe o perigo que corriam. Silenciosamente, ela se levantou.

Mas Goldmund, ofendido e ludibriado nos seus sentidos, atirou-se sobre Júlia, abraçou-a, beijou-lhe os seios e murmurou apaixonadamente em seu ouvido:

— Amanhã, Júlia, amanhã!

Lídia, de camisola e descalça, estava parada no piso de pedra, com os pés azuis de frio. Pegou a capa de Júlia no chão e colocou-a em volta do corpo da irmã, com um gesto paciente e humilde que não passou despercebido a Júlia, apesar da escuridão; foi um gesto que a comoveu e acalmou. As irmãs desapareceram silenciosamente do quarto. Dominado por emoções conflitantes, Goldmund ficou à escuta e respirou aliviado quando a casa mergulhou num silêncio absoluto.

Os três jovens foram obrigados a refletir sozinhos a respeito de sua relação estranha e anormal. As duas irmãs não encontraram nada para dizer uma à outra depois que, acomodadas no seu quarto, não conseguiram manter um diálogo, conservando-se isoladas. Ficaram acordadas nas suas camas, caladas e obstinadas. Um espírito de mágoa, discórdia, insensatez, alienação e confusão íntima parecia ter dominado aquela casa. Goldmund só conseguiu dormir depois da meia-noite, e Júlia, de madrugada. Lídia continuou acordada, sofrendo, até que o dia pálido despontou sobre a neve. Levantou-se, vestiu-se, ficou ajoelhada rezando durante muito tempo diante de uma pequena imagem de madeira do Salvador no seu quarto. Ao ouvir na escada os passos do pai, saiu do quarto e foi ao seu encontro, pedindo-lhe que ouvisse o que ela tinha a dizer. Sem intenção de estabelecer uma diferença entre seu temor pela virgindade de Júlia e seus próprios ciúmes, decidira terminar com aquilo. Goldmund e Júlia ainda dormiam quando o cavalheiro foi informado de tudo o que Lídia decidira contar-lhe. Ela não mencionou a participação de Júlia na aventura.

Quando Goldmund apareceu no escritório na hora de costume, encontrou o cavalheiro de botas, colete e espada na cinta, em vez dos chinelos e do roupão que costumava usar quando escreviam. Ele percebeu logo o que aquilo significava.

— Ponha o gorro — disse o cavalheiro. — Preciso fazer uma longa caminhada com você.

Goldmund tirou o gorro do cabide e acompanhou o patrão escada abaixo, através do pátio e para fora do portão. As solas dos sapatos rangiam na neve que começava a congelar; o céu ainda tinha o avermelhado da aurora. O cavalheiro caminhava na frente em silêncio; o jovem o seguia, virando-se várias vezes para olhar a casa, a janela do seu quarto, o telhado pontudo coberto de neve, até que tudo desapareceu de sua vista. Nunca mais tornaria a ver esse telhado e essas janelas; nunca mais veria o escritório, o quarto, as duas irmãs. Ele tinha brincado tantas vezes com a ideia de uma partida repentina. Agora seu coração se contraía dolorosamente, e ir embora dessa maneira o feria profundamente.

Continuaram caminhando durante mais de uma hora; com o patrão sempre na frente; ambos calados. Goldmund começou a pensar no seu destino. O cavalheiro estava armado, talvez o matasse. Mas não acreditava nessa possibilidade. O perigo era pequeno, pois bastava que ele saísse correndo, e o cavalheiro, embora com uma espada, ficaria ali parado impotente. Não, sua vida não corria perigo. Mas essa caminhada silenciosa atrás daquele homem ofendido e solene, o fato de ser conduzido sem uma palavra o magoava mais a cada passo. Finalmente o cavalheiro parou e disse com voz áspera:

— Daqui em diante você continuará sozinho, sempre na mesma direção, e levará a vida de vagabundo que tinha antes. Se algum dia você aparecer de novo nas proximidades da minha casa, será morto. Não quero me vingar de você; eu deveria ter sido mais inteligente e não ter permitido que um homem tão jovem ficasse perto de minhas filhas. Mas se você tiver a audácia de voltar, sua vida chegará ao fim. Vá embora, e que Deus o perdoe!

Na luz pálida daquela manhã de neve, seu rosto de barba cinzenta parecia quase morto. Como um fantasma, permaneceu ali e não se mexeu até que Goldmund desapareceu por trás de uma colina. O tom avermelhado do céu nublado sumira, o sol não apareceu e a neve começou a cair em flocos finos e hesitantes.

# Capítulo 9

Goldmund conhecia a região, que atravessara em muitos passeios a cavalo. O cavalheiro era dono de um celeiro que ficava depois do pântano congelado, e mais adiante havia uma casa de fazenda onde era conhecido; ele poderia descansar e pernoitar em um desses lugares. Tudo o mais teria que esperar até o dia seguinte. Aos poucos voltou-lhe a sensação de liberdade e independência, à qual já se desacostumara. Seu sabor, num dia tão gelado e sombrio de inverno, não era agradável, e o desconhecido cheirava a dificuldades, a fome e a privações; mesmo assim, sua vastidão, sua extensão e sua implacável aspereza eram quase reconfortantes para o seu coração arruinado e perturbado.

Andou até ficar exausto. Acabaram-se as cavalgadas, pensou. Oh, mundo imenso! Caía pouca neve e, ao longe, o topo das árvores da floresta fundiam-se com as nuvens cinzentas; o silêncio infinito estendia-se até os confins da terra. O que estaria acontecendo com Lídia, aquele pobre coração angustiado? Condoía-se amargamente da sua sorte; pensava nela com ternura enquanto descansava sob um freixo nu e solitário no meio do deserto terreno pantanoso. Finalmente, impelido pelo frio, levantou-se, as pernas entorpecidas, e recomeçou a andar depressa. A luz fraca daquele dia sombrio já parecia estar desaparecendo. A caminhada difícil pelos campos desertos interrompeu suas reflexões. A questão agora não era pensar ou ter emoções, por mais delicadas e belas que fossem; o que importava era manter-se vivo, chegar a tempo a um lugar para passar a noite, suportar aquele mundo frio e hostil como uma marta ou uma raposa, e não sucumbir tão cedo, em pleno campo aberto. O resto não tinha importância.

Surpreso, olhou em volta quando imaginou ouvir ao longe o ruído de patas de cavalo. Será que alguém o seguia? Puxou a pequena faca de caça do bolso e tirou a bainha de madeira. Conseguiu ver o cavaleiro e reconheceu o cavalo da estrebaria do seu antigo patrão que vinha em sua direção. Fugir seria inútil; parou e esperou, sem estar realmente com medo, mas muito tenso e curioso, o coração batendo mais depressa. Por um momento, um pensamento passou-lhe pela cabeça: "Se eu matasse esse cavaleiro, eu ficaria muito bem; teria então um cavalo e o mundo seria meu!" Mas quando reconheceu o cavaleiro, o moço do estábulo, Hans, com seus olhos azuis aguados e com sua cara simpática e seu ar acanhado de menino, Goldmund teve que rir — para matar esse bom e querido camarada era preciso ter um coração de pedra! Cumprimentou Hans amigavelmente e afagou o pescoço quente e úmido do cavalo Aníbal, que o reconheceu logo.

— Para onde você está indo, Hans? — perguntou.

— Para você — riu o rapaz, mostrando os dentes brilhantes. — Você já percorreu uma boa distância. Não posso demorar. Vim só para trazer-lhe cumprimentos e entregar-lhe isto.

— E os cumprimentos são de quem?

— Da senhorita Lídia. Você nos fez passar um dia bem desagradável, mestre Goldmund; felizmente consegui escapar um pouco. Mas o patrão não deve saber que eu saí, e ainda mais com uma missão que poderia custar o meu pescoço. Agora, pegue isto.

Estendeu-lhe um pequeno pacote que Goldmund apanhou.

— Diga-me, Hans, você por acaso tem um pedaço de pão aí no bolso que pudesse me dar?

— Pão? É possível que tenha sobrado um naco. — Revirou os bolsos e tirou um pedaço de pão preto. Depois fez menção de partir imediatamente.

— Como está a senhorita? — perguntou Goldmund. — Não mandou nenhum recado? Nem uma cartinha?

— Nada. Eu a vi somente por um minuto. O clima na casa é de tempestade, você sabe. O patrão fica andando para todos os lados, como o rei Saul. Ela me disse para entregar-lhe isto aqui, e nada mais. Agora preciso voltar.

— Está bem, está bem, fique só mais um instante! Hans, você não poderia ceder-me o seu facão de caça? Só tenho um, muito pequeno. Quando os lobos chegarem, e... bem, seria melhor se eu tivesse algo mais resistente na mão.

Mas Hans não quis saber disso. Seria realmente lastimável, ele disse, se acontecesse alguma coisa com o mestre Goldmund. Mas ceder seu punhal, isso não! Jamais o daria a alguém, nem por dinheiro, nem como troca; não e não, nem que a própria Santa Genoveva o pedisse! Isso era tudo; agora tinha que ir embora. Desejava que tudo corresse bem e lamentara o que acontecera.

Despediram-se com um aperto de mãos e o rapaz partiu. Com o coração estranhamente dolorido, Goldmund seguiu-o com o olhar. Depois abriu o pacote, satisfeito por ter a resistente corda de couro de bezerro que o atava. Dentro encontrou um agasalho de lã cinza grossa, que Lídia devia ter feito para ele, e havia uma coisa dura embrulhada na lã: um pedaço de presunto, e, dentro deste, havia uma pequena fenda onde brilhava uma moeda de ouro. Não havia nenhuma mensagem escrita. Indeciso, ficou parado na neve, segurando os presentes de Lídia. Então tirou o casaco e vestiu o agasalho de lã, que proporcionava um calor agradável. Rapidamente vestiu outra vez o casaco, escondeu a moeda de ouro no bolso mais seguro, enrolou a corda na cintura e continuou sua caminhada através dos campos. Já era hora de encontrar um local para descansar, pois sentia-se exausto. Mas não pretendia ir para a casa da fazenda, embora lá estivesse mais quente e certamente encontraria leite; não estava disposto a tagarelar e a ouvir perguntas. Passou a noite no celeiro e continuou seu caminho de manhã bem cedo, enfrentando o vento gelado, impelido pelo frio a marchas prolongadas. Durante muitas noites, sonhou com o cavalheiro e sua espada e também com suas duas filhas; durante muitos dias, a solidão e a melancolia oprimiram seu coração.

Na noite seguinte encontrou pousada numa aldeia habitada por camponeses tão pobres que não tinham pão, só mingau de aveia. Ali novas aventuras o aguardavam. Durante a noite a camponesa de quem ele era hóspede deu à luz uma criança e Goldmund esteve presente porque foram tirá-lo da palha onde dormia para ajudar; embora, no fim, não tivesse nada para fazer, a não ser ficar segurando uma tocha enquanto a parteira trabalhava. Pela primeira vez assistia a um nascimento, surpreso com o olhar intenso da parturiente; sentiu-se subitamente enriquecido com esta nova experiência. A expressão no rosto da parturiente foi marcante para ele. À luz da tocha, enquanto observava com grande curiosidade as feições da mulher em trabalho de parto, ficou impressionado com algo inesperado: os traços no rosto crispado da mulher que gritava eram pouco diferentes daqueles que vira nos rostos de mulheres no momento do êxtase amoroso. Na verdade, a expressão de grande dor era mais intensa e mais desfigurante do que a expressão de grande prazer — porém, no essencial, não eram diferentes; era a mesma contração parecida com um sorriso forçado, o mesmo brilho que surge e se apaga de repente. Milagrosamente sem entender por quê, ficou surpreso ao perceber que dor e prazer podiam se parecer tanto.

Mas outra experiência o aguardava na aldeia. Na manhã após o parto, ele se encontrou com a mulher do vizinho, que correspondera prontamente ao convite amoroso dos seus olhos. Ele permaneceu uma segunda noite naquela aldeia e fez a mulher muito feliz, já que era a primeira vez em muitas semanas de excitação e decepção que conseguia satisfazer os seus desejos. Essa permanência prolongada resultou numa nova experiência: encontrou um companheiro no segundo dia nessa aldeia, um sujeito magro e ousado chamado Vítor, cuja aparência era uma mistura de padre e salteador de estrada. Vítor o saudou com fragmentos de latim, apresentando-se como um estudante de passagem, embora já tivesse ultrapassado essa fase há muito tempo. Ele usava uma barba pontuda e tratou Goldmund com uma certa cordialidade e com um humor de andarilho que logo conquistaram o homem mais jovem.

Quando Goldmund perguntou quais as escolas que havia frequentado e para onde estava indo, o sujeito estranho respondeu:

— Por minha pobre alma! Frequentei um número suficiente de escolas superiores; visitei Paris e Colônia, e poucos eruditos expressaram pensamentos mais profundos sobre a metafísica do chouriço do que eu na minha dissertação em Leida. Desde então, *amicus*, eu, pobre desgraçado, atravessei o Império alemão em todas as direções com a minha querida alma torturada pela fome e pela sede insaciáveis; sou chamado de Vítor, o terror dos camponeses. Minha profissão é ensinar latim a jovens esposas e atrair para a minha barriga as linguiças do fumeiro. Meu objetivo é o leito da mulher do burgomestre, e, se antes disso não for devorado pelas gralhas, dificilmente poderei escapar da obrigação de me dedicar à enfadonha função de arcebispo. Ora, meu jovem colega, é bem melhor viver as incertezas do dia a dia e, afinal de contas, nenhum coelho assado encontrou melhor refúgio do que o meu humilde estômago. O rei da Boêmia é meu irmão, e o Pai de todos nós o alimenta do mesmo modo como faz comigo, embora insista em que eu o ajude nisso e ainda anteontem este pai impiedoso, como todos os pais, tentou me maltratar a fim de poupar a vida de um quase morto de fome. Se eu não tivesse matado a fera, você, meu caro colega, não teria tido a honra de conhecer uma pessoa tão fascinante como eu. *In saecula saeculorum, amen.*

Goldmund ainda não estava familiarizado com o humor sinistro e o latim vulgar desse andarilho. Ficava um pouco amedrontado com aquele sujeito comprido e malcriado e com as gargalhadas irritantes com que ele aplaudia suas próprias pilhérias, mas havia alguma coisa naquele andarilho rude que lhe agradava, e não foi difícil convencê-lo a continuar a viagem com ele porque, fosse ou não forjada aquela história do lobo abatido, dois eram indiscutivelmente mais fortes do que um, havia menos a temer. Mas, antes de partirem, o irmão Vítor quis falar latim com os camponeses, como ele dizia, e instalou-se na casa de uma das camponesas mais pobres. Em suas andanças, ele não tinha a mesma conduta que Goldmund adotara até então quando se hospedava numa quinta ou numa aldeia; Vítor ia de cabana em cabana, conversava com todas as mulheres que encontrava, enfiava o nariz em cada estábulo, em cada cozinha, e não parecia disposto a deixar a aldeia antes que cada casa pagasse a ele alguma taxa ou tributo. Contava aos camponeses a respeito da guerra na Itália e cantava, ao lado do fogão, a canção da batalha de Pavia; receitava para as avós remédios contra reumatismo e queda dos dentes; parecia conhecer tudo e ter estado em todos os lugares. Enchia a camisa acima do cinto, a ponto de estourar, com pedaços de pão, nozes e peras secas, que recebia dos camponeses. Perplexo, Goldmund observava como ele empreendia sua campanha, ora assustando as pessoas, ora conquistando-as por meio de lisonja; como sabia exibir-se e deixar-se admirar, falando seu latim capenga e fazendo-se passar por erudito, e logo depois impressionando-os com uma gíria pitoresca e insolente de ladrões, via como, no meio de uma história ou de uma pretensa conversa intelectual, seus olhos atentos registravam cada fisionomia, cada gaveta de mesa que estivesse aberta, cada panela e cada pedaço de pão. Reconhecia que aquele era um autêntico aventureiro, com as mais variadas experiências; um homem que já vira e vivera muita coisa, que passara fome e frio, que se tornara astuto e cínico na luta amarga por uma existência perigosa e pobre. Assim ficavam todos aqueles que levavam uma vida errante durante muito tempo. Será que ele também ficaria assim algum dia?

Na manhã seguinte continuaram sua andança e, pela primeira vez, Goldmund teve a experiência de caminhar acompanhado. Já fazia três dias que andavam juntos e Goldmund aprendia algumas coisas com Vítor. Usar tudo para satisfazer as três necessidades básicas de um andarilho — driblar a morte, encontrar um lugar para passar a noite e uma fonte de alimentos — tornara-se um instinto para Vítor. Tudo isso ele aprendera durante os anos de perambulação pelo mundo. Reconhecer a proximidade de habitações humanas por meio de indícios quase invisíveis, mesmo no inverno; à noite, inspecionar cada recanto e cada buraco na floresta ou no campo como um possível local para descansar ou para dormir; saber avaliar instantaneamente, ao entrar numa sala, o nível de prosperidade ou de pobreza do proprietário, como também seu grau de bondade ou de curiosidade, ou mesmo seu receio — tudo isso eram truques que Vítor aprendera havia muito tempo. Contou várias coisas úteis ao seu jovem companheiro. Uma vez, Goldmund disse que não gostaria de se aproximar das pessoas dessa maneira tão premeditada e que, embora não conhecesse todos aqueles truques, raramente lhe recusaram hospitalidade diante de seu pedido amigável. Vítor riu e disse, bem-humorado: "Bem, meu pequeno Goldmund, talvez você não precise fazer isso; você é jovem e bonito, parece tão inocente, seu rosto é uma boa recomendação. As mulheres gostam de você e os homens pensam: 'meu Deus, esse aí é inofensivo, não faz mal a ninguém.' Mas, sabe, irmãozinho, um homem vai ficando mais velho, a cara de criança cria barba e rugas, as calças ficam gastas e, sem perceber, ele se torna um hóspede feio e indesejável, e, em lugar da juventude e da inocência, seus olhos só deixam transparecer a fome. Então a gente precisa ser duro e ter aprendido algumas coisas a respeito do mundo, senão logo estaremos deitados num monte de lixo e os cães mijarão em cima de nós. Mas, de qualquer modo, não acho que você vá continuar por muito tempo nessa vida, suas mãos são finas demais, seus cabelos são bonitos demais, você vai voltar rastejando para onde a vida é mais fácil, para uma bela e quente cama de casal ou um conventozinho bonito e farto, ou um escritório bem aquecido e confortável. Além disso, suas roupas são tão elegantes, você poderia ser tomado por um fidalgo."

Sempre rindo, passou a mão pelas roupas de Goldmund, que sentiu como ele procurava e explorava os bolsos e as costuras; afastou-se, lembrando-se da sua moeda de ouro. Contou ao companheiro a respeito da estada no castelo do cavalheiro e como ganhara aquelas roupas elegantes escrevendo em latim. Vítor quis saber por que saíra daquele ninho quente em pleno inverno, e Goldmund, que não estava habituado a mentir, contou-lhe alguma coisa a respeito das filhas do cavalheiro. Isto resultou na primeira discussão entre os dois. Vítor achava que Goldmund era um idiota consumado por ter fugido, deixando o castelo e as donzelas ao bom Deus. Isso não podia ficar assim, haveria de dar um jeito. Eles iriam até o castelo; é claro que Goldmund não poderia ser visto ali, mas devia deixar isso por conta dele. Goldmund teria que escrever um bilhetinho a Lídia, dizendo isso e aquilo, e então ele, Vítor, iria até o castelo e... pelas chagas do Senhor, só sairia dali depois de conseguir isto e mais aquilo, em dinheiro e bens. E assim por diante. Goldmund recusou-se e acabou ficando furioso; não queria ouvir nem mais uma palavra a esse respeito, nem revelar a Vítor o nome do cavalheiro ou o caminho para o castelo.

Vendo-o tão encolerizado, Vítor riu e fez-se de bem-humorado:

— Ora — disse —, também não é preciso levar tudo a ferro e fogo! Só estou dizendo que você está deixando escapar pelos seus dedos uma bela pescaria, meu rapaz, o que, aliás, não é uma atitude simpática e amistosa da sua parte. Muito bem, você não quer, você é um fidalgo; voltará ao castelo montado num corcel e se casará com a senhorita! Menino, sua cabeça está cheia de asneiras! Muito bem, continuemos andando por aí, até que os dedos dos pés caiam de tão gelados!

Goldmund ficou aborrecido e calado até a noite; mas como nesse dia não tivesse encontrado nenhuma casa nem gente, sentiu-se grato por Vítor procurar um lugar onde pudessem pernoitar, construindo um abrigo entre dois troncos de árvore na orla da floresta e improvisando uma cama com muitos galhos de pinheiro. Comeram pão e queijo, retirados dos bolsos recheados de Vítor; Goldmund, envergonhado da sua raiva, tentou ser gentil e útil, oferecendo ao companheiro seu agasalho de lã para ele usar à noite. Combinaram revezar-se na vigília, por causa dos animais ferozes, e Goldmund ficou com o primeiro turno, enquanto o outro se acomodava sobre os galhos de pinheiro. Goldmund ficou muito tempo encostado num tronco de abeto, quieto, para não perturbar o sono do companheiro. Depois ficou com frio e começou a andar. Ia de um lado para o outro, a distâncias cada vez maiores, vendo as pontas dos pinheiros penetrarem no céu pálido; sentindo o profundo silêncio da solene e meio assustadora noite de inverno; sentindo seu coração, quente e vivo, pulsar solitário naquele silêncio frio e sem resposta; ouvindo, ao voltar sem fazer ruído, a respiração do companheiro que dormia. De modo mais forte do que nunca, foi dominado pela sensação de desabrigado, sem a parede de uma casa, de um castelo ou de um convento entre ele e o grande medo, correndo nu e sozinho por este mundo incompreensível e hostil; sozinho sob as estrelas frias e desdenhosas, entre os animais à espreita, entre as árvores pacientes e imutáveis.

Não, ele pensou, jamais seria como Vítor, mesmo que passasse o resto de sua vida caminhando. Não conseguiria aprender essa maneira de lutar contra a adversidade; esse modo de insinuar-se e safar-se astuta e furtivamente, e nem essa espécie de loucura atrevida e notória, essa maneira descarada de contar fanfarronices. Talvez esse homem esperto e atrevido tivesse razão: talvez Goldmund jamais chegasse a ser igual a ele, jamais se tornaria um vagabundo autêntico. Talvez algum dia ele fosse rastejar por trás de um muro qualquer. Contudo, continuaria sem abrigo e sem objetivo, nunca se sentindo realmente protegido e seguro; o mundo sempre o cercaria com uma beleza misteriosa e sobrenatural, sempre teria de ficar ouvindo esse silêncio, no qual a batida do seu coração soaria angustiada e fugaz. Poucas estrelas eram visíveis, não havia vento, mas no alto as nuvens pareciam estar se movendo.

Depois de muito tempo, Vítor acordou — o rapaz não tinha querido chamá-lo — e disse:

— Venha, você precisa dormir, senão amanhã não vai prestar para nada.

Goldmund obedeceu; estendeu-se na cama improvisada e fechou os olhos. Estava muito cansado, mas não dormiu. Seus pensamentos o mantinham acordado, e mais alguma coisa além dos pensamentos, um sentimento que não sabia explicar, uma inquietação e uma desconfiança em relação ao seu companheiro. Era inconcebível para ele agora que tivesse falado a respeito de Lídia com esse homem grosseiro, com suas gargalhadas vulgares, com esse mendigo fanfarrão e atrevido! Estava furioso com ele e consigo mesmo, e ficou imaginando na melhor maneira e na melhor oportunidade de se livrar daquele sujeito.

Depois de mais ou menos uma hora, Vítor curvou-se sobre ele e começou a apalpar seus bolsos e as costuras das suas roupas. Goldmund ficou paralisado de raiva. Não se mexeu, apenas abriu os olhos e disse com desdém:

— Saia daqui, não tenho nada para você roubar.

Suas palavras assustaram o ladrão; ele agarrou o pescoço de Goldmund e apertou. Ele reagiu e tentou levantar-se, mas Vítor apertou com mais força ainda, ajoelhando-se sobre seu peito. Mal conseguindo respirar, Goldmund se debatia e se contorcia. Quando viu que não conseguia se libertar, o medo da morte o dominou, deixando sua mente mais alerta, lúcida. Conseguiu enfiar a mão no bolso e tirou a pequena faca de caça e, enquanto o outro o esganava, esfaqueou várias vezes o corpo que estava ajoelhado sobre ele. Logo depois as mãos de Vítor foram-se afrouxando, havia ar novamente e Goldmund o aspirou profundamente, sobretudo sua vida recuperada. Tentou sentar-se; inerme, seu magro companheiro deslizou sobre ele com um gemido pavoroso, e seu sangue correu pelo rosto de Goldmund. Somente então conseguiu levantar-se. No clarão acinzentado da noite, viu o corpo comprido e contorcido; estendeu a mão para tocá-lo, mas só encontrou sangue. Levantou a cabeça de Vítor que caiu para trás pesada e mole como um saco. Do seu peito e do pescoço o sangue continuava espirrando, e da sua boca a vida fugia em suspiros delirantes cada vez mais fracos.

"Agora matei um homem", pensou Goldmund, e pensou muitas e muitas vezes nisso enquanto ficou ajoelhado junto ao moribundo, vendo a palidez se espalhando pelo seu rosto. "Querida Mãe de Deus, acabei matando um homem!", ouviu-se falando sozinho.

De repente achou insuportável continuar ali. Apanhou sua faca, limpou-a no agasalho de lã que o outro usava, e que tinha sido tricotado pelas mãos de Lídia para o seu amado; enfiou a faca novamente na bainha de madeira e guardou-a no bolso; levantou-se e saiu correndo.

A morte daquele alegre vagabundo pesava-lhe na alma; tremendo, quando o dia clareou, ele limpou com neve o sangue que espirrara nele, e depois ficou vagando, sem destino, amedrontado, por mais um dia e uma noite. Finalmente as necessidades do corpo fizeram com que ele deixasse de lado seu remorso misturado com medo.

Perdido naquela região deserta e coberta de neve, sem abrigo, sem um caminho, sem alimento e quase sem dormir, caiu num desespero profundo. Como um animal selvagem, a fome gritava dentro do seu corpo, e frequentemente deitava-se em pleno campo, exausto; fechava os olhos e achava que seu fim tinha chegado, não desejando nada mais do que adormecer e morrer na neve. Mas sempre alguma coisa o obrigava a levantar-se. Desesperado e ávido, lutava por sua vida e, no meio da maior necessidade, era instigado por uma força de vontade insana e selvagem a lutar contra a morte, a imensa resistência do puro instinto de viver. Com os dedos azulados de frio, colheu dos arbustos do zimbro cobertos de neve os pequenos frutos secos e mastigou aquela coisa amarga, misturada com agulhas de pinheiros, de sabor estimulante e forte; devorou punhados de neve para matar a sede. Sentou no alto de uma colina para descansar um pouco; soprava as mãos entorpecidas e olhava ansioso para todos os lados, mas só via charco e floresta, nenhum vestígio de seres humanos. Alguns corvos voavam em círculo sobre sua cabeça, e Goldmund olhou irritado para eles seguindo seu voo. Não, eles não iriam devorá-lo, não enquanto ainda houvesse um resto de força nas suas pernas, uma centelha de calor no seu sangue. Levantou-se e reiniciou a corrida implacável contra a morte. Correu muito na febre da exaustão e dos derradeiros esforços. Foi dominado por pensamentos estranhos e conversava consigo mesmo dizendo coisas insensatas, em silêncio ou em voz alta. Falava com Vítor, que apunhalara até a morte, e de modo áspero e irônico dizia-lhe: "Então, meu irmão esperto, como vai? Será que a lua está brilhando através das suas entranhas? E as raposas, será que elas estão arrancando suas orelhas? Você disse que matou um lobo? Você mordeu-o na garganta ou arrancou o rabo dele, hein? Como é, seu velho beberrão, você queria roubar minha moeda de ouro, não é? Mas o pequeno Goldmund preparou-lhe uma bela surpresa, não foi, meu velho, fazendo-lhe cócegas nas costelas! E dizer que você ainda tinha sacos repletos de pão, de linguiça e de queijo, seu porco, esganado!" Era assim que ele expelia e latia estes e outros gracejos, xingando o morto, triunfando sobre ele, debochando dele porque se deixara abater, o idiota, o estúpido fanfarrão!

Mas depois de algum tempo seus pensamentos e palavras se desviaram de Vítor. Via agora Júlia andando à sua frente, a bela e pequena Júlia, como ela o deixara naquela noite; disse-lhe muitas coisas carinhosas, palavras de ternura, tentava seduzi-la com lisonjas delirantes e despudoradas para que viesse para perto dele, para que deixasse cair a camisola, para que juntos cavalgassem até o céu durante esta última hora antes da morte, durante um momento antes do seu fim infeliz. Implorava e exigia seus pequenos seios altos, suas pernas, a loura penugem ondulada sob seus braços.

Caminhando depressa pelo charco árido e coberto de neve com as pernas enrijecidas e cambaleantes, bêbado de dor, vitorioso pela ânsia de viver, ele começou a murmurar. Agora era com Narciso que ele falava, era para ele que contava revelações recentes, suas percepções e pilhérias.

"Você está com medo, Narciso?", dizia a ele, "está apavorado, percebeu alguma coisa? Sim, meu respeitável amigo, o mundo está cheio de morte, cheio de morte, ela está em cima de cada cerca, atrás de cada árvore, e não adianta nada construir muros, capelas e igrejas; ela espia através das janelas, ela ri e conhece muito bem cada um de vocês. No meio da noite você ouve um riso sob sua janela e alguém chamar o seu nome. Continue, cante os seus salmos, queime velas no altar, reze suas vésperas e matinas, guarde ervas no laboratório e colecione livros na biblioteca! Você está jejuando, meu amigo? Está se privando do sono? Certamente ela vai ajudá-lo, sua velha amiga, a morte; vai esfolá-lo até os ossos. Corra, meu caro, corra o mais depressa que puder, a morte está dando uma festa no campo, corra e segure bem direitinho seus ossos, eles estão tentando fugir, eles não querem ficar com você. Oh, nossos pobres ossos, nossos pobres pescoços e estômagos, nossos pobres fragmentos de cérebro debaixo do crânio! Eles querem ser livres, tudo vai para o diabo; os corvos já estão nas árvores, esses monges pretos!"

Há muito tempo que Goldmund perdera o senso de direção, não sabia por onde andava, o que dizia, se estava deitado ou em pé. Tropeçava em arbustos, corria em direção às árvores; quando caía, agarrava-se à neve e aos espinhos. Porém o impulso era forte e o impelia sempre para a frente, instigando seu voo cego. Quando caiu pela última vez, foi na mesma aldeia onde encontrara, poucos dias antes, o charlatão viajante; onde segurara a tocha durante a noite para a mulher que estava parindo. Ficou ali deitado e as pessoas acorreram, ficaram em volta dele e fizeram comentários; mas ele não ouvia mais nada. A mulher de cujo amor ele usufruíra o reconheceu, ficou chocada com seu aspecto e apiedou-se dele. Sem se incomodar com os protestos do marido, arrastou o semimorto Goldmund para dentro do estábulo.

Não demorou muito para que Goldmund ficasse novamente de pé. Graças ao calor do estábulo, ao sono e ao leite de cabra que a mulher lhe deu para beber, ele se reanimou e recuperou as forças; mas os acontecimentos recentes ficaram para trás, como se já tivesse passado um tempo enorme desde que eles ocorreram. A caminhada ao lado de Vítor, a noite de inverno gelada e aflitiva sob os pinheiros, a luta medonha na cama de galhos, a morte horrível do companheiro, os dias e as noites de frio, de fome, perdido pelos caminhos, tudo isso tinha-se tornado passado e já estava quase esquecido; embora não estivesse completamente apagado, estava quase superado. Alguma coisa ficara de tudo aquilo, alguma coisa terrível mas também preciosa; alguma coisa submersa e mesmo assim inesquecível; uma experiência, um gosto na língua, um anel em volta do coração. Em menos de dois anos conhecera todas as alegrias e tristezas da vida de errante: a solidão, a liberdade, os sons da floresta e dos animais selvagens, o amor passageiro e infiel, as privações amargas e mortais. Houve dias em que fora hóspede das campinas, da floresta, da neve; passara dias temendo a morte, perto dela. Lutar contra a morte tinha sido a emoção mais forte de todas, a mais estranha; saber que somos pequenos, miseráveis e ameaçados, e ainda assim sentir aquela força bela e tremenda, aquele pertinaz apego à vida durante a última luta desesperada. Isto ecoara, isto ficara gravado no seu coração, assim como os gestos e expressões de êxtase que eram tão parecidos com os gestos e expressões do parto e da morte. Lembrava-se de como a parturiente havia gritado e contraído o rosto, de como Vítor caíra e seu sangue escorrera silencioso e rápido! Oh, e ele mesmo sentira a morte rondando nos dias de fome, como sentira frio! E como havia lutado, como havia enfrentado a morte cara a cara, com que pavor mortal e com que êxtase feroz havia-se defendido! Parecia-lhe que não havia nada mais a sofrer depois disso tudo. Talvez pudesse conversar com Narciso a esse respeito, e com mais ninguém.

Quando Goldmund voltou a si no leito de palha, no estábulo, deu por falta da moeda de ouro que estava no seu bolso. Teria perdido a moeda durante aqueles dias de fome, aquela marcha terrível que empreendera, cambaleante e quase inconsciente, nos últimos dias? Ficou muito tempo pensando nisso. Ele se afeiçoara à moeda e não queria pensar que a perdera. Dinheiro não significava muita coisa para ele, e mal sabia o seu valor. Mas essa moeda de ouro tornara-se importante para ele por duas razões: por ser o único presente de Lídia que lhe restava, já que o agasalho de lã ficara na floresta, no corpo de Vítor, empapado com seu sangue. Além disso, fora para conservar a moeda de ouro que se defendera de Vítor e por causa dela o matara. Se tivesse perdido a moeda, toda a aventura daquela noite pavorosa teria sido inútil, não teria valor. Depois de pensar muito no assunto, confiou-o à mulher do camponês.

— Cristina — murmurou-lhe —, eu tinha uma moeda de ouro no bolso e agora não está mais ali.

— E só agora você descobriu? — perguntou ela com um sorriso amoroso, que era ao mesmo tempo esperto e malicioso. Ele ficou tão contente que passou o braço em torno dela apesar de sua fraqueza.

— Que rapaz estranho que você é — disse carinhosamente —, tão inteligente e tão distinto, e ao mesmo tempo tão tolo! Então é possível correr o mundo com uma moeda de ouro solta no bolso? Você não passa de um menino muito infantil, seu tolo querido! Encontrei sua moeda de ouro assim que o deitei em cima da palha.

— E você a guardou? E onde ela está?

— Descubra você mesmo — ela riu e deixou que procurasse durante algum tempo, antes de mostrar-lhe um lugar no seu casaco onde ela a costurara. Também acrescentou bons conselhos maternais, que ele esqueceu rapidamente, mas nunca se esqueceu dos seus cuidados amorosos e da expressão meio maliciosa no seu rosto de camponesa, e esforçou-se por mostrar-lhe sua gratidão. Em pouco tempo ele sentiu-se capaz de continuar suas andanças e ficou ansioso para prosseguir, mas ela o reteve, porque naquele dia havia mudança de lua e certamente o tempo ficaria mais ameno no dia seguinte. E assim foi. Quando Goldmund partiu, a neve estava suja e cinzenta, o ar estava pesado de umidade. No alto, ouvia-se o gemido dos ventos da primavera.

# Capítulo 10

O gelo estava flutuando novamente rio abaixo, e sentia-se o perfume de violetas sob as folhas apodrecidas. Goldmund atravessava as coloridas estações do ano: seus olhos insaciáveis absorviam as florestas, as montanhas e as nuvens; vagava de uma fazenda para outra, de uma aldeia para outra, de uma mulher para outra. Em muitas noites frias ficava sentado, angustiado e com o coração entristecido, sob uma janela iluminada por trás da qual o brilho rosado irradiava tudo que representava felicidade, lar e paz na terra. Tudo se repetia sempre, todas as coisas que ele julgava conhecer tão bem; tudo recomeçava, mas cada vez era diferente: as longas caminhadas através de campos e charcos ou por estradas de pedra; as noites de verão dormidas nas florestas; as perambulações nas aldeias atrás de bandos de moças que voltavam para casa de mãos dadas, depois de revirarem o feno ou de juntarem as flores secas de lúpulo; o primeiro arrepio do outono; as primeiras geadas violentas — tudo voltava, uma, duas vezes, a fita colorida passava interminavelmente diante de seus olhos.

Muita neve e muita chuva caíram sobre Goldmund. Um dia, subiu uma colina, passando por um bosque de faias esparsas onde já despontavam os brotos verde-claros. Do topo ele avistou uma nova paisagem a seus pés que alegrou muito seus olhos, despertando no seu coração uma onda de expectativas, desejos e esperanças. Durante vários dias ele sabia que estava perto dessa região e esperava encontrá-la. Finalmente ela o surpreendeu nessa hora da tarde, e sua primeira impressão visual confirmou e reforçou suas expectativas. Por entre os grossos troncos e os galhos que balançavam suavemente, enxergou lá embaixo um vale de tons marrons e verdes, cortado por um rio largo, que brilhava como vidro azul. Sentiu que iriam parar por muito tempo suas caminhadas sem destino através de regiões de charcos, florestas e solidão, onde raramente se avistava uma fazenda ou uma aldeiazinha pobre. Lá embaixo corria o rio e ao seu lado estendia-se uma das mais bonitas e famosas estradas do império. Ali se encontrava uma terra rica e generosa; por ali deslizavam barcos e barcaças, e a estrada conduzia a belas aldeias, a castelos, a conventos e a cidades prósperas, e quem quisesse podia viajar por essa estrada durante dias e semanas sem temer que ela terminasse de repente numa floresta ou em juncais, como acontecia com os caminhos miseráveis dos camponeses. Alguma coisa nova estava diante dele, e isso o alegrava.

Naquela tarde chegou a uma bonita aldeia situada entre o rio e os vinhedos vermelhos à margem da estrada larga. No frontão das casas, o belo trabalho em madeira era pintado de vermelho; havia portões em arco e vielas cheias de escadas de pedra. Uma forja lançava clarões de fogo na rua, e ele ouviu o nítido som das bigornas. O recém-chegado perambulou curioso por todas as ruas e cantos, farejou as portas das adegas e o cheiro dos barris de vinho, e sentiu, nas margens do rio, o cheiro de peixe fresco na água; examinou a igreja e o cemitério, não esquecendo de procurar um celeiro onde pudesse passar a noite. Mas antes quis tentar a sorte na casa do pároco e pedir comida. O padre gordo e ruivo fez-lhe perguntas e Goldmund contou sua vida, depois de algumas reticências e com algumas omissões e acréscimos. Depois teve uma recepção amistosa e passou a noite numa longa conversa com o anfitrião, acompanhada de boa comida e de vinho. No dia seguinte, prosseguiu nas suas andanças pela estrada que margeava o rio. Viu barcos e balsas; passou por carroças puxadas por cavalos e algumas deram-lhe carona durante certos trechos do caminho. Os dias de primavera passavam depressa, cheios de cores. Aldeias e pequenas cidades o acolhiam: mulheres sorriam por trás das cercas dos jardins ou se ajoelhavam na terra para plantar mudas; moças cantavam à tarde nas ruas das aldeias.

Passando por um moinho, viu uma jovem, e gostou tanto dela, que ficou por ali durante dois dias para conhecê-la. A moça gostava de rir e de conversar com ele, e Goldmund achou que ficaria feliz em trabalhar no moinho e permanecer para sempre naquele lugar. Sentava-se para conversar com pescadores, ajudava os carroceiros a alimentar e escovar os cavalos, e recebia em troca pão, carne e um passeio a cavalo. Esse ambiente amigável de viajantes fazia-lhe bem depois da longa solidão a que se vira forçado; com uma boa refeição todo dia, depois de ter passado tanta fome, ele se deixava levar com satisfação pela onda de jovialidade. Ela o arrastava, e, quanto mais se aproximava da sede do bispado, mais movimentada e animada ficava a estrada.

Numa aldeia, foi passear no fim da tarde perto do rio. Suas águas corriam tranquilamente; por baixo das raízes salientes das árvores a correnteza jorrava e gemia; a lua surgiu, por cima da colina, lançando luz sobre o rio e sombras sob as árvores. Encontrou uma mocinha que estava sentada ali chorando, depois de uma briga com o namorado; ele fora embora, deixando-a sozinha. Goldmund sentou-se ao lado dela, ouviu suas lamúrias, afagou suas mãos, falou-lhe a respeito de florestas e renas, fazendo-a rir, e ela permitiu que ele a beijasse. Mas nesse momento o namorado voltou à sua procura, mais calmo, arrependido da discussão que tivera com a jovem. Quando viu Goldmund ao lado da moça, atirou-se sobre ele, atacando-o com os punhos; Goldmund teve dificuldade para se defender, mas finalmente venceu a luta, pondo em fuga seu agressor, que, blasfemando, tomou o caminho de volta para a aldeia. A moça fugira bem antes. Mas Goldmund não confiou naquela trégua; abandonou seu abrigo noturno e ficou andando durante metade da noite sob o luar, atravessando um mundo prateado e silencioso, muito satisfeito, contente por possuir pernas fortes. Andou até o orvalho lavar a poeira branca dos seus sapatos e de repente sentiu-se cansado, deitou-se sob a árvore mais próxima e adormeceu. Já era dia claro quando foi acordado por algo que lhe fazia cócegas no rosto. Sonolento, esfregou o rosto para afastar aquilo que o importunava; adormeceu novamente e logo em seguida foi despertado pelo mesmo motivo. Uma jovem camponesa estava parada ali, olhando para ele e espetando seu rosto com a ponta de uma varinha de vime. Levantou-se cambaleando; saudaram-se sorrindo e ela o levou até uma cabana, mais confortável para dormir. Ficaram deitados um pouco, lado a lado, depois ela saiu e voltou com um pequeno balde de leite, ainda quente da vaca. Goldmund presenteou a moça com uma fita azul de cabelo, que encontrara pouco antes na rua, eles se beijaram novamente antes de ele partir. O nome da moça era Francisca, e ele lamentou ter de deixá-la.

Naquela noite ele encontrou abrigo num convento e na manhã seguinte assistiu à missa. Mil recordações afloraram no seu coração; o ar úmido das arcadas de pedra e as batidas das sandálias nos corredores de lajes eram comovedoramente familiares. Depois da missa, quando a igreja do convento ficou silenciosa, Goldmund continuou de joelhos. Seu coração estava estranhamente emocionado; tivera muitos sonhos naquela noite. Sentiu o desejo de libertar-se de qualquer maneira do seu passado; de mudar de alguma forma a sua vida, não sabia por quê, talvez fosse apenas a lembrança de Mariabronn e da sua mocidade piedosa que o comovera. Sentia-se impelido a confessar-se, purificar-se dos muitos pequenos pecados, de muitas pequenas culpas; porém o que mais lhe pesava era a morte de Vítor, que morrera pelas suas mãos. Encontrou um padre e confessou-lhe tudo, principalmente as punhaladas no pescoço e nas costas de Vítor. Há quanto tempo não se confessava! A quantidade e a gravidade de seus pecados pareceram-lhe consideráveis, e estava disposto a expiá-los com uma penitência bem severa. Mas seu confessor parecia conhecer a vida dos errantes; ele não ficou chocado; ouvira muito calmamente. De modo sincero e amistoso, ele o censurou e advertiu sem falar em condenação eterna.

Aliviado, Goldmund levantou-se, rezou diante do altar como o padre lhe ordenara e estava prestes a sair da igreja quando um raio de sol atravessou uma das janelas e ele o acompanhou com o olhar. Numa das capelas laterais ele viu uma imagem que o impressionou e atraiu tanto que ele voltou-se para ela com os olhos cheios de amor, contemplando-a com reverência e profunda emoção. Era uma imagem em madeira da Mãe de Deus. Ela estava inclinada para a frente de modo suave, o manto azul pendia dos seus ombros estreitos, ela estendia a mão delicada e infantil, e a expressão dos seus olhos acima da boca sofredora e a testa graciosamente arredondada pareciam tão vivas, tão belas, tão permeadas de espiritualidade, que Goldmund achou que nunca vira nada igual em nenhum lugar. Não se cansava de contemplar aquela boca, o ângulo encantador do pescoço inclinado. Parecia-lhe ver ali algo que já vira muitas vezes em sonhos e presságios, e algo pelo qual ele frequentemente ansiara. Várias vezes ele virou-se para sair, mas sempre era atraído de volta pela imagem.

Quando finalmente virou-se para ir embora, percebeu que o padre confessor estava atrás dele.

— Você acha que ela é bonita? — perguntou com amabilidade.

— Indizivelmente bonita! — respondeu Goldmund.

— Algumas pessoas dizem isto — continuou o religioso —, já outras acham que ela não é a Mãe de Deus, que é muito moderna e profana; que tudo nela é exagerado e falso. Há muita controvérsia a respeito. Mas ela lhe agrada e eu fico satisfeito. Faz apenas um ano que ela está aqui na nossa igreja; foi um presente de um benfeitor da nossa ordem. Ela foi feita pelo Mestre Nicolau.

— Mestre Nicolau? Quem é ele? Onde ele mora? O senhor o conhece? Por favor, conte-me alguma coisa sobre ele! Deve ser um homem magnífico e muito talentoso para ter criado uma obra dessas!

— Não sei muita coisa a seu respeito. Sei que é um entalhador e mora na cidade que é a sede de nosso bispado, a um dia de viagem daqui; ele é um artista famoso. Em geral, os artistas não são santos, e creio que este também não é, mas sem dúvida é um homem de muito talento e engenhoso. Já o vi algumas vezes.

— Oh, senhor o viu? Como ele é?

— Meu filho, você parece estar fascinado por ele. Pois bem, vá procurá-lo e leve-lhe as saudações do padre Bonifácio.

Goldmund agradeceu-lhe efusivamente. O padre retirou-se sorrindo, e o rapaz ainda ficou muito tempo diante da imagem misteriosa, cujo peito parecia arfar e cujo rosto refletia ao mesmo tempo tanta dor e tanta doçura que seu coração chegou a doer.

Quando saiu da igreja, era outro homem; seus passos o levavam para um mundo completamente diferente. Desde o momento em que ficara diante daquela doce e piedosa imagem de madeira, Goldmund passou a ter algo que jamais tivera antes, algo de que costumava zombar ou invejar nos outros: um objetivo. Agora ele tinha um objetivo e talvez pudesse alcançá-lo; talvez sua vida tão irregular passasse a ter sentido e valor. Este novo sentimento o encheu de alegria e também de medo, dando asas aos seus passos. Essa estrada bonita e divertida pela qual caminhava não era mais o que fora na véspera, um picadeiro, um lugar confortável. Agora era apenas uma estrada que conduzia à cidade, que o levaria ao mestre. Goldmund corria, impaciente. Chegou antes do anoitecer: por trás dos muros, avistou torres, brasões cinzelados e símbolos pintados sobre os portões, passou por tudo aquilo com o coração aos pulos, mal percebendo o barulho e o alvoroço nas ruas, os cavaleiros nos seus cavalos, as carroças e as carruagens. Nem cavaleiros nem carruagens, nem cidade nem bispo eram importantes para ele. Perguntou à primeira pessoa que encontrou onde morava o Mestre Nicolau, e ficou profundamente decepcionado quando ela disse que não sabia quem era Mestre Nicolau.

Chegou a uma praça cercada de casas imponentes, muitas pintadas ou decoradas com imagens. Sobre a porta de uma casa havia a figura de um soldado em cores fortes e alegres. Não era uma obra tão bela quanto a imagem da igreja do convento, mas o personagem tinha um modo de exibir as panturrilhas salientes e cravar seu queixo barbudo no mundo que Goldmund logo imaginou que essa figura também era obra do mesmo mestre. Entrou na casa, bateu em diversas portas, subiu escadas; finalmente esbarrou num fidalgo vestido com um casaco de veludo guarnecido de peles e perguntou-lhe onde poderia encontrar o Mestre Nicolau. O que queria com ele, perguntou por sua vez o fidalgo, e Goldmund teve dificuldade para controlar-se e dizer apenas que tinha um recado para ele. O senhor deu-lhe o nome da rua onde o mestre morava, e, quando Goldmund conseguiu localizá-la, já era noite. Ansioso, mas feliz, postou-se diante da casa do mestre, olhou as janelas no alto e esteve a ponto de entrar correndo. Mas já era tarde, estava suado e empoeirado devido à longa caminhada; dominou sua impaciência e esperou. Ficou muito tempo diante da casa. Viu uma janela iluminar-se e, quando estava prestes a ir embora, percebeu uma figura aproximar-se da janela, uma jovem loura e muito bonita, por trás dela a luz suave de um candeeiro brilhava em seus cabelos.

Na manhã seguinte, logo que a cidade despertou e ficou barulhenta, Goldmund, que se hospedara num convento aquela noite, lavou o rosto e as mãos, tirou a poeira das roupas e dos sapatos, voltou à casa do mestre e bateu na porta. A criada que apareceu não quis levá-lo à presença do mestre, mas ele conseguiu convencê-la, e ela finalmente o conduziu a uma sala pequena. Era uma oficina, e o mestre estava ali, com um avental de couro em torno da cintura; era um homem alto, de barba, entre quarenta e cinquenta anos, segundo os cálculos de Goldmund. Examinou o estranho com olhos azuis penetrantes e perguntou secamente o que desejava. Goldmund transmitiu--lhe as saudações do padre Bonifácio.

— Nada mais?

— Mestre — disse Goldmund, ansioso. — Vi a sua madona no convento. Oh, não me olhe de modo tão hostil; foram somente o amor e o respeito que me trouxeram aqui. Não sou um homem medroso, vivi muito tempo como errante, já passei pela experiência da floresta, da neve e da fome; não tenho medo de ninguém, mas estou com medo do senhor. Só tenho um único e imenso desejo, que enche meu coração a ponto de fazê-lo doer.

— E que desejo é esse?

— Gostaria de ser seu aprendiz e aprender com o senhor.

— Você não é o único jovem que deseja isso. Mas não gosto de aprendizes, e já tenho dois ajudantes. De onde você vem e quem são seus pais?

— Não tenho pais e não venho de lugar nenhum. Fui aluno de um convento, onde aprendi latim e grego, depois fugi e passei anos vagando pelas estradas, até o dia de hoje.

— E por que você acha que pode tornar-se um entalhador? Já tentou alguma coisa parecida antes? Você tem algum desenho?

— Fiz muitos desenhos, mas não os tenho mais. Vou contar-lhe por que desejo aprender essa arte. Meditei muito, vi muitas fisionomias e figuras e pensei muito a respeito delas e alguns desses pensamentos sempre me atormentavam e não me davam sossego. Fiquei impressionado com o fato de uma determinada forma, uma determinada linha, se repetir na estrutura de uma pessoa, como uma testa corresponde ao joelho, um ombro corresponde ao quadril, e como tudo, no íntimo, é semelhante e corresponde à natureza e ao caráter da criatura que tem aquele joelho, aquele ombro e aquela testa. Outra coisa também chamou minha atenção: uma noite, precisei segurar uma tocha para ajudar uma parturiente, e vi que a maior dor e o êxtase mais intenso têm quase a mesma expressão.

O mestre encarou o estranho atentamente.

— Você sabe o que está dizendo?

— Sim, mestre, é isso mesmo. E foi exatamente isso que notei na sua madona, para minha grande alegria e perturbação; foi por isso que vim aqui. Oh, há tanto sofrimento naquele semblante belo e delicado e ao mesmo tempo parece que todo o sofrimento é também pura felicidade, um sorriso. Ao ver aquilo, senti um choque; todos aqueles pensamentos e sonhos de muitos anos pareciam confirmar-se. De repente não eram mais inúteis, e soube imediatamente o que tinha a fazer e para onde ir. Caro Mestre Nicolau, peço-lhe de todo coração, deixe-me aprender com o senhor.

Sem fazer uma cara mais amistosa, Nicolau ouvia com atenção.

— Meu jovem — disse —, você fala espantosamente bem a respeito de arte, e fico intrigado com o fato de você, tão jovem, já ter tanta coisa a dizer sobre êxtase e sofrimento. Seria um prazer para mim conversar sobre isso com você uma noite, tomando um copo de vinho. Mas veja: conversar um com o outro, de modo agradável e inteligente, não é o mesmo que viver e trabalhar lado a lado durante alguns anos. Isto aqui é uma oficina, e aqui se trabalha, não se conversa; aqui o que vale não é o que alguém imaginou e sabe como dizê-lo, mas somente aquilo que sabe fazer com suas mãos. Parece que suas intenções são as melhores e, por isso, não irei simplesmente mandá-lo embora. Primeiro vamos ver o que você sabe fazer. Você já moldou alguma coisa em barro ou em cera?

Goldmund lembrou-se daquele sonho que tivera há muitos anos, em que moldava pequenas figuras de argila que depois se levantaram, transformando-se em gigantes. No entanto, não mencionou isto, e disse que jamais havia tentado este trabalho.

— Muito bem. Então você vai desenhar alguma coisa. Veja, ali está uma mesa, e tem papel e carvão. Sente-se e desenhe, não se apresse, você pode ficar até a tarde ou até a noite. Talvez então eu possa avaliar sua capacidade. Bem, já falamos demais; agora vou fazer meu trabalho, e você o seu.

Goldmund sentou-se na cadeira que Nicolau lhe indicara, junto à mesa de desenho. Não tinha pressa de cumprir a tarefa; primeiro, limitou-se a ficar sentado, calado e na expectativa, como um aluno apreensivo. Olhava com curiosidade e afeto para o mestre, que estava meio de costas, trabalhando numa pequena figura de argila. Examinou atentamente aquele homem, cuja cabeça enérgica e um tanto grisalha, cujas mãos calosas, embora fidalgas e agitadas, de artesão, continham tanta

179

magia. Sua aparência era diferente daquela que Goldmund havia imaginado: mais velho, mais modesto, mais sóbrio, muito menos vibrante e comunicativo, e nem um pouco feliz. Seu olhar penetrante e implacável estava concentrado no trabalho e, livre dele, Goldmund pôde examinar minuciosamente a figura completa do mestre. Esse homem, pensava, poderia ter sido um erudito, um pesquisador tranquilo e sério, dedicado exclusivamente a uma tarefa iniciada antes por muitos antecessores, e que ele próprio um dia iria deixar para os seus sucessores; um trabalho tenaz, interminável, acumulando o esforço e a dedicação de muitas gerações. Pelo menos era isso que Goldmund percebia da cabeça do mestre: muita paciência, anos de estudo e reflexão, grande modéstia e consciência do valor duvidoso de todos os empreendimentos do homem — mas também fé em sua missão. A linguagem das suas mãos era diferente; havia uma contradição entre elas e sua cabeça. Estas mãos agarravam, com dedos firmes mas extremamente sensíveis, a argila que modelavam, tratando-a como as mãos de um amante tratam a sua amada: apaixonadas, com uma sensibilidade terna e delicada, ávidas, mas sem distinguir entre dar e tomar, lascivas, mas também piedosas, dominadoras e seguras, como se tivessem uma experiência milenar. Goldmund olhava para aquelas mãos abençoadas com alegria e admiração. Gostaria de desenhar o mestre, não fosse aquele contraste entre a fisionomia e as mãos que o tolhiam.

Ficou olhando durante quase uma hora aquele artista que trabalhava à sua frente, cheio de pensamentos que investigavam o mistério daquele homem. Depois, uma outra imagem começou a se formar dentro dele, para se tornar visível à sua alma, a imagem da criatura que ele mais conhecia, que ele amara profundamente e admirara imensamente; e essa figura não tinha falhas nem contradições, embora esta imagem também tivesse diversos aspectos e recordasse muitas lutas. Era a imagem do seu amigo Narciso. Ela ficou cada vez mais tangível, tornou-se uma entidade, um todo. A lei interna da pessoa querida aparecia cada vez mais nitidamente no seu retrato: a cabeça nobre moldada pelo espírito, a bela boca tão refreada, cerrada e enobrecida pelo serviço ao espírito; os olhos um tanto tristes; os ombros estreitos animados pela luta a favor da espiritualização; o pescoço longo, as mãos delicadas e distintas. Nunca, desde sua partida do convento, Goldmund vira o amigo com tanta clareza, nunca absorvera sua imagem tão completamente dentro dele.

Como num sonho, sem vontade, mas ainda assim ansioso, Goldmund começou a desenhar com cautela. Traçou, com dedos amorosos e com respeito, os contornos da forma que habitava seu coração, esquecendo-se do mestre, de si próprio e do lugar onde se encontrava. Não percebeu que a luz da sala se movia lentamente, não percebeu que o mestre olhou para ele várias vezes. Como se fosse um ritual de sacrifício, cumpriu a tarefa que lhe fora dada, que seu coração lhe dera: formar a imagem do amigo e conservá-la da maneira como hoje vivia na sua alma. Sem pensar nisso, sentiu que estava pagando uma dívida, mostrando sua gratidão.

Nicolau aproximou-se da mesa de desenho e disse:

— Já é hora do almoço, vou comer e você pode acompanhar-me. Deixe-me ver... você desenhou alguma coisa?

Ficou atrás de Goldmund e olhou para a grande folha de papel. Depois afastou o rapaz para o lado e pegou a folha com cuidado em suas mãos habilidosas. Goldmund despertara do seu sonho e agora olhava para o mestre com uma expectativa ansiosa. Nicolau ficou parado, segurando o desenho com as duas mãos, examinando-o atentamente com seus olhos azuis severos e penetrantes.

— Quem é este aqui que você desenhou? — perguntou Nicolau após uma pausa.

— É um amigo, um jovem monge e um erudito.

— Bom. Lave as mãos, há um poço no pátio. Depois vamos comer.

Goldmund lavou as mãos, e daria tudo para saber o que o mestre estava pensando. Quando voltou, o mestre havia saído, e o rapaz ouviu-o movimentar-se no aposento ao lado. Quando reapareceu, também tinha se lavado, e em vez do avental usava um bonito casaco de tecido que lhe dava um aspecto solene e imponente. Seguiu na frente, subindo um lance de escada — havia pequenas cabeças de anjo entalhadas nas vigas de nogueira que sustentavam o corrimão — atravessaram um vestíbulo cheio de imagens novas e velhas, e chegaram a um bonito aposento, com assoalho, paredes e teto de madeira encerada; perto de uma janela de canto havia uma mesa já posta para a refeição. Uma jovem entrou correndo, e Goldmund reconheceu-a. Era a bela garota da noite anterior.

— Lisbeth — disse o mestre —, traga mais um prato. Eu trouxe um convidado. É... bem, eu ainda nem sei o seu nome.

Goldmund declinou-o.

— Muito bem, Goldmund. Então, podemos comer?

— Num instante, papai.

Foi buscar um prato, saiu da sala e logo voltou com uma empregada que trazia a refeição: carne de porco, lentilhas e pão branco. Durante a refeição, o pai falou com a filha sobre alguns assuntos; Goldmund ficou calado, comeu um pouco, sentindo-se pouco à vontade e apreensivo. Ele gostou muito da moça, bonita e majestosa, quase tão alta quanto o pai, mas ela ficou sentada, reservada e inacessível como se estivesse atrás de um vidro, e não falou com o estranho nem olhou para ele.

Quando acabaram de comer, o mestre disse:

— Vou descansar por meia hora. Você pode ir para a oficina ou dar uma volta lá fora. Depois vamos conversar.

Com um cumprimento, Goldmund saiu. Já fazia uma hora ou mais que o mestre vira seu desenho e até agora não dissera nem uma palavra a respeito dele. E agora teria que esperar mais meia hora! Bem, como não podia fazer nada, ele esperou. Não foi para a oficina, não queria rever seu desenho por enquanto. Dirigiu-se ao pátio, sentou-se na borda do poço e ficou observando o fio de água que saía do cano e pingava incessantemente na concha de pedra, formando minúsculas ondas, e sempre carregando junto para o fundo um pouco de ar, que subia de volta em forma de pérolas brancas. Viu seu próprio rosto no espelho escuro do poço e pensou que esse Goldmund que olhava para ele de dentro da água há muito tempo não era mais o Goldmund do convento ou o Goldmund de Lídia, nem mesmo o Goldmund das florestas. Pensou que ele, que todos os homens escorriam como a água, modificando--se sempre, até que finalmente se dissolviam, enquanto suas imagens criadas por um artista continuavam imutáveis.

Achou que o medo diante da morte talvez fosse a raiz de todas as artes e talvez de todas as coisas do espírito também. Nós tememos a morte, estremecemos diante da instabilidade da vida, nos entristecemos ao ver repetidamente as flores murcharem, as folhas caírem, e dentro dos nossos corações temos certeza de que nós também somos transitórios e que em pouco tempo iremos desaparecer. Quando artistas criam quadros e pensadores procuram leis e formulam pensamentos, é com o objetivo de salvar alguma coisa da grande dança da morte, de fazer alguma coisa que dure mais do que nós mesmos. A mulher que serviu de modelo para o mestre fazer sua bela madona talvez já tenha murchado ou morrido, e em breve ele também morrerá; outros irão morar na sua casa e comerão à sua mesa — mas sua obra ainda irá durar cem anos ou mais, continuará brilhando na silenciosa igreja do convento, sempre bela, sempre sorridente, com aquela boca ao mesmo tempo radiosa e triste.

Ouviu o mestre descer as escadas e correu para a oficina. Mestre Nicolau andava de um lado para o outro e olhava repetidas vezes para o desenho de Goldmund; finalmente parou junto à janela e disse:

— O costume entre nós é o seguinte: o aprendiz estuda durante pelo menos quatro anos e seu pai paga ao mestre pelo aprendizado.

Ele fez uma pausa e Goldmund pensou que o mestre temia que ele não pudesse pagar. Tirou rapidamente a faca do bolso, abriu a costura que escondia a moeda de ouro e puxou-a para fora. Nicolau ficou olhando espantado e começou a rir quando Goldmund estendeu-lhe a moeda.

— Ah, foi isso que você pensou? — disse rindo. — Não, meu jovem, você pode guardar sua moeda de ouro. Agora ouça: eu lhe expliquei como a nossa corporação costuma lidar com os aprendizes. Mas eu não sou um mestre comum, nem você é um aprendiz comum. Geralmente, um aprendiz comum inicia seu aprendizado aos treze, catorze anos, no máximo aos quinze, e metade do período de aprendizado ele passa levando recados e fazendo trabalhos de servente. Mas você já é um homem feito e, de acordo com sua idade, já poderia ser oficial ou mesmo mestre. Nossa corporação nunca teve um aprendiz com barba. Além do mais, como já disse antes, não gosto de manter aprendizes na minha casa. Nem você me parece pessoa que aceite ordens, ou que se possa enviar a todos os lugares.

A impaciência de Goldmund estava no auge. Cada nova palavra prudente do mestre o martirizava e ele achava tudo aquilo desagradavelmente maçante e pedante. Impetuoso, exclamou:

— Por que o senhor está me dizendo tudo isso, se não me quer como seu aprendiz?

O mestre continuou com firmeza:

— Passei uma hora pensando no seu pedido, agora chegou a sua vez de ter paciência e ouvir o que tenho a dizer. Examinei seu desenho. Tem falhas, mas é belo. Se não fosse bonito, já lhe teria dado meio florim, mandado você embora e esquecido do assunto. Não direi mais nada sobre o desenho. Gostaria de ajudá-lo a ser um artista; talvez seja este o seu destino. Mas receio que não tenha mais idade para isso. E só quem foi aprendiz e cumpriu o período de aprendizado pode, na nossa corporação, tornar-se oficial ou mestre. Quero deixar isso bem claro. Mas você poderá tentar. Caso consiga se sustentar aqui na cidade durante algum tempo, poderá vir aqui e aprender algumas coisas. Não haverá nenhuma obrigação, nenhum contrato; você poderá ir embora quando quiser. Pode quebrar alguns cinzéis, estragar alguns blocos de madeira e, se constatarmos que você não é um entalhador, terá que procurar outra atividade. Está bem assim?

Goldmund ouviu, envergonhado e comovido.

— Agradeço-lhe de coração — exclamou. — Não tenho um lar, sou um andarilho, e serei capaz de me manter vivo aqui na cidade tão bem quanto nas florestas. Compreendo que o senhor não deseja assumir a responsabilidade por mim como faria com um jovem aprendiz. Considero um privilégio imenso poder aprender com o senhor. Agradeço-lhe do fundo do coração por fazer isso por mim.

# Capítulo 11

Novas imagens cercaram Goldmund nessa cidade, e uma nova vida começou para ele. A paisagem e a cidade o haviam recebido com alegria, sedução e generosidade, do mesmo modo que essa nova vida o recebeu com muita satisfação e muitas promessas. Embora a tristeza e a consciência permanecessem intactas na sua alma, a vida, na superfície, surgia para ele com todas as cores do arco-íris. Começara a fase mais alegre e despreocupada da vida de Goldmund. Exteriormente, a rica cidade, sede do bispado, se oferecia com todas as suas artes; havia mulheres e centenas de divertimentos e imagens agradáveis. Interiormente, sua habilidade artística que despertava proporcionava-lhe novas emoções e novas experiências. Auxiliado pelo mestre, encontrou hospedagem na casa de um dourador, no mercado de peixes, e aprendeu tanto com o mestre como com o dourador a arte de lidar com a madeira, o gesso, as cores, o verniz e as folhas de ouro.

Goldmund não pertencia àquela classe de artistas infelizes que, embora bastante talentosos, não encontram os verdadeiros meios de expressão. Muita gente á capaz de sentir a beleza do mundo de uma maneira profunda e ampla, e carregar na alma imagens elevadas e nobres, mas não consegue exteriorizar essas imagens, criá-las para o prazer dos outros, transmiti-las. Goldmund não sofria dessa falha. Usava as mãos com habilidade; gostava de aprender os truques e a prática do ofício, assim como aprendeu rapidamente a tocar alaúde com companheiros no fim da tarde depois do trabalho, e a dançar aos domingos na aldeia. Aprendia com facilidade, quase por instinto. Ele trabalhava com afinco no entalhe de madeira, tinha algumas dificuldades e decepções, estragou alguns pedaços de madeira boa e cortou os dedos várias vezes. Mas logo superou as dificuldades iniciais e adquiriu habilidade. Ainda assim, muitas vezes o mestre ficava descontente e dizia:

— Felizmente você não é meu aprendiz ou ajudante, Goldmund. Felizmente nós sabemos que você veio das florestas e um dia vai voltar para lá. Quem desconhece que você não é um burguês nem um artesão poderia cair na tentação de exigir algo de você, as coisas que um mestre costuma exigir dos seus subalternos. Você não trabalha mal quando está com disposição. Mas na semana passada vadiou durante dois dias. Ontem, dormiu metade do dia no pátio da oficina em vez de polir dois anjos como deveria ter feito.

O mestre tinha razão, e Goldmund ouviu tudo em silêncio, sem justificar-se. Reconhecia que não era um trabalhador confiável e esforçado. Quando uma tarefa o fascinava, apresentava desafios ou permitia demonstrar sua habilidade, ele trabalhava com afinco. Não gostava do trabalho manual pesado nem de tarefas que não eram difíceis mas exigiam tempo e dedicação. Muitas etapas do ofício que exigiam constância e paciência quase sempre eram intoleráveis para ele. Isso às vezes o fazia refletir. Aqueles poucos anos de vida errante teriam sido suficientes para torná-lo preguiçoso e relapso? Será que a herança da mãe estava crescendo dentro dele e passando a predominar? A que atribuir isso? Pensou nos seus primeiros anos no convento, quando tinha sido um aluno tão atento e estudioso. Como tivera tanta paciência naquela época? Por que agora não tinha? Como conseguira estudar incansavelmente a sintaxe latina e aprender todos aqueles aoristos da gramática grega que, para ser franco, não lhe interessavam? Às vezes ficava pensando nisso tudo. Fora o amor que antes lhe dera forças e asas; sua ânsia de aprender nada mais era que um desejo insistente de conquistar Narciso, cujo amor só poderia ser conquistado por meio de respeito e reconhecimento. Naquela época, ele era capaz de se esforçar durante horas e dias a fio para obter um olhar de admiração do professor querido. Finalmente, o objetivo tão desejado fora alcançado, Narciso tornara-se seu amigo e, por estranho que pareça, fora justamente aquele Narciso tão instruído que lhe mostrara sua incapacidade de vir a ser um erudito e que evocara nele a imagem de sua mãe, até então perdida. Em lugar da erudição, da vida monacal e da virtude, foram impulsos e instintos poderosos que passaram a dominá-lo: sexo, mulheres, desejo de independência, a vida errante. Depois vira aquela imagem de Maria executada pelo mestre e descobrira em si o artista. Tomara um novo caminho e tornara-se sedentário outra vez. E agora? Por onde esse caminho o levaria? De onde vinham os obstáculos?

A princípio não soube defini-los. Só sabia de uma coisa: que admirava imensamente o Mestre Nicolau, mas de modo algum o amava como amara Narciso, e às vezes sentia prazer em desapontá-lo e aborrecê-lo. E isso, na sua opinião, estava ligado aos contrastes na natureza do mestre. As imagens criadas pelas mãos de Nicolau, pelo menos as melhores, eram para Goldmund exemplos dignos de veneração, mas o próprio mestre não era um exemplo.

Ao lado do artista que entalhara aquela madona com sua bela boca sofredora, ao lado do observador e conhecedor, cujas mãos conseguiam, de modo mágico, transformar experiências profundas e intuição em formas palpáveis, havia um outro Mestre Nicolau: um pai e um mestre um tanto severo e amedrontado, um viúvo que, em companhia da filha e de uma criada feia, levava uma vida serena e um tanto retraída na sua casa silenciosa, que se opunha tenazmente aos impulsos mais fortes de Goldmund, que se acomodara numa vida calma, moderada, metódica e respeitável.

Embora Goldmund respeitasse seu mestre, embora jamais se permitisse interrogar outras pessoas a respeito dele ou mesmo julgá-lo diante de outras pessoas, ficou conhecendo, no espaço de um ano, até nos mínimos detalhes, tudo que se poderia saber sobre Nicolau. Esse mestre significava muito para ele, amava-o tanto quanto o odiava, não conseguia ficar longe dele. Aos poucos, com amor e desconfiança, com uma curiosidade sempre atenta, o aluno penetrava nos cantos ocultos da natureza e da vida do mestre. Via que Nicolau não queria ter, morando em sua casa, nem aprendiz nem oficial, embora houvesse espaço suficiente para isso. Via que o mestre raramente saía e também raramente recebia visitas. Observou que ele amava sua bela filha de maneira tocante e ciumenta, e tentava ocultá-la de todos. Sabia também que, por trás da rígida e prematura abstinência da vida do viúvo, os instintos ainda vibravam e que ele, estranhamente, podia transformar-se e rejuvenescer quando alguma encomenda o obrigava a viajar por alguns dias. Uma ocasião, numa cidadezinha desconhecida onde tinham ido instalar um púlpito entalhado, Goldmund notou que Nicolau visitara uma noite, às escondidas, uma rameira, e que depois disso ele ficou inquieto e de mau humor durante vários dias.

Com o passar do tempo, alguma coisa além dessa curiosidade prendia Goldmund à casa do mestre e preocupava seu espírito. Tratava-se de Lisbeth, a bela filha de Nicolau, que exercia grande atração sobre o rapaz. Poucas vezes conseguia vê-la, porque a moça nunca entrava na oficina, e ele não sabia se sua fragilidade e sua reserva em relação aos homens eram impostas pelo pai ou se eram parte de sua própria natureza. Ele não podia deixar de notar que o mestre nunca mais o convidara para uma refeição, e que tentava dificultar seu encontro com a moça. Lisbeth era uma jovem de muito valor e muito protegida; ele sabia estar fora de cogitação um caso de amor com ela, ou o casamento. Quem pretendesse a mão de Lisbeth devia ser de boa família, membro de uma corporação importante e, se possível, ter dinheiro e casa própria.

A beleza de Lisbeth, tão diferente da beleza das ciganas e das camponesas, atraíra a atenção de Goldmund desde o primeiro dia. Havia alguma coisa nela que ele não conseguia decifrar, alguma coisa estranha que o atraía violentamente, mas que também o deixava desconfiado, chegando a irritá-lo. Sua serenidade, sua inocência e sua pureza comportada não eram infantis. Por trás de toda a sua cortesia e sua tranquilidade havia uma frieza oculta, um orgulho, e por isso a inocência dela não o comovia nem o deixava desarmado (Goldmund jamais poderia seduzir uma criança), mas conseguia irritá-lo e provocá-lo.

Logo que sua figura tornara-se familiar para ele como uma imagem interior, o rapaz sentiu necessidade de criar uma estátua dela, não como ela era agora, mas com traços vivos, sensuais e sofredores, não uma jovem virgem e sim uma Madalena.

Muitas vezes sonhava ver esse rosto sereno, belo e plácido desfigurado pelo êxtase ou pela dor, ou vê-lo abrir-se para revelar o seu segredo.

Havia um outro rosto vivo em sua alma, embora não lhe pertencesse totalmente, um rosto que ele, como artista, desejava captar e recriar, mas que sempre recuava e se ocultava. Era o rosto de sua mãe. Esse rosto há muito tempo não era mais o mesmo que lhe aparecera um dia, do fundo de recordações perdidas após a conversa com Narciso. Ele mudara lentamente durante os dias das suas longas caminhadas, suas noites de amor, durante os períodos de saudade, quando sua vida corria perigo, quando ele esteve perto da morte; esse rosto ficara mais rico, mais profundo e mais sutil. Não era mais sua própria mãe; seus traços e cores foram aos poucos sendo substituídos por uma imagem de mãe que não era mais pessoal, a figura de Eva, a mãe da humanidade. Assim como algumas madonas de Mestre Nicolau expressavam com vigor a sofredora mãe de Deus com uma perfeição que, na opinião de Goldmund, era insuperável, ele esperava poder um dia, quando estivesse mais amadurecido e mais seguro no seu ofício, criar a figura da mãe terrena, a Mãe-Eva, da maneira como ela vivia no seu coração, sua imagem mais antiga e mais querida. Essa imagem interior, que fora um dia a lembrança da sua própria mãe, do seu amor por ela, estava agora em constante transformação e crescimento. Os rostos da cigana Lisa, de Lídia, a filha do cavalheiro, e de muitas outras se fundiram com aquela imagem original. Cada nova mulher acrescentada, cada nova percepção, cada experiência e cada vivência tiveram influência sobre ela e moldaram seus traços. A imagem que ele esperava ser capaz de tornar visível um dia não deveria representar uma determinada mulher, mas a própria fonte da vida, a mãe original. Muitas vezes parecia vê-la; quase sempre ela aparecia nos seus sonhos. Mas ele não saberia dizer nada a respeito dessa fisionomia de Eva nem sobre o que ela deveria expressar, a não ser que ele queria que mostrasse a íntima relação do êxtase com a dor e a morte.

No decorrer de um ano, Goldmund aprendera muita coisa. Adquirira grande habilidade no desenho de esboços e, além dos trabalhos de entalhe em madeira, Nicolau permitia, ocasionalmente, que tentasse a modelagem em argila. Seu primeiro trabalho bem-sucedido fora uma figura em argila com quase dois palmos de altura: a doce e sedutora estátua da pequena Júlia, irmã de Lídia. O mestre elogiou o trabalho, mas não realizou o desejo de Goldmund de banhá-la em metal; ele considerou a figura lasciva demais, e não quis apadrinhá-la. Depois ele começou a trabalhar numa imagem de Narciso em madeira, reproduzindo o apóstolo João. Se ela ficasse boa, Nicolau pretendia incluí-la num grupo de Crucificação que lhe fora encomendado e no qual os dois ajudantes já trabalhavam há bastante tempo, deixando ao mestre os retoques finais.

Goldmund trabalhou na figura de Narciso com um amor profundo; nessa obra, ele se redescobriu, encontrava novamente sua habilidade artística e sua alma cada vez que se desviava do caminho certo — o que acontecia frequentemente. Paixões, bailes, noites de bebida com os companheiros, jogo de dados, e muitas brigas em que se envolvia com violência, deixavam-no longe da oficina por um dia ou mais, ou ia à oficina e ficava sentado no banco, distraído e mal-humorado, mas no seu discípulo João, cujos traços amados e pensativos surgiam da madeira cada vez mais puros, só trabalhava nos períodos em que se sentia disposto, com devoção e humildade. Nessas horas, não ficava nem triste nem alegre; esquecia-se das necessidades da carne e da passagem do tempo, tinha novamente no coração aquele sentimento respeitoso, leve e cristalino com o qual um dia dedicara-se ao amigo, feliz por ser orientado por ele. Não era ele que se encontrava ali, criando essa imagem; era mais o outro, era Narciso, que usava suas mãos de artista para escapar da transitoriedade e mutabilidade da vida e apresentar a verdadeira imagem do seu ser.

Goldmund sentia às vezes, sobressaltado, que era dessa maneira que surgia a verdadeira arte. Fora assim que surgira a inesquecível madona do mestre, que ele fora rever, lá no convento, em muitos domingos. Dessa maneira misteriosa e sagrada é que haviam surgido as melhores obras, entre as velhas estátuas que o mestre conservava lá em cima no vestíbulo. E um dia surgiria da mesma maneira aquela outra, imagem única, que era ainda mais oculta e venerável para ele, a imagem da Mãe da Humanidade. Ah, se as mãos dos homens pudessem criar apenas obras de arte assim, imagens sagradas, essenciais. Não maculadas pela vontade ou pela vaidade! Mas não era assim que as coisas ocorriam. Podia-se também criar outras imagens, coisas lindas e encantadoras, executadas com grande maestria, alegria dos amantes da arte, joia das igrejas e

194

salas de conselho — coisas lindas realmente, mas não sagradas, não imagens autênticas da alma. Ele conhecia algumas dessas obras, não só as de Nicolau e de outros mestres —, obras que não passavam de frivolidades, apesar de sua delicadeza e esmero do trabalho. Para sua vergonha e tristeza, já sentira isso dentro do seu coração, sentira em suas próprias mãos como um artista pode pôr no mundo essas coisas bonitas pelo simples prazer de mostrar sua habilidade, por ambição ou deleite fútil.

Quando percebeu isso pela primeira vez, ficou muito triste. Ora, não valia a pena ser um artista para fazer imagens de anjinhos ou qualquer outra dessas futilidades, por mais bonitas que fossem. Talvez outros se contentassem em executá-las, os artesãos, os burgueses, aquelas almas plácidas e satisfeitas, ele não. Para ele, a arte e a habilidade artística não teriam o menor valor se não ardessem como o sol, se não tivessem a força das tempestades, se apenas trouxessem conforto, deleite, pequenas alegrias. Ele buscava outra coisa. Uma coroa de Nossa Senhora, delicada como uma renda, folheada a ouro, não era trabalho para ele, por mais que pagassem por isso. Por que o mestre aceitava todas essas encomendas? Por que mantinha aqueles dois ajudantes? Por que ficava horas ouvindo aqueles senhores do conselho ou os prelados quando lhe encomendavam um portal ou um púlpito com a vara de mediação na mão? Agia assim por dois motivos, dois motivos mesquinhos: porque queria ser um artista famoso cheio de encomendas e porque queria juntar dinheiro. Dinheiro, não para alguma grande realização ou para os prazeres, mas dinheiro para sua filha, que já era uma jovem rica, dinheiro para seu enxoval, para golas de renda e vestidos de brocado e para uma cama de casal em nogueira, cheia de cobertas e lençóis de linho valiosos! Como se a bela jovem não pudesse descobrir o amor da mesma maneira num palheiro qualquer!

Durante essas reflexões, o sangue da mãe agitava-se profundamente em Goldmund; ele sentia o orgulho e o desprezo dos errantes pelas pessoas estabelecidas, os proprietários. Em certas ocasiões, achava o aprendizado e o próprio mestre tão repulsivos que muitas vezes esteve a ponto de fugir.

Mais de uma vez o mestre, irritado, arrependeu-se de ter acolhido aquele rapaz difícil e irresponsável, que desafiava sua paciência ao máximo. As coisas que ficara sabendo a respeito da vida errante de Goldmund, sua indiferença pelo dinheiro e por propriedades, sua vontade de esbanjar, seus muitos amores, suas rixas frequentes, nada disso favorecia sua opinião sobre o rapaz; acolhera um cigano, um estranho. Também não passara despercebido o modo como esse vagabundo olhava para sua filha Lisbeth. Se ele, mesmo assim, se obrigava a ser mais paciente, não fazia isso movido pelo senso do dever ou por medo, mas por causa da estátua de São João, cuja criação ele acompanhou. Movido por um sentimento de amor e afinidade de almas que não queria admitir, o mestre via aquele cigano, que saíra da floresta e correra ao seu encontro, dar forma ao apóstolo de madeira baseado no desenho comovente, belo, embora desajeitado, que o fizera acolher Goldmund na época. Ele via com que cuidado e capricho, com que persistência e exatidão o rapaz ia criando a figura em madeira do discípulo. O mestre não duvidava que ela ficaria pronta um dia, apesar de todos os caprichos e interrupções de Goldmund, que seria uma obra como nenhum dos seus ajudantes seria capaz de fazer, um trabalho que nem mesmo os grandes mestres conseguiam executar com frequência. Embora muita coisa lhe desagradasse naquele seu aluno, embora o tivesse repreendido muitas vezes, embora frequentemente ele o deixasse encolerizado, nunca dissera uma só palavra a respeito do São João.

Durante esses anos, Goldmund perdera aos poucos o resto do seu encanto de adolescente, daquela ingenuidade de menino que fizera dele uma criatura estimada por muita gente. Tornara-se um homem forte e bonito, muito desejado pelas mulheres, menos popular entre os homens. Seu espírito, seu aspecto interior também haviam mudado muito desde a época em que Narciso o despertara daquele sono feliz dos anos vividos no convento. O mundo e a vida errante o haviam moldado. Aquele aluno do convento, belo, gentil, piedoso e solícito de que todos gostavam transformara-se num homem completamente diferente. Narciso o despertara, as mulheres o instruíram e a vida errante tirara-lhe a penugem. Não tinha amigos; seu coração pertencia às mulheres. Elas conseguiam conquistá-lo facilmente: bastava um olhar ansioso. Era difícil para ele resistir a uma mulher, e respondia à menor insinuação. Apesar da sua sensibilidade à beleza, da sua preferência pelas moças bem jovens, no despontar da primavera, também se deixava comover e seduzir pelas mulheres de pouca beleza que já não eram jovens. Num salão de baile, às vezes acabava ficando com alguma mulher desanimada, não muito jovem, por quem ninguém se interessava e que o conquistava pela compaixão que Goldmund sentia por ela, e não só pela compaixão, mas também por uma curiosidade constantemente alerta. Sempre que iniciava um romance com uma mulher — quer durasse algumas semanas ou apenas algumas horas — ela lhe parecia bela e ele se entregava totalmente. A experiência ensinara-lhe que toda mulher era bela e capaz de dar alegria, que uma criatura tímida que os homens ignoravam era capaz de mostrar um ardor e uma dedicação extraordinários; que a mulher madura tinha uma ternura mais maternal e doce; que toda mulher tinha seus segredos e seus encantos, e desvendar isso o fazia feliz. Nesse aspecto, todas as mulheres eram iguais. A falta de juventude ou de beleza era sempre compensada por alguma atitude especial. Mas nem todas conseguiam prendê--lo por muito tempo. Ele era tão amoroso e grato com as feias quanto com as jovens e belas; Goldmund nunca amava pela metade. Mas algumas mulheres o prendiam a elas mais firmemente, depois de três ou dez noites de amor; de outras ele se cansava depois da primeira vez e as esquecia.

O amor e a sensualidade eram para ele as únicas coisas verdadeiramente reconfortantes que davam valor à vida. Desconhecia a ambição; não fazia distinção entre o bispo e o mendigo. Lucros e riquezas não o impressionavam; ele os desprezava, jamais faria o menor sacrifício por eles, e o dinheiro que às vezes ganhava, esbanjava sem a menor preocupação. O amor das mulheres, o jogo do sexo vinham em primeiro lugar, e suas frequentes crises de melancolia e descontentamento eram causadas pelo fato de saber que o desejo era uma experiência transitória e fugaz. O rápido, inconstante e feliz fogo da paixão, sua chama breve e ansiosa, sua rápida extinção — isso parecia conter o cerne de todas as experiências e passou a ser para ele a imagem de todas as alegrias e sofrimentos da vida.

Podia entregar-se àquela melancolia e estremecer diante da transitoriedade de todas as coisas com o mesmo abandono com que sucumbia ao amor. Essa melancolia também era uma forma de amor, de sensualidade. Assim como o êxtase amoroso, no auge da sua tensão, sabe que no próximo suspiro irá se extinguir e morrer; assim também sua mais profunda solidão e entrega à melancolia com certeza serão tragadas pelo desejo, pelo novo abandono ao lado luminoso da vida. Morte e êxtase eram uma coisa só. A mãe da vida poderia ser chamada de amor ou de prazer; também poderia ser chamada de morte, sepulcro ou decadência. A mãe era Eva, a fonte da felicidade e também da morte; dava à luz perpetuamente e perpetuamente matava; seu amor se misturava com crueldade. Quanto mais tempo carregava sua imagem dentro dele, mais ela se tornava uma parábola e um símbolo sagrado.

Ele sabia, não com palavras e consciência, mas com um conhecimento mais profundo do seu sangue, que seu caminho levaria à sua mãe, à luxúria e à morte. O lado paterno da vida — o espírito e a vontade — não era seu refúgio. Narciso ficava à vontade ali, e só agora Goldmund absorvia e compreendia plenamente as palavras do amigo, via nele seu correspondente, e isso ele também exprimiu na sua imagem de São João, tornando-o visível. Podia chorar de saudades de Narciso, ter belos sonhos com ele — mas não podia alcançá-lo, ser igual a ele.

Secretamente, Goldmund também percebeu o que significava para ele ser um artista, como seu amor intenso pela arte podia às vezes transformar-se em ódio. Ele podia, não com pensamentos, mas com emoções, fazer muitas distinções: a arte era uma união do mundo paterno com o materno, de espírito e sangue. Podia começar no erotismo e conduzir à total abstração, como também poderia originar-se num conceito abstrato e terminar numa carne sangrenta. Toda obra de arte que fosse realmente sublime e não apenas um bom truque de charlatão, que contivesse o segredo eterno como a madona do mestre, todas as obras de arte autênticas e indiscutíveis possuíam essa dupla face, perigosa e sorridente, eram masculinas-femininas, uma fusão de instintivo e pura espiritualidade. Algum dia, sua Mãe-Eva teria essa dupla face mais do que qualquer outra estátua, se conseguisse realizá-la.

Na arte, na capacidade de ser artista, Goldmund via a possibilidade de conciliar suas mais profundas contradições, ou, pelo menos, de expressar de uma maneira nova e grandiosa a divisão em sua natureza. Mas a arte não era apenas um presente, não era algo que se pudesse obter de graça; ela custava muito, exigia sacrifícios. Durante mais de três anos Goldmund sacrificara sua necessidade mais fundamental, mais imprescindível, que colocava ao lado da sensualidade e do amor: sua liberdade. Ser livre, vagar num mundo ilimitado, com os riscos da vida errante, ser só e independente — ele renunciara a tudo isso. Outros poderiam considerá-lo instável, insubordinado e excessivamente independente quando descuidava-se do seu trabalho durante algum acesso de fúria. Para ele, essa vida era uma escravidão que o amargurava e parecia insuportável. Nem o mestre, nem seu futuro, nem a necessidade exigiam sua obediência, e sim a própria arte. A arte, essa deusa aparentemente tão espiritual, necessitava de coisas tão insignificantes! Necessitava-se de um teto sobre a cabeça, de ferramentas, de madeira, de argila, de cores, de ouro; exigia esforço e paciência. Ele havia sacrificado a liberdade selvagem das florestas a essa Deusa, a embriaguez do mundo imenso, a rude volúpia do perigo, o orgulho da desgraça, e esse sacrifício tinha que ser sempre repetido de maneira sufocante, com os dentes cerrados.

Parte do que sacrificava podia ser recuperada. Algumas de suas aventuras amorosas e suas brigas com rivais constituíam uma pequena vingança contra a disciplina sedentária da sua vida atual. Toda a sua selvageria contida, toda a força represada da sua natureza eram drenadas através dessas válvulas de escape; tornou-se um arruaceiro conhecido e temido. Um ataque repentino numa viela escura, quando ia ao encontro de uma mulher ou na volta de um baile; receber algumas pauladas, voltar-se rapidamente e passar da defesa ao ataque, agarrar o inimigo ofegante e dar-lhe um soco no queixo, arrastá-lo pelos cabelos ou apertar-lhe a garganta com força — tudo isso dava-lhe prazer e curava seu humor sombrio por uns tempos. E agradava muito às mulheres.

Tudo isso ocupava seu tempo e tinha um sentido enquanto estivesse trabalhando no seu São João. Essa obra levou um longo período e os últimos retoques delicados do rosto e das mãos foram feitos em solene e paciente concentração. Goldmund terminou a obra num barracão de madeira situado nos fundos da oficina dos aprendizes. Foi buscar uma vassoura, varreu cuidadosamente o barracão, espanou delicadamente o último vestígio de pó de madeira dos cabelos do seu São João e ficou parado diante da estátua durante uma hora ou mais, dominado por um sentimento solene de uma experiência rara e sublime, que poderia repetir-se mais uma vez na sua vida ou que poderia permanecer como a única. Um homem, no dia do seu casamento ou no dia em que é armado cavaleiro, e uma mulher, depois do nascimento do seu primeiro filho, podem sentir uma emoção semelhante: uma bênção sublime, um grande fervor e, ao mesmo tempo, um medo secreto do instante em que aquela experiência sublime e única terminaria, degradada e engolida pela rotina do cotidiano.

Viu seu amigo Narciso, o orientador dos seus anos de adolescência, vestido com o traje e no papel do belo discípulo favorito. Em seu rosto transparecia uma expressão de serenidade, devoção e reverência semelhante ao desabrochar de um sorriso. O sofrimento e a morte não eram estranhos a esse belo rosto piedoso e espiritual, a essa figura esguia que parecia estar flutuando, a essas mãos longas, graciosas e piedosamente erguidas, embora exibissem juventude e estivessem cheias de música interior; mas ele não conhecia o desespero, a desordem e a revolta. A alma desses traços nobres podia estar triste ou alegre, mas seu tom era puro, ela se harmonizava por detrás dessa magnitude, sem nenhuma nota dissonante.

Goldmund ficou parado contemplando sua obra. Sua contemplação começou como uma meditação diante do monumento à sua juventude e amizade, mas terminou numa tempestade de tristeza e de pensamentos graves. Ali estava sua obra, o belo discípulo se perpetuaria, sua juventude delicada jamais se extinguiria, mas ele, que a criara, devia despedir-se de sua obra, pois amanhã não seria mais sua, não estaria mais esperando por suas mãos, não mais cresceria ou desabrocharia com o seu contato, não seria mais um refúgio para ele, um consolo e um objetivo na sua vida. Goldmund ficara para trás, vazio. Portanto, parecia melhor despedir-se hoje não só do seu São João, mas também do mestre, da cidade e da arte. Não tinha mais nada a fazer ali; não havia imagens na sua alma às quais pudesse dar forma. Aquela sua imagem das imagens, a figura da Mãe da Humanidade, ainda não era acessível a ele, e assim continuaria por muito tempo. Será que deveria voltar a polir figuras de anjinhos e entalhar ornamentos?

Saiu dali e foi até a oficina do mestre. Entrou em silêncio e ficou parado junto à porta até que Nicolau percebeu sua presença e perguntou:

— O que você quer, Goldmund?

— Minha estátua está terminada. Talvez o senhor pudesse ir vê-la antes de subir para o almoço.

— Vou com prazer, agora mesmo.

Foram juntos até o barracão, deixando a porta aberta para ficar mais claro. Já fazia algum tempo que Nicolau não via a estátua, porque ele quis deixar Goldmund mais à vontade no seu trabalho. Agora examinava a obra com uma atenção silenciosa; seu rosto fechado tornou-se belo e luminoso, e Goldmund notou a alegria surgir nos seus olhos severos.

— Está bom — disse o mestre. — Muito bom. É a sua obra como aprendiz, Goldmund. Agora você aprendeu tudo o que tinha para aprender. Vou mostrar sua estátua aos membros da corporação e exigir que eles lhe concedam o certificado de mestre, pois você o merece.

Goldmund não dava muito valor à corporação, mas sabia o grau de aprovação contido nas palavras do mestre, e ficou muito satisfeito com isso.

Enquanto Nicolau andava lentamente em volta da imagem de São João, disse com um suspiro:

— Esta estátua está cheia de piedade e luz, ela é séria, mas repleta de felicidade e paz. Pode-se pensar que foi executada por alguém que só tinha luz e alegria no coração.

Goldmund sorriu.

— O senhor sabe que não fiz essa estátua à minha imagem, ela foi inspirada no meu querido amigo. Foi ele quem deu luminosidade e paz à imagem, não eu. Aliás, não fui eu quem executou essa obra, foi ele quem a colocou dentro da minha alma.

— Pode ser — disse Nicolau. — É um mistério o modo como uma obra assim torna-se real. Não sou particularmente humilde, mas devo dizer: fiz muitos trabalhos que são bem inferiores ao seu, não na habilidade e no cuidado, mas na verdade. Você provavelmente sabe que uma obra assim não pode ser repetida. É um mistério.

— Sim — disse Goldmund. — Quando a obra ficou pronta e eu a contemplei, pensei: você jamais fará outra igual. Por esse motivo, mestre, acho que em breve voltarei às minhas andanças.

Espantado e aborrecido, Nicolau olhou para o rapaz. Seus olhos estavam novamente severos.

— Falaremos sobre isso mais tarde. Para você agora é que o trabalho deveria realmente começar. Não é o momento de fugir. Tire o dia de folga, será meu convidado para o almoço.

Ao meio-dia, Goldmund apareceu penteado e limpo, com suas roupas domingueiras. Desta vez ele sabia quanto significaria essa honra bastante rara de ser convidado pelo mestre a participar da sua refeição. Ao subir a escada que dava no vestíbulo atulhado de estátuas, ele estava longe de sentir aquela veneração e aquela alegria ansiosa da primeira vez que entrara naqueles belos aposentos silenciosos, com o coração aos pulos.

Lisbeth também enfeitara-se para o almoço e usava no pescoço uma corrente adornada de pedrarias. À mesa, além de carpas e vinho, havia uma surpresa: uma bolsa de couro contendo duas moedas de ouro, que o mestre deu a Goldmund como recompensa pela obra terminada.

Desta vez ele não ficou em silêncio enquanto pai e filha conversavam. Ambos falaram com ele e fizeram brindes. Os olhos de Goldmund estavam atentos. Ele aproveitava a oportunidade para examinar a bela jovem com seu rosto distinto e um tanto desdenhoso, e os olhos dele não escondiam o quanto ela lhe agradava. Ela o tratava com gentileza, mas ele ficou decepcionado com o fato de ela não ficar ruborizada nem animada com sua atenção. Desejou ardentemente fazer com que esse rosto belo e imóvel falasse, para obrigá-lo a revelar seu mistério.

Após a refeição, agradeceu aos dois, demorando-se um pouco diante das estátuas do vestíbulo. Passou a tarde vagando pela cidade, sem destino. Havia sido homenageado pelo mestre e essa homenagem ultrapassara suas expectativas. Por que não estava feliz com isso? Por que toda essa honra não tinha um sabor festivo?

Obedecendo a um impulso, alugou um cavalo e dirigiu-se ao convento onde vira pela primeira vez uma obra do mestre e ouvira seu nome. Isso acontecera alguns anos antes, mas parecia infinitamente distante. Foi ver a madona na igreja do convento e mais uma vez a obra o encantou e conquistou. Era mais bela do que o seu São João. Era semelhante na profundidade e no mistério, mas artisticamente superior naquela sua leveza. Via agora detalhes na obra que só um artista percebe: movimentos suaves e delicados na roupa, ousadia na execução das mãos e dos dedos longos, uma sensibilidade especial no aproveitamento da textura da madeira. Todas essas belezas nada significavam em comparação com o todo, com a simplicidade e profundidade da visão, mas estavam ali assim mesmo, belezas que só os abençoados eram capazes de executar, aqueles que conheciam profundamente o seu ofício. Para conseguir criar uma obra como essa era preciso não só ter essas imagens no coração, mas também olhos e mãos extremamente treinados e experientes. Será que valeria a pena dedicar toda a vida a serviço da arte, com sacrifício da liberdade e de vivências mais amplas, só para conseguir executar uma única obra tão bela quanto essa, que não somente fora vivida e imaginada, recebida com amor, mas também executada até o último detalhe com absoluta maestria? Esta era uma pergunta importante.

Goldmund voltou tarde da noite para a cidade num cavalo extenuado. Uma taberna ainda estava aberta, e ele comeu pão e bebeu vinho. Depois subiu para o seu quarto na praça do mercado sem estar em paz consigo mesmo, cheio de interrogações, cheio de dúvidas.

# Capítulo 12

No dia seguinte, Goldmund não conseguiu ir trabalhar. Como em muitos outros dias de desânimo, ficou perambulando pela cidade. Observava as donas de casa e as criadas que iam ao mercado, demorando-se perto da fonte do mercado de peixes, reparando nos vendedores e suas mulheres rudes elogiando suas mercadorias, viu-os tirar os peixes prateados de suas tinas e oferecê-los para a venda, viu os peixes com as bocas dolorosamente abertas e com os olhos dourados paralisados de medo, enquanto morriam silenciosamente, ou resistiam com um desespero furioso. Foi dominado por um sentimento de piedade pelos animais e por uma triste irritação com os homens: por que as pessoas eram tão estúpidas e grosseiras, tão incrivelmente idiotas e insensíveis. Como é que esses peixeiros e suas mulheres, os compradores que regateavam o preço, não viam essas bocas, esses olhos dominados pelo medo da morte e os rabos que se debatiam, como não viam aquela luta desesperada e inútil, não viam aquela transformação insuportável, de animais misteriosos e bonitos — o último e fraco estremecimento que percorria a pele agonizante antes de ficarem exaustos e paralisados — em pobres pedaços de carne para as mesas de alegres barrigudos? Essas pessoas não viam nada, não sabiam de nada e não percebiam nada; nada as comovia. Um pobre animal gracioso podia morrer diante de seus olhos, ou um mestre podia exprimir toda a esperança, a nobreza e o sofrimento, toda a angústia sombria da vida humana na estátua de um santo com uma realidade capaz de provocar estremecimento — eles não viam nada, nada os comovia! Eles eram alegres, ocupados, importantes, sempre com pressa; gritavam, riam, encontravam-se por acaso, faziam barulho, contavam piadas, brigavam por causa de duas moedinhas e sentiam-se bem, eram cidadãos ordeiros, muito satisfeitos com eles mesmos e com o resto do mundo. Porcos, isso é o que eles eram; piores até do que porcos, e ainda devassos. É claro que ele frequentemente estivera entre eles, perseguira mocinhas e saboreara com prazer seus peixes assados sem ficar horrorizado.

Porém, cedo ou tarde, como num passe de mágica, a alegria e a calma o abandonavam de repente; todas as ilusões idiotas, toda a sua arrogância e presunção, e a preguiçosa paz de espírito desapareciam. Alguma coisa o fazia mergulhar na solidão e nas cismas, fazia com que contemplasse o sofrimento e a morte, a inutilidade de qualquer iniciativa enquanto olhava para o abismo.

Outras vezes, uma alegria repentina surgia da profundeza sem esperança da inutilidade e do horror, uma paixão muito violenta, desejo de cantar uma bela canção, de desenhar. Bastava sentir o cheiro de uma flor ou brincar com um gato, e sua harmonia infantil com a vida voltava. Isso voltaria também desta vez. Amanhã ou depois de amanhã, o mundo seria bom, outra vez seria maravilhoso, pelo menos até que a tristeza voltasse, a preocupação, o remorso pelos peixes que morriam, pelas flores que murchavam, o horror diante da existência humana insensível, porca, que olhava mas não via. Era nessas ocasiões que sempre se lembrava de Vítor. Com uma curiosidade torturante e uma angústia profunda, ele pensava no viajante alto e magro que ele apunhalara entre as costelas e que abandonara, coberto de sangue, sobre os galhos de pinheiro. E ficava imaginando o que teria acontecido com Vítor: se os animais o haviam devorado completamente ou se sobrara alguma coisa dele. Provavelmente os ossos e, talvez, alguns punhados de cabelos. E o que aconteceria com os ossos? Quanto tempo levariam para perder sua forma e transformar--se em terra; algumas décadas ou apenas alguns anos?

Enquanto olhava o movimento no mercado, sentindo pena dos peixes e repulsa pelas pessoas com o coração angustiado e um ódio intenso do mundo e de si mesmo, pensou mais uma vez em Vítor. Teria sido encontrado e sepultado? E neste caso, será que a carne já havia se desprendido de seus ossos, estaria tudo podre, devorado pelos vermes? Será que ainda havia cabelos no seu crânio e sobrancelhas sobre as cavidades dos olhos? E o que restara da vida de Vítor, que fora tão cheia de aventuras e de histórias, a fantástica jovialidade dos seus feitos estranhos? Além daquelas poucas recordações esparsas que seu assassino guardava dele, não sobrara nada mais da sua existência humana que, afinal de contas, não tinha sido comum? Existiria ainda um Vítor nos sonhos das mulheres que um dia o amaram? Ou será que todos os vestígios dele tinham desaparecido? E era o que acontecia com tudo e com todos:

florescer e murchar rapidamente, e logo ser coberto pela neve. Todas as coisas que desabrocharam nele quando chegara a esta cidade alguns anos antes, cheio de ansiedade pela arte, com um respeito profundo e temeroso pelo Mestre Nicolau — o que restara de tudo isso? Nada, nada mais do que restara do corpo magro daquele bandido do Vítor. Se alguns anos antes alguém lhe dissesse que chegaria o dia em que Nicolau o reconheceria como um igual e exigiria que a corporação lhe desse um certificado de mestre, teria acreditado ter em suas mãos toda a felicidade do mundo. E agora essa conquista não passava de uma flor murcha, uma coisa ressecada e sem alegria.

No meio desses pensamentos, Goldmund de repente teve uma visão. Durou só um instante, como a luz de um relâmpago: viu o rosto da mãe universal, debruçada sobre o abismo da vida, que era belo e cruel. Ela estava observando os nascimentos e as mortes, as flores, as sussurrantes folhas de outono, a arte, a decadência.

Tudo era igual para a mãe universal: seu sorriso frio pairava acima de todas as coisas como uma lua, triste e pensativo. Goldmund era tão querido quanto a carpa que morria na calçada do mercado de peixes; ela gostava tanto da orgulhosa e fria Lisbeth quanto dos ossos espalhados de Vítor, que uma vez tentou roubar a moeda de ouro de Goldmund.

O clarão do relâmpago se extinguira e o misterioso rosto da mãe desaparecera. Mas seu brilho pálido continuava cintilando na alma de Goldmund; o palpitar da vida, da dor, da saudade agitava seu coração. Não, ele não queria a felicidade saciada dos outros, dos vendedores de peixe, dos burgueses, das pessoas diligentes. Que fossem para o inferno! Oh, seu rosto palpitante e pálido, a boca cheia, madura, seus lábios grossos nos quais o imenso sorriso fatal tremia como o vento e o luar.

Goldmund dirigiu-se à casa do mestre. Era quase meio-dia, e ele esperou até ouvir que, lá dentro, Nicolau deixava seu trabalho e ia lavar as mãos. Então ele entrou.

— Posso dizer-lhe algumas palavras, mestre, enquanto o senhor lava as mãos e veste o casaco? Estou ansioso por um bocado de verdades. Quero dizer uma coisa para o senhor agora que talvez mais tarde não consiga dizer. Preciso falar com alguém e talvez o senhor seja o único que possa compreender-me. Não estou falando com o homem que tem uma oficina famosa e que recebe encomendas importantes de grandes cidades e conventos, que tem dois auxiliares e uma casa bonita e abastada. Falo com o mestre que fez a madona do convento, a mais bela imagem que conheço. Eu amei e venerei esse homem; tornar-me igual a ele era para mim o objetivo mais elevado do mundo. Terminei agora uma estátua, a de São João. Não está tão perfeita quanto a sua madona, mas isso era inevitável. Não tenho planos para fazer outras estátuas, nenhuma ideia que exija execução. Ou melhor, tenho uma, a imagem remota de uma santa que um dia terei de fazer, mas não agora. Para ser capaz de fazê-la, preciso vivência. Talvez seja capaz de executá-la dentro de três, quatro anos, ou dentro de dez anos, ou mais tarde ainda, ou talvez nunca. Mas até lá, mestre, não quero trabalhar como artesão, laqueando estátuas e entalhando púlpitos, e levando uma vida de artesão na oficina. Não quero ganhar dinheiro e ser igual aos outros artesãos; não, isso eu não quero. Quero viver e correr o mundo; sentir o verão e o inverno; ver o universo, provar suas belezas e seus horrores. Quero sofrer de fome e sede, e quero esquecer e libertar-me de tudo que vivi e aprendi com o senhor. Gostaria de fazer um dia algo tão belo e tão comovente quanto a sua madona — mas não quero ser igual ao senhor e viver o mesmo tipo de vida.

O mestre lavara e enxugara as mãos; depois virou-se e encarou Goldmund. Seu rosto estava severo, mas não zangado.

— Você falou — disse — e eu ouvi. Não se preocupe agora. Eu não o espero para o trabalho, embora haja muita coisa para ser feita. Não o considero um auxiliar, você necessita de liberdade. Gostaria de discutir algumas coisas com você, meu caro Goldmund; não agora, mas daqui a alguns dias. Enquanto isso, você pode passar seu tempo da maneira que achar melhor. Veja, sou bem mais velho que você e aprendi muita coisa. Pensamos de maneira diferente, mas eu o compreendo, sei o que se passa na sua mente. Dentro de alguns dias mandarei chamá-lo. Falaremos então a respeito do seu futuro, tenho muitos planos. Até lá, tenha paciência! Sei muito bem como uma pessoa se sente quando termina uma obra que considerava importante; conheço esse vazio. Mas logo passa, acredite-me!

Insatisfeito, Goldmund foi embora. O mestre tinha boas intenções, mas de que maneira poderia ajudá-lo?

Goldmund conhecia um trecho do rio onde a água não era profunda e onde o leito estava coberto de detritos e todo tipo de lixo que os peixeiros jogavam no rio. Sentou-se no muro da margem e ficou contemplando a água. Amava a água, qualquer água o atraía. Daquele lugar, podia-se ver, através da água que corria como fios de cristal, o fundo escuro e indistinto, podia-se ver aqui e ali um brilho dourado, uma cintilação atraente, talvez fragmentos de um prato quebrado ou uma foice velha, uma pedra lisa, um azulejo; ou podia ser um peixe do lodo, um rodovalho gordo que fazia evoluções no fundo, refletindo por um momento um raio de luz em seu dorso e nas escamas — nunca se poderia imaginar o que exatamente estava ali, mas sempre havia lindas cintilações, tentadoras e indistintas, de tesouros dourados submersos naquele fundo escuro. Parecia-lhe que todos os verdadeiros mistérios eram como esta água misteriosa; todas as verdadeiras imagens da alma eram assim: não tinham contorno nem forma definidos, só podiam ser adivinhados, uma bela possibilidade distante que era dissimulada em muitos significados. Da mesma maneira que brilhava por alguns momentos algo indizível, à meia-luz do fundo do rio verde, algo dourado ou prateado, uma ilusão que continha, mesmo assim, a mais feliz promessa, também o perfil fugaz de uma pessoa, vista meio de lado, podia às vezes anunciar algo infinitamente belo, ou insuportavelmente triste. Do mesmo modo, uma lanterna pendurada embaixo de uma carroça à noite, projetando sombras gigantescas dos aros da roda nos muros, poderia criar por um momento um jogo de sombras que pareceria tão cheio de incidentes e histórias quanto a obra de Virgílio. Os sonhos noturnos eram tecidos do mesmo material irreal e mágico, um nada que continha todas as imagens do mundo, um oceano em cujo espelho viviam as formas de todos os homens, animais, anjos e demônios, como possibilidades sempre prontas.

Ficou absorvido naquele jogo, os olhos perdidos no rio que deslizava, via brilhos sem forma no fundo, imaginando coroas de reis e ombros nus de mulheres. Lembrou-se de que um dia, em Mariabronn, vira formas fantásticas e transformações mágicas semelhantes em letras gregas e latinas. Não falara com Narciso uma vez sobre isso? Quando aconteceram essas coisas? Há quantos séculos? Oh, Narciso! Daria de bom grado suas duas moedas de ouro para poder vê-lo, para falar com ele por uma hora que fosse, segurar suas mãos, ouvir sua voz calma e inteligente.

Por que essas coisas eram tão belas — esse brilho dourado sob a água, essas sombras e insinuações, todas essas aparições irreais e fantásticas —, por que eram tão indizivelmente belas e encantadoras, já que eram exatamente o contrário da beleza que um artista poderia criar? A beleza daqueles objetos indistintos não tinha forma e consistia unicamente em mistérios. Isto era o oposto da forma e da absoluta precisão das obras de arte. Nada era tão indiscutivelmente claro e definido quanto a linha do desenho de uma boca ou de uma cabeça entalhada na madeira. Ele poderia ter copiado, exatamente igual, o lábio inferior ou as pálpebras dos olhos da imagem de Maria feita por Nicolau; ali, nada era impreciso, vago ou ilusório.

Goldmund estava concentrado nas suas reflexões. Não conseguia entender como aquilo que era tão definido e formal podia afetar a alma da mesma maneira que aquilo que era intangível e amorfo. Entretanto, uma coisa tornara-se clara para ele: o motivo por que tantas obras de arte perfeitas não lhe agradavam, por que as considerava quase odiosas ou monótonas, apesar de terem uma certa beleza inegável. Oficinas, igrejas e palácios estavam repletos dessas obras de arte fatais; ele próprio ajudara na execução de algumas delas. Eram profundamente decepcionantes porque provocavam o desejo do mais sublime e não o realizavam; porque faltava-lhes o principal: o mistério. É isto que os sonhos e as obras verdadeiramente notáveis têm em comum: o mistério.

Goldmund continuou pensando: é o mistério que eu amo e persigo. Várias vezes eu o vi começando a tomar forma; como artista eu gostaria de captá-lo e expressá-lo. Talvez algum dia eu seja capaz de fazer isso. A figura da mãe universal, por exemplo. Ao contrário de outras figuras, seu mistério não consiste nesse ou naquele detalhe, numa determinada gordura ou magreza, aspereza ou delicadeza, energia ou brandura. Consiste numa fusão dos maiores contrastes do mundo, que normalmente são incompatíveis e que se harmonizaram somente nessa figura. Eles convivem nela: nascimento e morte, bondade e crueldade, vida e destruição. Se eu imaginasse essa figura e se ela fosse simplesmente um capricho do meu pensamento, isso não teria importância, eu poderia descartá-la como um erro e esquecê-la. Mas a mãe da humanidade não é uma ideia minha, porque eu não a imaginei, eu a vi! Ela vive dentro de mim, eu a encontrei muitas vezes. Ela apareceu para mim numa aldeia, numa noite de inverno, quando precisei iluminar o leito de uma parturiente; foi então que a imagem ganhou vida dentro de mim. Frequentemente ela fica perdida; por longos períodos ela permanece distante; mas de repente, torna a palpitar, como aconteceu hoje. A imagem da minha mãe, que eu amava acima de tudo, transformou-se nesta nova imagem e encontra-se dentro dela, como o caroço dentro da cereja.

Quando sua situação atual ficou clara para ele, Goldmund teve medo de tomar uma decisão. Era tão difícil quanto na ocasião em que se despediu de Narciso e do convento. Mais uma vez estava diante de um caminho importante: o caminho que o levava à sua mãe. Será que essa imagem de mãe algum dia tomaria forma, uma obra executada pelas suas mãos, e se tornaria visível para todos? Talvez fosse esta a sua meta, o sentido oculto da sua vida. Talvez; ele não sabia. Mas uma coisa ele sabia: era bom seguir na direção da sua mãe, ser atraído e chamado por ela. Sentiu-se vivo. Talvez jamais conseguisse moldar sua imagem, talvez ela continuasse sendo sempre um sonho, uma intuição, uma cintilação dourada, de mistério sagrado. De qualquer modo, ele tinha de segui-la e sujeitar a ela o seu destino. Ela era a sua estrela.

A decisão estava próxima; tudo ficara claro para ele. A arte era uma coisa bela, mas não era uma deusa, não era um objetivo — não para ele. Não devia seguir a arte, mas somente o chamado de sua mãe. Para que continuar a aperfeiçoar a habilidade de suas mãos? Mestre Nicolau era um exemplo dessa perfeição, e qual foi o resultado disso? O resultado foi a fama, a fortuna e uma vida sedentária, o ressecamento e a atrofia das percepções internas, as únicas que têm acesso ao mistério. Resultava na fabricação de brinquedos bonitos e valiosos, todos os tipos de altares e púlpitos decorados, muitas imagens de São Sebastião e cabecinhas encaracoladas de anjos do preço de quatro táleres cada peça. Oh, o ouro no olho de uma carpa, a delicada e fina penugem prateada nas bordas da asa de uma borboleta eram infinitamente mais belos, vivos e valiosos do que uma sala cheia dessas obras de arte!

Um menino veio cantando pela beira do rio. De vez em quando, interrompia sua canção para morder um grande pedaço de pão branco que levava na mão. Goldmund viu-o e pediu-lhe um pedacinho do pão; com dois dedos retirou o miolo e fez com ele bolas minúsculas. Inclinou-se sobre a amurada e foi atirando as bolinhas de pão bem devagar, uma por uma, dentro d'água, vendo a bolinha branca afundar naquela água escura, e as cabeças dos peixes que apareciam em volta, até que a bolinha desaparecia dentro de uma das bocas ávidas. Com grande satisfação ele viu uma bola após a outra afundar e desaparecer. Depois, com fome, foi à procura de uma de suas namoradas, que era empregada na casa de um açougueiro, e que ele chamava de "Soberana das linguiças e presuntos". Com o assobio costumeiro, chamou-a à janela da cozinha, esperando que ela lhe desse alguma coisa, algo que pudesse guardar nos bolsos e comer depois lá fora, do outro lado do rio, no alto de uma colina coberta de videiras, onde o solo rico e vermelho brilhava, vigoroso, sob as parreiras opulentas, onde, na primavera, floriam pequenos jacintos azuis com seu perfume delicado.

Mas este parecia ser o dia de decisões e percepções. Quando Catarina apareceu à janela, sorrindo para ele com seu rosto um tanto grosseiro, quando ele estendeu a mão para fazer o sinal habitual, lembrou-se de repente de todas as outras vezes em que se postara ali, esperando da mesma maneira. Com uma precisão tediosa, ele previu tudo que iria acontecer nos minutos seguintes: ela reconheceria o seu sinal, voltaria para dentro da cozinha e logo depois apareceria na porta dos fundos com alguma coisa na mão, talvez linguiças, que ele aceitaria e depois afagaria e apertaria a moça contra o seu corpo, como ela esperava que ele fizesse. De repente, parecia tolo e abominável provocar toda essa sequência mecânica de coisas já vividas, e representar o seu papel nela — apanhar a linguiça, sentir os seios fortes da moça encostados nele, apertá-la um pouco em seus braços como se fosse um pagamento. Pareceu-lhe ver no seu rosto bondoso e vulgar um traço de um hábito desprovido de alma, e no seu sorriso amistoso, alguma coisa mecânica e sem mistérios, alguma coisa que ele não merecia. Seu gesto ficou paralisado no ar, o sorriso congelado no rosto. Ele ainda a amava, ainda a desejava realmente? Não, estivera ali vezes demais, e com excessiva frequência vira esse sorriso sempre igual, que ele retribuía sem um impulso do seu coração. Aquilo que ainda ontem conseguira fazer, hoje, de repente, já não era mais possível. A criada ficou ali parada, olhando; mas ele já dera meia-volta e desaparecera na viela, com a firme determinação de não pisar mais ali. Que outro acariciasse aqueles seios! Que outro comesse aquelas deliciosas linguiças! Aliás, como se comia e desperdiçava naquela cidade obesa e satisfeita! Como eram preguiçosos, mimados e exigentes esses burgueses gordos, para os quais todos os dias eram abatidos tantos porcos e novilhos, e tantos peixes infelizes e bonitos eram tirados do rio! E ele — ele também se tornara um mimado, um depravado; como se tornara nojentamente parecido com esses gordos burgueses! Para um errante num campo coberto de neve, uma ameixa seca ou uma velha casca de pão tinham um sabor mais delicioso do que uma refeição inteira aqui, com os prósperos membros da corporação. Oh, a vida errante, a liberdade, matas banhadas pelo luar, pegadas de animais cautelosamente observadas na umidade cinzenta da grama matinal! Aqui na cidade, entre os burgueses sedentários, tudo era fácil e custava tão pouco, até mesmo o amor. Estava farto de tudo isso. De repente cuspiu, enojado. A vida aqui perdera seu sentido, era como ossos sem medula. Enquanto o mestre fora um exemplo e Lisbeth uma princesa, tinha sido bom, fazia sentido; fora suportável enquanto estava esculpindo o seu São João. Agora que terminara, o perfume evaporara-se, a flor murchara. A consciência da transitoriedade o atingiu como uma onda violenta, um sentimento que tantas vezes o torturava e arrebatava profundamente. Tudo murchava tão depressa; todo prazer se esgotava rapidamente, restando

218

apenas ossos e pó. Mas uma coisa perdurava: a mãe eterna, fundamental, sempre jovem, com seu sorriso amoroso, triste e cruel. Novamente avistou-a por um instante: gigantesca, com estrelas nos cabelos, sentada de modo sonhador, à beira do mundo; com mão distraída colhia flor após flor, vida após vida, deixando-as cair lentamente no vazio.

Nesses dias, enquanto Goldmund perambulava pela cidade conhecida num abatimento de despedida, vendo um pedaço murcho de sua vida desaparecer atrás dele, Mestre Nicolau esforçava-se para cuidar do seu futuro e tentava fazer com que seu hóspede irrequieto se estabelecesse para sempre. Convenceu a corporação a conceder o certificado de mestre a Goldmund, e elaborou um plano para conservá-lo permanentemente a seu lado, não como um subalterno, mas como um sócio; com quem ele discutiria e executaria todas as encomendas importantes, e dividiria os ganhos. Podia correr um risco, mesmo por causa de Lisbeth, porque naturalmente o jovem iria tornar-se em breve seu genro. Mas nem mesmo o melhor dos auxiliares pagos de Nicolau conseguiria fazer uma imagem como o São João de Goldmund. Além disso, estava envelhecendo, tinha menos ideias e menos força criadora, e não queria que sua famosa oficina decaísse, transformando-se numa simples indústria de artesanato. Seria difícil lidar com Goldmund, mas ele tentaria.

O mestre se preocupava e especulava. Mandaria aumentar a oficina dos fundos para Goldmund, daria a ele o quarto do sótão e o presentearia com belas roupas novas para sua recepção na corporação dos artistas. Com muito tato, tentou descobrir os sentimentos de Lisbeth, que desde aquele almoço já esperava por algo semelhante. E Lisbeth não se opôs aos desejos do pai.

Se o rapaz pudesse ser convencido a se estabelecer e tornar-se um mestre no seu ofício, ela não tinha objeções. Embora nem o Mestre Nicolau nem o trabalho tivessem conseguido domar completamente aquele cigano, Lisbeth tinha certeza de que o conseguiria.

Tudo estava preparado, e a isca apetitosa havia sido colocada na armadilha para atrair o pássaro. Um dia o mestre mandou chamar Goldmund, que não aparecera durante todo esse tempo. Novamente ele foi convidado para almoçar na casa do mestre, mais uma vez apareceu escovado e penteado, sentou-se outra vez naquela sala um tanto solene; novamente fez brindes ao mestre e à filha, até que finalmente a moça saiu da sala e Nicolau pôde pôr em prática seu plano e fazer sua proposta.

— Acho que você compreendeu — disse ele, após ter feito sua revelação surpreendente —, não preciso dizer-lhe que jamais um jovem sem nem mesmo ter completado o aprendizado exigido chegou a mestre tão depressa, e depois foi colocado num ninho tão quente e confortável. Sua felicidade está feita, Goldmund.

Surpreso e constrangido, Goldmund fitou o mestre e empurrou o copo, embora ainda estivesse cheio até a metade. Esperava que Nicolau o repreendesse por ter faltado todos aqueles dias e que depois fizesse a proposta que ele continuasse ali como seu auxiliar. E agora isto! Sentia-se triste e embaraçado, sentado diante daquele homem. Não conseguiu encontrar logo uma resposta.

O rosto do mestre ficou um pouco tenso e decepcionado ao ver que sua proposta tão honrosa não fora aceita imediatamente, com alegria e humildade. Levantou-se e disse:

— Bem, minha proposta foi inesperada. Talvez você queira pensar sobre isso. Fico um pouco magoado, porque achei que estava lhe dando uma grande alegria. Mas não importa, você tem tempo para pensar.

— Mestre — disse Goldmund, escolhendo as palavras. — Não fique zangado comigo! Agradeço de coração sua boa vontade e ainda mais pela paciência que teve para me ensinar. Jamais esquecerei o quanto lhe devo. Mas não preciso de tempo para pensar, já decidi há muito tempo.

— Decidiu o quê?

— Já tinha tomado minha decisão antes de aceitar seu convite e antes mesmo de saber de sua proposta tão honrosa. Não continuarei aqui, voltarei à minha vida de errante.

Empalidecendo, Nicolau fitou o rapaz com olhos sombrios.

— Mestre — implorou Goldmund —, acredite em mim, não quero magoá-lo. Já disse qual é minha decisão. Nada pode mudá-la. Preciso ir embora, preciso viajar, preciso de liberdade. Quero agradecer-lhe mais uma vez de coração, e vamos nos despedir como amigos.

Estendeu a mão, quase chorando. Nicolau ignorou a mão, e seu rosto ficou muito pálido; começou a andar de um lado para o outro na sala, os passos ressoando com raiva. Goldmund jamais o vira assim.

De repente o mestre parou, fez um grande esforço para se controlar e disse, sem olhar para Goldmund:

— Está bem, então vá, se você quer. Mas vá logo. Não me obrigue a vê-lo novamente! Vá, antes que eu fale ou faça algo de que um dia venha a arrepender-me. Vá embora!

Novamente Goldmund estendeu-lhe a mão. O mestre olhou como se fosse cuspir nela. Goldmund, que também empalidecera, virou-se e saiu silenciosamente da sala. Lá fora, pôs o gorro na cabeça, desceu as escadas, deixando sua mão deslizar pelas cabeças entalhadas das vigas da escada, entrou por um momento na oficina para despedir-se do seu São João e saiu da casa com uma dor no coração, ainda mais profunda do que aquela que sentira ao deixar o castelo do cavalheiro e a pobre Lídia!

Pelo menos tudo fora bem rápido! Pelo menos não fora dito nada desnecessário! Era este o único consolo de Goldmund ao atravessar o umbral da porta. De repente a rua e a cidade pareciam mudadas, e tinham aquele aspecto estranho que as coisas conhecidas adquirem quando nosso coração já se despediu delas. Lançou um último olhar para a porta da casa — ela era agora a porta de uma casa estranha que estava fechada para ele.

De volta ao seu quarto, Goldmund iniciou os preparativos para a viagem. Não havia muito o que arrumar, tinha apenas que se despedir. Havia um quadro na parede que ele mesmo pintara, uma doce madona e algumas coisas que ele comprara: um chapéu domingueiro, um par de sapatos para dançar, um rolo de desenhos, um pequeno alaúde, uma quantidade de pequenas figuras de argila que ele moldara, alguns presentes que havia recebido de mulheres: um ramo de flores artificiais, um copo vermelho como um rubi, uma velha broa de mel já dura, em forma de coração, e outras bugigangas. Cada peça tinha um significado e uma história, fora importante para ele, e agora essas coisas não passavam de um punhado de trastes incômodos, que não podia levar consigo. Trocou com seu senhorio o copo vermelho por um bom e resistente facão de caça, que ele afiou na pedra de amolar, no pátio; esfarinhou a broa de mel e deu-a como ração às galinhas do vizinho; presenteou a dona da casa com sua pintura da madona e em troca recebeu coisas muito úteis: uma velha mochila de couro e provisões para a viagem. Enfiou suas poucas camisas na mochila, alguns desenhos enrolados num pedaço de cabo de vassoura, e a comida. Todo o resto tinha que deixar para trás.

Havia várias mulheres na cidade das quais deveria despedir-se; com uma delas dormira na noite anterior, mas sem contar-lhe seus planos. Lembranças românticas costumavam prender-se a uma pessoa quando ela pretendia viajar, mas não deviam ser levadas a sério. Não se despediu de ninguém, a não ser dos donos da casa. Despediu-se à noite, a fim de poder partir bem cedo, na manhã seguinte.

Mas alguém levantara-se de manhã cedo e chamara Goldmund para tomar uma xícara de leite quente na cozinha quando ele estava prestes a sair. Era a filha do senhorio, uma menina de quinze anos, uma criatura doentia, calada, com belos olhos, mas que tinha um defeito na articulação do quadril que a fazia mancar. Seu nome era Maria. Com um rosto de quem não tinha dormido, muito pálida, mas vestida e penteada com cuidado, serviu ao rapaz leite quente e pão, parecendo muito triste com sua partida. Goldmund agradeceu-lhe e, penalizado, despediu-se da menina com um beijo na sua boca de lábios finos. De olhos fechados, com devoção, ela recebeu o beijo.

# Capítulo 13

Nos primeiros dias de sua nova vida de caminhadas, no primeiro e ávido turbilhão da liberdade recuperada, Goldmund precisou aprender novamente a viver a vida sem lar e sem horário dos errantes. Sem obedecer a ninguém, dependendo apenas do clima e das estações do ano, sem um objetivo à sua frente, sem um teto sobre sua cabeça, não possuindo nada e sujeitos a todos os caprichos do destino, os andarilhos levam uma vida ingênua, corajosa e miserável. São os filhos de Adão, aquele que foi expulso do Paraíso; são irmãos dos animais, dos inocentes. Aceitam das mãos do céu, hora após hora, o que lhes é oferecido: sol, chuva, neblina, neve, calor, frio, conforto e dificuldades; para eles não existe tempo, história, ambição, nem aquele ídolo estranho chamado progresso e evolução, em que os proprietários acreditam tão desesperadamente. Um andarilho pode ser delicado ou grosseiro, hábil ou desajeitado, corajoso ou covarde — no íntimo, ele não passa de uma criança, vivendo no primeiro dia da criação, antes do início da história do mundo, e sua vida é sempre guiada por alguns instintos e necessidades simples. Pode ser inteligente ou tolo; pode ter uma profunda consciência da fragilidade fugaz de todas as coisas vivas, de que maneira insignificante e temerosa cada criatura viva carrega seu pouquinho de sangue quente através do frio gelado do espaço cósmico. Ou ele pode simplesmente seguir as imposições do seu pobre estômago com uma avidez infantil — o andarilho é sempre o adversário, o inimigo mortal do proprietário estabelecido, que o detesta, despreza-o ou tem medo dele porque não quer ser lembrado de que toda existência é transitória, de que a vida está constantemente murchando, de que a implacável morte gelada enche o universo à nossa volta. A vida infantil do andarilho, sua origem materna, seu afastamento da lei e do espírito, sua disponibilidade e constante intimidade secreta com a morte há muito tempo haviam impregnado e marcado profundamente a alma de Goldmund. Mesmo assim, o espírito e a vontade viviam dentro dele; era um artista e isto tornava sua vida rica, mas penosa. Cada vida só se expande e floresce por meio da divisão e da contradição. O que são a razão e a sobriedade sem o conhecimento da embriaguez? O que é o prazer dos sentidos sem a morte atrás dele. O que é o amor sem a eterna hostilidade mortal dos sexos?

O verão passou, depois o outono; Goldmund atravessava penosamente os meses de penúria; perambulava como que embriagado durante a doce e perfumada primavera. As estações passavam rapidamente, mais uma vez o sol do auge do verão desaparecia. Goldmund parecia ter esquecido de que havia outras coisas no mundo além de fome e amor, e essa silenciosa e lúgubre corrida das estações do ano; parecia totalmente afundado no mundo primitivo, maternal e instintivo. Mas em seus sonhos ou em seus momentos de meditação, diante de um vale florido ou murcho, ele era todo olhos, era um artista. Queria desesperadamente interromper o curso absurdo da vida com sua mente e dar-lhe um sentido.

Um dia ele encontrou um companheiro. Depois da aventura sangrenta com Vítor, caminhara sempre sozinho, mas esse homem, sorrateiramente, ligou-se a ele, e Goldmund não conseguiu livrar-se dele durante algum tempo. Ele não era como Vítor. Era um peregrino que estivera em Roma, um homem ainda jovem, de manto e chapéu de peregrino. Chamava-se Roberto, e era originário da região do lago Constança. Era filho de um artesão, frequentara a escola dos monges de São Gallen, e desde criança decidira fazer uma peregrinação a Roma. Era seu maior desejo, e aproveitou a primeira oportunidade para realizá-lo. Ela surgiu com a morte do pai, em cuja oficina trabalhava como marceneiro. Nem bem o velho havia sido enterrado, e Roberto anunciou à mãe e à irmã que nada poderia impedi-lo de partir em sua peregrinação, para satisfazer esse impulso e expiar os seus pecados e os do pai. Em vão as duas mulheres se lastimaram, em vão o recriminaram. Ele permaneceu inflexível e, em vez de cuidar das duas mulheres, partiu em sua viagem, sem a bênção da mãe e com a maldição da irmã. Ele era movido principalmente pelo desejo de viajar, e nisto estava incluída uma espécie de devoção superficial, uma inclinação para permanecer perto de igrejas e de rituais religiosos, um entusiasmo por missas, batizados, enterros, fumaça de incenso e chama de velas. Sabia um pouco de latim, mas sua alma infantil não estava empenhada no estudo e sim na contemplação e na adoração silenciosa, à sombra dos arcos das igrejas. Quando menino, fora um sacristão apaixonadamente zeloso. Goldmund não o levava muito a sério, mas gostava dele. Sentia uma certa afinidade com aquele seu abandono instintivo à vida errante e ao desconhecido. Quando seu pai morreu, Roberto partiu satisfeito, e realmente chegou a Roma, onde aceitou a hospitalidade de conventos e paróquias; observava as montanhas e o sul, e sentia-se muito feliz em Roma. Assistiu a centenas de missas, rezava nos lugares sagrados mais famosos, recebia os sacramentos, aspirando mais incenso do que o necessário para a expiação dos seus pecados e os do seu pai. Ficou ausente durante um ano ou mais e, quando finalmente voltou à casa paterna, não foi recebido como o filho pródigo. Durante sua ausência a irmã assumira os deveres e os direitos da casa. Contratara um ajudante de marceneiro, casara-se com ele e agora dirigia casa e oficina de maneira tão perfeita que o peregrino recém-chegado logo percebeu que não precisavam dele ali. Quando anunciou que ia viajar outra vez, ninguém lhe pediu para ficar. Não sofreu com isso. Sua mãe deu-lhe algumas moedas e ele vestiu novamente as roupas de peregrino e partiu sem rumo certo, atravessando o país como um andarilho meio clerical. Moedas de cobre que eram lembranças de lugares famosos de peregrinação e rosários bentos tilintavam em volta do seu corpo.

Foi assim que encontrou Goldmund, caminhou um dia ao seu lado, trocou com ele reminiscências de suas viagens, desapareceu na cidadezinha seguinte, tornou a encontrá-lo de vez em quando, até que finalmente ficou junto com ele, um companheiro de viagem confiável e amável. Gostou muito de Goldmund, cumulando-o sempre de pequenos favores, admirava seus conhecimentos, sua audácia, sua inteligência, amava sua saúde, força e sinceridade. Acostumaram-se um ao outro, pois Goldmund também era uma pessoa com quem se convivia facilmente. Só havia uma coisa que ele não tolerava: quando ficava melancólico e pensativo, permanecia num silêncio obstinado, e ignorava o outro como se ele não existisse. Nessas ocasiões, não admitia conversas, perguntas ou consolo, exigindo que o deixassem só e quieto. Isso Roberto logo aprendeu. Percebeu que Goldmund sabia de cor uma porção de versos e canções em latim. Ele ouvira suas explicações sobre as estátuas de pedra que ficavam ao lado das portas de uma catedral, vira-o desenhar figuras em tamanho natural numa parede lisa, com traços rápidos e ousados e começou a achar que ele era um favorito de Deus e quase um mágico. Roberto também via que ele era um favorito das mulheres, e conseguia obter seus favores com um simples olhar ou um sorriso. Embora não gostasse muito disso, tinha de admirar essa capacidade dele.

Um dia, sua viagem foi interrompida de maneira inesperada. Estavam se aproximando de uma aldeia quando foram recebidos por um pequeno grupo de camponeses armados de chicotes, varas e malhos. O que vinha na frente gritou-lhes de longe que deviam ir embora imediatamente e nunca mais voltar, que deviam correr como o diabo, ou então seriam espancados até a morte. Goldmund parou e quis saber o motivo daquilo, a resposta foi uma pedra que o atingiu no peito. Virou-se para o companheiro, mas Roberto já estava correndo. Os camponeses avançavam ameaçadores, e Goldmund não teve outra escolha senão seguir o companheiro que fugia. Tremendo, Roberto o esperava junto a uma cruz erguida no meio de um campo.

— Você fugiu como um herói — riu Goldmund. — Mas, afinal, o que é que esses porcos têm dentro daquelas cabeças estúpidas? Por acaso estamos em guerra? Colocam sentinelas armadas e não permitem que ninguém se aproxime da sua cidadezinha miserável! Estou curioso para saber o que há por trás disso tudo.

Roberto também não sabia. Foi somente na manhã seguinte, quando chegaram à propriedade de um camponês, completamente isolada, que fizeram algumas descobertas e o segredo começou a ser desvendado. Essa propriedade era formada por uma cabana, uma cocheira e um celeiro cercados por um pomar verde, com grama alta e muitas árvores frutíferas. Estava estranhamente silenciosa e adormecida: nenhuma voz, ruído de passos, nenhum grito de crianças, nenhuma foice sendo afiada. Não se ouvia nada. No pátio, havia uma vaca no meio do capim, mugindo furiosamente, e via-se que precisava ser ordenhada. Aproximaram-se da porta da casa, bateram, mas não receberam nenhuma resposta. Foram até a estrebaria; estava aberta e vazia. Foram até o celeiro, e sobre o telhado de palha o musgo verde-claro brilhava ao sol, mas ali também não havia ninguém. Voltaram para a casa, espantados e confusos diante daquela propriedade abandonada. Bateram várias vezes com os punhos na porta; nenhuma resposta. Goldmund tentou abri-la, e, para sua surpresa, ela não estava trancada; empurrou-a entrou no aposento escuro.

— Deus os proteja! — exclamou bem alto. — Ninguém em casa?

Mas tudo continuava em silêncio. Roberto ficara do lado de fora. Goldmund avançou, curioso. Dentro da cabana, o cheiro era insuportável, estranho, fétido. A lareira estava cheia de cinzas; ele soprou e no fundo ainda ardiam algumas fagulhas nas achas carbonizadas. Então percebeu alguém sentado à meia-luz, ao lado do fogão. Alguém estava sentado numa poltrona, dormindo: parecia uma velha. Não adiantava chamar, a casa parecia enfeitiçada. Tocou suavemente no ombro da mulher, mas ela não se moveu. Goldmund viu uma teia de aranha que ia do cabelo até o queixo dela. "Ela está morta", pensou, arrepiado. Para certificar-se, tentou reavivar o fogo, soprando, e atiçando-o até conseguir acender uma longa tora de madeira, e com ela iluminou o rosto da mulher. Sob os cabelos grisalhos, ele viu o rosto de um azul enegrecido de cadáver; um olho ainda aberto, vazio e imóvel. A mulher morrera ali mesmo, sentada naquela cadeira. Bem, não havia mais nada a fazer.

Com a tora acesa na mão, Goldmund continuou sua busca. No mesmo aposento, junto à soleira da porta que dava para o quarto dos fundos, encontrou outro cadáver, o de um menino de oito ou nove anos, com o rosto inchado, desfigurado, vestindo apenas uma camisa. Estava com a barriga para baixo, na soleira da porta, com os punhos cerrados. Este é o segundo, pensou Goldmund. Como num sonho medonho, entrou no quarto dos fundos; as janelas estavam abertas, deixando entrar a luz do dia. Com cuidado, apagou a tora e pisou as fagulhas no chão.

Neste cômodo havia três camas. Uma delas estava vazia e a palha aparecia sob os lençóis cinzentos ordinários. Na segunda cama, um homem barbudo estava deitado de costas, rígido, a cabeça jogada para trás, o queixo e a barba apontando para o teto. Devia ser o camponês. Seu rosto magro brilhava, pálido, nas cores estranhas da morte; um braço caído até o chão, onde havia uma jarra de barro virada. A água que escorrera ainda não havia sido totalmente absorvida pelo chão, e formara uma poça num buraco. Na outra cama, completamente enrolada nos lençóis, estava uma mulher grande e forte, o rosto enfiado na cama, e o áspero cabelo louro-palha brilhava na luz forte. Agarrada a ela, como que presa e estrangulada pelas cobertas, estava uma menina já crescida, também loura, com manchas de um cinza-azulado no seu rosto de morta.

O olhar de Goldmund ia de um cadáver para outro. O rosto da mocinha já estava bastante desfigurado, mas ele pôde ver o desesperado horror da morte. Na postura do corpo e nos revoltos cabelos da mãe que se enterrara tão profundamente na cama, podia-se perceber ódio, medo e um impetuoso desejo de fugir, principalmente no cabelo em desordem que não queria entregar-se à morte. O rosto do camponês mostrava obstinação e uma dor contida; tivera uma morte penosa, mas o queixo barbudo projetava-se para cima, como o de um guerreiro abatido no campo de batalha. Sua postura calma, rígida e obstinadamente controlada era bela; esse homem não devia ter sido uma criatura vulgar e covarde, para receber a morte daquela maneira. O mais comovente era o cadáver do menino, deitado de bruços na soleira da porta. Seu rosto não expressava nada, mas sua posição na soleira da porta, com os punhozinhos fortemente cerrados, dizia muita coisa: um sofrimento incompreensível, uma luta inútil contra uma dor pavorosa. Junto à sua cabeça, havia sido recortado na madeira da porta um buraco que dava passagem ao gato da casa. Goldmund examinava tudo com atenção. O que se via nessa cabana era pavoroso e o cheiro dos cadáveres era terrível; mesmo assim, essas coisas exerciam uma forte atração sobre Goldmund; tudo lembrava grandeza e destino; tudo era real, inflexível. Alguma coisa ali perturbou seu coração e penetrou na sua alma.

Roberto começou a chamá-lo, impaciente e assustado. Goldmund gostava de Roberto, mas naquele momento percebeu como uma criatura viva podia ser pequena e mesquinha no seu medo e na sua curiosidade infantis em comparação com a nobreza dos mortos. Não respondeu ao chamado de Roberto; estava fascinado com a visão dos cadáveres, absorvido naquela estranha mistura de compaixão sincera e observação fria do artista. Observou todos os detalhes: os corpos esparramados, as cabeças, as mãos, as posições em que se encontravam enrijecidos. Como tudo estava silencioso nessa cabana enfeitiçada, e que cheiro estranho e horrível! Como era fantasmagórica e triste aquela casinha, com os restos do fogo da lareira ainda ardendo, habitada por cadáveres, completamente invadida pela morte! Em breve a carne iria se desprender desses rostos imóveis; os ratos iriam devorar os corpos. Enquanto outras criaturas se consumiam na privacidade dos seus caixões, nos túmulos, ocultas e invisíveis na última e pior de todas as transformações, essa decomposição e decadência, esses cinco jaziam ali, na sua própria casa, nos seus quartos, em plena luz do dia, de portas abertas, despreocupados, despudorados, vulneráveis. Goldmund já vira muitos cadáveres, mas nunca se deparara com um exemplo como este do implacável trabalho da morte. Meditou profundamente sobre aquilo.

Finalmente os gritos de Roberto, vindos da porta da casa, começaram a perturbá-lo, e ele saiu. Seu companheiro olhou-o.

— O que aconteceu? — perguntou em voz baixa, sufocada pelo pavor. — Há alguém dentro da cabana? Que olhar é esse? Fale de uma vez!

Goldmund mediu-o com um olhar gelado:

— Entre e dê uma olhada. É uma estranha casa de camponeses. Depois iremos ordenhar a vaca. Vamos, entre!

Hesitante, Roberto entrou na cabana, descobriu a velha sentada perto da lareira, e deu um grito ao perceber que ela estava morta. Voltou correndo, os olhos esbugalhados.

— Pelo amor de Deus! Tem uma velha morta sentada ao lado da lareira! O que significa isso? Por que não há ninguém com ela? Por que não a enterraram? Oh, Deus, já está cheirando mal!

Goldmund sorriu.

— Você é mesmo um grande herói, Roberto, mas acontece que você voltou depressa demais. Uma velha morta, sentada numa cadeira daquele jeito é uma visão realmente estranha, mas, se você tivesse dado mais alguns passos, teria visto coisas bem mais estranhas. Ao todo são cinco, Roberto. Nas camas há três, e um menino está morto na soleira da porta. Estão todos mortos, a família inteira. Foi por esse motivo que ninguém ordenhou a vaca.

O outro olhou para ele horrorizado e de repente gritou com uma voz sufocada:

— Agora eu compreendo por que os camponeses ontem não queriam que entrássemos na sua aldeia. Oh, Deus, agora está claro para mim: é a peste! Pela minha pobre alma, Goldmund, é a peste! E você ficou tanto tempo lá dentro, vai ver que até tocou nos mortos! Afaste-se, não chegue perto de mim, tenho certeza de que está contaminado. Sinto muito, Goldmund, mas preciso ir embora, não posso continuar com você.

Virou-se para sair correndo, mas foi puxado pela roupa de peregrino. Goldmund olhou para ele com uma expressão severa, numa censura muda. Segurou-o com rispidez, enquanto Roberto fazia força para se soltar.

— Meu garotinho — disse, num tom amistoso e irônico —, você é mais inteligente do que se poderia pensar, e provavelmente tem razão. Bem, vamos descobrir isso no próximo sítio ou aldeia. Certamente a peste deve estar assolando esta região. Vamos ver se conseguimos escapar sãos e salvos. Mas não posso deixar você fugir agora, Robertinho. Veja só, tenho um coração mole e, quando penso que você pode ter-se contaminado lá dentro, não posso deixá-lo fugir para depois você morrer em algum campo, sozinho, sem ter ninguém para fechar-lhe os olhos, para sepultá-lo e jogar um punhado de terra sobre seu corpo. Não, meu caro amigo, isto seria triste demais para suportar! Agora, preste atenção no que vou dizer porque não vou repetir: nós dois estamos correndo o mesmo perigo, a peste tanto pode atingir você como a mim. Portanto devemos ficar juntos, ou vamos morrer juntos ou escapar juntos dessa maldita peste. Se você adoecer e morrer, eu o enterrarei, é uma promessa. E se eu morrer, então você deve agir como achar melhor: pode me enterrar ou fugir, não me importa. Mas até lá ninguém vai fugir, lembre-se disso! Nós precisamos um do outro. E agora cale a boca, não quero ouvir mais nada, e trate de procurar um balde lá na cocheira para podermos ordenhar a vaca.

Assim foi, e daí em diante Goldmund mandava e Roberto obedecia e os dois se davam bem assim. Roberto não tentou mais fugir. Só comentou, em tom conciliador:

— Por um instante você me assustou. Não gostei da expressão do seu rosto quando você saiu daquela casa da morte. Achei que você estava contaminado pela peste. E mesmo que não fosse a peste, seu rosto estava diferente. Era tão terrível? O que você viu lá dentro?

— Não era terrível! — disse Goldmund lentamente. — Não vi lá dentro nada além daquilo que nos espera, a mim, a você e a todos, mesmo que não sejamos atingidos pela peste.

Prosseguindo nas suas andanças, encontraram a peste em todos os lugares por onde passavam. Algumas aldeias não permitiam a entrada de forasteiros; em outras, podiam andar por todas as ruas sem que ninguém os impedisse. Muitas propriedades estavam abandonadas, muitos cadáveres apodreciam nos campos e nas casas. Vacas que não eram ordenhadas mugiam, e morriam de fome nos estábulos. O gado corria à solta pelos campos. Eles ordenharam e alimentaram muitas vacas e cabras, abateram e assaram muitos cabritos e leitões na orla da floresta e beberam vinho e sidra em muitas adegas que ficaram sem dono. Tinham uma boa vida, havia fartura por toda parte, mas só a saboreavam pela metade. Roberto vivia com medo da epidemia e sentia-se nauseado ao ver os cadáveres; muitas vezes ficava completamente fora de si de tanto pavor. Sempre achava que fora contaminado, conservava a cabeça e as mãos durante muito tempo na fumaça das fogueiras dos seus acampamentos, porque isto era considerado um preventivo, e, mesmo dormindo, apalpava o corpo à procura de bolhas nas pernas, nos braços e nas axilas.

Frequentemente Goldmund o repreendia e debochava dele. Não sentia o mesmo medo ou o mesmo nojo. Fascinado e abatido, ele andava pelos campos devastados, atraído pela visão da grande morte, a alma invadida pelo outono, o coração triste com a canção da foice ceifadora. Às vezes surgia-lhe a imagem da mãe universal, um rosto pálido e gigantesco, com olhos de Medusa e um sorriso carregado de dor e de morte.

Um dia chegaram a uma cidadezinha fortemente protegida. Do lado de fora dos seus portões havia uma plataforma de proteção da altura das casas, ao redor dos muros da cidade. Mas não havia sentinelas ali em cima nem junto aos portões escancarados. Roberto se recusou a entrar na cidade e implorou ao seu amigo que também não entrasse. Nesse momento, ouviram o repicar de sinos. Um padre saiu dos portões da cidade com uma cruz nas mãos, seguido de três carroças, duas puxadas por cavalos e uma por um par de bois. As carroças transportavam pilhas de cadáveres. Dois homens vestidos com casacos estranhos, os rostos cobertos por capuzes, corriam ao lado das carroças investigando os animais. Roberto afastou-se, muito pálido. Goldmund acompanhou as carroças dos mortos a pouca distância. Elas prosseguiram por mais uns cem metros e pararam; não existia cemitério: um buraco havia sido cavado no meio de uma mata, não muito profundo, mas amplo como uma sala. Goldmund ficou parado olhando, enquanto os homens puxavam os corpos das carroças com varas e ganchos de botes e os jogavam no buraco. Viu o padre balançar sua cruz sobre eles, murmurando orações, e depois ir embora, viu os homens acenderem grandes fogueiras em volta do túmulo raso, e depois voltarem em silêncio para a cidade. Ninguém tentou jogar um pouco de terra naquela cova. Goldmund olhou para dentro: havia uns cinquenta corpos ou mais, jogados uns por cima dos outros, e muitos estavam nus. Rígido e acusador, erguia-se aqui e ali um braço ou uma perna no ar, a ponta de uma camisa esvoaçava suavemente ao vento.

Quando voltou, Roberto suplicou-lhe quase de joelhos que fossem embora o mais depressa possível. Ele tinha bons motivos para querer sair dali, porque via no olhar ausente de Goldmund aquele alheamento e a concentração no horror, aquela terrível curiosidade que já conhecia tão bem. Não conseguiu reter o amigo, e Goldmund entrou sozinho na cidade.

Atravessou os portões desguarnecidos da cidade e, ao ouvir seus passos ecoando no calçamento de pedra, recordou-se de muitas outras cidadezinhas e de muitos portões pelos quais passara antes, lembrou-se de que fora recebido por crianças que gritavam, meninos que brincavam, mulheres que discutiam, o martelar de uma forja, o som cristalino da bigorna, o ruído áspero das carroças e muitos outros sons, suaves e grosseiros, que se entrelaçavam como numa rede que testemunhava as muitas formas de trabalho, de alegria, de alvoroço e de comunicação do homem. Mas aqui, sob este portão escancarado, nesta rua deserta, não havia sons; ninguém ria, ninguém gritava, tudo estava paralisado no silêncio da morte, cortado pelo ruído alegre de uma fonte, que parecia soar alto demais, quase barulhento. Por trás de uma janela aberta ele viu um padeiro em meio a massas e pãezinhos; Goldmund apontou para um pãozinho e o padeiro o entregou, com todo o cuidado, na ponta da sua longa pá de forno, esperando que Goldmund colocasse ali o dinheiro da compra. Zangado, mas sem praguejar, fechou a janelinha quando o forasteiro deu uma mordida no pão e foi embora sem pagar. Nas janelas de uma bonita casa havia vasos de barro que antes continham flores; agora só se viam folhas murchas caindo sobre os cacos de vasos. De outra casa chegava o som de soluços e gritos de desespero de crianças. Na rua seguinte, Goldmund viu uma moça bonita penteando-se junto à janela do segundo andar, ficou observando-a até que ela percebeu e olhou para baixo, ruborizada, e, quando ele sorriu amavelmente para ela, um sorrido tímido surgiu lentamente no rosto corado da moça.

— Já está acabando de se pentear? — gritou Goldmund para cima.

Sorrindo, a jovem debruçou-se na janela, o rosto exuberante.

— Ainda não está doente? — ele perguntou, e ela balançou negativamente a cabeça. — Então venha comigo, vamos embora dessa cidade de mortos. Vamos para as florestas e lá teremos uma boa vida.

Os olhos faziam perguntas.

— Resolva logo, estou falando sério — insistiu Goldmund. — Você mora com seu pai e sua mãe ou trabalha em casa de gente estranha? Em casa de gente estranha, não é? Venha, minha querida criança. Deixe os velhos morrerem; nós somos jovens e saudáveis, vamos aproveitar um pouco enquanto há tempo. Venha, moça dos cabelos castanhos, estou falando sério.

Ela ficou observando o rapaz, indecisa e surpresa. Ele continuou andando devagar, perambulou por uma rua deserta, depois por outra, e voltou lentamente. A moça ainda estava debruçada na janela, feliz por vê-lo de volta. Acenou para ele, e Goldmund continuou andando devagar; logo depois ela foi atrás dele e o alcançou antes de chegarem aos portões da cidade. Ela trazia uma trouxinha na mão e estava com um lenço vermelho na cabeça.

— Como é que você se chama? — perguntou Goldmund.

— Lena. Eu vou com você. Oh, aqui na cidade está tudo tão horrível, todo mundo está morrendo. Vamos, vamos embora!

Perto dos portões, Roberto estava agachado, de mau humor. Ergueu-se de um salto quando Goldmund apareceu e arregalou os olhos ao ver a moça. Dessa vez ele não se conteve, queixou-se e fez uma cena. Como é que alguém podia trazer uma criatura daquele maldito buraco pestilento e impor sua companhia ao amigo? Isso não era só loucura, era tentar o próprio Deus, e ele, Roberto, não continuaria mais com o amigo, sua paciência esgotara-se.

Goldmund deixou que ele blasfemasse e se lastimasse até se acalmar.

— Bem — disse ele —, você já nos deliciou com sua arenga. Agora você vai continuar conosco e vai ficar contente por termos uma companhia tão gentil. O nome dela é Lena, e ela vai ficar comigo. Mas quero fazer-lhe um favor também, Roberto. Ouça só: vamos viver por uns tempos em paz, com saúde, longe da peste. Procuraremos um lugar agradável, uma cabana vazia, ou construiremos uma, e eu e Lena seremos o patrão e a patroa, e você, como nosso amigo, vai morar conosco. Nossa vida será agradável, em perfeita harmonia. Combinado?

Oh, sim, Roberto ficou encantado, contanto que não lhe pedissem que desse a mão a Lena ou tocasse nas roupas dela.

— Não — disse Goldmund —, não lhe pediremos nada disso. Aliás, proíbo-o de tocar em Lena nem mesmo com um dedo. Que você não se atreva!

Os três continuaram andando, a princípio em silêncio. Depois a moça, aos poucos, começou a falar da sua alegria de poder contemplar novamente o céu, as árvores e as campinas, enquanto lá na cidade empestada era pavoroso e indescritível o que se via. E ela começou a aliviar seu coração de todas as coisas tristes e medonhas que tivera que presenciar. Contou casos horripilantes: a cidadezinha virava um verdadeiro inferno. Um dos dois médicos tinha morrido; o outro só cuidava dos ricos. Em muitas casas, os mortos apodreciam, pois ninguém ia buscá-los; em outras casas, os saqueadores roubavam tudo e violentavam as mulheres. Frequentemente arrancavam os doentes de suas camas e os jogavam nas carroças cheias de cadáveres, e depois as lançavam junto com os mortos na vala comum. Lena tinha muitas histórias horríveis para contar e ninguém a interrompeu. Roberto ouvia com um terror voluptuoso; Goldmund ficou em silêncio, imperturbável, deixando extravasar aquele horror sem fazer comentários. O que se poderia dizer? Finalmente Lena ficou cansada, a torrente de palavras cessou.

Goldmund passou a andar mais devagar e começou a cantar baixinho uma canção com muitas estrofes, e a cada estrofe sua voz ficava mais possante. Lena começou a rir e Roberto ouvia, encantado e bastante surpreso — nunca ouvira Goldmund cantar. Ele sabia tudo, esse Goldmund! Ali estava ele cantando, esse homem estranho. Cantava bem; sua voz era pura, embora abafada. Na segunda canção, Lena cantarolou com ele, e pouco depois passou a acompanhá-lo em voz alta. Já estava anoitecendo. Eles avistavam as florestas sombrias além dos campos, e, atrás delas, as montanhas azuis, que ficavam cada vez mais azuis. Ora alegre, ora muito festiva, a música acompanhava o ritmo dos seus passos.

— Você hoje está muito bem-humorado — comentou Roberto.

— É claro que estou de bom humor hoje, pois encontrei uma moça tão linda. Oh, Lena, que bom que os vampiros pouparam você para mim. Amanhã haveremos de encontrar uma casinha onde viveremos bem e nos sentiremos felizes pelo fato de nossa carne e nossos ossos ainda estarem juntos. Você já viu, Lena, no outono, lá na floresta, aqueles cogumelos grandes que são comestíveis e que os caracóis adoram?

— Sim! — a jovem riu. — Já vi muitos deles.

— Seus cabelos têm o mesmo tom de castanho dos cogumelos, Lena, e cheiram tão bem quanto eles. Vamos cantar mais um pouco? Ou você está com fome? Dentro da minha mochila ainda tenho algumas coisas boas.

No dia seguinte encontraram o que procuravam. Num bosquezinho de faias, descobriram uma cabana feita de troncos, talvez construída por lenhadores. Estava vazia, abriram a porta sem dificuldade e Roberto achou que a cabana era boa e que a região era saudável. No caminho tinham encontrado algumas cabras sem pastor e levaram com eles uma de bom aspecto.

— Bem, Roberto — disse Goldmund —, embora você não seja carpinteiro, já foi marceneiro. Nós vamos morar aqui e você precisa fazer uma parede divisória no nosso castelo, para ficarmos com dois cômodos; um para mim e Lena, e outro para você e a cabra. Não temos muito mais o que comer e hoje temos que nos contentar com o leite da cabra, seja ele muito ou pouco. Então você precisa levantar a parede, e nós vamos preparar as camas. Amanhã eu vou sair para procurar comida.

Imediatamente, todos começaram a trabalhar. Goldmund e Lena foram em busca de palha, feno e musgo para as camas, e Roberto afiou sua faca numa pedra e cortou toras de árvores para fazer a parede. Mas não era possível terminá-la no mesmo dia, e naquela noite ele foi dormir ao relento. Goldmund encontrou em Lena uma doce companheira, tímida e inexperiente, mas cheia de amor. Com muita delicadeza, ele a abraçou e ficou deitado sem dormir durante muito tempo, ouvindo o coração dela bater, bem depois de Lena ter adormecido, cansada e satisfeita. Cheirou seus cabelos castanhos e aconchegou-se a ela, pensando ao mesmo tempo naquele buraco raso, dentro do qual aqueles demônios disfarçados descarregaram suas carroças cheias de cadáveres. A vida era bela, bela e passageira como a felicidade. A juventude era bela e murchava depressa.

A parede divisória da cabana ficou muito bonita e, no fim, os três acabaram trabalhando nela. Roberto queria mostrar suas habilidades e falava animadamente sobre tudo que pretendia fazer quando tivesse uma bancada de carpinteiro, ferramentas, esquadro e pregos. Mas só tinha sua faca e suas mãos e contentou-se em cortar uma dúzia de pequenas vigas de faia e com elas fez uma cerca rústica e resistente, enfiada no chão da cabana. Mas as frestas da cerca, ele afirmou, deveriam ser tapadas com galhos de zimbro trançados. Isso levou tempo, mas ficou alegre e bonito, e todos ajudaram. Nos intervalos Lena saía à procura de bagas e cuidava da cabra, e Goldmund percorria a região à procura de comida, explorava as redondezas, e voltava com algumas coisas. A região parecia desabitada, e Roberto ficou bastante contente com isso: estavam livres do perigo de contaminação e também de brigas. Mas havia um inconveniente: não se encontrava muita coisa para comer. Descobriram ali perto uma cabana de camponeses abandonada, desta vez sem cadáveres, e Goldmund sugeriu que se mudassem para lá em vez de ficaram na cabana de madeira. Mas Roberto, apavorado, rejeitou tal sugestão. Não gostava de ver Goldmund entrar na cabana vazia, e cada coisa que o companheiro trazia de lá precisava antes ser defumada e lavada, antes que Roberto a tocasse. Goldmund não encontrou muita coisa ali: duas vigas de madeira, um balde para leite, alguns vasilhames de barro, um machado; mas um dia apanhou duas galinhas perdidas no campo. Lena estava apaixonada e feliz.

Todos os três divertiam-se melhorando a casa, tornando-a cada dia um pouco mais bonita. Não tinham pão, mas arranjaram outra cabra. Encontraram também uma pequena plantação de rabanetes. Os dias corriam, a parede ficou pronta, as camas foram aprimoradas, e construíram um fogão. O riacho não ficava longe; e sua água era clara e doce. Quase sempre cantavam enquanto trabalhavam.

Um dia, quando tomavam leite juntos, gabando-se da sua vida caseira, Lena disse de repente, num tom sonhador:

— O que acontecerá, quando o inverno chegar?

Ninguém respondeu. Roberto riu, Goldmund ficou olhando para a frente de maneira estranha. Lena acabou percebendo que nenhum deles pensara no inverno, nem tinham pensado seriamente em ficar tanto tempo no mesmo lugar, que aquele lar não era um lar, e que ela estava entre andarilhos.

Então Goldmund disse, de modo brincalhão e consolador, como se falasse com uma criança:

— Você é filha de camponeses, Lena, que sempre se preocupam com antecedência. Não tenha medo, você achará o caminho para sua casa quando essa epidemia terminar; ela não pode durar eternamente. Então você voltará para os seus pais ou para quem ainda estiver vivo, ou voltará para a cidade e arranjará um emprego de criada para se sustentar. Mas ainda estamos no verão, e a morte está assolando a região, mas aqui tudo é bonito e vivemos bem. É por isso que podemos ficar aqui por muito tempo ou por pouco tempo, como quisermos.

— E depois? — perguntou Lena com veemência. — Depois termina tudo? E você vai embora? E eu?

Goldmund agarrou suas tranças e puxou-as com delicadeza.

— Sua garotinha tola — disse —, você já se esqueceu dos carregadores de mortos, das casas abandonadas e do buraco aberto fora dos portões da cidade, onde ardem aquelas imensas fogueiras? Você devia ficar feliz por não estar dentro daquela vala, com a chuva caindo em cima da sua camisola. Você deve pensar nas coisas de que você escapou, deve ficar contente por ainda ter vida em suas veias e pelo fato de ainda poder rir e cantar.

Ela ainda não estava satisfeita.

— Mas eu não quero ir embora — queixou-se —, não quero deixar você ir embora. Como posso ser feliz quando eu sei que em breve tudo estará terminado?

Goldmund respondeu outra vez, amavelmente, mas com uma ameaça velada na voz:

— Quanto a isso, minha pequena Lena, todos os sábios e santos quebraram suas cabeças em vão. Não há felicidade que dure para sempre. Mas se o que temos aqui não é suficientemente bom para você e não lhe proporciona mais alegria, então o jeito é incendiar a cabana agora mesmo e cada um que siga seu próprio caminho. Vamos deixar as coisas como estão, Lena, já falamos o suficiente.

Ela desistiu e o assunto foi encerrado, mas uma sombra estava empanando sua alegria.

# Capítulo 14

Antes de o verão terminar, a vida na cabana chegou ao fim de uma maneira que eles não tinham imaginado. Um dia Goldmund estava perambulando pelas redondezas com uma atiradeira, na esperança de apanhar uma perdiz ou alguma outra ave, pois os alimentos estavam bastante escassos. Lena estava nas proximidades, colhendo frutas, e de vez em quando Goldmund passava perto dela e por cima dos arbustos via sua cabeça e seu pescoço moreno saindo da gola da blusa de linho, ou a ouvia cantar; chegou até a roubar-lhe algumas frutas e depois afastou-se, perdendo-a de vista por algum tempo. Ele pensava na moça com ternura mas também com irritação, porque ela tornara a falar no outono e no futuro. Lena dissera que provavelmente estava grávida, e não deixaria que ele fosse embora. Em breve isso terá um fim, pensava, logo ficarei farto disso tudo e continuarei sozinho, deixando até mesmo Roberto para trás. Quero ver se até a chegada do inverno consigo estar de volta à cidade grande, e irei procurar Mestre Nicolau. Vou passar lá o inverno, e na primavera seguinte comprarei um bom par de sapatos, e continuarei andando até chegar ao nosso convento de Mariabronn para cumprimentar Narciso. Afinal, já se passaram uns dez anos desde a última vez que o vi, e preciso vê-lo novamente, nem que seja apenas por um ou dois dias.

Um som desconhecido tirou Goldmund dos seus pensamentos, de repente ele percebeu que todos os seus pensamentos e desejos já estavam distantes dali. Prestou atenção: aquele som de medo tornou a se repetir, e Goldmund julgou reconhecer a voz de Lena e a seguiu, embora irritado por ter sido chamado. Logo chegou bem perto — sim, era a voz de Lena, e ela gritava seu nome como se estivesse muito aflita. Correu ainda mais depressa, ainda um pouco aborrecido com os gritos insistentes, mas preocupado e com pena. Quando finalmente conseguiu ver Lena, a jovem estava ajoelhada na mata, com a blusa toda rasgada, gritando e lutando com um homem que tentava violentá-la. Goldmund alcançou-o em grandes passadas. Toda a sua raiva mal contida, sua inquietação e sua tristeza explodiram numa cólera crescente contra o agressor desconhecido. Surpreendeu o homem no exato momento em que atirava Lena ao chão, com os seios nus sangrando, agarrado a ela com sofreguidão. Goldmund atirou-se sobre ele, as mãos furiosas apertando o pescoço do homem, magro e cheio de veias, coberto por uma barba cheia. Goldmund apertou com satisfação até que ele soltou Lena e ficou caído, sem sentidos, entre suas mãos. Ainda apertando a garganta dele, Goldmund arrastou o homem já sem forças e quase morto pela terra até um local onde saíam do chão algumas pontas de pedra cinzentas e nuas. Ali ergueu o corpo vencido, embora pesado, duas, três vezes no ar, e esmagou sua cabeça nas pedras pontiagudas, quebrou seu pescoço e jogou o corpo no chão. Sua raiva ainda não fora aplacada totalmente e ele teria gostado de maltratar ainda mais o homem.

Lena assistira a tudo aquilo radiante. Seu seio sangrava e ela ainda estava tremendo e respirando com dificuldade, mas recuperou-se logo. Com um olhar enlevado, cheio de volúpia e êxtase, ela olhava seu vigoroso amado arrastar o intruso pela mata, e estrangulá-lo, quebrar-lhe o pescoço e finalmente jogar o cadáver no chão. Como uma cobra morta, flácida e retorcida, o corpo ficou ali no chão, o rosto cinzento com uma barba maltratada e cabelos ralos estava virado de lado. Exultante, Lena endireitou-se e abraçou Goldmund, mas de repente empalideceu, ainda estava dominada pelo medo, e ficou nauseada. Exausta, caiu sobre os arbustos de amoras. Mas pouco depois conseguiu andar até a cabana com Goldmund. Ele lavou-lhe os seios; um estava arranhado e o outro tinha um ferimento causado pela mordida daquele monstro.

Roberto ficou muito animado com a aventura e avidamente pediu detalhes da luta.

— Você disse que quebrou o pescoço dele? Fantástico! Goldmund, você é um homem aterrorizante.

Mas Goldmund não queria continuar falando sobre isso; já se acalmara. Quando se afastou do morto, lembrou-se do velhaco do Vítor. Aquela era a segunda pessoa que ele matava. Para fazer Roberto parar de falar, ele disse:

— Agora você também precisa fazer alguma coisa. Vá até lá e dê sumiço no cadáver. Se for muito difícil abrir uma cova, então arraste o corpo até os juncos ou cubra-o com pedras e terra.

Mas Roberto rejeitou a proposta. Não queria nada com cadáveres; nunca se pode ter certeza de que não estão contaminados pela peste.

Lena estava deitada na cabana. A mordida no seio doía muito, mas logo sentiu-se melhor, levantou-se, acendeu o fogo e ferveu o leite para o jantar; embora estivesse alegre e bem-disposta, Goldmund mandou-a cedo para a cama. Ela obedeceu como um cordeirinho, cheia de admiração por ele. Goldmund estava deprimido e taciturno; Roberto percebeu e o deixou em paz. Bem mais tarde, quando Goldmund foi se deitar, inclinou-se para examinar Lena. Ela dormia. Estava inquieto, continuara pensando em Vítor, sentia angústia e necessidade de continuar suas andanças; aquela brincadeira de lar tinha acabado. Uma coisa o deixava pensativo: era o olhar de Lena que ele captara enquanto espancava o sujeito até matá--lo e o jogava no chão. Era um olhar estranho, e ele sabia que jamais iria esquecê-lo: seus olhos esbugalhados, horrorizados e extasiados irradiavam orgulho e triunfo, e um desejo ardente de participar da vingança e de matar. Ele nunca vira nada parecido num rosto de mulher e nunca imaginara um olhar assim. Não fosse esse olhar, ele pensou, poderia se esquecer do rosto de Lena algum dia, depois de alguns anos. Esse olhar transformara seu rosto grande e belo de camponesa em algo terrível. Há muitos meses que seus olhos não experimentavam algo que pudesse excitar sua vontade, para dizer a si mesmo: "Isso deveria ser desenhado!" O olhar de Lena fez esse desejo vibrar dentro dele e provocou uma espécie de terror.

Não conseguiu dormir, e finalmente levantou-se e saiu da cabana. Estava frio e um vento suave agitava as bétulas. No escuro, começou a andar de um lado para o outro, sentou-se numa pedra e ali ficou perdido em pensamentos e numa profunda tristeza. Sentiu pena de Vítor e do homem que matara naquele dia. Lamentou a perda da inocência e da característica infantil da sua alma. Fora por esse motivo que fugira do convento, que abandonara Narciso, que magoara o Mestre Nicolau e renunciara à bela Lisbeth —, apenas para acampar numa campina, seguir o rastro de animais perdidos e acabar matando aquele pobre sujeito lá nas pedras? Será que tudo fazia um sentido? Valera a pena passar por essas experiências? Sentiu o coração apertado diante do absurdo e do desprezo por si mesmo. Inclinou o corpo para trás e, deitado de costas, ficou contemplando as nuvens pálidas da noite e, enquanto olhava, seus pensamentos se interromperam; não sabia se examinava as nuvens do céu ou o mundo agitado do seu íntimo. De repente, quando estava adormecendo sobre a pedra, surgiu um grande rosto pálido, o rosto de Eva, como um relâmpago distante dentro das nuvens que passavam. Parecia pesado e dissimulado, mas de repente seus olhos se abriram completamente, olhos imensos cheios de luxúria e de prazer assassino. Goldmund dormiu até que o orvalho caiu sobre ele.

No dia seguinte, Lena estava doente. Eles a obrigaram a ficar na cama, porque havia muita coisa para fazer: Roberto encontrara dois carneiros no pequeno bosque, mas eles logo fugiram. Chamou Goldmund, e os dois passaram mais da metade do dia atrás dos animais, até que conseguiram agarrar um deles, e voltaram exaustos. Lena sentia-se muito mal. Goldmund a examinou e encontrou bolhas no seu corpo provocadas pela peste. Guardou segredo, mas Roberto ficou desconfiado quando soube que Lena ainda estava doente. Não quis mais ficar na cabana. Ele encontraria um lugar para dormir lá fora, e levaria a cabra também, pois ela também poderia ser contaminada.

— Vá para o inferno — gritou Goldmund, furioso. — Nunca mais quero voltar a vê-lo.

Ele agarrou a cabra e levou-a para o seu lado da divisória. Roberto saiu sem dizer uma palavra e sem a cabra. Sentia náuseas de medo, medo da peste, medo de Goldmund, medo da solidão e da noite. Deitou-se perto da cabana.

Goldmund disse a Lena:

— Vou ficar com você, não se preocupe. Logo vai ficar boa.

Ela sacudiu a cabeça.

— Tenha cuidado, meu querido, para não pegar a doença. Não deve ficar tão perto de mim. Não se esforce tanto para me consolar. Eu vou morrer, e prefiro morrer a encontrar sua cama vazia algum dia de manhã e saber que você me abandonou. Todas as manhãs eu pensava nisso e tinha medo. Não, prefiro morrer.

De manhã seu estado piorou. Goldmund dava-lhe um gole de água de vez em quando, e cochilava nos intervalos. Agora, com a claridade da manhã, reconheceu os sinais da aproximação da morte no rosto dela, que já tinha um aspecto murcho e flácido. Saiu da cabana por um momento, a fim de respirar um pouco e olhar o céu. Na orla da mata, alguns troncos retorcidos de abetos já brilhavam com os primeiros raios do sol; o ar era doce e fresco; ao longe, as colinas ainda estavam encobertas pelas nuvens da manhã. Andou um pouco, esticou as pernas cansadas e respirou fundo. O mundo era belo nesta manhã. Provavelmente ele voltaria em breve à sua vida errante. Era hora de dizer adeus.

Roberto o chamou da floresta. Ela estava melhor? Se não fosse a peste, ele ficaria ali. Goldmund não devia ficar zangado com ele; nesse meio tempo ele cuidara da cabra.

— Vá para o inferno, você com a sua cabra! — gritou Goldmund. — Lena está morrendo e eu também estou contaminado.

Isso era uma mentira; só falou para se ver livre de Roberto. Embora Roberto fosse um sujeito de bom coração, Goldmund estava farto dele. Era covarde demais, mesquinho, e não se encaixava naquele cenário fatídico e chocante. Roberto sumiu e não voltou. O sol brilhava intensamente.

Quando Goldmund voltou à cabana, encontrou Lena dormindo. Ele também adormeceu e em seu sonho viu seu cavalo Bless e o belo castanheiro do convento; tinha a impressão de que estava olhando, de uma região deserta e distante, para o seu lar belo e perdido. Quando acordou, as lágrimas desciam-lhe pelas faces de barba loura. Ouviu Lena falando com uma voz muito fraca. Pensou que ela o estivesse chamando e sentou-se na cama, mas ela não se dirigia a ninguém, murmurava palavras sem nexo, palavras de amor, xingamentos, ria um pouco. Depois começou a suspirar e a engolir com dificuldade e, aos poucos, foi ficando quieta. Goldmund debruçou-se sobre seu rosto já desfigurado e, com uma curiosidade penosa, seus olhos reconstituíram os traços que o sopro escaldante da morte deformava de modo tão lamentável. Querida Lena, chamava seu coração, querida criança, você também já quer me abandonar? Você já se fartou de mim?

Ele gostaria de fugir dali. Andar, perambular, correr, respirar, cansar-se, ver coisas novas; isso lhe teria feito um grande bem, talvez diminuindo sua depressão. Mas não podia ir embora agora, deixar aquela criança ali sozinha, morrendo. Ele mal se atrevia a sair por um momento, cada duas horas, para respirar ar puro. Já que Lena não conseguia mais engolir o leite, ele o bebia. Não havia nada para comer. Levava a cabra para fora, para que ela comesse, bebesse e pudesse se movimentar. Depois voltava para junto de Lena, murmurava-lhe palavras carinhosas, observando constantemente seu rosto, vendo, sem a menor esperança, mas atento, a chegada da morte. Ela estava consciente; às vezes dormia um pouco e, quando despertava, mal abria os olhos, as pálpebras pesadas e sem força. Em volta dos olhos e do nariz, a garota parecia mais velha a cada hora. Sobre o pescoço jovem e liso, estava um rosto de avó que murchava. Ela raramente falava; dizia "Goldmund" ou "querido", e tentava umedecer com a língua os lábios inchados e azulados. Ele dava-lhe então algumas gotas de água.

Ela morreu na noite seguinte. Morreu sem se queixar; apenas um rápido estremecimento, depois a respiração cessou e um arrepio percorreu sua pele. O coração de Goldmund se confrangeu com essa visão. Lembrou-se dos peixes que morriam no mercado, dos quais ele sentira tanta pena. Eles morriam exatamente dessa maneira, com um estremecimento, um ligeiro arrepio que percorria a pele, tirando-lhes o brilho e a vida. Ajoelhou-se durante alguns minutos ao lado de Lena. Depois saiu da cabana e foi sentar-se no meio dos arbustos. Lembrou-se da cabra, voltou até a cabana e puxou-a para fora. Depois de andar um pouco, ela deitou-se no chão. Goldmund deitou-se ao lado do animal, descansando a cabeça no seu flanco, e dormiu até o dia clarear completamente. Depois entrou pela última vez na cabana, e por trás da parede improvisada contemplou pela última vez o rosto da morta. Não lhe parecia certo largar o corpo ali. Saiu e voltou com os braços carregados de gravetos e folhas secas e jogou tudo dentro da cabana. Depois ateou fogo. Da cabana, só levou o atiçador de fogo. Num instante a parede de zimbro ficou em chamas. Goldmund ficou observando de fora, o rosto vermelho do calor do fogo, até que todo o telhado queimou e as primeiras vigas despencaram. A cabra pulava, balindo apavorada. Sabia que devia matar o animal, assar um pedaço e comê-lo a fim de ter forças para a sua caminhada. Mas Goldmund não pôde fazer isso; ele impeliu o animal para o campo e foi embora. A fumaça do incêndio o acompanhou até a floresta. Jamais partira assim tão desconsolado.

Entretanto, o que o aguardava era muito pior do que ele podia imaginar. Começou nas primeiras fazendas e aldeias, e foi ficando cada vez mais terrível à medida que ele avançava. A região inteira, toda a extensa terra estava sob uma nuvem de morte, sob um véu de horror, medo e tristeza da alma. E as casas vazias, os cães mortos de fome em suas correntes, os cadáveres insepultos espalhados, as crianças pedindo esmolas, as valas coletivas à entrada das cidades não eram o pior. O pior eram os sobreviventes, que pareciam ter perdido seus olhos e suas almas sob o peso do horror e do medo da morte. Em toda parte o caminhante encontrou coisas estranhas e medonhas: pais abandonavam seus filhos; maridos, suas mulheres quando contraíam a doença. Os carregadores de cadáveres agiam como se fossem carrascos, saqueando as casas cujos moradores haviam morrido, deixando cadáveres insepultos ou, segundo seu capricho, arrancando das camas os agonizantes antes de darem o último suspiro e jogando-os nas carroças dos cadáveres. Fugitivos amedrontados perambulavam solitários, verdadeiros selvagens, evitando todo contato com outras pessoas, perseguidos pelo medo da morte. Outros reuniam-se, levados por uma excitante e assustadora alegria de viver, bebendo, dançando e fornicando enquanto a morte comandava o espetáculo. Outros ficavam encolhidos de cócoras do lado de fora dos cemitérios, desleixados, chorando a morte de alguém ou blasfemando, os olhos desvairados, ou permaneciam sentados diante de suas casas vazias. E o pior de tudo é que todo mundo procurava um bode expiatório para o seu desespero insuportável. Todo mundo jurava que conhecia o causador da epidemia, que a provocara intencionalmente. Diziam que eram criaturas demoníacas, sádicas, dedicadas à propagação da morte, extraindo dos cadáveres o veneno da doença e lambuzando com ele muros e maçanetas de portas, e envenenando poços e gado. Quem fosse suspeito de praticar esses horrores estava perdido, a menos que fosse avisado com antecedência e conseguisse fugir. Do contrário, era condenado à morte pela lei ou pela multidão. Os ricos acusavam os pobres ou vice-versa, ambos culpavam os judeus, os franceses ou os médicos. Numa cidade, Goldmund viu, com o coração apertado, quando incendiaram uma rua habitada por judeus, casa após casa e, em volta, a multidão urrava e empurrava as pessoas que fugiam apavoradas de volta para dentro do fogo com a ajuda de facões e porretes. Na loucura do medo e da ira, pessoas inocentes eram trucidadas, queimadas e torturadas. Goldmund assistia a tudo aquilo com ódio e com nojo. O mundo parecia perturbado e envenenado; parecia não haver mais alegria, nem inocência, nem amor sobre a terra. Muitas vezes fugia das orgias excessivamente violentas dos dançarinos desesperados; em todos os lugares soava o violino da morte? Em pouco tempo aprendeu a reconhecer seu som. Participava algumas vezes dos festins loucos, tocava o alaúde ou dançava à luz das tochas de turfa durante noites febris.

Não sentia medo. Experimentara pela primeira vez o medo da morte naquela noite de inverno sob os pinheiros, quando os dedos de Vítor agarraram a sua garganta, e depois em muitos dias difíceis da sua vida de andarilho, com frio e fome.

Aquela tinha sido uma morte contra a qual se podia lutar, da qual era possível se defender, e ele se defendera com mãos e pés trêmulos, com o estômago contraído e o corpo exausto; lutara, vencera e escapara. Mas ninguém podia lutar contra a morte pela peste, o jeito era deixar que ela assolasse tudo e não resistir. Goldmund deixara de resistir há muito tempo. Não tinha medo; parecia que a vida perdera o interesse para ele desde que abandonara Lena dentro da cabana incendiada, desde que começara sua caminhada interminável por uma região devastada pela morte. Mas era impelido pela enorme curiosidade que o conservava atento, incansável; observava o ceifador, ouvia a canção da transitoriedade, não fugia do seu caminho. Em todos os lugares sentia o mesmo impulso silencioso de participar, de atravessar o inferno com olhos bem abertos. Alimentava-se de pão mofado que encontrava nas casas abandonadas, cantava e bebia nas festas desvairadas; colhia a flor da luxúria que murchava logo; olhava dentro dos olhos fixos e alucinados das mulheres, olhava dentro dos olhos fixos e idiotas dos bêbados; olhava dentro dos olhos quase apagados dos moribundos. Amava as mulheres desesperadas e febris; em troca de um prato de sopa ajudava a carregar defuntos; por duas moedas jogava terra em cima de cadáveres nus. O mundo tornara-se sombrio e selvagem. A morte gritava sua canção, e Goldmund a ouvia com uma paixão ardente.

Seu destino era a cidade de Mestre Nicolau; era para lá que o conduzia a voz do seu coração. O caminho era longo e cercado de morte, ruína e agonias. Triste, continuou andando, atormentado pela canção da morte, dominado pelos gritos de sofrimento do mundo; triste, mas ainda assim inflamado, os sentidos alertas.

Chegando a um convento, viu um afresco recém-pintado numa parede, e ficou observando-o durante muito tempo. Representava a dança da morte; a morte pálida e esquelética extraía da vida as criaturas que dançavam: o rei, o bispo, o abade, o conde, o cavaleiro, o médico, o camponês, o soldado — ela levava todos eles consigo, enquanto os músicos-esqueletos tocavam em ossos ocos. Os olhos curiosos de Goldmund absorviam a pintura. Um colega aplicara a lição que ele, Goldmund, também aprendera sobre a morte negra, e gritava o amargo ensinamento do fim inevitável dos homens de modo estridente no ouvido de todo mundo. Era um bom quadro, e uma boa mensagem; e esse colega desconhecido vira e pintara o tema muito bem. No seu quadro brutal sentia-se o entrechocar de ossos e o horror da cena. Contudo, não era bem aquilo que Goldmund vira e vivera. Aqui estava retratada a obrigação de morrer, o fim inexorável. Goldmund, porém, teria preferido um outro quadro; ele ouvia de maneira diferente a selvagem canção da morte, não tão áspera e severa, mas doce e sedutora, maternal, e algo que induzia a voltar para o lar. Em qualquer lugar onde a mão da morte penetrava na vida, não somente soava alucinada e guerreira, mas também profunda e amorosa, outonal e generosa; a pequena lâmpada da vida brilhava com mais intensidade com a aproximação da morte. Para os outros a morte podia ser um guerreiro, um juiz ou um carrasco, um pai severo; para ele, a morte era também mãe e amante. Seu chamado era um apelo amoroso, seu contato, um estremecimento de amor. Depois de examinar a pintura da dança da morte, Goldmund sentiu-se impelido para o mestre e para o seu ofício com força renovada. Mas em toda parte havia interrupções, novas imagens e vivências. Com as narinas trêmulas, respirava o ar da morte. Em toda parte, a compaixão ou a curiosidade exigiam uma hora a mais ou mesmo um dia do seu tempo. Durante três dias, teve em sua companhia um garotinho, um pequeno camponês que choramingava o tempo todo; durante horas ele o carregara nas costas, um menino de cinco ou seis anos, quase morto de fome, que o atrapalhava e do qual não sabia como se livrar. Finalmente a mulher de um carvoeiro ficou com o menino. Seu marido morrera e ela queria ter um pouco de vida em casa novamente. Durante alguns dias um cão sem dono o seguiu, comia na sua mão, aquecia-o durante seu sono, mas certa manhã perdeu-se novamente. Goldmund sentia sua falta. Tinha se acostumado a falar com o cão. Durante horas conversava com ele sobre assuntos sérios, como a maldade humana, a existência de Deus, a arte, sobre os seios e os quadris da filha de um cavalheiro, chamada Júlia, que ele conhecera na mocidade. Naturalmente Goldmund ficara um tanto abalado mentalmente durante suas andanças com a morte; todas as pessoas nas regiões atingidas pela peste haviam ficado um pouco loucas, ou totalmente. Talvez a jovem Rebeca também estivesse louca — uma linda moça morena de olhos ardentes, com a qual ficou dois dias.

Encontrou-a perto de uma cidadezinha, no campo, agachada ao lado de um monte de pedrinhas, chorando, batendo no rosto e puxando os cabelos pretos. O cabelo despertou a compaixão de Goldmund, era muito bonito, e ele agarrou aquelas mãos furiosas, segurando-as com força, e falou com ela, notando que seu rosto e seu corpo também eram de grande beleza. Ela chorava pelo pai, que fora queimado até virar cinzas juntamente com outros catorze judeus, por ordem das autoridades. Ela conseguira fugir, mas agora voltara desesperada, e se censurava por não ter sido queimada com os outros. Com muita paciência ele segurava-lhe as mãos trêmulas, falando com suavidade, murmurando palavras de consolo e oferecendo sua ajuda. Ela pediu a Goldmund que a ajudasse a sepultar o pai, e eles recolheram os ossos do meio das cinzas ainda quentes e os carregaram pelo campo até um lugar bem escondido, e os cobriram com terra. Nesse ínterim, a noite caíra e Goldmund procurou um lugar para dormir. Em um pequeno bosque de carvalhos, improvisou uma cama para a moça e prometeu ficar vigiando. Percebeu que ela ainda chorava e soluçava, até que finalmente adormeceu. Então ele também dormiu um pouco, e de manhã começou a fazer-lhe a corte. Disse que ela não devia ficar sozinha, porque poderia ser reconhecida como judia e morta, ou que vagabundos poderiam abusar dela, que nas florestas havia lobos e ciganos. Mas se ele a levasse consigo e a protegesse dos lobos e dos homens — porque sentia pena e gostava muito dela, pois tinha olhos na cara, sabia reconhecer a beleza — nunca permitiria que suas pálpebras suaves e inteligentes e seus ombros graciosos fossem devorados pelos animais ou queimados na fogueira. Com o rosto sombrio, ela ouviu Goldmund falar, levantou-se de um salto e saiu correndo. Goldmund foi atrás dela e alcançou-a antes que ela pudesse continuar. Ele disse:

— Rebeca, não vê que não quero lhe fazer nenhum mal? Você está perturbada, está pensando no seu pai e por enquanto não quer ouvir falar de amor. Mas amanhã, depois de amanhã ou mais tarde, eu lhe perguntarei novamente. Até lá, vou protegê-la, trazer-lhe comida e não vou tocar em você. Fique triste o tempo que achar necessário. Ao meu lado, você pode ficar triste ou alegre, só deve fazer aquilo que lhe agradar.

Mas tudo isso foi dito em vão. Ela não queria fazer nada que desse alegria, disse amargurada e furiosa. Queria fazer o que provocasse sofrimento. Nunca mais tornaria a pensar em coisas alegres, e, quanto mais cedo os lobos a devorassem, melhor para ela. Ele devia ir embora, não havia nada que ele pudesse fazer, tudo já havia sido dito.

— Você — disse ele — não percebe que a morte está em toda parte, que as pessoas estão morrendo em todas as casas e em todas as cidades, e que só há desgraça e miséria por todo lado? O ódio dessas pessoas idiotas que queimaram seu pai não passa de aflição; é o resultado de um excesso de sofrimento. Olhe, em breve a morte também vai nos pegar, e iremos apodrecer no campo e as toupeiras brincarão com nossos ossos. Vamos viver um pouco antes que isso aconteça, sejamos carinhosos um com o outro. Oh, seria lamentável pelo seu pescoço alvo e pelos seus pequeninos pés! Minha bela e querida jovem, venha comigo, eu não a tocarei, só quero contemplá-la e cuidar de você.

Suplicou durante muito tempo. De repente ele compreendeu que era inútil querer conquistá-la com palavras e argumentos. Calou-se e olhou-a com tristeza. O rosto orgulhoso e nobre da moça tinha uma expressão de repulsa.

— É assim que vocês são — disse ela com uma voz cheia de ódio e desprezo —, assim são vocês, os cristãos! Primeiro ajudam uma filha a sepultar o pai assassinado por sua gente, e cuja última unha tinha mais valor que todos vocês juntos, e logo depois a jovem tem de pertencer-lhe e prostituir-se. Assim são vocês. A princípio julguei que você talvez fosse um homem bom. Mas como poderia sê-lo! Vocês são todos uns porcos!

Enquanto ela falava, Goldmund viu algo brilhando em seus olhos, por trás daquele ódio, algo que o deixou emocionado e envergonhado e que tocou profundamente seu coração. Viu a morte nos olhos dela, não a compreensão de morrer, mas o desejo de morrer, o desejo de ter permissão para morrer, a muda obediência e a entrega ao chamado da mãe-terra.

— Rebeca — disse ele baixinho —, talvez você tenha razão. Não sou uma pessoa boa, embora tenha boas intenções em relação a você. Desculpe-me. Somente agora consigo compreendê-la.

Com o gorro na mão, curvou-se, fazendo uma reverência como se ela fosse uma condessa. Afastou-se com o coração pesado; precisava deixá-la perecer. Durante muito tempo ficou triste, não querendo falar com ninguém. Embora não houvesse nenhuma semelhança entre elas, essa orgulhosa garota judia em alguns aspectos lembrava-lhe a filha do cavalheiro, Lídia. Amar mulheres assim só trazia sofrimento. Mas por um momento teve a impressão de que jamais amara outras mulheres, apenas essas duas: a pobre e receosa Lídia e a tímida e amargurada Rebeca.

Pensou naquela mulher morena e ardente, e sonhou durante muitos dias e muitas noites com a excitante beleza esguia do seu corpo que parecia destinado à felicidade, mas que se entregava à morte. E dizer que esses lábios e seios iriam servir de pasto aos "porcos" e apodrecer nos campos! Não haveria algum poder ou alguma mágica capaz de salvar aqueles tesouros? Sim, havia a mágica: eles continuavam vivendo na sua alma, e ele lhes daria forma e os conservaria. Assustado e encantado, percebeu que sua alma estava repleta de imagens, que aquela sua longa jornada através do país da morte o preenchera. Como essa abundância o pressionava, como ele queria que fossem recordadas em silêncio, deixar que elas saíssem de dentro dele, transformá-las em imagens eternas! Cada vez mais entusiasmado e ávido ele continuou, sempre com os olhos muito abertos e os sentidos curiosos, mas agora ansioso por papel e lápis, argila e madeira, oficina e trabalho.

O verão terminara. Muita gente acreditava que, com a chegada do outono ou com o início do inverno, a epidemia cessaria. O outono veio sem alegria. Goldmund atravessou regiões em que não havia ninguém para colher os frutos, que caíam das árvores e apodreciam no capim. Em outros lugares, verdadeiras hordas de selvagens vindos das cidades, em invasões brutais, roubavam e saqueavam.

Lentamente Goldmund se aproximava do seu objetivo, e durante o último trecho foi dominado algumas vezes pelo medo de ser contagiado pela peste antes de chegar lá e de morrer num estábulo qualquer. Agora não queria mais morrer, não antes de experimentar a felicidade de estar novamente numa oficina e entregar-se à criação. Pela primeira vez na vida, achou o mundo grande demais e o império alemão, imenso. Nenhuma cidade, por maior que fosse, conseguia atraí-lo, e nenhuma camponesa bonita retinha-o por mais de uma noite.

Num lugar, passou por uma igreja. Em seu portal havia dentro muitas figuras de pedra e nichos fundos, sustentados por pequenas colunas ornamentais; eram imagens antigas de anjos, apóstolos e mártires como as que Goldmund já vira muitas vezes, inclusive no convento em Mariabronn. Antes, quando era adolescente, gostava de contemplá-las, mas sem muito entusiasmo; achava-as bonitas e imponentes, mas excessivamente solenes, rígidas e antiquadas. Mais tarde, no final da sua primeira caminhada, ficara comovido e encantado com aquela doce e triste madona feita pelo Mestre Nicolau. E agora achava estas antigas e solenes estátuas de pedra pesadas demais, rígidas e estranhas. Olhara para elas com certo desprezo, e achara o novo tipo de arte do seu mestre muito mais viva, intensa e animada. Hoje, voltando de um mundo cheio de imagens, com a alma marcada pelas cicatrizes e rastros de aventuras e experiências violentas, cheio de uma dolorosa ânsia por consciência e novas criações, ele foi subitamente abalado, com uma força extraordinária, por essas figuras rígidas e antigas. Postara-se respeitosamente diante das imagens, nas quais o coração de uma época distante continuava vivendo, nas quais, mesmo depois de séculos, os receios e encantamentos de gerações há muito desaparecidas, fixadas na pedra, resistiam à passagem do tempo. Um sentimento de admiração surgiu, com um leve estremecimento, no seu coração embrutecido, e de horror diante da sua vida desperdiçada. Resolveu fazer aquilo que há muito tempo não fazia: procurou um confessionário, para confessar-se e ser punido.

Existiam vários confessionários na igreja, mas não havia padres. Eles tinham morrido, ou estavam no hospital, ou haviam fugido com medo da contaminação. A igreja estava vazia e os passos de Goldmund ecoavam, secos, sob as arcadas de pedra. Ajoelhou-se diante do confessionário vazio, fechou os olhos e murmurou diante da janelinha: "Meu Deus amado, vê no que me transformei. Estou de volta do mundo, tornei-me um homem mau e inútil; desperdicei os melhores anos da minha vida como um perdulário, e sobrou pouca coisa. Matei, roubei, prostituí-me, tornei-me ocioso e tirei o pão da boca dos outros. Meu Deus amado, por que Tu nos criaste assim, por que nos levas por esses caminhos? Por acaso não somos teus filhos? E Teu Filho não morreu por nós? Não existem santos e anjos para nos guiarem? Ou será que tudo isso não passa de belas histórias inventadas e contadas às crianças, das quais os próprios padres riem? Passei a duvidar de Ti, Senhor. Criaste mal o mundo e cuidas dele pior ainda. Vi casas e ruas cheias de cadáveres; vi os ricos se entrincheirarem em suas casas ou fugirem; vi os pobres deixarem seus irmãos insepultos; cada um desconfiado do outro. Eles abatiam os judeus como gado; vi muitos inocentes sofrerem e serem chacinados, e muitos homens perversos nadarem na prosperidade. Será que Tu nos esqueceste e nos abandonaste totalmente? Será que estás completamente enojado da Tua criação e quer nos ver todos mortos?"

Com um suspiro, ele atravessou o portal e ficou contemplando as estátuas de pedra; anjos e santos, magros e altos, com suas roupas de dobras rígidas, imóveis, inatingíveis, sobre-humanos, mas criados pela mão e pelo espírito do homem. Rígidos e surdos, eles estavam ali; nos seus nichos estreitos, inacessíveis a qualquer pedido ou pergunta. Mesmo assim, eram um consolo infinito, uma vitória sobre a morte e o desespero, ali colocados, em sua dignidade e beleza, sobrevivendo às gerações que se sucediam. Oh, a pobre e bela Rebeca deveria estar ali também e a pobre Lena queimada na cabana, a encantadora Lídia e o Mestre Nicolau! Algum dia iriam estar ali e permaneceriam para sempre; ele os colocaria ali. Suas imagens, que hoje significavam para ele amor e tormento, medo e paixão, ficariam diante das gerações posteriores, sem nome e sem história, símbolos silenciosos da vida humana.

# Capítulo 15

Finalmente, seu objetivo foi alcançado. Goldmund entrou na cidade tão sonhada pelo mesmo portão que atravessara tantos anos antes, quando fora à procura do seu mestre. No caminho, enquanto se aproximava, tivera notícias dessa cidade, sede do bispado. Soube que a peste também a assolara e que provavelmente ainda continuava ali. Contaram-lhe a respeito de agitações e insurreições populares, e da chegada de um enviado do imperador para restaurar a ordem e fazer cumprir leis de emergência, e também para proteger os bens e as vidas dos burgueses. O bispo, assim que irrompera a epidemia, abandonara a cidade e estava morando num dos seus castelos no campo, bem longe dali. O andarilho mostrara pouco interesse nestas notícias. Contanto que a cidade ainda estivesse de pé e, dentro dela, a oficina onde ele queria trabalhar, nada mais tinha importância para ele. Quando chegou, a peste tinha abrandado; as pessoas esperavam a volta do bispo e a partida do enviado do imperador, estavam ansiosas para voltar à sua vida pacífica habitual.

Quando Goldmund viu novamente a cidade, um sentimento que ele nunca experimentara antes — a emoção de voltar ao lar — encheu seu coração e seu rosto assumiu uma expressão severa, pouco comum nele, para se controlar. Todas as coisas ainda estavam nos seus lugares: os portais, as belas fontes, a velha e tosca torre maciça da catedral e a nova torre esguia da igreja de Santa Maria, os alegres sinos da igreja de São Lourenço, a grande praça do mercado. Que bom que tudo tivesse ficado à sua espera. Uma vez, na estrada, ele sonhou que ao chegar encontraria tudo mudado e estranho, algumas áreas destruídas, em ruínas, e outras irreconhecíveis, por causa de novas construções — presságios desagradáveis que não se confirmaram. Percorreu as ruas com lágrimas nos olhos, reconhecendo casa por casa. Estava quase sentindo inveja das casas bonitas e seguras dos burgueses, das suas vidas sossegadas e estáveis, da reconfortante sensação de ter um lar, de ter um lugar num quarto ou numa oficina, ter mulher e filhos, criados e vizinhos.

A tarde chegava ao fim. No lado da rua ainda banhado pelo sol, as casas, as tabernas, as tabuletas de corporações, as portas entalhadas e os vasos de flores eram iluminados pelos raios quentes. Nada fazia lembrar que também essa cidade fora assolada pela morte e pela loucura. O rio transparente, verde--claro e azul-claro, corria sob os arcos da ponte. Goldmund sentou-se na margem. Lá embaixo ainda deslizavam, no verde cristalino das águas, os peixes escuros que pareciam sombras, ou ficavam imóveis, com as cabeças viradas contra a correnteza; na meia-luz do fundo ainda se via aqui e ali uma cintilação dourada, que prometia tanto e estimulava os sonhos. Outras águas também tinham peixes, e outras cidades e outras pontes ofereciam vistas, mas ele tinha a impressão de que há muito tempo não via nem sentia nada parecido.

Dois meninos do açougue passaram conduzindo uma novilha. Estavam rindo e trocando olhares e gracejos com uma criada que recolhia roupa lavada numa sacada. Como tudo passava depressa! Não fazia muito tempo que as fogueiras da peste ainda ardiam aqui, e os terríveis encarregados de queimar os corpos mandavam; e agora a vida continuava, as pessoas riam e faziam gracejos. E ele não era diferente dos outros. Estava sentado ali, encantado por ver estas coisas novamente, sentindo-se grato e até enternecido com os burgueses, como se ali não tivesse havido desespero e morte, nem Lena, nem a jovem judia. Sorrindo, levantou-se e continuou a andar. Só quando se aproximou da casa do Mestre Nicolau, percorrendo novamente a rua que percorrera todos os dias para ir ao trabalho muito tempo atrás, seu coração começou a bater com angústia e preocupação. Apressou o passo, porque queria encontrar-se com o mestre naquele dia para saber como ficaria sua situação. Esperar até o dia seguinte parecia impossível. Será que o mestre ainda estava zangado com ele? Aquilo acontecera há tanto tempo. Já não devia ter importância, mas se tivesse ele saberia convencê-lo. Tudo estaria ótimo se o mestre ainda estivesse aqui e a oficina também. Rápido, como se tivesse medo de perder alguma coisa no último instante, dirigiu-se para aquela casa tão conhecida. Girou o trinco da porta e espantou-se ao descobrir que ela estava trancada. Será que era um mau sinal? Antes, a porta nunca ficava trancada durante o dia. Deixou a aldrava cair com força e ficou esperando, com um medo repentino no coração.

Apareceu a mesma criada velha que o recebera na primeira visita àquela casa. Não ficara mais feia, apenas mais velha e mais rabugenta. Não reconheceu Goldmund. Com voz trêmula, ele perguntou pelo mestre. Ela olhou para ele, apalermada e desconfiada.

— Mestre? Não há nenhum mestre aqui. Vá embora, homem, aqui ninguém entra.

Fez menção de empurrá-lo, e ele a agarrou pelo braço e gritou:

— Fale, Margarida, pelo amor de Deus! Eu sou Goldmund, você não está me reconhecendo? Preciso ver o Mestre Nicolau!

Em seus olhos míopes, meio cegos, não surgiu nenhum sinal de receptividade.

— Aqui não há mais nenhum Mestre Nicolau — disse friamente. — Ele morreu. Vá embora, não posso ficar aqui de conversa.

Tudo desmoronou dentro de Goldmund. Empurrou a velha para o lado; ela correu atrás dele, gritando pelo corredor escuro até a oficina. Estava fechada. Seguido pela velha, que se lamuriava e xingava, subiu a escada. Na meia-luz do aposento familiar ele viu as estátuas que Nicolau havia colecionado. Começou a chamar por Lisbeth em voz bem alta.

Uma porta se abriu e Lisbeth apareceu. Só a reconheceu ao olhar pela segunda vez, seu coração ficou apertado com aquela visão. Desde o momento em que encontrara a porta trancada, tudo na casa lhe parecera fantasmagórico, como num feitiço ou num pesadelo, mas agora, ao ver Lisbeth, um arrepio percorreu-lhe a espinha. A bonita e orgulhosa Lisbeth transformara-se numa tímida e encurvada solteirona, com um rosto amarelado e doentio, trajando um vestido preto sem enfeites, com um olhar inseguro e uma expressão de medo.

— Perdoe-me — disse ele —, Margarida não queria que eu entrasse. Você também não me reconhece? Sou Goldmund. Diga-me: é verdade que seu pai morreu?

Percebeu nos olhos de Lisbeth que ela agora o reconhecia, e também que não deixara boas recordações.

— Oh, então você é Goldmund? — disse, e, na voz dela, ele percebeu um pouco daquele seu antigo orgulho. — Foi inútil ter vindo até aqui, porque meu pai está morto.

— E a oficina? — perguntou Goldmund com ansiedade.

— A oficina está fechada. Se está procurando trabalho, deve procurar em outro lugar.

Ele tentou se controlar.

— Senhorita Lisbeth — disse afavelmente —, não estou procurando trabalho. Vim aqui para trazer meus cumprimentos ao mestre e a você. Estou desolado com esta notícia! Vejo que passou por momentos terríveis. Se um aluno grato ao seu pai puder ser útil a você, diga, e terei prazer em ajudar. Oh, senhorita Lisbeth, sinto o coração partido por encontrá-la nesta situação, numa tristeza tão grande.

Ela recuou para dentro do quarto.

— Obrigada — disse, hesitante. — Você não pode fazer mais nada por ele ou por mim. Margarida o acompanhará até a porta.

Sua voz tinha um tom desagradável, meio zangada e meio temerosa. Sentiu que, se tivesse coragem, ela o teria expulsado da casa com uns bons insultos.

Goldmund desceu a escada e a velha criada bateu a porta atrás dele e a trancou. Ainda pôde ouvir o ruído áspero dos dois ferrolhos, o que para ele foi como a batida da tampa de um caixão.

Voltou lentamente para a margem do rio e tornou a sentar-se no seu velho lugar. O sol já desaparecera e das águas subia o frio; a pedra na qual se sentara estava fria. A rua que acompanhava o rio estava deserta, a correnteza fazia espuma em torno dos pilares da ponte; o fundo do rio estava escuro e não havia mais o brilho dourado. Oh, ele pensava, se caísse por cima do muro e desaparecesse no rio! O mundo estava novamente cheio de morte. Uma hora depois, o crepúsculo virou noite. Finalmente podia chorar. Sentou-se e chorou, as lágrimas quentes caíam nas suas mãos e nos joelhos. Chorava pelo mestre morto, chorava pela beleza perdida de Lisbeth, chorava por Lena, por Roberto, por Rebeca, pela sua mocidade desperdiçada e murcha.

Mais tarde encontrou uma taberna onde antes costumava beber com seus amigos. A taberneira o reconheceu e, quando ele pediu um pedaço de pão, serviu-o, dando-lhe também uma caneca de vinho. Não conseguiu engolir o pão nem o vinho. Dormiu ali mesmo, num banco. Na manhã seguinte, a mulher o acordou. Ele agradeceu e foi embora, comendo o pedaço de pão na rua.

Foi até o mercado de peixes. Ali estava a casa onde antes tivera um quarto. Ao lado da fonte, algumas vendedoras de peixes ofereciam sua mercadoria viva. Ele ficou olhando o brilho dos peixes dentro das tinas. Ele vira isso muitas vezes antes e lembrou-se de que sentira pena dos peixes e raiva das vendedoras e dos compradores. Recordou-se também de uma manhã em que ficara perambulando por ali, admirara os peixes e lastimara sua sorte, sentindo-se triste. Muito tempo transcorrera desde então e muita água correra naquele rio. Lembrava-se bem da sua tristeza, mas já se esquecera do motivo. Era assim com tudo: a tristeza também passava, até mesmo a dor e o desespero passavam, assim como as alegrias. Tudo passava, ficava esmaecido, perdia sua profundidade, seu valor, e finalmente chegava o dia em que não conseguíamos mais nos lembrar do que nos causara tanto sofrimento. As dores também murchavam e desapareciam. Será que esse sofrimento de hoje também murcharia um dia, perderia seu significado, esse seu desespero pela morte do mestre, sabendo que Nicolau morrera com raiva dele, seu sofrimento pelo fato de que não havia nenhuma oficina onde ele pudesse saborear a alegria de criar e descarregar o peso das imagens que estavam na sua alma? Sem dúvida essa dor e essa necessidade frustrada um dia também ficariam velhas e cansadas e ele as esqueceria. Nada tinha duração, e ele lamentava isso também.

Enquanto contemplava os peixes, absorto nesses pensamentos, ouviu uma voz suave dizer seu nome.

— Goldmund — alguém chamou timidamente, e, quando ele se virou, viu uma jovem de aspecto delicado e frágil, com belos olhos escuros. Ele não a reconheceu. — Goldmund! É você, não é? — repetiu a voz tímida. — Desde quando você está aqui nessa cidade? Você não me reconhece mais? Sou Maria.

Mas ele não a reconheceu. Foi preciso que ela lhe dissesse que era a filha do seu antigo senhorio, e que fora ela que, na madrugada da sua partida, lhe oferecera leite na cozinha. Ela ficou ruborizada ao recordar o fato.

Sim, era Maria, aquela pobre criança com o defeito na perna, que cuidara dele naquele dia com uma ternura tímida. Agora recordava-se de tudo: ela o esperara naquela madrugada fria e ficara triste com a partida dele. Esquentara leite para ele e, ao se despedir, ele dera-lhe um beijo, que ela recebera silenciosa e solenemente, como se fosse um sacramento. Nunca mais pensara nela. Naquela época ela era apenas uma criança; agora estava crescida e tinha olhos muito bonitos, mas ainda mancava. Goldmund deu-lhe um aperto de mão, satisfeito por saber que alguém naquela cidade o conhecia e gostava dele.

Maria quis que ele fosse com ela, e Goldmund resistiu sem muita convicção. Foi convidado a almoçar em companhia dos pais da jovem na sala onde seu quadro ainda estava pendurado na parede e onde seu copo vermelho enfeitava a lareira. Ele foi convidado a passar ali alguns dias — todos estavam contentes com a sua volta. Então ficou sabendo o que acontecera na casa do Mestre Nicolau. Ele não havia morrido por causa da peste. Sua filha é que fora contagiada, e durante muito tempo esteve à beira da morte; o pai cuidara dela, até que ele morreu, poucas semanas antes de Lisbeth ficar completamente curada. A moça salvara-se, mas perdera sua beleza.

— A oficina agora está vazia — disse o dono da casa. — Seria um ótimo lugar para um entalhador ativo, e daria um bom dinheiro. Pense sobre isso, Goldmund! Ela não recusaria, porque não tem mais escolha.

Goldmund foi informado a respeito do que acontecera durante a epidemia da peste: o povo havia incendiado um hospital, destruído e saqueado algumas casas de gente rica; não havia ordem nem segurança na cidade depois que o bispo fugira. Então o imperador, que se encontrava nas proximidades, enviara um governador, o conde Henrique. A bem da verdade, era um cavalheiro ativo que, com alguns soldados, restabelecera a ordem na cidade. Mas agora era hora de seu reinado acabar, pois esperava-se a volta do bispo. O conde Henrique impusera sacrifícios aos cidadãos e eles já estavam fartos da sua concubina, Agnes, uma verdadeira megera. Bem, eles iriam logo embora. O conselho da cidade já não aguentava mais lidar — em lugar do seu bondoso bispo — com aquele homem da corte, aquele guerreiro, que era o favorito do imperador e recebia emissários, como se fosse um príncipe.

Chegara a vez de Goldmund responder às perguntas.

— Ora — disse com tristeza —, nem é bom falar sobre isso. Caminhei muito, e em todos os lugares grassava a epidemia, e os mortos espalhavam-se por todos os cantos; em todos os lugares as pessoas ficavam enlouquecidas e perversas por causa do medo. Eu sobrevivi, talvez um dia tudo isso será esquecido. Agora que eu voltei, meu mestre está morto! Permitam-me que fique aqui alguns dias para descansar, depois vou continuar minhas andanças.

Goldmund não ficou para descansar. Ficou porque estava decepcionado e indeciso, porque as recordações de dias mais felizes faziam com que ele gostasse da cidade, e porque o amor da pobre Maria fazia-lhe bem. Ele não podia retribuir esse amor, só podia dar a ela amizade e compaixão, mas aquela admiração humilde e silenciosa aquecia seu coração. Mais que tudo isso, a necessidade ardente de ser novamente um artista o prendia nesse lugar, mesmo sem uma oficina, mesmo com ferramentas improvisadas.

Durante alguns dias, Goldmund dedicou-se exclusivamente a desenhar. Maria conseguira papel e pena, e ele ficava horas seguidas desenhando em seu quarto, enchendo folhas e mais folhas de papel, ora com esboços rabiscados rapidamente, ora com figuras delicadas feitas com carinho, deixando que o feixe de imagens que abarrotava sua alma passasse para o papel. Desenhou muitas vezes o rosto de Lena: como ela sorrira com satisfação, sua volúpia amorosa e assassina após a morte daquele vagabundo, seu rosto na última noite, já no processo de deformação, na sua volta à terra. Desenhou o pequeno camponês, o menino que encontrara morto na soleira da casa de seus pais, com os punhozinhos cerrados. Desenhou uma carroça cheia de cadáveres puxada por três cavalos cansados, os algozes que corriam ao lado, empunhando longas varas, os olhos sombrios aparecendo nas fendas das máscaras pretas, usadas pelos carregadores de cadáveres vitimados pela peste. Várias vezes desenhou Rebeca, a jovem esbelta de olhos pretos, seus lábios finos e orgulhosos, seu semblante carregado de tristeza e indignação, o corpo jovem e gracioso que parecia feito para o amor, sua boca amargurada. Desenhou a si mesmo como andarilho, como amante, como fugitivo da morte implacável, dançando nas orgias da peste, promovidas pelos que tinham ânsia de viver. Absorto, ficava sentado diante do papel branco e desenhava o rosto desdenhoso da senhorita Lisbeth como o conhecera antes, a caricatura da velha criada Margarida, o rosto amado e temido do Mestre Nicolau. Muitas vezes esboçava, com traços finos e intuitivos, uma grande figura de mulher, a Mãe da terra, sentada com as mãos no colo e o vestígio de um sorriso no rosto, sob os olhos melancólicos. Esse extravasamento fazia-lhe um bem imenso. Em poucos dias encheu com desenhos todas as folhas de papel que Maria lhe trouxera. Cortou um pedaço da última folha e desenhou nele, com poucos traços, o rosto de Maria, com seus belos olhos, a boca resignada e deu o desenho para ela.

Desenhando ele aliviara bastante sua sensação de peso e sua alma. Enquanto desenhava, perdia a noção de onde estava; seu mundo resumia-se à mesa de trabalho, às folhas brancas de papel e, à noite, a uma vela. Agora que despertara, recordava--se dos últimos acontecimentos; antevia novas caminhadas difíceis e começou a perambular pela cidade com uma estranha sensação ambígua, de volta ao lar e também de despedida.

Num desses passeios, encontrou uma mulher. O fato de vê-la pôs em evidência seus sentimentos desordenados e deu a eles um novo foco. A mulher que surgiu, montada num cavalo, era alta e loura, com curiosos olhos azuis e frios, um corpo rijo e forte, um rosto que desabrochara com ânsia de prazer e poder, cheia de dignidade e de uma certa curiosidade dos sentidos. Estava sentada no seu cavalo marrom com um jeito um tanto autoritário e orgulhoso, habituada a dar ordens, mas sem ser inacessível ou distante. Suas narinas pareciam estar abertas para todos os aromas do mundo e a boca grande e atraente obviamente era capaz de dar e de tomar o máximo. No momento em que Goldmund viu esta mulher, ficou totalmente alerta e dominado pelo desejo de desafiá-la. Conquistar essa mulher pareceu-lhe de repente um objetivo muito nobre, e, se caso fosse preciso sacrificar seu pescoço para consegui-lo, essa morte não lhe pareceria indigna. Sentiu que essa leoa loura era igual a ele, cheia de sensualidade e de alma à mercê de todas as tormentas, selvagem e meiga, conhecedora das paixões por meio de uma antiga herança do sangue.

Ela passou cavalgando e ele a acompanhou com os olhos. Entre os cabelos louros encaracolados e a gola de veludo azul, ele viu seu pescoço firme, forte e orgulhoso, embora coberto pela pele mais delicada e macia. Ele achou que aquela era,

277

assim lhe parecia, a mulher mais bela que já vira. Queria poder ter aquele pescoço entre suas mãos e arrancar daqueles olhos azuis e frios o mistério que havia neles. Não seria difícil descobrir quem era ela. Logo ficou sabendo que ela morava no palácio, que era Agnes, a amante do governador. Isto não o surpreendeu, pois poderia ser a própria imperatriz. Ele parou diante da bacia de uma fonte e olhou para sua imagem no espelho da água. Ela combinava tão bem com o rosto da mulher loura como se fosse a de um irmão, só que o seu estava desleixado. Na mesma hora foi a um barbeiro seu conhecido e conseguiu convencê-lo a cortar seu cabelo e a barba, deixando--o limpo e penteado.

A perseguição durou dois dias. Sempre que Agnes saía do palácio, via aquele desconhecido louro no portão, olhando-a com admiração. Agnes cavalgou em torno das muralhas e o desconhecido ficou observando por entre os olmos. Agnes foi a um ourives e ao sair da oficina deparou-se com o desconhecido. Ela o fulminou com seus olhos autoritários; suas narinas tremeram ligeiramente. Na manhã seguinte, quando o viu a postos ao sair para o seu passeio matinal, deu-lhe um sorriso de desafio. Goldmund viu também o conde, o governador, um homem imponente e audacioso, que devia ser levado a sério, mas sua barba era grisalha e seu rosto mostrava marcas de preocupação; Goldmund sentiu-se superior a ele.

Estes dois dias o deixaram feliz, e ele resplandecia com a juventude recuperada. Era bom poder exibir-se para essa mulher e propor-lhe uma luta. Era bom perder sua liberdade para essa beleza; era bom e extremamente excitante arriscar sua vida numa única jogada.

Na manhã do terceiro dia, Agnes atravessou os portões do palácio a cavalo, acompanhada por um criado. Seus olhos logo procuraram seu perseguidor, prontos para o combate e um tanto preocupados. Ali estava ele, e Agnes despachou o criado com uma incumbência qualquer. Continuou seu caminho sozinha, passando devagar pelo portão da ponte e atravessando a ponte. Ela só olhou para trás uma vez, e viu que o desconhecido a seguia. Ela esperou por ele no caminho da igreja de São Guido, local de peregrinação, mas que a essa hora estava deserta. Teve que esperar durante meia hora; o desconhecido andava devagar, pois não queria chegar exausto e sem fôlego. Aproximou-se tranquilo e sorridente com uma rosa vermelha na boca. Ela saltara do cavalo, amarrara o animal e esperava recostada na trepadeira que cobria o muro, olhando para o seu perseguidor. Ele chegou perto, olhou-a nos olhos e tirou o gorro da cabeça.

— Por que você me persegue? — perguntou ela. — O que quer de mim?

— Oh! — disse ele. — Quero dar-lhe um presente e não receber um. Quero oferecer-me como um presente, linda mulher, para que faça comigo o que quiser!

— Bem, vou ver o que pode ser feito com você. Mas se pensou que aqui está uma florzinha que você pode colher sem risco, enganou-se. Só posso amar homens que arriscam suas vidas quando é necessário.

— Você só precisa ordenar.

Com movimentos lentos, tirou do pescoço uma fina corrente de ouro e a entregou a ele.

— Qual é o seu nome?

— Goldmund.

— Pois bem, Goldmund; vou fazer uma experiência. Ouça com atenção: no fim da tarde você levará esta corrente ao palácio, dizendo que a encontrou. Ela não deverá sair das suas mãos, quero recebê-la diretamente de você. Você irá assim mesmo, não importa que o tomem por um mendigo. Se algum dos criados ralhar com você, fique calmo. É bom que saiba que só tenho duas pessoas de confiança no palácio: Max, o palafreneiro, e Berta, minha camareira. Você deve procurar um dos dois e fazer com que o levem à minha presença. Tenha cuidado com todas as outras pessoas do palácio, inclusive o conde, pois todos são inimigos. Você foi prevenido. Isso pode custar-lhe a vida.

Ela estendeu a mão e ele, sorrindo, a tomou entre as suas, beijou-a com delicadeza, levando-a suavemente ao seu rosto. Depois guardou a corrente e desceu a colina em direção ao rio e à cidade. Os vinhedos já estavam nus; das árvores caíam as folhas amarelecidas, uma a uma. Sorrindo, Goldmund sacudiu a cabeça olhando a cidade lá embaixo, achou que ela era hospitaleira e amável. Apenas alguns dias antes estava triste, triste até mesmo por achar que a dor e o sofrimento eram passageiros. Agora eles de fato já haviam passado, flutuado e caído como as folhas douradas dos galhos. Parecia-lhe que o amor nunca brilhara para ele tão intensamente como com essa mulher, cuja figura alta, loura, cheia de força vital recordava-lhe a imagem de sua mãe, como ele a carregara dentro do seu coração lá em Mariabronn. Dois dias antes não teria imaginado que a vida fosse lhe sorrir tão radiosa, que ele iria sentir novamente o fluxo da vida, da alegria, da mocidade, correndo com tanta força e urgência nas suas veias. Que felicidade ainda estar vivo, ter sido poupado pela morte durante todos aqueles meses pavorosos!

No fim da tarde ele foi ao palácio. Havia uma grande agitação no pátio: os cavalos estavam sendo desarreados, mensageiros corriam atarefados, criados conduziam um pequeno séquito de padres e outras autoridades religiosas através da porta interna e da escadaria. Goldmund fez menção de segui-los, mas foi interceptado pelo porteiro. Mostrou-lhe a corrente de ouro, dizendo que tinha ordens expressas de entregá-la somente a sua dona ou à camareira. Um criado foi chamado para acompanhá-lo e ele ficou esperando nos corredores durante muito tempo. Finalmente apareceu uma mulher bonita e viva que passou diante dele e perguntou baixinho: "O senhor é Goldmund?". Fez sinal para que a acompanhasse. Em seguida desapareceu silenciosamente atrás de uma porta, apareceu novamente após alguns instantes e acenou-lhe para que entrasse.

Goldmund entrou num aposento pequeno, impregnado do cheiro de peles e de perfume, abarrotado de vestidos e capas, chapéus femininos em suportes de madeira e todos os tipos de calçados numa arca aberta. Goldmund esperou mais de meia hora. Sentiu o perfume dos vestidos, passou a mão pelas peles e sorriu com curiosidade ao ver todas aquelas coisas bonitas que estavam ali.

Finalmente, a porta interna foi aberta e quem surgiu não foi a camareira e sim a própria Agnes, com um vestido azul enfeitado com peles brancas no decote. Aproximou-se lentamente do homem que a esperava, encarando-o firmemente com seus frios olhos azuis.

— Você precisou esperar — disse baixinho. — Acho que agora estamos em segurança. O conde está recebendo uma delegação de padres e jantará com eles; certamente as negociações serão demoradas, pois essas reuniões com padres sempre levam muito tempo. Assim sendo, a hora pertence a você e a mim. Seja bem-vindo, Goldmund.

A mulher inclinou-se para ele, seus lábios ávidos aproximaram-se dos dele e cumprimentaram-se em silêncio no primeiro beijo. Lentamente, Goldmund fechou a mão em torno da sua nuca. Ela o conduziu pela porta até seu quarto de dormir, feericamente iluminado por velas. Uma mesa estava posta para a refeição. Sentaram-se, e ela ofereceu-lhe pão e manteiga e um pouco de carne, servindo-lhe vinho branco num belo copo azulado. Comeram, beberam do mesmo copo azulado, as mãos entrelaçadas, numa antecipação.

— De onde você vem voando, meu belo pássaro? — ela perguntou. — Você é um guerreiro, um músico, ou simplesmente um pobre andarilho?

— Sou tudo que você quiser que eu seja — ele respondeu com um sorriso. — Sou inteiramente seu. Serei um músico se você assim o desejar, e você é meu doce alaúde, e, quando eu colocar os dedos no seu corpo e começar a dedilhá-la, ouviremos o canto dos anjos. Venha, meu coração, não vim aqui para saborear suas iguarias e beber seu vinho branco, só vim aqui por sua causa.

Ele puxou com delicadeza o enfeite de pele do pescoço dela e suavemente foi tirando sua roupa. Os cortesãos e os padres que prosseguissem, lá fora, com suas negociações, os criados que se arrastassem silenciosamente pelas salas, e a delgada foice da lua que se escondesse atrás das árvores — nada disso interessava aos amantes. Para eles o paraíso floria. Atraídos um para o outro e abraçados, perdiam-se dentro da sua noite perfumada, viam seus alvos mistérios desabrochando e brilhando na escuridão,

282

colhendo com mãos ternas e gratas os frutos tão desejados. O músico nunca tocara num alaúde como aquele; o alaúde vibrara sob dedos tão fortes e experientes.

— Goldmund — ela murmurou, ardente, em seu ouvido —, que grande feiticeiro você é! Quero ter um filho seu, doce Goldmund. E mais ainda, gostaria de morrer com você! Beba-me até o fim, derreta-me, mate-me!

No fundo da sua garganta zumbiam sons de felicidade enquanto ele via abrandar-se aquela dureza dos seus olhos frios. Com um ligeiro estremecimento de morte, o tremor no fundo dos seus olhos extinguiu-se como o arrepio prateado na pele de um peixe agonizante, dourado como a cintilação mágica no fundo do rio. Toda a felicidade que um ser humano podia experimentar parecia se juntar naquele momento.

Em seguida, enquanto ela continuava deitada, de olhos fechados e trêmula, ele levantou-se e vestiu-se. Com um suspiro, disse no ouvido dela:

— Meu tesouro lindo, vou embora. Não pretendo morrer, não pretendo ser assassinado pelo seu conde. Antes quero que sejamos tão felizes como fomos hoje. Uma vez mais, muitas vezes mais.

Ela ficou deitada em silêncio, até que ele terminasse de se vestir. Com muita ternura, ele a cobriu e beijou-lhe os olhos.

— Goldmund — disse ela —, lamento que você tenha que ir embora. Volte amanhã! Se houver perigo, mandarei avisá-lo. Volte, volte amanhã!

Ela puxou o cordão de uma campainha. A camareira o esperou à porta do quarto de vestir e o levou para fora do palácio. Gostaria de dar a ela uma moeda de ouro, e por um momento ficou envergonhado da sua pobreza.

283

Era quase meia-noite quando Goldmund chegou ao mercado de peixes e olhou para a casa onde se hospedava. Já era tarde, e certamente não havia mais ninguém acordado; talvez tivesse que passar a noite ao relento. Mas, para sua surpresa, encontrou a porta aberta. Entrou silenciosamente e fechou a porta. Para chegar ao seu quarto precisava atravessar a cozinha, que estava iluminada. Maria estava sentada à mesa, ao lado de uma lamparina. Acabara de adormecer depois de esperar durante horas. Assustou-se quando ele entrou e levantou-se de um salto.

— Oh, Maria! — exclamou Goldmund. — Você ainda está acordada?

— Sim, estou acordada — disse ela. — Se não estivesse, você teria encontrado a porta trancada.

— Sinto muito, Maria, por você ter ficado à minha espera. Já é tarde. Não fique zangada comigo.

— Nunca vou ficar zangada com você, Goldmund. Estou apenas um pouco triste.

— Você não deve ficar triste. Qual o motivo dessa tristeza?

— Ora, Goldmund, eu gostaria tanto de ser sadia, bela e forte. Assim você não precisaria sair em plena noite e ir a casas estranhas e fazer amor com outras mulheres. Você poderia ficar comigo uma vez e me amar um pouquinho.

Não havia esperança na sua voz suave, mas também não havia amargura, apenas tristeza. Sentiu pena dela, não sabia o que dizer. Com cautela, estendeu a mão e afagou seus cabelos. Ela ficou imóvel e estremeceu quando sentiu a mão dele nos seus cabelos. Chorou um pouco depois; ergueu a cabeça e disse timidamente:

— Agora vá deitar-se, Goldmund. Eu disse uma porção de bobagens, eu estava muito sonolenta. Boa noite.

# Capítulo 16

Goldmund passou um dia de feliz impaciência andando pelas colinas. Se tivesse um cavalo, teria ido ver a bela madona do seu mestre no convento. Sentia necessidade de vê-la outra vez, e achou que havia sonhado com o Mestre Nicolau naquela noite. Bem, iria ver a madona em outra ocasião. Sua felicidade com Agnes podia durar pouco, podia deixá-lo em perigo — mas hoje ela estava em pleno florescimento, e ele não queria desperdiçar nada. Hoje não queria ver ninguém nem ser perturbado; queria passar o suave dia de outono ao ar livre, sob as árvores e as nuvens. Contou a Maria que pretendia dar um passeio pelo campo e deveria voltar tarde. Pediu-lhe um bom pedaço de pão e que não ficasse esperando por ele à noite. Ela não disse nada, encheu os bolsos dele com pão e maçãs, escovou seu velho casaco, que ela remendara no primeiro dia, e deixou-o partir.

Goldmund perambulou perto do rio, subiu as trilhas íngremes dos vinhedos e perdeu-se lá em cima na floresta, e não parou de subir até chegar à crista da montanha. Ali o sol brilhava morno por entre os galhos das árvores nuas. Melros fugiam à aproximação de seus passos em direção às moitas, e olhavam para ele com seus olhos pretos e brilhantes. Lá embaixo, o rio parecia uma curva azul e a cidade parecia pequena como um brinquedo; nenhum ruído vinha de lá, a não ser o dos sinos que chamavam para as rezas. Ali em cima, perto dele, havia pequenas elevações cobertas de capim, montículos de épocas pagãs, talvez fortificações ou túmulos. Sentou-se na grama seca e quebradiça. Dali podia ver todo o imenso vale, as colinas e montanhas além do rio, cadeia após cadeia, até o horizonte onde montanhas e céu se misturavam numa zona azulada. Ele percorrera a pé toda essa distância e muito além do que os olhos conseguiam ver. Todas essas regiões que agora estavam distantes e não passavam de recordações, antes haviam estado próximas e presentes. Dormira centenas de vezes nessas florestas, alimentara-se de frutas, passara fome e frio, atravessara os cumes daquelas montanhas e trechos de charcos, estivera alegre e triste, bem-disposto ou cansado. Em algum lugar naquela distância, além do campo de visão, estavam os ossos carbonizados da bondosa Lena; em algum lugar ali seu companheiro Roberto talvez ainda estivesse caminhando, se a peste já não o tivesse alcançado; em algum lugar mais adiante jazia o corpo de Vítor, e também num lugar qualquer, muito distante, estava o convento dos seus anos de adolescente e o castelo do cavalheiro com suas belas filhas, e a pobre e desamparada Rebeca ainda estava perambulando, se não tivesse morrido. Todos esses lugares espalhados, esses prados e florestas, cidades e aldeias, castelos e conventos, pessoas vivas e mortas existiam dentro dele, em sua lembrança, em seu amor, no seu remorso, na sua saudade. E se a morte também viesse buscá-lo amanhã, então tudo isso se desmantelaria e se apagaria, esse livro de gravuras cheio de mulheres e de amor, de manhãs de verão e noites de inverno. Estava mais do que na hora de realizar alguma coisa, de criar alguma coisa, deixar alguma coisa que sobrevivesse a ele.

Até agora, de sua vida, de suas caminhadas, de todos esses anos que se passaram desde que se lançara no mundo, poucos frutos haviam restado.

As poucas imagens que fizera antes na oficina, principalmente o São João, e esse livro de imagens, esse mundo irreal dentro de sua cabeça, esse belo e doloroso mundo de imagens de suas recordações. Será que ele conseguiria salvar alguma coisa desse seu mundo interior e torná-lo visível para os outros? Ou as coisas continuariam da mesma maneira: sempre novas cidades, novas paisagens, novas mulheres, novas vivências, novas imagens, umas empilhadas sobre as outras, experiências das quais ele não extraía nada, a não ser um inquieto, angustiante e ao mesmo tempo belo transbordamento do coração?

Era ultrajante o modo como a vida zombava da gente, era digno de rir e de chorar! Ou vivia-se dando asas aos sentidos e fartando-se no seio da mãe primitiva — o que trazia grandes prazeres, mas não garantia uma proteção contra a morte, ou vivia-se como um cogumelo na floresta, cheio de cores hoje e podre amanhã. Ou então construíamos uma defesa, trancafiados numa oficina, tentando erguer um monumento a essa vida passageira — neste caso é necessário renunciar à vida, e a pessoa não passa de uma ferramenta; nos colocamos a serviço daquilo que perdura, mas nos ressecamos neste processo e perdemos a liberdade, a amplidão e a alegria de viver. Foi o que aconteceu com o Mestre Nicolau.

A vida só fazia sentido se fosse possível conseguir os dois, se não fosse dividida por essa frágil alternativa. Criar, sem sacrificar os sentidos para isso. Viver, mas sem renunciar à nobreza de criar. Será que isso era impossível?

Talvez para algumas pessoas isso fosse possível. Talvez houvesse maridos e pais de família que não perdiam a sensualidade por serem fiéis. Talvez houvesse gente que, apesar de levar uma vida estável e sedentária, não ficava com o coração ressecado por falta da liberdade e falta de riscos. Talvez. Ele jamais conhecera alguém assim.

Parecia que toda a existência estava baseada na dualidade, no contraste: ou se é homem ou mulher; ou andarilho ou burguês sedentário, sensato ou irresponsável — ninguém podia inspirar e expirar ao mesmo tempo, ser homem e ser mulher, experimentar a liberdade e a ordem, combinar o instinto e a mente. Sempre é necessário pagar por um com a perda do outro, e uma coisa sempre era tão importante e desejável quanto a outra. Nesse aspecto, talvez fosse mais fácil para as mulheres. A natureza as criara de tal maneira que o prazer trazia seu fruto, que a alegria do amor se transformava num filho. Já no homem, em vez dessa frutificação simples, permanecia sempre a saudade. Será que o Deus que criara tudo dessa maneira era um Deus mau, hostil, será que ele riu ironicamente da sua própria criação? Não, ele não podia ser mau, porque criara o cabrito-montês e o veado, peixes e aves, florestas, flores, as estações do ano. Mas a divisão ocorria em toda a sua criação. Talvez ela tivesse falhas ou fosse incompleta — ou será que Deus pretendia essa falta, essa ânsia na vida humana por um objetivo especial? Seria essa a semente do inimigo, do pecado original? Mas por que essa ânsia e essa falta seriam pecado? Não era delas que surgia tudo que havia de belo e de santo, tudo que o homem criara e devolvia a Deus como um sacrifício de gratidão?

Seus pensamentos o deixaram deprimido. Dirigiu o olhar para a cidade, viu a praça do mercado, o mercado de peixes, as pontes, as igrejas, a Casa do Conselho. E ali estava também o palácio, o imponente palácio do bispo, onde agora mandava o conde Henrique. Agnes morava sob essas torres e os telhados altos, a sua bela amante de porte imperial, que parecia tão orgulhosa, mas que podia se entregar e se abandonar completamente ao amor. Pensou nela com alegria, lembrou-se com gratidão da noite passada. Para ter sido capaz de viver a felicidade daquela noite, para ter sido capaz de satisfazer aquela mulher fabulosa, fora necessária toda uma vida, todo aquele aprendizado com as mulheres, todas as caminhadas, os sofrimentos andando pela neve à noite, sua amizade e familiaridade com animais, flores, árvores, águas, peixes, borboletas. Para isso, precisara dos sentidos aguçados pelos prazeres e pelo perigo, a vida errante, todo o seu mundo interior de imagens acumuladas durante muitos anos. Enquanto sua vida fosse um jardim, no qual desabrochavam flores encantadas como Agnes, ele não tinha motivo para queixas.

Passou o dia inteiro naquelas alegrias outonais, andando, descansando, comendo pão, pensando em Agnes e na noite que ia ter. Ao anoitecer, Goldmund estava novamente na cidade, a caminho do palácio. Havia esfriado e as casas olhavam através dos olhos silenciosos e acesos das janelas. Encontrou um grupo de meninos que cantavam carregando nabos ocos com caras entalhadas e velas acesas dentro dos orifícios. O pequeno cortejo de mascarados deixou um odor de inverno atrás de si e, sorrindo, Goldmund acompanhou sua passagem. Durante muito tempo ficou perambulando em frente ao palácio. A delegação de padres ainda estava ali, e de vez em quando ele via a silhueta de um religioso em alguma janela. Conseguiu finalmente entrar sorrateiramente no palácio e encontrar Berta, a camareira. Ela o ocultou novamente no quarto de vestir, até que Agnes apareceu e o conduziu em silêncio ao seu quarto de dormir. Seu belo rosto o recebeu com ternura, mas não com alegria; ela estava triste, preocupada e receosa. Ele esforçou-se para conseguir alegrá-la um pouco. Aos poucos, seus beijos e suas palavras carinhosas fizeram-na recuperar sua confiança.

— Você sabe ser tão gentil — disse ela, agradecida. — Quando você é terno e arrulha, tem tantos sons diferentes na sua garganta, meu pássaro dourado. Gosto muito de você, Goldmund. Se ao menos estivéssemos longe daqui! Não suporto mais este lugar. De qualquer modo, isso vai acabar logo; o conde foi chamado de volta e o idiota do bispo vai voltar dentro de pouco tempo. O conde hoje está irritado, porque os padres disseram-lhe palavras ásperas. Oh, meu querido, ele não deve pôr os olhos em você. Você não teria nem mais uma hora de vida. Sinto tanto medo por você!

Sons já meio esquecidos surgiram na sua lembrança — ele não ouvira essa música antes? Era assim que Lídia costumava falar com ele, tão cheia de amor e de medo, tão terna e triste; era assim que ela costumava ir ao seu quarto à noite, cheia de preocupação e de imagens assustadoras. Ele gostava de ouvir essa canção terna e angustiada. O que seria do amor sem os mistérios? O que seria do amor sem os perigos?

Puxou Agnes com delicadeza para si, acariciou-a, segurou sua mão, murmurou palavras ternas no seu ouvido, beijou-lhe as pálpebras. Ficou comovido e encantado por encontrá-la tão atemorizada e preocupada por causa dele. Ela aceitava suas carícias com gratidão, quase com humildade. Cheia de amor, ela o abraçou com força, mas não ficou alegre.

De repente, ela se assustou quando ouviu uma porta bater ali perto e passos que se aproximavam do quarto.

— Oh, meu Deus, é o conde! — exclamou, desesperada. — Depressa, você pode fugir pelo quarto de vestir. Depressa! Não me denuncie.

Empurrou-o para dentro do outro quarto, e ele ficou sozinho, tateando no escuro. Por trás da porta ele ouvia a voz do conde, falando alto com Agnes. Tateando por entre as roupas, alcançou a outra porta e saiu sem fazer ruído, pé ante pé. Chegou até a porta que dava para o corredor e tentou abri-la, e só nesse momento, ao perceber que ela estava trancada pelo lado de fora, sentiu medo, e seu coração começou a bater dolorosa e descompassadamente. Talvez fosse uma infeliz coincidência o fato de alguém ter trancado a porta depois que ele entrou, mas não acreditou nessa possibilidade. Caíra numa armadilha e estava perdido? Alguém devia ter visto quando ele entrou furtivamente, e isso lhe custaria a vida. Tremendo, ficou parado no escuro e lembrou-se das últimas palavras de Agnes: "Não me denuncie!"

Não, ele não a denunciaria. Seu coração martelava com força, mas a decisão tomada o deixou firme. Irritado, cerrou os dentes.

Tudo isso acontecera em poucos segundos. A porta abriu-se e o conde entrou, vindo do quarto de Agnes, com um castiçal na mão esquerda e uma espada desembainhada na direita. No mesmo instante, Goldmund, com um movimento rápido, agarrou alguns vestidos e capas que estavam pendurados em torno dele e os colocou sobre o braço. Que ele o tomasse por um ladrão — talvez essa fosse uma saída.

O conde avistou-o imediatamente e aproximou-se devagar.

— Quem é você? O que está fazendo aqui? Responda ou enfio-lhe a espada!

— Perdoe-me — sussurrou Goldmund. — Sou um pobre homem e o senhor é tão rico! Eu devolvo tudo, senhor, tudo que peguei. Veja! — Colocou as capas no chão.

— Um ladrão, hein? Não foi muito brilhante da sua parte arriscar a vida por algumas capas velhas. Você é morador da cidade?

— Não, meu senhor, sou um andarilho. Sou um homem pobre e o senhor será indulgente comigo.

— Chega! Quero saber se teve a ousadia de molestar a senhora. Mas como você vai ser enforcado de qualquer modo, não precisamos investigar isso. O furto foi o bastante.

Bateu com violência na porta trancada e gritou:

— Vocês estão aí? Abram!

A porta foi aberta pelo lado de fora, e havia três criados esperando com as espadas desembainhadas.

— Amarrem-no bem! — ordenou o conde, numa voz que denotava ironia e orgulho. — Ele é um vagabundo e veio aqui para roubar. Prendam-no, e amanhã cedo o patife estará balançando na forca.

As mãos de Goldmund foram amarradas, ele não resistiu. Foi conduzido para fora, pelo longo corredor, escadas abaixo, através do pátio interno; um criado ia à frente, carregando uma tocha. Eles pararam diante de uma porta guarnecida de ferro que dava no porão, gritaram e xingaram porque a chave não estava na fechadura. Um criado ficou com a tocha e outro correu de volta, em busca da chave. E eles ficaram ali, dois homens armados e um amarrado, aguardando diante da porta. O que segurava a tocha aproximou-a, curioso, do rosto de Goldmund. Nesse momento passaram dois dos padres que eram hóspedes do palácio, que voltavam da capela e pararam em frente ao grupo, observando atentamente aquela cena noturna: os dois criados, o homem amarrado, parados ali, esperando.

Goldmund não notou os padres nem deu atenção aos seus guardas. Só podia ver a luz que tremeluzia perto do seu rosto, cegando seus olhos. E atrás da luz, numa semiescuridão cheia de horror, viu outra coisa, algo amorfo, enorme e fantasmagórico — o abismo, o fim, a morte. Ficou ali com os olhos fixos, nada vendo, nada ouvindo. Um dos padres sussurrou com insistência alguma coisa para um dos criados. Ao ouvir que o homem era um ladrão e ia morrer, perguntou se ele tinha um confessor. Não, foi a resposta, ele acabara de ser preso em flagrante.

— Então — disse o padre — amanhã bem cedo, antes da missa, irei vê-lo, dar-lhe os sacramentos e ouvir sua confissão. Vocês vão jurar que ele não será levado embora antes. Ainda hoje falarei com o conde. O homem pode ser um ladrão, mas ainda assim tem direito à confissão e aos sacramentos como qualquer outro cristão.

Os criados não ousaram contestá-lo. Conheciam o padre; ele fazia parte da comitiva e já o haviam visto muitas vezes à mesa do conde. E, além disso, por que não permitir ao pobre vagabundo que se confessasse?

Os padres se afastaram. Goldmund ficou olhando. Finalmente o terceiro criado chegou com a chave e abriu a porta. O preso foi levado para um porão e desceu tropeçando alguns degraus. Havia alguns bancos de três pernas em volta de uma mesa; era a antecâmara de uma adega. Empurraram um dos bancos na direção de Goldmund e ordenaram-lhe que se sentasse.

— Amanhã cedo vem um padre para ouvir sua confissão — disse um dos criados. Depois saíram e trancaram a pesada porta com cuidado.

— Deixe a tocha aqui, camarada — pediu Goldmund.

— Não, irmãozinho, com isso aqui você poderia fazer alguma travessura. Vai ficar sem ela. Será mais sensato acostumar-se com a escuridão. Quanto tempo duraria essa luz? Em uma hora ela se apagaria. Boa-noite.

Ele ficou sozinho no escuro. Sentou-se no banquinho e deitou a cabeça na mesa. Era bem incômoda essa posição, e a corda que amarrava seus pulsos o machucava; mas essas sensações só penetraram na sua consciência muito mais tarde. No início ele apenas ficou sentado, com a cabeça sobre a mesa como se estivesse prestes a ser decapitado. Sentiu-se impelido a marcar no corpo e nos sentidos aquilo que fora imposto ao seu coração: aceitar o inevitável, aceitar a morte.

Ficou sentado nessa posição por um tempo infinito, curvado, tentando aceitar aquela imposição, respirá-la, compreendê-la e absorvê-la. Já era tarde, a noite começava e o fim dessa noite seria também o seu fim. Era isso que ele precisava compreender. Amanhã não estaria mais vivo. Estaria pendurado, seria um objeto no qual os pássaros pousariam e picariam; ele seria aquilo que era o Mestre Nicolau, que era Lena dentro da cabana incendiada, como todos aqueles que ele vira empilhados nas carroças de cadáveres. Não era fácil aceitar isso. Era totalmente impossível. Havia muitas coisas das quais ele ainda não havia desistido, das quais ainda não se despedira. As horas dessa noite lhe haviam sido dadas para fazer exatamente isso.

Tinha que dizer adeus à bela Agnes; nunca mais veria sua figura alta, seus cabelos claros cheios de sol, seus frios olhos azuis, o tremor do orgulho diminuído nesses olhos, a penugem dourada da sua pele de perfume doce. Adeus, olhos azuis, adeus, boca adorável! Esperara ter podido beijá-la muitas outras vezes! Ainda naquela manhã, nas colinas ao sol do fim do outono, pensara nela, pertencera a ela, ansiara por ela. Precisara despedir-se também das colinas, do sol, do céu de nuvens brancas, das árvores e florestas, das caminhadas, das horas do dia e das estações do ano. Talvez Maria ainda estivesse acordada: pobre Maria, com seus bondosos olhos apaixonados e seu andar claudicante, sentada à espera, adormecendo na cozinha e acordando outra vez, mas nenhum Goldmund voltaria para casa!

E os papéis e o lápis de desenho, e todas as figuras que ele quis fazer — perdidos, perdidos! E a esperança de ver Narciso outra vez, seu querido São João, isso também ele precisava sacrificar.

E devia despedir-se das suas próprias mãos, dos seus olhos, da fome e da sede, do amor, do seu alaúde, do sono e do despertar, de tudo. Amanhã, uma ave cruzaria os ares e Goldmund não iria mais vê-la; uma jovem cantaria numa janela e ele não a ouviria; o rio correria e os peixes escuros nadariam em silêncio; o vento sopraria e varreria as folhas amarelas do chão; o sol brilharia e as estrelas piscariam no céu; jovens iriam dançar nos salões de festa; as primeiras neves cobririam as montanhas distantes — tudo continuaria, as árvores projetariam suas sombras, as pessoas pareceriam alegres ou tristes por meio de seus olhos com vida, os cães latiriam, as vacas mugiriam nos currais, e tudo isso sem ele. Nada disso lhe pertencia mais, ele estava sendo arrancado de todas as coisas.

Sentiu o cheiro matinal das matas, provou o jovem vinho doce e as primeiras e duras nozes; sua memória fez surgir um panorama cintilante de todo o universo colorido que passou pelo seu coração oprimido. Na despedida, toda a bela confusão da vida brilhou mais uma vez nos seus sentidos. O sofrimento transbordou e ele sentiu as lágrimas escorrendo dos seus olhos. Soluçando, entregou-se à sua dor infinita. Oh, vales e montanhas cobertas de matas, riachos correndo entre os olmos, moças apaixonadas, noites de luar junto às pontes, oh, belo e resplandecente mundo de imagens, como posso abandoná-lo! Chorando, deitou-se na mesa, uma criança desconsolada. Do sofrimento do seu coração subiu um soluço e um lamento de súplica. Oh, mãe, oh, mãe!

E quando falou esta palavra mágica, uma imagem respondeu lá do fundo de suas recordações: a imagem de sua mãe. Não era a figura dos seus pensamentos e dos seus sonhos de artista, era a imagem da sua própria mãe, bela e viva, da maneira que não via desde os tempos do convento. A ela Goldmund dirigia sua prece, para ela gritava seu sofrimento insuportável por ter que morrer, a ela ele se entregava, dava a ela a floresta, o sol, seus olhos e suas mãos; colocava toda a sua vida e o seu ser nas mãos maternas.

E adormeceu chorando, o cansaço e o sono o tomaram em seus braços como uma mãe. Dormiu durante uma hora ou duas, escapando do desespero.

Ele acordou e sentiu dores lancinantes. Os pulsos amarrados queimavam terrivelmente, uma dor constante percorria suas costas e a nuca. Com esforço conseguiu sentar-se ereto; então voltou a si e percebeu onde estava. A escuridão era total ao seu redor; não sabia quanto tempo dormira, não sabia quantas horas de vida ainda lhe restavam. Talvez nos próximos minutos viessem buscá-lo para morrer. Então lembrou-se de que lhe haviam prometido um padre. Não acreditava que os sacramentos lhe seriam de grande ajuda. Não sabia nem mesmo se a absolvição completa dos seus pecados poderia levá-lo para o céu. Não sabia se havia um céu, um Deus-Pai, um Juízo e uma eternidade. Havia muito tempo que deixara de ter certeza a respeito dessas coisas.

Mas, houvesse ou não uma Eternidade, ele não a queria. Não queria nada, a não ser sua vida insegura e passageira, respirar, sentir-se à vontade na sua pele; ele queria viver. Desesperado, ergueu-se, foi tateando no escuro até a parede, onde se encostou e começou a pensar. Devia haver uma salvação! Talvez o padre fosse essa salvação. Talvez pudesse convencê-lo da sua inocência, fazê-lo dizer uma palavra a seu favor ou ajudá-lo a conseguir um adiamento da execução ou uma fuga. Ficou remoendo essas ideias; se elas não dessem certo, ele não podia desistir; o jogo ainda não podia estar terminando. Primeiro ele tentaria conquistar a simpatia do padre, iria esforçar-se ao máximo para cativá-lo, torná-lo seu aliado, convencê-lo, lisonjeá-lo. O padre era a única boa carta na sua mão; todas as outras possibilidades não passavam de sonhos. Mesmo assim, havia coincidências e fatalidades: o carrasco podia ser acometido de cólicas; o patíbulo podia desabar, podia surgir alguma possibilidade de fuga imprevista. De qualquer modo, Goldmund recusava-se a morrer, tentou em vão aceitar esse destino, e não conseguiu. Ele iria resistir, lutaria até o fim;

daria um tombo no guarda, atacaria o carrasco, defenderia sua vida até o último instante, com cada gota do seu sangue. Se ao menos pudesse convencer o padre a soltar-lhe as mãos! Já seria um grande avanço.

Nesse meio tempo tentou, apesar da dor, desatar as cordas com os dentes. Com um esforço violento conseguiu, após um tempo dolorosamente longo, fazer com que parecessem um pouco mais frouxas. Arquejante, na noite da sua prisão, seus braços e mãos inchados doíam terrivelmente. Quando recuperou o fôlego deslizou pela parede lentamente, examinando a resistência e a textura da superfície na esperança de encontrar uma saliência. Então lembrou-se dos degraus em que tropeçara ao entrar nessa prisão. Encontrou-os. Ajoelhou-se e tentou esfregar a corda na aresta de um dos degraus de pedra. Era difícil; várias vezes seus pulsos, e não a corda, bateram na aresta; queimavam como fogo, e ele sentiu o sangue escorrer. Mas não desistiu. Quando já se via entre a porta e a soleira uma fina listra cinzenta da luz do dia, ele conseguiu. A corda rompera-se, podia soltá-la, suas mãos estavam livres. Mas depois, mal conseguia mover um dedo; as mãos estavam inchadas e insensíveis e os braços enrijecidos pelas câimbras até os ombros. Precisava exercitá-las. Obrigou-se a movê-los para fazer o sangue circular novamente. Agora tinha um plano que lhe parecia bom.

Caso não conseguisse convencer o padre a ajudá-lo e se deixassem o homem um minuto que fosse sozinho com ele, Goldmund teria que matá-lo. Poderia fazer isso com um dos bancos. Estrangulá-lo seria impossível, pois seus braços e mãos já não tinham força suficiente para isso. Então ele o mataria, trocaria rapidamente de roupa com ele e fugiria dali. Quando encontrassem o homem morto, ele já deveria estar fora do palácio, e então correr, correr... Maria o acolheria e esconderia. O plano daria certo.

Jamais em sua vida Goldmund observara com tanta atenção, desejara e também temera o romper do dia. Tremendo de tensão e determinação, observava como o insignificante risco de luz sob a porta ia ficando aos poucos cada vez mais claro. Voltou para a mesa e procurou treinar, agachando-se no banquinho, com as mãos entre os joelhos, para que não fosse notada logo a falta das cordas. Desde o momento em que sentiu as mãos livres, deixou de acreditar que ia morrer. Estava decidido a viver a qualquer preço. Suas narinas fremiam de ansiedade pela liberdade e pela vida. Quem sabe se alguém viria de fora para ajudá-lo? Agnes era uma mulher, seu poder não era muito grande, e talvez sua coragem também não fosse e era possível que ela o abandonasse à sua sorte. Mas ela o amava; talvez pudesse fazer algo por ele. Talvez a camareira Berta estivesse atrás da porta. Não havia também um palafreneiro que ela garantia ser de toda confiança? E se ninguém aparecesse e não houvesse sinal de ajuda do exterior, então executaria seu plano. Se falhasse, então mataria os guardas com o banco, dois ou três, ou quantos fossem. Tinha uma vantagem a seu favor: seus olhos haviam-se habituado à escuridão do porão. À meia-luz ele agora reconhecia instintivamente todas as formas e sombras, enquanto os outros ficariam completamente cegos quando entrassem, pelo menos nos primeiros minutos.

Febrilmente, ficou de cócoras ao lado da mesa, planejando com cuidado o que diria ao padre a fim de conseguir sua ajuda porque era assim que devia começar. Ao mesmo tempo observava ansioso o aumento da luz debaixo da porta. Agora desejava desesperadamente o momento que horas antes tanto temera. Mal podia esperar; não poderia suportar a tensão terrível por muito tempo. Suas forças, sua atenção, seu poder de decisão iriam diminuir gradativamente. O guarda e o padre tinham que chegar logo, enquanto sua atenção e sua firme determinação de ser salvo ainda estivessem no auge.

Finalmente o mundo lá fora despertou; o inimigo aproximava-se. Passos ecoavam nas lajes do pátio, uma chave foi introduzida e girada na fechadura; cada ruído soava como um trovão após aquele longo silêncio de morte.

A pesada porta foi aberta, lentamente, apenas um pouquinho, rangendo nos gonzos. Um padre entrou sozinho, sem um guarda, carregando um castiçal com duas velas. Não era isso que o prisioneiro tinha imaginado.

Como era estranhamente emocionante: o padre que acabara de entrar, e atrás do qual mãos invisíveis haviam fechado a porta, usava o hábito da Ordem do Convento de Mariabronn, a roupa conhecida e familiar que era usada pelo abade Daniel, pelo padre Anselmo e pelo padre Martinho.

Essa visão foi uma punhalada no seu coração, e ele desviou os olhos. O aparecimento de um hábito dessa Ordem talvez fosse a promessa de algo amistoso, podia ser um bom presságio. Entretanto, talvez não houvesse outra saída a não ser o assassinato. Apertou os dentes com força. Seria difícil para ele matar esse frade.

# Capítulo 17

— Louvado seja Jesus Cristo! — disse o padre, e colocou o castiçal sobre a mesa.

Goldmund murmurou a resposta, olhando fixamente para a frente.

O padre não disse nada, ficou esperando, calado, até que Goldmund, inquieto, ergueu os olhos para o homem que estava diante dele.

Esse homem, ele via agora, confuso, não só usava o hábito dos monges de Mariabronn como também as insígnias de abade.

Então ele olhou com atenção o rosto do abade. Era um rosto magro, enérgico, nitidamente talhado, com lábios muito finos. Um rosto que ele conhecia. Como se estivesse enfeitiçado, Goldmund examinou esse rosto que parecia formado de espírito e vontade. Com mão hesitante, pegou o castiçal e o aproximou do rosto do desconhecido para poder ver seus olhos. Ele os viu, e o castiçal tremeu na sua mão quando o recolocou sobre a mesa.

— Narciso! — sussurrou de modo quase inaudível. O porão começou a girar em volta dele.

— Sim, Goldmund, eu era Narciso, mas deixei de usar este nome há muito tempo; talvez você tenha se esquecido. Desde o dia em que fiz os votos, meu nome é João.

Goldmund ficou abalado até o fundo da alma. O mundo inteiro mudara, e o repentino desmoronamento do seu esforço sobre-humano ameaçava sufocá-lo. Ele tremia, e uma sensação de vertigem fez com que sentisse sua cabeça como uma bola vazia; seu estômago contraiu-se. Por trás dos olhos, alguma coisa queimava como soluços escaldantes. Queria mergulhar dentro de si mesmo, dissolver-se em lágrimas, desmaiar.

Mas uma advertência surgiu do fundo das lembranças da sua juventude, as lembranças evocadas pela presença de Narciso: uma vez, ainda menino, chorara e se descontrolara diante desse rosto belo e severo, diante desses olhos escuros oniscientes. Não deveria fazer isso outra vez. Como um fantasma, Narciso reapareceu no momento mais crítico de sua vida, provavelmente para salvar sua vida — e agora ele estava prestes a romper outra vez em soluços diante dele ou desmaiar? Não, não e não. Dominou-se. Acalmou seu coração, seu estômago, expulsou a vertigem da sua cabeça. Não podia demonstrar agora nenhuma fraqueza.

Com uma voz artificialmente controlada, ele conseguiu dizer:

— Você deve permitir que eu continue a chamá-lo de Narciso.

— Pode chamar-me assim, meu amigo. Não quer dar-me a mão?

Goldmund controlou-se novamente. Com um tom teimoso de menino, moleque e ligeiramente irônico, como o que usava às vezes nos tempos de escola, conseguiu responder:

— Perdoe-me, Narciso — disse de um modo frio e um tanto altivo. — Vejo que agora você é um abade. Mas eu ainda sou um vagabundo. Além disso, nossa conversa, por mais que eu queira, não poderá ser muito longa. Porque, Narciso, fui condenado à forca; dentro de uma hora, ou talvez antes, serei enforcado. Digo isso apenas para esclarecer a situação.

A expressão de Narciso não se alterou. Ele achou engraçado o traço de fanfarronice infantil na atitude do amigo, e também ficou comovido. Mas compreendeu e apreciou o orgulho que impedia Goldmund de perder o controle e cair chorando nos seus braços. Ele imaginara que seu reencontro seria diferente, mas aceitava essa pequena comédia. Goldmund não poderia ter encontrado um meio mais rápido de cativar novamente o seu coração.

— Pois bem — disse ele, com a mesma indiferença fingida. — Posso desde já tranquilizá-lo quanto ao patíbulo. Você foi perdoado. Fui enviado aqui para dizer-lhe isso, e também para levá-lo comigo. Porque você não pode continuar nesta cidade. De modo que teremos muito tempo para conversar. Então você vai me dar a mão?

Apertaram-se as mãos, conservando-as assim durante muito tempo, profundamente comovidos, mas suas palavras continuaram frágeis e em tom de brincadeira ainda durante algum tempo.

— Ótimo, Narciso, então vamos abandonar esse teto bem pouco decente, e eu vou integrar a sua comitiva. Você vai voltar para Mariabronn? Vai? Ótimo! E como, a cavalo? Formidável! Então é só conseguir um cavalo para mim.

— Vamos conseguir um para você, amigo, e partiremos daqui a duas horas. Mas o que aconteceu com as suas mãos!

Pelo amor de Deus, estão imundas, inchadas e ensanguentadas! Oh, Goldmund, o que fizeram com você!

— Não se preocupe, Narciso. Fui eu mesmo que fiz isso. Estava amarrado e queria libertar-me. Não foi nada fácil. Aliás, você demonstrou ser muito corajoso ao entrar aqui desacompanhado.

— Por que corajoso? Não havia perigo algum.

— Oh, havia somente o pequeno perigo de ser assassinado por mim. Era isso que eu pretendia fazer. Disseram-me que um padre viria aqui. Eu ia matá-lo e fugir vestido com suas roupas. Um bom plano.

— Então você não queria morrer? Você pretendia lutar?

— Queria viver a qualquer custo. É claro que eu não poderia imaginar que o padre seria você.

— Mesmo assim — disse Narciso com hesitação —, era um plano repugnante. Você teria realmente sido capaz de matar um padre que tivesse vindo aqui para ouvi-lo em confissão?

— Você não, Narciso, é claro que não, e provavelmente nenhum padre que vestisse o hábito de Mariabronn. Mas qualquer outro padre, sim, eu garanto a você.

De repente sua voz ficou triste e sombria.

— Não seria esta a primeira pessoa que eu teria matado.

Ficaram em silêncio. Ambos sentiam-se constrangidos.

— Bem — disse Narciso em tom gelado —, falaremos sobre isso mais tarde. Você pode confessar-se comigo algum dia, se estiver disposto, ou falar a respeito da sua vida. Eu também tenho muita coisa para contar. Estou ansioso por isso. Podemos ir?

— Espere um momento, Narciso. Lembrei-me de uma coisa: eu já o havia chamado de João antes.

— Não compreendo.

— Não, é claro que não. Como poderia? Aconteceu há alguns anos. Dei-lhe então o nome de João, e este será seu nome para sempre. Durante algum tempo fui escultor e entalhador em madeira, gostaria de voltar a sê-lo. A primeira figura que fiz nessa época foi a de um apóstolo em madeira, em tamanho natural, com o seu rosto, mas seu nome não é Narciso, é João, um São João aos pés da cruz.

Levantou-se e dirigiu-se para a porta.

— Você então pensou em mim? — perguntou Narciso, suavemente.

Goldmund respondeu com a mesma suavidade:

— Sim, Narciso, pensei em você.

Sempre, sempre.

Empurrou com força a pesada porta, e a claridade pálida do dia espalhou-se ali dentro. Não falaram mais nada. Narciso levou-o ao seu quarto de hóspede. Um monge ainda jovem, seu acompanhante, estava arrumando a bagagem. Goldmund recebeu comida, e suas mãos foram lavadas e enroladas em ataduras. Pouco depois trouxeram os cavalos.

Quando montaram, Goldmund disse:

— Tenho mais um pedido a fazer-lhe. Vamos passar pelo mercado de peixes; preciso resolver um assunto ali.

Eles partiram e Goldmund observou todas as janelas do palácio na tentativa de ver Agnes numa delas. Não a viu. Foram até o mercado de peixes. Maria estava muito preocupada com ele. Despediu-se dela e de seus pais, agradeceu-lhes muitas vezes, prometendo voltar um dia, e partiu. Maria ficou parada na soleira da porta da casa, até os cavaleiros desaparecerem. Mancando, entrou lentamente na sua casa.

Eram quatro cavalgando lado a lado: Narciso, Goldmund, o jovem monge e um criado armado.

— Você ainda se recorda do meu cavalinho Bless? — perguntou Goldmund. — Aquele que ficou na estrebaria do convento?

— Naturalmente que sim. Mas ele não está mais lá, e nem você esperava que ele estivesse. Faz já uns sete ou oito anos que tivemos que sacrificá-lo.

— E você ainda se lembra disso?

— Oh, sim, eu me lembro.

Goldmund não ficou triste com a morte de Bless. Estava contente por Narciso saber tanto a respeito de Bless, ele que nunca se interessara por animais e que certamente nunca soube o nome de outro cavalo do convento. Sentia-se satisfeito com isso.

— Com tanta gente no convento — ele recomeçou —, você vai rir de mim por ter perguntado em primeiro lugar pelo meu cavalo. Não foi muito gentil da minha parte. Na verdade, gostaria de ter perguntado mesmo a respeito do abade Daniel. Imagino que ele morreu, já que você é seu sucessor. E eu não pretendia começar falando apenas de morte. No momento não estou com disposição para falar sobre morte, por causa da noite passada e também por causa da peste, na qual eu vi coisas demais. Entretanto, já que tocamos no assunto e teremos que falar sobre isso em alguma ocasião, diga-me quando e como o abade Daniel morreu. Eu o respeitava muito. Diga-me também se os padres Anselmo e Martinho ainda estão vivos. Estou preparado para o pior. Mas fiquei contente por saber que a peste poupou pelo menos você. Aliás, nunca pensei que você pudesse ter morrido; sempre acreditei que iríamos nos encontrar outra vez. Mas a certeza pode enganar, como eu, infelizmente, aprendi pela experiência. Não podia imaginar que meu Mestre Nicolau, o escultor, estaria morto. Eu tinha certeza de que iria encontrá-lo, que poderia trabalhar novamente com ele. Entretanto, já estava morto quando cheguei lá.

— Darei rapidamente as notícias — disse Narciso. — O abade Daniel morreu há oito anos, sem doença e sem sofrimento. Não sou seu sucessor, pois faz apenas um ano que me tornei abade. Seu sucessor foi o padre Martinho, o antigo diretor da escola, ele morreu no ano passado, com quase setenta anos. O padre Anselmo também não está mais entre nós. Ele gostava muito de você e falava com frequência a seu respeito. Nos seus últimos anos ele já não conseguia mais andar, ficar deitado na cama era uma grande tortura para ele. Morreu de hidropisia. Sim, a peste também esteve por lá e muitos morreram. Não falemos mais nisso. Você ainda tem perguntas a fazer?

— Claro que sim. Muitas. Mas a principal é: como foi que você veio parar aqui na cidade episcopal, no palácio do governador?

— É uma longa história, que o deixaria entediado. Trata-se de política. O conde é um favorito do imperador e seu procurador em alguns assuntos. Surgiram problemas entre o imperador e a nossa Ordem. Faço parte da delegação enviada para tratar desses assuntos com o conde. Os resultados foram insatisfatórios.

Narciso calou-se e Goldmund não perguntou mais nada. Ele não precisava saber que na noite anterior, quando Narciso intercedera por ele, sua vida fora salva em troca de várias concessões ao intransigente conde.

Continuaram cavalgando; Goldmund logo ficou cansado e era com dificuldade que se mantinha sobre a sela.

Depois de uma longa pausa, Narciso perguntou:

— É verdade que você foi preso por roubo? O conde disse que você havia entrado sorrateiramente nos aposentos privados do palácio, onde foi pego roubando.

Goldmund riu.

— Sim, realmente parecia que eu era um ladrão. O caso é que eu tive um encontro com a amante do conde; sem dúvida alguma ele ficou sabendo disso também. Fiquei surpreso com a decisão dele de me deixar ir embora.

— Bem, chegamos a um entendimento.

Não conseguiram percorrer a distância que haviam planejado para aquele dia. Goldmund estava cansado demais, suas mãos não aguentavam mais segurar as rédeas. Alojaram-se numa aldeia para passar a noite; Goldmund foi posto na cama com um pouco de febre, e continuou deitado no dia seguinte. Mas depois pôde prosseguir. Em pouco tempo suas mãos ficaram curadas e ele começou a apreciar melhor a viagem a cavalo. Há quanto tempo não cavalgava! Reviveu, ficou mais jovem e animado, apostava corridas com o palafreneiro, e nas horas de conversas sufocava seu amigo Narciso com milhares de perguntas impacientes. Sereno, mas satisfeito, Narciso respondia. Estava novamente cativado por Goldmund; gostava dessas perguntas incisivas e infantis, feitas com uma confiança ilimitada na sua capacidade de responder a elas.

— Uma pergunta, Narciso: vocês também queimaram judeus?

— Queimar judeus? De que maneira? Entre nós não há judeus.

— Está bem. Mas diga-me: você seria capaz de queimar judeus? Você pode imaginar essa possibilidade?

— Não, por que haveria de fazê-lo? Você me considera um fanático?

— Procure compreender-me, Narciso. Quero dizer: você pode imaginar-se, em determinadas circunstâncias, dando uma ordem para matar judeus, ou consentindo que eles fossem assassinados? Afinal, tantos duques, burgomestres, bispos e outras autoridades deram ordens assim!

— Eu não daria uma ordem desse tipo. Por outro lado, é concebível que eu possa ter que tolerar essa crueldade.

— Então você toleraria?

— Com certeza, se não tivesse poder para impedi-lo. Provavelmente você viu alguns judeus serem queimados, não foi, Goldmund?

— Eu vi.

— E você pôde impedi-lo? Não. Aí está.

Goldmund contou-lhe minuciosamente a história de Rebeca; ele ficou perturbado e furioso ao contá-la.

— Então — concluiu com violência —, que espécie de mundo é este em que precisamos viver? Não é um inferno? Não é revoltante e abominável?

— Certo. O mundo é assim.

— Ah! — exclamou Goldmund com indignação. — Quantas vezes você me garantiu que o mundo era divino, que era uma harmonia de círculos, em cujo centro estava entronizado o Criador, e o que existia era bom, e assim por diante. Você me contou que Aristóteles dissera isso ou São Tomás. Estou ansioso para ouvi-lo explicar a contradição.

Narciso riu.

— Sua memória é assombrosa, mas ela o enganou um pouco. Sempre adorei o Criador como sendo perfeito, mas nunca sua criação. Jamais neguei a existência do mal no mundo. Nenhum pensador autêntico afirmou alguma vez que a vida na Terra era harmoniosa e justa, ou que o homem era bom, meu caro. Pelo contrário. A Bíblia Sagrada afirma expressamente, e vemos isso confirmado todos os dias, que os esforços e interesses do coração humano são maus.

— Muito bem. Vejo finalmente como vocês, os eruditos, encaram as coisas. Então o homem é mau e a vida na Terra é cheia de baixezas e trapaças, você admite isso. Mas em algum lugar por trás de tudo isso, nos seus pensamentos e livros, a justiça e a perfeição existem. Elas existem, podem ser provadas, apenas não se faz uso delas.

— Você armazenou muito rancor contra nós, teólogos, caro amigo! Mas você ainda não se tornou um pensador, você embaralha tudo. Ainda precisa aprender algumas coisas. Por que diz que não fazemos uso da justiça? Fazemos isso todos os dias, a toda hora. No meu caso, por exemplo: sou um abade e dirijo um convento. A vida nesse convento é tão imperfeita e cheia de pecados quanto no mundo exterior. Entretanto, opomos constantemente a ideia de justiça à do pecado original e procuramos medir nossa vida imperfeita por ela, tentando corrigir o mal e nos colocar em relação permanente com Deus.

— Está bem, Narciso. Não estou me referindo a você, nem estou dizendo que você não é um bom abade. Estou pensando em Rebeca, nos judeus queimados, nos enterros em massa, na Grande Morte, nas ruelas e nos quartos cheios de cadáveres fedorentos, naquelas pilhagens macabras: nas crianças desvairadas e abandonadas, nos cães que morreram de fome presos em suas correntes. Quando penso nisso tudo e vejo essas imagens na minha frente, meu coração dói e tenho a impressão de que nossas mães nos fizeram nascer num mundo demoníaco, sem esperanças, cruel, e que teria sido melhor se elas nunca tivessem concebido, se Deus não tivesse criado esse mundo pavoroso, se o Salvador não tivesse permitido que O crucificassem inutilmente por nós.

Narciso balançou a cabeça, concordando amavelmente com o amigo.

— Você tem toda a razão — disse com veemência. — Desabafe, diga-me tudo. Mas num ponto você está completamente enganado: você acha que as coisas que está dizendo são pensamentos, mas na verdade são sentimentos. São os sentimentos de um homem preocupado com o horror da vida. Mas você não deve esquecer que esses sentimentos tristes e desesperadores são compensados por outros completamente diferentes. Quando você está feliz montado num cavalo, percorrendo uma bela região, ou quando penetra de modo imprudente num palácio, à noite, para fazer a corte à amante de um conde, o mundo se parece totalmente diferente para você, e nenhuma casa assolada pela peste e nenhum judeu que morreu queimado poderão impedi-lo de satisfazer seu desejo. Não é assim?

— Sim, é isso mesmo. Como o mundo está tão cheio de morte e de horrores, eu tento sempre consolar meu coração e colher as flores que crescem no meio desse inferno. Encontro prazer, e por uma hora esqueço o horror. Mas isso não quer dizer que ele não exista.

— Você apresentou muito bem seu argumento. Então você se encontra rodeado de morte e de horror no mundo, e refugia-se no prazer. Mas o prazer não tem duração, ele o abandona novamente no deserto.

— Sim, é verdade.

— É o que acontece com a maioria das pessoas, mas só bem poucas sentem isso de modo tão intenso e violento quanto você, poucas têm necessidade de se tornarem conscientes desses sentimentos. Agora, diga-me: além desse desesperado ir e vir entre prazer e horror, além dessa oscilação entre alegria de viver e tristeza da morte, você não tentou nenhum outro caminho?

— Oh, sim, naturalmente. Tentei a arte. Já lhe contei que, entre outras coisas, também fui artista. Um dia, depois de ter passado uns três anos perambulando pelo mundo, caminhando durante quase todo o tempo, vi na igreja de um convento uma madona entalhada em madeira. Era tão bela que, ao vê-la, fiquei fascinado e perguntei o nome do artista que a criara. Fui procurá-lo e o encontrei. Era um mestre muito famoso. Tornei-me seu aprendiz e trabalhei com ele durante alguns anos.

— Mais tarde me contará mais sobre esse assunto. Mas o que a arte significava para você, o que ela lhe deu?

— Foi a vitória sobre a transitoriedade. Vi que alguma coisa permanecia da loucura e dança da morte da vida humana, alguma coisa duradoura: as obras de arte. Provavelmente elas também irão desaparecer algum dia; serão queimadas, estragadas ou destruídas, ainda assim, elas duram mais do que muitas vidas humanas e formam um silencioso império de imagens e relíquias que ultrapassa o momento fugaz. Trabalhar nisso parece-me bom e consolador, pois é quase a transformação do transitório em eterno.

— Isso alegra-me bastante, Goldmund. Espero que você faça novamente muitas estátuas bonitas; tenho muita confiança na sua força. Espero que você permaneça durante muito tempo em Mariabronn como meu hóspede e que me permita instalar uma oficina para você; há anos que nosso convento não tem um artista. Mas não acho que a sua definição abranja completamente o milagre da arte. Creio que a arte é mais do que salvar da morte alguma coisa mortal e transformá-la em um pouco mais. Vi muitas obras de arte, muitos santos e muitas madonas, que não pareciam apenas cópias fiéis de uma determinada pessoa que viveu anteriormente e cujas formas e cores foram preservadas pelos artistas.

— Você tem razão — exclamou Goldmund, animado. — Não sabia que você era tão bem informado a respeito de arte. A imagem básica de uma boa obra de arte não é uma figura verdadeira e viva, embora possa ser sua inspiração. O modelo não é carne e sangue, mas sim o espírito. É uma imagem que nasce na alma do artista. Também dentro de mim, Narciso, essas imagens estão vivas, e eu espero poder expressá-las algum dia e mostrá-las a você.

— Que bom! E agora, meu caro, você, sem o saber, entrou no campo da filosofia e exprimiu um dos seus mistérios.

— Você está zombando de mim.

— De forma alguma. Você falou dos "modelos", das imagens que não existem em lugar nenhum, a não ser no espírito que cria, mas que podem ser percebidas e se tornar visíveis na matéria. Muito antes de uma obra artística se tornar visível e adquirir realidade, ela já existia como imagem na alma do artista. Portanto, essa imagem, esse "modelo", é exatamente aquilo que os antigos filósofos chamam de "ideia".

— Sim, isso parece bastante plausível.

— Bem, e agora que você reconheceu ideias e modelos, então está no nível do espírito, no mundo de filósofos e teólogos, e admite que, no centro desse confuso e doloroso campo de batalha da vida, no centro dessa dança da morte, sem fim e sem sentido da existência material, existe o espírito criador. Foi precisamente a esse espírito que está em você que eu sempre me dirigi, desde que você chegou, ainda menino. Em você, esse espírito não é o de um pensador, e sim o de um artista. Mas ele é espírito, e é o espírito que lhe mostrará a saída da confusão do mundo dos sentidos, da eterna oscilação entre prazer e desespero. Estou feliz por ter ouvido de você essa confissão. Esperei por isso desde a época em que você abandonou seu professor Narciso, e encontrou a coragem para ser você mesmo. Agora podemos ser amigos novamente.

Goldmund teve a impressão de que sua vida adquirira um sentido. Por um momento, era como se a visse do alto, percebendo suas três grandes etapas: a dependência de Narciso e sua libertação; depois o período de liberdade e das grandes caminhadas, e agora a volta, a reflexão, o início da maturidade e da colheita.

A visão desapareceu novamente. Mas ele encontrara uma relação adequada com Narciso. Não era mais uma relação de dependência, mas de igualdade e reciprocidade. Agora podia, sem humilhação, conviver com aquele espírito superior, já que o outro reconhecera nele o poder criador. Durante a viagem, ele ansiava por revelar-se a Narciso, tornar seu mundo interior visível para ele. Mas às vezes ele também ficava preocupado.

— Narciso — preveniu ele —, receio que você não saiba exatamente quem está levando para o convento. Não sou um monge e nem pretendo tornar-me um. Conheço os três grandes votos e aceito de boa vontade a pobreza, mas não aprecio nem a castidade nem a obediência; essas virtudes não me parecem lá muito viris. Quanto à piedade, não sobrou quase nada em mim; há anos que não me confesso, nem rezo, nem comungo.

Narciso continuou tranquilo.

— Parece que você se tornou pagão. Mas não temos medo disso. Você não precisa mais se orgulhar dos seus muitos pecados. Você levou a vida comum do mundo; como o filho pródigo, viveu entre os porcos, e não sabe mais o que significam a lei e a ordem. Certamente você daria um péssimo monge. Mas não o estou convidando a fazer parte da Ordem; meu convite é apenas para ser nosso hóspede e instalar uma oficina no nosso convento. Outra coisa: não se esqueça de que, no seu tempo de adolescente, fui eu quem o despertou e quem permitiu que você ingressasse na vida mundana. Você pode ter se tornado um homem bom ou mau, e a responsabilidade também é minha. Quero ver o que você é hoje; isso você me mostrará em palavras, na vida e nas suas obras. Depois que tiver me mostrado, se eu achar que a nossa casa não é o lugar adequado para você, então serei o primeiro a pedir-lhe que vá embora outra vez.

Goldmund ficava cheio de admiração toda vez que seu amigo falava dessa maneira, quando agia como abade, com uma segurança tranquila e um traço de ironia em relação às criaturas e à vida no mundo, porque então ele via realmente no que se transformara Narciso: um homem. De fato, um homem do espírito e da Igreja, com mãos delicadas e um semblante de erudito; mas um homem cheio de segurança e de coragem, um líder, um homem de responsabilidade. Esse homem Narciso não era mais o adolescente de antigamente, tampouco o meigo e terno São João. Ele queria esculpir esse novo Narciso, viril e cavalheiresco. Muitas figuras estavam à sua espera: Narciso, o abade Daniel, o padre Anselmo, o Mestre Nicolau, a bela Rebeca, a bela Agnes e muitos outros, amigos e inimigos, vivos e mortos. Não, ele não queria ser um religioso da Ordem nem um homem piedoso ou erudito; queria fazer estátuas, e saber que o lar da sua mocidade seria o lar dessas obras fazia-o feliz.

Cavalgaram no frio do final do outono, e um dia, numa manhã em que as árvores nuas estavam cobertas de gelo, atravessaram um vasto território ondulado, uma região de pântanos avermelhados e desertos. As longas cadeias de colinas pareciam estranhamente familiares e depois vinha um bosque elevado de freixos, um córrego e um velho celeiro. Ao vê-los, o coração de Goldmund ficou apertado numa alegre ansiedade. Reconheceu as colinas onde passeara a cavalo, com Lídia, a filha do cavalheiro, e a mata que atravessara naquele dia de neve fina em que fora expulso e fugira, profundamente abatido. Surgiram os pequenos bosques de olmos, o moinho e o castelo. Com uma dor estranha, reconheceu a janela do escritório no qual ele outrora, naquela fase lendária da sua mocidade, corrigia o latim do cavalheiro e ouvia as histórias das suas peregrinações. Entraram no pátio do castelo, um dos pontos habituais de parada da viagem. Goldmund pediu ao abade que não mencionasse seu nome e que o deixasse comer junto com os criados, como fazia o palafreneiro. Assim foi feito. O velho cavalheiro não estava mais ali, nem Lídia; mas alguns dos antigos caçadores e criados continuavam no serviço da casa. No castelo, morava e governava uma mulher nobre, muito bela, orgulhosa e autoritária, Júlia, ao lado de seu marido. Ela continuava maravilhosamente formosa, e um pouco perversa. Nem ela nem os criados reconheceram Goldmund. Após a refeição, ao crepúsculo, ele deu uma escapada até o jardim e por

316

cima da cerca avistou os canteiros de flores já com aspecto de inverno, esgueirou-se até a entrada da estrebaria e espiou os cavalos. Dormiu sobre a palha ao lado do palafreneiro, e o peso das recordações oprimia-lhe o peito, fazendo-o acordar várias vezes. Dispersas e estéreis, as cenas da sua vida se estendiam atrás dele, ricas em imagens magníficas, mas quebradas em tantos pedaços, tão pobres de valores, tão pobres de amor! Na manhã seguinte, à hora da partida, olhou ansiosamente para as janelas, com a esperança de avistar Júlia. Alguns dias antes, ele olhara com a mesma ansiedade para as janelas do Palácio Episcopal, para ver se Agnes aparecia. Ela não viera à janela, nem Júlia. Tinha a impressão de que toda a sua vida fora assim; despedir-se, fugir, ser esquecido, descobrir que estava sozinho outra vez, com as mãos vazias e o coração gelado. Ficou com essa sensação o dia inteiro, sentado na sela com expressão sombria, sem falar nada. Narciso deixou-o em paz.

Mas agora eles se aproximavam do seu destino, que foi alcançado alguns dias depois. Pouco antes de avistarem a torre e os telhados do convento, atravessaram os terrenos baldios cheios de pedras onde ele, oh, há tanto tempo, arranjara ervas para o padre Anselmo, onde a cigana Lisa fizera dele um homem. Passaram pelos portões de Mariabronn e desmontaram diante do castanheiro. Com carinho, Goldmund tocou no tronco e abaixou-se para apanhar uma das cascas abertas e ásperas que estavam no chão, escuras e murchas.

# Capítulo 18

Nos primeiros dias, Goldmund ficou morando no próprio convento, numa das celas de hóspedes. Depois, a seu pedido, arrumaram-lhe um quarto num dos prédios da administração que circundavam o pátio principal, grande como se fosse a praça do mercado.

A volta o deixou fascinado de um modo tão intenso que ele mesmo ficou espantado. Ninguém ali o conhecia, a não ser o abade, ninguém sabia quem ele era. As pessoas dali, tanto os religiosos como os leigos, viviam numa disciplina rígida e estavam sempre atarefados, deixando-o em paz. Mas as árvores do pátio o conheciam; os portais e as janelas o conheciam, o moinho e a roda hidráulica, as lajes do corredor, as roseiras murchas da clausura, os ninhos de cegonhas nos telhados do celeiro e do refeitório.

De todos os cantos do seu passado, o aroma do início da sua adolescência, doce e comovente, vinha ao seu encontro. O amor o impelia a ver tudo novamente, a ouvir novamente todos os sons; os sinos chamando para as vésperas e para a missa de domingo, o jorro do riacho do moinho entre as margens estreitas cheias de musgo, o ruído das sandálias no piso de pedra, o tilintar das chaves quando o irmão porteiro trancava os portões. Ao lado das canaletas de pedra por onde escorria a água da chuva que caía do telhado do refeitório dos leigos, ainda brotavam as mesmas plantas; gerânio e tanchagem, e a velha macieira do jardim onde se encontrava a forja ainda sustentava seus longos galhos. Porém, o que mais o comovia era o sininho da escola anunciar a hora do recreio, quando os alunos do convento desciam correndo a escada que dá no pátio. Como eram jovens, bobinhas e bonitas suas caras de meninos — será que ele também já fora assim, tão desajeitado, tão bonito e infantil?

Além desse convento que lhe era familiar, ele encontrou um outro que não conhecia, um que desde os primeiros dias chamou sua atenção, e passou a ser cada vez mais importante para ele, até que, aos poucos, foi se ligando ao que já conhecia antes. Porque, embora nada tivesse sido acrescentado de novo, e tudo continuasse como no seu tempo de aluno, e cem anos ou mais antes disso, ele não o enxergava mais com os olhos de um aluno. Via e sentia a dimensão dessas construções, da abóbada da igreja, a força das pinturas antigas, das estátuas de pedra e de madeira nos altares, nos portais, e, embora não visse nada que não estivesse lá antes, somente agora percebia a beleza daquelas coisas e do espírito que as criara. Viu a Mãe de Deus em pedra, na capela superior. Mesmo quando ainda era menino gostava dela e a copiara, mas agora contemplava-a com os olhos abertos e percebia como era milagrosamente bela, e que sua melhor obra, a mais bem-sucedida, jamais conseguiria superá-la. Havia muitas coisas maravilhosas como essa, e nenhuma delas estava ali por acaso, mas tinham nascido do mesmo espírito e permaneciam entre as colunas e os arcos antigos como se estivessem no seu lar natural. Tudo que fora construído, pintado, vivido, pensado e ensinado ali ao longo de séculos originava-se das mesmas raízes, do mesmo espírito, e tudo se mantinha unido e combinava, como combinam os galhos de uma árvore.

No meio desse mundo, dessa unidade tranquila e poderosa, Goldmund sentia-se muito pequeno, e nunca se sentia tão pequeno como nas ocasiões em que via o abade João, seu amigo Narciso, dirigindo e governando essa ordem poderosa, embora tranquila e amistosa. Podia haver enormes diferenças de personalidade entre o sábio abade João, de lábios finos, e o modesto, bondoso e humilde abade Daniel, mas cada um deles servia à mesma unidade, ao mesmo pensamento, à mesma disciplina, recebendo através dela uma dignidade e dando-lhe sua pessoa em sacrifício. Isso os tornava tão semelhantes quanto os hábitos que vestiam.

Dentro desse convento, Narciso tornava-se sinistramente grande aos olhos de Goldmund, embora sua atitude para com ele fosse a de um amigo e anfitrião cordial. Em pouco tempo, Goldmund dificilmente ousava continuar a chamá-lo de Narciso.

— Ouça, abade João — disse-lhe uma vez —, vou ter que acabar me acostumando com seu novo nome. Preciso dizer que sinto-me muito bem aqui. Chego a ter vontade de fazer uma confissão geral a você, e, depois da penitência e da absolvição, pedir para ser admitido como irmão leigo. Então, você sabe, nossa amizade chegaria ao fim: você seria o abade e eu, um irmão leigo. Mas não posso continuar vivendo assim ao seu lado, vendo o seu trabalho e não sendo ou não fazendo nada pessoalmente. Eu também gostaria de trabalhar e mostrar-lhe quem sou e o que sou capaz de fazer, para que você veja se de fato valeu a pena salvar-me da forca.

— Alegro-me com isto — disse Narciso, pronunciando suas palavras de maneira ainda mais precisa e clara do que o habitual. — Você pode instalar sua oficina quando quiser. O ferreiro e o carpinteiro ficarão à sua disposição. Pode usar qualquer material de trabalho que encontrar aqui, e faça uma lista de tudo que deve ser trazido de fora. E agora ouça a minha opinião sobre você e suas intenções! Preciso que você me conceda tempo para que eu possa me expressar: sou um estudioso e gostaria de tentar ilustrar o assunto para você a partir do meu próprio mundo de ideias; não tenho outra linguagem a não ser esta. Portanto, acompanhe-me mais uma vez, como você fazia tão pacientemente quando era menino.

— Tentarei acompanhá-lo. Fale!

— Lembre-se de que, ainda no nosso tempo de estudantes, eu às vezes lhe dizia que achava que você era um artista. Naquela época, eu pensava que você poderia tornar-se um poeta; escrevendo ou lendo, você demonstrava uma certa aversão ao intangível e ao abstrato, e um amor especial pelas palavras e pelos sons que possuíam qualidades poéticas sensuais, isto é, palavras que apelavam para a imaginação.

Goldmund o interrompeu:

— Perdoe-me, mas os conceitos e as abstrações que você prefere usar não são também representações, imagens? Ou você realmente prefere para o pensamento aquelas palavras com as quais não se pode imaginar nada?

— Ainda bem que você pergunta! Mas é claro que se pode pensar sem usar a imaginação! O pensamento não tem nada a ver com a imaginação. O pensamento é feito não com imagens, mas com conceitos e fórmulas. Justamente no ponto onde cessam as imagens, começa a filosofia. Esse era exatamente o tema das nossas discussões frequentes quando éramos mais jovens; para você, o mundo era feito de imagens, para mim, de conceitos. Sempre disse que você não tinha vocação para pensador, também dizia que isso não era uma falha, já que você, em compensação, era um mestre no campo das imagens. Preste atenção: vou explicar meu ponto de vista. Se naquela época, em vez de ficar percorrendo o mundo, você tivesse se tornado um pensador, poderia ter causado o mal. Porque você teria se tornado um místico. Os místicos são, para dizer de modo conciso e um tanto grosseiro, pensadores que não conseguem se separar das imagens e, portanto, não são pensadores de fato. Eles são artistas secretos: poetas sem versos, pintores sem pincéis, músicos sem sons. Entre eles encontram-se mentes muito talentosas e nobres, mas são todos, sem exceção, criaturas infelizes. Você também poderia ter se tornado um homem assim. Mas em vez disso, você se tornou, graças a Deus, um artista e dominou o mundo das imagens, no qual pode ser um criador e um especialista em vez de ficar mergulhado em dificuldades e ser infeliz como pensador.

— Receio — disse Goldmund — jamais conseguir captar a ideia do seu mundo de pensamento, onde se pensa sem fazer uso de imagens.

— Como não? Você vai conseguir, e agora. Ouça com atenção: o pensador tenta determinar e representar a natureza do mundo através da lógica. Ele sabe que a razão e sua ferramenta, a lógica, são imperfeitas, do mesmo modo que um artista inteligente sabe muito bem que seus pincéis ou seus cinzéis jamais poderão exprimir com perfeição a essência radiosa de um anjo ou de um santo. Contudo, ambos tentam, tanto o pensador como o artista, cada um à sua maneira. Eles não podem e não devem agir de outra forma. Porque quando um homem tenta realizar-se por meio das qualidades que a natureza lhe deu, está fazendo a melhor e a única coisa significativa que pode fazer. Foi por esse motivo que, naquela época, tantas vezes lhe repeti: não procure imitar o pensador ou o asceta, mas seja você mesmo, tente realizar-se a si mesmo!

— Compreendo mais ou menos o que você disse. Mas o que significa isso de realizar-se?

— É um conceito filosófico, não saberia explicá-lo de outra forma. Para nós, discípulos de Aristóteles e de São Tomás, o maior de todos os conceitos é: o ser perfeito. O ser perfeito é Deus. Tudo o mais é apenas fragmento, uma parte, está em formação, está misturado, compõe-se de possibilidades. Mas Deus não é misturado. Ele é Um, não tem possibilidades, mas a realidade é total e completa. Ao passo que nós somos transitórios, estamos em formação, somos possibilidades; para nós não existe perfeição, nenhum ser é perfeito. Mas em qualquer ponto, do potencial à ação, da possibilidade à realização, participamos do ser perfeito e nos tornamos um grau mais semelhantes ao perfeito e ao divino. Isto significa realizar-se. Você deve entender isto por experiência própria, já que é um artista e fez muitas estátuas. Se uma delas é realmente boa, se você libertou a imagem de um homem das suas variações e a trouxe para uma forma pura — então você, como artista, realizou essa figura humana.

— Compreendi.

— Você me vê, meu amigo Goldmund, num lugar e numa função em que, para viver, é muito fácil realizar-me. Você me encontra vivendo numa comunidade e dentro de uma atividade que corresponde àquilo que sou e que também me impulsiona. Um convento não é o céu; está cheio de imperfeições. Contudo, uma vida monacal corretamente orientada é infinitamente mais favorável para homens da minha natureza do que a vida mundana. Não quero falar do ponto de vista moral, mas simplesmente de um aspecto prático, pensamento puro, e minha tarefa é praticá-lo e ensiná-lo, e ele oferece uma certa proteção contra o mundo. Foi muito mais fácil para mim realizar-me aqui nesta nossa casa do que seria para você. Mas, apesar da dificuldade, você encontrou um meio de tornar-se um artista, e isto eu admiro muito, porque sua vida tem sido muito mais difícil do que a minha.

O elogio fez Goldmund corar de constrangimento, e também de alegria. Para mudar de assunto, ele interrompeu o amigo:

— Pude compreender quase tudo que você quis me dizer. Mas há uma coisa que não me sai da cabeça: isso que você chama de "pensamento puro", isto é, o chamado pensamento sem imagens, e o uso de palavras com as quais não se pode imaginar nada.

— Bem, você poderá compreendê-las por meio de um exemplo. Pense na matemática. Que tipo de imagens têm os algarismos? Ou os sinais de mais ou de menos? Que tipo de imagens contém uma equação? Nenhuma. Quando você resolve um problema de aritmética ou de álgebra, nenhuma imagem ajudará a resolvê-lo, você executa uma tarefa formal dentro dos códigos de pensamento que você aprendeu.

— É isso mesmo, Narciso. Se você me apresenta uma série de números e sinais, posso trabalhar com eles sem usar minha imaginação, posso ser guiado por mais e menos, raízes quadradas e assim por diante, e posso resolver o problema. Isto é — eu antes podia, hoje já não conseguiria mais. Mas não consigo imaginar que a resolução de um problema formal como esse possa ter algum outro valor que não seja o de exercitar o cérebro de um aluno. Aprender a fazer contas é muito bom. Mas eu acharia sem sentido e infantil que um homem passasse a vida sentado, fazendo contas e enchendo folhas e mais folhas de papel com listas de números.

— Você se engana, Goldmund. Você supõe que esse zeloso solucionador de problemas esteja sempre resolvendo questões dadas por um professor. Mas ele pode também fazer perguntas a ele mesmo, elas podem surgir dentro dele como forças que impulsionam. É necessário que um homem tenha calculado e medido matematicamente um espaço verdadeiro ou fictício antes de se arriscar a enfrentar o problema do espaço propriamente dito.

— Bem. Mas abordar o problema do espaço com o pensamento puro não me parece uma ocupação com a qual um homem deva desperdiçar seu trabalho e seu tempo. A palavra "espaço" para mim não significa nada, e nem merece que eu pense a respeito, a menos que eu possa imaginar um espaço verdadeiro, digamos o espaço entre as estrelas; agora, estudar e medir esse espaço não me parece, aliás, uma tarefa indigna.

Sorrindo, Narciso interveio:

— Você quer dizer que não tem uma opinião muito favorável a respeito do pensamento, mas bastante favorável quanto à aplicação do pensamento ao mundo prático e visível. Posso responder-lhe: não nos faltam oportunidades de aplicar nosso pensamento, nem somos contrários a isso. O pensador Narciso, por exemplo, aplicou os resultados do seu pensamento centenas de vezes tanto ao seu amigo Goldmund como a cada um dos seus monges, e faz isso a todo instante. Mas, como ele poderia "aplicar" alguma coisa se antes não tivesse aprendido e praticado? O artista também exercita seu olho e sua fantasia constantemente, e reconhecemos seu esforço, mesmo quando ele só transparece em poucas obras boas. Você não pode desprezar o raciocínio como tal e aprovar apenas sua "aplicação"! A contradição é óbvia! Portanto, deixe-me continuar pensando e julgue meu raciocínio por seus resultados, assim como irei julgar sua capacidade de artista pelas suas obras. No momento você está inquieto e irritadiço porque entre você e suas obras ainda existem empecilhos: afaste-os, procure ou construa você mesmo uma oficina e comece a trabalhar. Muitos problemas serão resolvidos automaticamente dessa maneira.

Goldmund não queria nada melhor.

Encontrou um barracão perto do portão do pátio, que estava vazio e era adequado para uma oficina. Encomendou ao carpinteiro uma mesa de desenho e outros utensílios, que deviam ser feitos de acordo com o projeto detalhado que ele desenhou. Preparou uma lista de objetos que seriam trazidos das cidades próximas pelos carroceiros do convento, uma longa lista. Na carpintaria e na floresta, examinou toda a madeira já cortada, selecionou um grande número de toras e ordenou que as levassem para um terreno gramado atrás da oficina, onde foram empilhadas para secar sob um telhado que o próprio Goldmund construiu. Também teve muito o que fazer com o ferreiro, cujo filho, um jovem sonhador, ficou completamente fascinado por ele. Passavam metade do dia juntos na forja, trabalhando na bigorna, no resfriador e na pedra de amolar, fazendo todas as facas de corte, tanto as curvas como as retas; cinzéis, furadores e plainas de que ele precisava para trabalhar. O filho do ferreiro, Érico, um jovem de quase vinte anos, tornou-se amigo de Goldmund; ajudava-o em tudo e sempre demonstrava curiosidade e interesse. Goldmund prometeu ensinar-lhe a tocar alaúde, coisa que ele desejava ardentemente, e também permitiu que ele tentasse entalhar a madeira. Se Goldmund às vezes se sentia inútil e deprimido no convento ou na presença de Narciso, ia recuperar-se ao lado de Érico, que o amava timidamente e o admirava imensamente. Muitas vezes pedia-lhe que falasse sobre o Mestre Nicolau e a cidade episcopal. Às vezes Goldmund o fazia com prazer, mas depois, de repente, ficava espantado por estar ali sentado como um velho, narrando suas viagens e aventuras do passado, embora somente agora sua verdadeira vida estivesse começando. Nos últimos tempos ele mudara muito, sentindo-se mais velho do que realmente era, mas isso não era visível para ninguém, porque só uma pessoa ali o conhecera antes. Os sofrimentos da vida errante e desregrada já deviam ter minado suas forças, mas a peste com seus muitos horrores e finalmente sua prisão pelo conde e aquela noite horrível no porão do palácio abalaram-no profundamente e deixaram marcas: fios grisalhos na barba loura, rugas no rosto, períodos de insônia e, às vezes, dentro do coração, uma certa fadiga, uma diminuição do desejo e da curiosidade, uma sensação superficial e sombria de saturação. Durante os preparativos para o seu trabalho, nas conversas com Érico, na convivência com o ferreiro e o carpinteiro, ele ficava animado e jovem, era admirado e estimado por todos; porém, em outras ocasiões ficava sentado durante horas, exausto, sorrindo e sonhando, entregue à apatia e à indiferença. Era muito importante para ele saber por onde deveria começar seu trabalho. A primeira obra que desejava fazer ali, e com a qual pretendia retribuir a hospitalidade do convento, não deveria ser uma obra fortuita, que fosse colocada em qualquer lugar como uma curiosidade; não, ela teria que combinar com as velhas obras antigas da casa, com a arquitetura e a vida do convento, e tornar-se parte do todo. De preferência, gostaria de fazer um altar ou talvez um púlpito, mas não havia necessidade nem lugar para nenhum dos dois. Em vez disso, surgiu um outro projeto. No refei-tório dos padres havia um nicho elevado, no qual um jovem irmão lia trechos das vidas dos santos durante as refeições. Esse nicho não era ornamentado. Goldmund decidiu fazer um trabalho de entalhe para os degraus que davam acesso à mesa de leitura e para a própria mesa, um conjunto de painéis de madeira como os que estavam em volta do púlpito, com muitas figuras em meio-relevo e algumas quase soltas. Explicou seu plano ao abade, que o elogiou e aprovou.

Quando ele finalmente pôde começar — havia caído neve e o Natal já passara — a vida de Goldmund adquiriu novo sentido. Ele parecia ter desaparecido do convento, ninguém o via mais. Ele não esperava mais pelos alunos após as aulas, não perambulava mais pelas matas, não passeava mais sob as arcadas. Fazia as refeições na casa do moleiro, que não era mais aquele que Goldmund costumava visitar nos seus tempos de aluno. E não permitia a entrada de ninguém na oficina, a não ser o seu ajudante Érico, e, em certos dias, este não ouvia o som de sua voz.

Para a execução da primeira obra, traçara o seguinte plano: seria em duas partes, uma representando o mundo, e a outra, a palavra de Deus. A parte inferior, a escada, que saía de um resistente tronco de carvalho e subia em caracol em torno dele, representaria a criação, cenas da natureza e da vida simples dos patriarcas e dos profetas. A parte superior, o parapeito, teria as figuras dos quatro evangelistas. A um dos evangelistas, Goldmund daria as feições do abençoado abade Daniel; outro teria os traços do padre Martinho, seu sucessor; e a figura de Lucas iria eternizar o Mestre Nicolau.

Ele encontrou sérias dificuldades, maiores do que imaginara. Davam-lhe muitas preocupações, mas eram doces preocupações. Às vezes encantado e às vezes desesperado, ele cotejava sua obra como se fosse uma mulher relutante; lutava com ela com tanta firmeza e cuidado, como se fosse um pescador lutando com um enorme lúcio, e cada resistência lhe ensinava algo e o tornava mais sensível. Esqueceu tudo o mais, esqueceu o convento, quase esqueceu Narciso. Ele ia várias vezes à oficina, mas Goldmund só lhe mostrava desenhos.

Mas um dia surpreendeu-se com o pedido de Goldmund para que fosse ouvido em confissão.

— Até agora não tinha conseguido decidir-me — ele admitiu —, sentia-me mesquinho demais, e já me achava bastante humilhado diante de você. Agora sinto-me melhor, agora tenho meu trabalho e não sou mais um zero. E já que estou vivendo num convento, gostaria de me submeter a suas regras.

Agora ele se sentia à altura da tarefa e não queria esperar nem mais um minuto. Aquelas primeiras semanas, de meditação, as emoções da volta ao lar, todas as recordações da juventude e também as histórias que Érico lhe pedia para contar, permitiram que ele visse sua vida com uma certa ordem e clareza.

Sem solenidade, Narciso recebeu sua confissão. Durou quase duas horas. Com o rosto impassível, o abade ouviu o relato das aventuras, dos sofrimentos e dos pecados do seu amigo, fez muitas perguntas, não o interrompeu, e ouviu passivamente também a parte da confissão em que Goldmund admitia que sua fé na justiça e na bondade de Deus desaparecera. Comoveu-se com algumas confissões do amigo, e viu o quanto ele ficara abalado e aterrorizado, e como, algumas vezes, ele chegara muito perto da morte. Depois, novamente ficou comovido a ponto de rir, sensibilizado quando descobriu aquela ingênua infantilidade que permanecera no amigo, quando descobriu que ele estava preocupado e cheio de remorsos por causa de pensamentos ímpios que eram inofensivos em comparação com os seus próprios abismos de dúvidas.

Para grande surpresa de Goldmund, e também para sua decepção, o confessor não levou muito a sério seus pecados verdadeiros, mas o repreendeu e o puniu severamente pela negligência com as orações, a confissão e a comunhão e, como penitência, ordenou-lhe que passasse um mês levando uma vida moderada e casta antes de receber a comunhão, que assistisse à primeira missa todas as manhãs e que rezasse todas as noites três pais-nossos e uma ave-maria.

Depois, disse-lhe:

— Não considere levianamente essa penitência. Não sei se você ainda se lembra do texto exato da missa, você deve acompanhá-lo palavra por palavra e procurar entender seu sentido. Eu mesmo vou dizer o pai-nosso e alguns cânticos com você hoje, indicando-lhe as palavras e os significados aos quais deverá dar atenção especial. Não deverá falar e ouvir as palavras sagradas como se fala e ouve as palavras dos homens. Todas as vezes que você perceber que está apenas repetindo as palavras, o que acontecerá com mais frequência do que você imagina, deverá lembrar-se desta hora e de minhas recomendações, e recomeçar tudo, pronunciando as palavras de tal modo que elas possam entrar no seu coração, como lhe mostrarei.

Fosse por uma feliz coincidência ou pelo grande conhecimento que o confessor tinha das almas, o fato é que o resultado dessa confissão e da penitência foi um período de realização e de paz para Goldmund, que o deixou profundamente feliz. Em meio às muitas tensões, preocupações e satisfações do seu trabalho, ele se sentia, todas as manhãs e todas as tardes, aliviado pelos exercícios espirituais fáceis mas cumpridos escrupulosamente, relaxado depois das atribulações do dia, com todo o seu ser submetido a uma ordem superior que o arrancava do perigoso isolamento do criador, e o incluía, como uma criança, no reino de Deus. Embora tivesse que superar sozinho as dificuldades do seu trabalho, e tivesse que concentrar nisso todos os seus sentidos, as horas de meditação sempre permitiam que ele voltasse à inocência. Mesmo ainda dominado pela fúria e a impaciência do seu trabalho, mergulhava nos exercícios religiosos como se fosse em águas frias e profundas que o purificavam tanto da arrogância do entusiasmo como da arrogância do desespero.

Mas nem sempre era bem-sucedido. Às vezes, ele não conseguia se acalmar e relaxar à noite, depois de horas de trabalho intenso. Algumas vezes esquecia-se dos exercícios espirituais e frequentemente, quando tentava se concentrar neles, era torturado pela ideia de que repetir as orações talvez fosse, no fim das contas, apenas um esforço infantil por um Deus que não existia ou que não podia ajudar. Queixou-se a respeito disso ao amigo.

— Continue — disse Narciso —, você prometeu e deve manter sua palavra. Não deve ficar pensando se Deus ouve suas orações ou se existe um Deus do jeito que você imagina. Nem deve se perguntar se seus exercícios são infantis. Em comparação com Ele, para quem todas as nossas orações são dirigidas, todas as nossas ações são infantis. Você deve evitar completamente esses pensamentos tolos de criança durante os exercícios. Deve dizer o pai-nosso e os cânticos, concentrar-se nas palavras e absorvê-las, do mesmo modo como você toca o alaúde ou canta. Nessas ocasiões você não procura pensamentos inteligentes e especulações, não é? Você executa com os dedos um acorde depois do outro da maneira mais pura e perfeita possível. Quando você canta, não fica se perguntando se cantar é útil ou não, você simplesmente canta. É assim que você deve rezar.

E novamente deu certo. Mais uma vez seu ego tenso e ansioso extinguiu-se naquela ordem, novamente as palavras veneráveis flutuavam acima dele como estrelas.

Com grande satisfação, o abade viu Goldmund prosseguir nos seus exercícios diários durante semanas e meses depois de terminado o período de penitência e de ter recebido os sacramentos.

Enquanto isso, o trabalho de Goldmund progredia. Da grossa espiral da escada, surgia um pequeno e agitado mundo de figuras, plantas, animais e pessoas, tendo no centro Noé, entre folhas de parreiras e uvas. A obra era um livro de imagens de louvor à criação do mundo e à sua beleza, livre em sua expressão, mas orientado por uma ordem e uma disciplina interiores. Durante meses ninguém viu aquele trabalho, somente Érico; ele teve permissão para executar pequenas tarefas e só pensava em tornar-se um artista. Mas, em certos dias, nem ele podia entrar na oficina. Em outros dias, Goldmund dedicava seu tempo ao rapaz, ensinando a ele algumas coisas, permitindo que tentasse algo, feliz por ter um aluno fiel e dedicado. Se o trabalho fosse bem-sucedido, poderia pedir ao pai do rapaz que o dispensasse e permitisse que fosse treinado como seu ajudante permanente.

Trabalhava nas figuras dos evangelistas nos seus melhores dias, quando tudo estava harmonioso e as dúvidas não o perturbavam. Ele tinha a impressão de que fora mais bem-sucedido na figura que reproduzia os traços do abade Daniel: gostava muito dela; o rosto irradiava bondade e pureza. Estava menos satisfeito com a estátua do Mestre Nicolau, embora fosse a que Érico mais admirava. Esta figura mostrava discórdia e tristeza; parecia estar repleta de soberbos planos criativos, mas também havia ali uma desesperada constatação da inutilidade de criar, e pesar pela perda da unidade e da inocência.

Quando o abade Daniel ficou pronto, Goldmund mandou que Érico limpasse a oficina. Cobriu as outras obras com panos, deixando somente essa figura exposta à luz. Depois foi à procura de Narciso e, quando soube que ele estava ocupado, esperou pacientemente até o dia seguinte. Por volta de meio-dia, levou o amigo para ver a obra.

Narciso ficou parado, contemplando-a. Sem pressa, examinou o trabalho com a atenção e o cuidado característicos dos eruditos. Goldmund ficou atrás dele, em silêncio, tentando controlar a tempestade em seu coração.

Oh, pensava; se um de nós não passar neste teste, será ruim; se minha obra não estiver suficientemente boa, ou se ele não a compreender, então todo o meu trabalho aqui terá perdido seu valor. Eu deveria ter esperado mais um pouco.

Os minutos pareciam horas para ele. Recordou-se do dia em que o Mestre Nicolau pegou seu primeiro desenho para examinar. Ele ficou apertando as mãos úmidas de tensão, num esforço para se controlar enquanto esperava.

Narciso voltou-se para ele, e Goldmund imediatamente sentiu-se aliviado. No rosto estreito do amigo, ele viu desabrochar uma coisa que não via desde os seus tempos de menino: um sorriso, um sorriso quase acanhado no rosto talhado em espírito e vontade, um sorriso de amor e rendição, um brilho trêmulo, como se a solidão e o orgulho desse rosto tivessem sido rompidos por um instante, e só transparecia um coração cheio de alegria.

— Goldmund — disse Narciso suavemente, ainda pesando as palavras —, não espere que eu me torne de repente um conhecedor de arte. Você sabe que não sou. Não poderia falar nada a respeito da sua arte que você já não soubesse. Mas deixe-me dizer o seguinte: ao primeiro olhar, reconheci nesse evangelista o nosso abade Daniel, e não apenas ele, mas tudo que um dia ele significou para nós: dignidade, bondade e modéstia. Da mesma maneira que o abade Daniel se encontrava diante da nossa veneração juvenil, ele se encontra agora aqui, na minha frente e, com ele, tudo aquilo que era sagrado para nós naquela época, e que torna aquele período inesquecível para nós. Você me deu um presente generoso, meu amigo, não somente devolvendo-me o abade Daniel, mas também abrindo-se completamente para mim pela primeira vez. Agora sei quem você é. Não falemos mais sobre isso, não posso. Oh, Goldmund, fico feliz que essa hora tenha chegado para nós!

No grande recinto, tudo era silêncio. Goldmund via que seu amigo estava profundamente emocionado, e ficou constrangido.

— Sim — disse laconicamente —, também estou feliz com isso. Mas já está na hora do seu almoço.

# Capítulo 19

Goldmund trabalhou durante dois anos nessa obra, e a partir do segundo ano recebeu Érico como seu aluno. No entalhe da balaustrada da escada, ele criou um pequeno Paraíso. Com enlevo, entalhou uma graciosa selva de árvores; plantas com pássaros nos galhos, e corpos e cabeças de animais surgindo em muitos pontos. No meio desse tranquilo jardim primitivo, ele reproduziu várias cenas da vida dos patriarcas. Raramente essa vida laboriosa sofria interrupções. Agora eram raros os dias em que se sentia incapaz de trabalhar, em que a inquietação ou o tédio o deixavam insatisfeito com sua arte. Mas quando isso acontecia, dava uma tarefa ao aprendiz e ia caminhar ou cavalgar pelo campo, para respirar o perfume cheio de recordações da vida livre e errante da floresta, ou visitava a filha de um camponês, ou caçava, ou ficava deitado durante horas no capim verde, observando as formas de abóbadas das copas das árvores e o crescimento desordenado de fetos e zimbros. Sempre voltava depois de um ou dois dias. Então dedicava-se ao trabalho com novo ânimo, entalhava com ímpeto as plantas luxuriantes, extraía delicadamente da madeira cabeças humanas, cortava energicamente uma boca, um olho, uma barba pregueada. Além de Érico, somente Narciso conhecia a obra e ia com frequência à oficina, que, em algumas ocasiões, era seu lugar favorito no convento. Com alegria e surpresa contemplava o trabalho. Tudo que o amigo carregava no seu coração inquieto, teimoso e ingênuo estava vindo à tona. Ali cresceu e brotou uma criação, um pequeno mundo que se agitava: talvez um jogo, mas não menos digno do que o jogo da lógica, da gramática e da teologia.

Ele disse um dia, pensativo:

— Estou aprendendo muita coisa com você, Goldmund. Começo a compreender o que significa a arte. Antes, parecia-me que, comparada ao pensamento e à ciência, ela não devia ser levada muito a sério. Pensava da seguinte maneira: já que o homem é uma mistura duvidosa de espírito e matéria, já que o espírito lhe abre o reconhecimento do eterno, enquanto a matéria o empurra para baixo e o prende ao que é transitório, ele deveria afastar-se dos sentidos e aproximar-se do espiritual se quer elevar sua vida e dar-lhe um significado. Aliás, costumava respeitar a arte por simples hábito, mas, na verdade, eu era arrogante e a desprezava. Somente agora percebo quantos caminhos levam ao conhecimento e que o caminho do espírito não é o único, e talvez nem mesmo o melhor. É o meu caminho, é claro, e vou permanecer nele. Mas vejo que você, no caminho oposto, no caminho dos sentidos, compreendeu o mistério do ser da mesma maneira profunda, e consegue expressá-lo de um modo muito mais convincente do que a maioria dos pensadores é capaz de fazer.

— Agora você compreende — disse Goldmund — por que não posso conceber pensamentos sem imagens?

— Há muito tempo que compreendi. Nosso pensamento é um processo constante de converter coisas em abstrações, um afastamento do sensorial, uma tentativa de construir um mundo puramente espiritual. Ao passo que você atrai para o seu coração o menos permanente, as coisas mais mortais, e mostra o sentido do mundo justamente no que é perecível. Você não desvia o olhar do mundo, você se entrega a ele e, por meio do seu sacrifício, você o eleva às alturas, uma parábola de eternidade. Nós, pensadores, tentamos nos aproximar de Deus, arrancando do rosto dele a máscara do mundo. Você, ao contrário, aproxima-se dele amando sua criação e recriando-a. As duas coisas são esforços do homem, e necessariamente imperfeitos, porém a arte é mais inocente.

— Não sei, Narciso. Mas em relação a dominar a vida e resistir ao desespero, vocês, pensadores e teólogos, parecem ter mais êxito. Há muito tempo deixei de invejá-lo por sua sabedoria, meu amigo, mas invejo sua tranquilidade, seu desprendimento, sua paz.

— Você não deve invejar-me, Goldmund. Não existe paz do tipo que você imagina. É claro que existe paz, mas não é uma coisa que vive constantemente dentro de nós, que nunca nos abandona. Existe apenas a paz que precisa ser constantemente conquistada, em cada novo dia das nossas vidas. Você não me vê lutando, você não sabe das minhas lutas como abade, minhas lutas na cela de orações. É bom que você não saiba. Você vê apenas que eu sou menos sujeito aos caprichos do que você, e isso você acha que é paz. Mas minha vida é luta, é luta e sacrifício como toda vida decente, e como a sua também.

— Não vamos discutir sobre isso, Narciso. Você também não vê todas as minhas lutas. E não sei se você pode compreender como eu me sinto quando penso que em breve esta obra ficará pronta. Ela será levada e instalada no seu lugar. Então eu ouvirei alguns elogios pelo trabalho e voltarei para uma oficina vazia, deprimido por causa de coisas que não pude fazer na obra, coisas que vocês nem conseguem ver, e por dentro vou me sentir tão vazio e despojado quanto a oficina.

— É possível que seja assim — disse Narciso. — Nenhum de nós pode compreender totalmente o outro nessas coisas. Porém, todos os homens de boa vontade têm em comum o seguinte: no fim, as nossas obras nos deixam envergonhados, temos de recomeçar sempre desde o início, e cada vez o sacrifício precisa ser feito novamente.

Algumas semanas depois, a grande obra de Goldmund ficou pronta e foi montada. Repetiu-se o que já lhe acontecera antes: sua obra passou a ser propriedade de outros, foi examinada, julgada, elogiada e ele foi enaltecido, homenageado, mas seu coração e sua oficina ficaram vazios, e ele não sabia mais se a obra merecera o sacrifício. No dia da inauguração, ele foi convidado a sentar-se à mesa dos padres para uma refeição festiva, na qual foi servido o vinho mais velho da casa. Goldmund saboreou o ótimo peixe e a carne de veado e, mais do que pelo vinho, foi aquecido pela atenção e a alegria de Narciso, que elogiou a obra e seu autor.

Já estava planejada uma nova obra, desejada e encomendada pelo abade: um altar para a capela de Nossa Senhora em Neuzelle, que pertencia ao convento e na qual um padre de Mariabronn exercia suas funções. Para esse altar Goldmund queria fazer uma imagem de Maria e perpetuar nela uma das figuras inesquecíveis da sua mocidade, a bela e medrosa Lídia, a filha do cavalheiro. No mais, essa encomenda tinha pouca importância para ele, mas parecia adequada para que Érico executasse nela sua peça como aprendiz. Se Érico desse provas de capacidade, então teria nele um bom parceiro permanente que poderia substituí-lo, liberando-o para que pudesse executar aqueles trabalhos que ainda estavam no seu coração. Junto com Érico, escolheu a madeira para o altar e deixou que ele a preparasse. Muitas vezes deixava-o sozinho, pois recomeçara suas perambulações, seus longos passeios pelas florestas. Numa ocasião, ele ficou ausente durante muitos dias, e Érico comunicou o fato ao abade, que também temia que Goldmund tivesse partido para sempre. Mas ele voltou, trabalhou durante uma semana na estátua de Lídia e depois começou a perambular novamente.

Ele estava perturbado. Desde o término da grande obra, sua vida ficara desorganizada. Perdia a missa matinal, sentia-se profundamente inquieto e insatisfeito. Pensava frequentemente no Mestre Nicolau e se perguntava se, em breve, não ficaria igual a ele, um trabalhador diligente e hábil, mas sem liberdade e sem mocidade. Uma pequena aventura recente dera-lhe motivo para refletir. Nas suas andanças, encontrara uma jovem camponesa, Francisca, que muito lhe agradara. Tentou conquistá-la, empregando todos os métodos de sedução que conhecia. A moça ouviu com prazer aquelas conversas; riu com gosto dos seus gracejos, mas repeliu suas investidas, e, pela primeira vez, ele percebeu que parecia um velho aos olhos de uma mulher jovem. Nunca mais tornou a procurá-la, mas não se esqueceu do fato. Francisca tinha razão. Ele estava mais velho, ele próprio o sentia, e não era por causa de alguns cabelos grisalhos prematuros e de algumas rugas em volta dos olhos, era algo no seu ser, no seu espírito. Ele próprio julgava-se velho, achava que se tornara estranhamente parecido com o Mestre Nicolau. Observava-se com desagrado e encolhia os ombros. Tornara-se cauteloso e dócil, não era mais uma águia ou uma lebre; transformara-se num animal doméstico. Agora, quando saía perambulando, procurava o perfume do passado, procurava mais as lembranças de suas antigas aventuras do que novas aventuras e nova liberdade. Como um cão, procurava, com saudade e desconfiança, o rastro perdido. E quando se ausentava por um ou dois dias, depois de haver farreado e comemorado, alguma coisa o atraía irremediavelmente de volta. Sua consciência o acusava, sentia que a oficina esperava por ele, sentia-se responsável pelo altar que começara, pela madeira preparada e pelo ajudante Érico. Não era mais livre, não era mais jovem. Então tomou uma decisão firme: quando terminasse a sua Lídia-Maria, faria uma viagem e tentaria outra vez uma vida errante. Não era bom permanecer tanto tempo num convento, convivendo só com homens. Para os monges podia ser bom, mas não para ele. Com os homens podia-se falar de maneira inteligente, e eles compreendiam o trabalho de um artista, mas para o resto, para conversas e tagarelices, para os carinhos, os jogos, o amor, o prazer sem pensamentos — isso não brotava entre homens; para isso precisava-se de mulheres e andanças, liberdade, e sempre novas vivências. Aqui, tudo em volta dele era um pouco sombrio e sério, um pouco pesado e masculino, e ele ficara contagiado, sentia que tudo isso penetrara no seu sangue.

A ideia da viagem o consolara. Dedicou-se ao trabalho a fim de se ver livre o quanto antes. E à medida que a figura de Lídia surgia da madeira, à medida que ele fazia cair sobre seus joelhos as pregas rígidas do vestido, era dominado por uma alegria dolorosa, uma paixão nostálgica pela estátua, pela bela e recatada imagem da moça, pela sua lembrança daquela época, do seu primeiro amor, das suas primeiras viagens, da sua juventude. Trabalhou fervorosamente na estátua delicada, sentia que ela se identificava com o que havia de melhor dentro dele, com sua mocidade, com suas recordações mais ternas. Era uma felicidade moldar seu pescoço inclinado, sua boca amavelmente triste, suas mãos elegantes, os dedos longos, a curvatura perfeita das unhas. Também Érico, sempre que podia, contemplava a imagem com admiração e um respeito amoroso.

Quando estava quase terminada, Goldmund mostrou-a ao abade. Narciso disse:

— É uma bela obra, meu amigo. Não temos nada no convento que se compare a ela. Devo confessar-lhe que fiquei várias vezes preocupado com você nos últimos meses. Vi que você estava inquieto e perturbado e, quando você desaparecia e se ausentava por mais de um dia, eu às vezes pensava com tristeza: talvez ele não volte mais. E agora você fez esta estátua maravilhosa! Estou feliz por você e orgulhoso de você!

— Sim — disse Goldmund —, a estátua ficou muito bem-feita. Mas agora, ouça-me, Narciso. Para que esta figura chegasse a este nível, precisei da minha juventude inteira, da minha vida errante, das minhas paixões, minhas conquistas femininas. Essa foi a fonte na qual eu bebi. Em pouco tempo ela estará esgotada; sinto meu coração árido. Terminarei esta madona e depois vou tirar umas férias prolongadas, não sei por quanto tempo. Irei à procura da minha juventude e de tudo aquilo que outrora tanto amei. Você pode compreender? Pois bem; você sabe que eu era seu hóspede, e nunca recebi nenhum pagamento pelo meu trabalho aqui...

— Muitas vezes eu lhe ofereci — interveio Narciso.

— Sim, mas agora vou aceitar. Mandarei fazer roupas novas e, quando estiverem prontas, pedirei a você que me dê um cavalo e algum dinheiro, e então sairei pelo mundo. Não diga nada, Narciso, nem fique triste. Não é que eu não goste mais daqui; eu não poderia estar melhor em nenhum outro lugar. Trata-se de outra coisa. Você realizará meu desejo?

Não falaram mais sobre isso. Goldmund mandou confeccionar uma roupa simples de montaria e botas e, enquanto o verão se aproximava, terminou a estátua de Maria como se fosse seu último trabalho. Com um cuidado amoroso, deu o toque final às mãos, ao rosto e aos cabelos. Podia até parecer que ele estava prolongando o trabalho, que estava feliz por retardar repetidamente esses delicados retoques finais da obra. Os dias passavam e sempre havia algo a ser providenciado. Embora Narciso estivesse profundamente triste com a despedida iminente, às vezes sorria ao ver que Goldmund estava apaixonado e que não conseguia afastar-se da estátua de Maria.

Mas um dia Goldmund o surpreendeu; ele apareceu de repente para se despedir. A decisão fora tomada durante a noite. Vestido com suas roupas novas e usando um gorro novo, procurou Narciso para fazer suas despedidas. Ele havia confessado e comungado pouco tempo antes. Agora vinha dizer adeus e receber a bênção para a viagem. A despedida foi difícil para ambos, e Goldmund se comportou com uma rispidez, uma indiferença que não sentia em seu coração.

— Será que ainda o verei outra vez? — perguntou Narciso.

— Oh, sim. Se aquele seu belo cavalo não resolver quebrar o meu pescoço, você ainda certamente me verá outra vez. Além disso, sem mim não haveria mais ninguém que o chamasse de Narciso e que lhe desse preocupações. Então, não tenha receio. E não se esqueça de dar uma olhada no Érico. E não deixe ninguém tocar na minha estátua! Ela deve ficar no meu quarto, como já disse, e a chave não deverá sair das suas mãos.

— Você está contente com a viagem?

Goldmund piscou.

— Bem, eu estava ansioso para viajar, isso é verdade. Mas agora que estou prestes a partir, já não me parece tão divertido como se poderia pensar. Você vai rir de mim, mas não gosto de despedidas e esse apego não me agrada. É uma espécie de doença, pessoas jovens e sadias não têm isso. O Mestre Nicolau também era assim. Bem, não vamos ficar falando de coisas inúteis! Dê-me sua bênção, meu amigo, quero partir.

Montou o cavalo e partiu.

Nos seus pensamentos Narciso estava muito preocupado com o amigo; preocupava-se com ele e sentia falta dele. Será que ele voltaria algum dia? Agora aquela pessoa estranha e querida seguia novamente seu caminho tortuoso e instintivo, vagando pelo mundo com ânsia e curiosidade, seguindo seus impulsos fortes e sombrios, tempestuosos e insaciáveis, uma criança grande. Que Deus o acompanhe, e que ele volte são e salvo. Agora aquela borboleta voaria a torto e a direito; cometeria novos pecados, seduziria mulheres, seguiria seus instintos, talvez se envolvesse novamente num crime de morte, em perigo, prisão, e poderia morrer assim. Quantas preocupações causava aquele menino louro. Ele se queixava de estar envelhecendo, olhando com aqueles olhos de criança. Como se devia temer por ele. Mesmo assim, no fundo do seu coração, Narciso estava contente com ele. Agradava-lhe o fato de que essa criança fosse tão difícil de ser domada, que tivesse tantos caprichos, que tivesse partido novamente para refrescar a cabeça.

Todos os dias os pensamentos do abade voltavam-se, em algum momento, para o amigo, com amor e saudade, gratidão e preocupação, às vezes também com dúvidas e autorrecriminações. Será que ele não deveria ter demonstrado ao amigo mais claramente quanto o amava, que não gostaria que ele fosse diferente, como se enriquecera por intermédio dele e de sua arte? Não lhe falara muito a esse respeito, talvez não o suficiente — quem sabe se não teria conseguido retê-lo?

Não ficara apenas enriquecido por intermédio de Goldmund, ficara também mais pobre por intermédio dele, mais pobre e mais fraco, e certamente foi bom não ter mostrado isso ao amigo. O mundo no qual vivia e onde tinha seu lar, seu mundo, sua vida no convento, sua profissão, sua erudição, sua bem montada estrutura de pensamento haviam sido frequentemente sacudidos até os alicerces pelo seu amigo, e agora estava cheio de dúvidas. Com certeza, do ponto de vista do convento, da razão e da moral, sua própria vida era melhor, mais correta, mais estável, mais organizada e mais exemplar. Era uma vida de disciplina e de serviço rigoroso, um sacrifício constante, um esforço sempre renovado em busca de clareza e justiça. Era muito mais pura e melhor do que a vida de um artista, de um vagabundo e sedutor de mulheres. Porém, vista do alto, com os olhos de Deus — será que essa vida exemplar de ordem e disciplina, de renúncia ao mundo e aos prazeres sensuais, de afastamento da imundície e do sangue, de reclusão dentro da filosofia e da meditação era melhor do que a vida de Goldmund? Teria o homem sido criado para levar uma vida regrada, cujas horas e obrigações fossem orientadas pelos sinos que chamavam para a oração? Teria sido o homem realmente criado para estudar Aristóteles e São Tomás de Aquino, saber grego, sufocar seus instintos e fugir do mundo? Deus não criara o homem com instintos e sentidos, com sombras tingidas de sangue, com capacidade para o pecado, para a luxúria, para o desespero? Os pensamentos do abade giravam em torno dessas perguntas quando se concentravam no seu amigo.

Sim, talvez fosse mais ingênuo e mais humano levar uma vida como a de Goldmund, mais corajoso, mais nobre, no fim das contas, abandonar-se à corrente perversa da realidade, ao caos, cometer pecados e aceitar suas amargas consequências, em vez de levar uma vida limpa de mãos bem lavadas fora do mundo, cultivando um solitário jardim de pensamentos harmoniosos e passeando sem pecados por entre seus canteiros protegidos. Talvez fosse mais difícil, mais corajoso e mais nobre caminhar através de florestas e estradas, com sapatos rasgados, sofrer com o sol e com a chuva, passar fome e necessidades, brincar com as alegrias dos sentidos e pagar por eles com o sofrimento.

De qualquer modo, Goldmund mostrara-lhe que um homem destinado a coisas sublimes podia mergulhar profundamente no caos sangrento e embriagador da vida, sujar-se de muita poeira e sangue sem tornar-se mesquinho e vulgar, sem matar a centelha divina dentro de si; que podia vagar pela escuridão mais densa sem que se apagasse em sua alma a luz divina e a força criadora. Narciso examinara profundamente a vida caótica do seu amigo e nem por isso seu amor e seu respeito por ele haviam diminuído. Oh, não, desde que ele vira brotar das mãos manchadas de Goldmund aquelas figuras maravilhosas, silenciosamente vivas, iluminadas por uma harmonia interior, aqueles rostos decididos em que transparecia o espírito, aquelas plantas e flores inocentes, aquelas mãos suplicantes ou abençoadas, todos aqueles gestos ousados, ternos, orgulhosos ou sagrados; desde então ele sabia que no coração volúvel daquele artista e sedutor havia uma abundância de luz e de dádivas de Deus.

Fora fácil para ele parecer superior a Goldmund nas suas conversas e opor às paixões dele a sua própria disciplina e ordem de pensamentos. Mas não seria cada pequeno gesto de uma figura de Goldmund, cada olho, cada boca, cada galho e cada dobra de roupa mais real, mais vivo e insubstituível do que tudo que um pensador podia realizar? Não teria este artista, cujo coração estava tão cheio de conflitos e aflições, apresentado para um sem-número de pessoas, contemporâneas e vindouras, os símbolos de seus sofrimentos e esforços, figuras para as quais a devoção e o respeito, a angústia e a ânsia mais profundas de um número incontável de pessoas se voltariam em busca de consolo, confirmação e força?

Sorridente e tristonho, Narciso recordava-se de todas as ocasiões, desde o início da mocidade de ambos, em que orientara e instruíra seu amigo. Goldmund aceitara com gratidão, sempre admitindo a superioridade e a liderança de Narciso. E depois, em silêncio, dera forma às suas obras, nascidas do tumulto e do sofrimento da sua vida irregular: sem palavras, sem ensinamentos, sem advertências, sem explicações, mas uma vida autêntica e elevada. Em comparação, como ele era pobre com todo o seu saber, a sua disciplina do convento, a sua dialética!

Estas eram as indagações em torno das quais giravam seus pensamentos. Do mesmo modo como há muitos anos interferira de forma rude, quase brutal, na juventude de Goldmund, e colocara sua vida numa nova esfera, assim também o amigo lhe dera preocupações desde a sua volta, agitando-o, incitando-o à dúvida e à autocrítica. O outro era seu igual; Narciso não lhe dera nada que não tivesse recebido de volta multiplicado.

O amigo que fora embora deixara-lhe muito tempo para pensar. As semanas se escoavam. Há muito tempo que o castanheiro florira; há muito tempo que as folhagens das faias, de um verde-claro leitoso tinham ficado escuras e rijas; há muito tempo que as cegonhas haviam chocado na torre do portão e tinham ensinado seus filhotes a voar. Quanto mais tempo Goldmund permanecia ausente, mais Narciso percebia como o amigo fora importante para ele. Existem padres eruditos na casa, um especialista em Platão, um excelente gramático, um ou dois teólogos sutis. E entre os monges havia algumas almas fiéis, sérias e honestas. Mas não havia um seu igual, ninguém com quem pudesse avaliar-se seriamente. Esta coisa insubstituível, só Goldmund lhe dera. Era difícil renunciar a isso novamente. Pensava com saudades no amigo ausente.

Ele ia com frequência até a oficina para incentivar o aprendiz Érico, que continuava trabalhando no altar e esperava com ansiedade pela volta do seu mestre. Às vezes o abade abria o quarto de Goldmund, onde estava a imagem de Maria, levantava cuidadosamente o pano que a cobria e ficava ali durante algum tempo. Nada sabia a respeito da origem daquela imagem, pois Goldmund nunca lhe contara a história de

Lídia. Mas ele sentia tudo; via que essa figura de moça vivera durante muito tempo no coração do seu amigo. Talvez ele a tivesse seduzido, talvez a tivesse iludido e abandonado. Contudo, mais constante do que o marido mais fiel, ele a levara na sua alma, preservando sua imagem até que finalmente, talvez após muitos anos sem tornar a vê-la, dera forma a essa bela e comovente figura de uma jovem, e expressara no seu rosto, na sua postura, nas suas mãos, toda a ternura, a admiração e a saudade de um apaixonado.

Ele também percebia muita coisa, lia muito da história do seu amigo nas figuras da tribuna do refeitório. Era a história de um andarilho e de um homem instintivo, de um nômade, de um homem infiel; mas o que sobrara daquilo tudo era bom e fiel, cheio de um amor vivo. Como era misteriosa aquela vida, como corriam turvas e impetuosas as suas águas, mas como era claro e nobre o que emergia delas.

Narciso lutava. Dominou-se, não traiu sua vocação, não se desviou de modo algum do seu ofício. Mas sofria com uma sensação de perda e com o reconhecimento de quanto o seu coração, que só deveria pertencer a Deus e à sua vocação, estava ligado ao seu amigo.

# Capítulo 20

O verão já passara. As papoulas e as escovinhas murchavam e sumiam. Os sapos silenciavam na lagoa e as cegonhas voavam alto, preparando-se para a partida. Foi então que Goldmund voltou.

Chegou uma tarde, com uma chuva fininha, e não foi para o convento; do portão encaminhou-se diretamente para a sua oficina. Chegou a pé, sem o cavalo.

Érico espantou-se quando o viu entrar. Embora o reconhecesse ao primeiro olhar e seu coração se alegrasse, o homem que voltou parecia completamente diferente: um falso Goldmund, muitos anos mais velho, o rosto extenuado, escuro e empoeirado, as faces sulcadas, e olhos doentios, sofredores, embora não mostrassem dor e sim um sorriso, um sorriso bem-humorado, antigo e paciente. Andava com dificuldade, se arrastando; parecia doente e muito cansado.

Esse Goldmund tão mudado, que mal podia ser reconhecido, olhou de modo estranho para o seu ajudante. Não fez alarde da sua volta, agiu como se estivesse vindo do aposento ao lado, como se não tivesse saído nem por um minuto. Deu-lhe a mão sem dizer nada, sem um cumprimento, sem uma pergunta, sem explicações. Disse apenas: "Preciso dormir." Parecia terrivelmente cansado. Dispensou Érico e foi para seu quarto junto à oficina. Tirou o gorro, deixou-o cair no chão, tirou os sapatos e dirigiu-se para a cama. No fundo do quarto viu sua madona coberta por um pano; balançou a cabeça, mas não se aproximou dela para tirar o pano e cumprimentá-la. Em vez disso, arrastou-se até a pequena janela, viu Érico esperando inquieto lá fora e gritou-lhe: "Érico, não precisa dizer a ninguém que voltei. Estou muito cansado. Pode esperar até amanhã."

Deitou-se na cama ainda vestido. Depois de algum tempo, não conseguindo dormir, levantou-se e caminhou pesadamente até a parede para olhar-se num espelho pendurado ali. Observou atentamente o Goldmund refletido ali: um Goldmund cansado, um homem que ficara velho e murcho, com uma barba muito grisalha. Era um homem velho e um tanto desleixado que olhava para ele daquele espelho pequeno e embaçado — mas estranhamente desconhecido. Ele não parecia estar muito presente, também não parecia interessar-lhe muito. Fazia-o lembrar-se de outros rostos que conhecera, um pouco o do Mestre Nicolau, um pouco o do velho cavalheiro que um dia mandara que lhe confeccionassem um traje de pajem, um pouco também o de São Jacó lá da igreja, o velho e barbudo São Jacó, que sob o chapéu de peregrino parecia muito velho e sombrio, mas ainda assim alegre e bom.

Examinou com cuidado aquele rosto refletido no espelho, como se estivesse interessado em descobrir coisas sobre aquele estranho. Balançou a cabeça e o reconheceu: sim, era ele mesmo; correspondia ao sentimento que tinha a respeito de si mesmo. Voltara da viagem um homem velho extremamente cansado, que ficara um tanto entorpecido, um homem comum do qual ninguém podia se orgulhar muito. Entretanto, nada tinha contra essa criatura; ainda gostava dela. Havia algo no seu rosto que o belo Goldmund de outrora não possuíra; apesar do cansaço e da decadência, havia um traço de contentamento, ou pelo menos de desprendimento. Riu suavemente para si mesmo e notou que a imagem no espelho também ria: que belo pilantra ele trouxera da viagem! Roto e queimado de sol, ele estava voltando da sua pequena excursão. Ele não somente sacrificara o cavalo, seu saco de viagem e suas moedas de ouro; outras coisas também foram perdidas ou o abandonaram: sua juventude, a saúde, a autoconfiança, a cor das faces e a força dos seus olhos. Entretanto, gostava da imagem: este sujeito velho e fraco no espelho agradava-lhe mais do que o Goldmund que ele havia sido durante tanto tempo. Estava mais velho, mais fraco, mais acabado, mas era mais inofensivo, mais satisfeito consigo mesmo, era mais fácil conviver com ele. Riu e puxou para baixo uma das pálpebras, agora já bem enrugadas. Depois voltou para a cama e dessa vez adormeceu.

No dia seguinte, ele estava no quarto, debruçado sobre a mesa, tentando desenhar, quando Narciso entrou para visitá--lo. Parou junto à porta e disse:

— Contaram-me que você havia voltado. Graças a Deus; minha alegria é grande. Já que você não foi me ver, eu vim. Por acaso estou perturbando o seu trabalho?

Ele se aproximou; Goldmund ergueu os olhos do papel e estendeu-lhe a mão. Embora Érico o houvesse prevenido, Narciso ficou profundamente chocado com o aspecto do amigo. Goldmund sorriu-lhe, amigavelmente:

— Sim, voltei. Espero que esteja bem, Narciso, nós não nos vemos há algum tempo. Perdoe-me por não ter ido antes visitá-lo.

Narciso olhou-o dentro dos olhos. Ele também viu não só a exaustão e o lamentável definhamento daquele rosto, mas viu outras coisas, aquele traço notável de serenidade, até de desprendimento, de resignação e de bom humor senil. Experiente na leitura das fisionomias humanas, Narciso também viu que aquele Goldmund diferente, mudado, não estava mais inteiramente presente; que sua alma se afastara muito da realidade, perambulando num mundo irreal, ou então já estava diante das portas que o levariam para o outro lado.

— Você está doente? — perguntou Narciso com cautela.

— Sim, estou doente também. Fiquei doente no início da minha viagem, logo nos primeiros dias. Mas você compreende, eu não queria voltar assim tão depressa. Vocês iriam rir de mim se eu tivesse voltado logo e tirasse minhas botas de viagem. Não, isso eu não queria. Continuei vagando ainda um pouco; estava envergonhado porque a viagem não estava dando certo. Eu havia prometido demais a mim mesmo. Sim, fiquei envergonhado. Você é um homem muito inteligente e com certeza entende isso. Perdão, foi isso que você me perguntou? Parece uma maldição, esqueço-me do assunto sobre o qual estamos falando. Bem, aquilo com minha mãe, aquilo foi correto da sua parte. Doeu muito, mas...

— Vamos deixar você bom de novo, Goldmund, vamos cuidar de você. Se tivesse voltado logo que começou a sentir-se mal! Você não deve jamais sentir-se envergonhado diante de nós. Deveria ter voltado imediatamente.

Goldmund riu.

— Sim, agora eu me lembro. É que eu não me atrevia a voltar logo. Teria sido vergonhoso. Mas agora voltei. Agora sinto-me bem.

— Você teve muitas dores?

— Dores? Sim, tive muitas dores. Entretanto, veja, as dores não são tão ruins, foram elas que me fizeram voltar à razão. Agora não me sinto mais envergonhado, nem mesmo diante de você. No dia em que você foi visitar-me lá na prisão, para salvar a minha vida, tive que cerrar os dentes porque me sentia envergonhado diante de você. Agora tudo isso já passou.

Narciso pôs a mão no braço de Goldmund e ele ficou logo quieto e, sorrindo, fechou os olhos. Adormeceu tranquilamente. Perturbado, o abade foi procurar o médico da casa, o padre Antônio, para que ele cuidasse do doente. Quando voltaram, Goldmund permanecia dormindo à mesa de desenho. Colocaram-no na cama e o médico ficou para examiná-lo.

Ele achou que o estado do doente era desesperador. Levaram Goldmund para uma das enfermarias, onde Érico o mantinha sob vigilância constante.

Nunca se soube da história completa da sua última viagem. Ele contou alguns fatos, outros podiam ser adivinhados. Frequentemente ficava apático; às vezes tinha febre e delirava; às vezes ficava lúcido, e então Narciso era chamado. Essas últimas conversas com Goldmund passaram a ser extremamente importantes para ele.

Narciso anotou alguns trechos dos relatos e das confissões de Goldmund. Outros foram contados por Érico.

— Quando começaram as dores? Bem no começo da viagem. Eu cavalgava na floresta e caí junto com o cavalo dentro de um riacho, onde fiquei durante uma noite inteira na água gelada.

Devo ter quebrado algumas costelas; desde então sinto dores no peito. Nessa ocasião eu não estava muito distante daqui, mas não queria voltar. Foi uma atitude infantil, mas eu achava que seria ridículo voltar. Então continuei cavalgando; quando não consegui mais prosseguir, porque doía muito, vendi o cavalo e fiquei num hospital durante muito tempo.

"Agora vou ficar aqui, Narciso. Nunca mais vou viajar a cavalo, acabaram-se as longas caminhadas, acabaram-se as danças e as mulheres. Do contrário, teria ficado fora muito mais tempo, durante anos e anos. Mas quando constatei que lá fora já não havia mais alegria para mim, pensei: antes de afundar, ainda quero desenhar um pouco e fazer mais algumas estátuas. Afinal de contas, sempre se está atrás de algo que nos dê algum prazer."

Narciso disse-lhe:

— Estou muito contente por você ter voltado! Senti muito a sua falta; pensava em você todos os dias, e muitas vezes temi que você nunca mais quisesse voltar.

Goldmund sacudiu a cabeça:

— Bem, a perda não seria muito grande.

Narciso, com o coração ardendo de sofrimento e de amor, inclinou-se lentamente para o amigo e fez o que jamais fizera em todos esses anos de amizade: tocou os cabelos e a testa de Goldmund com seus lábios. A princípio espantado e depois comovido, Goldmund sabia o que tinha acontecido.

— Goldmund — murmurou o abade no seu ouvido — perdoe-me por não ter podido dizer-lhe estas coisas antes. Deveria ter falado no dia em que fui buscá-lo na prisão do palácio do bispo, ou quando vi suas primeiras estátuas, ou em qualquer outra ocasião. Deixe-me dizer hoje o quanto eu o amo, o que você sempre significou para mim, de que maneira enriqueceu a minha vida. Talvez isso não signifique muito para você, pois está habituado com o amor; não é algo raro para você, já que foi tão amado e mimado pelas mulheres. Para mim é diferente. Minha vida foi pobre de amor, perdi o melhor da vida. Nosso abade Daniel disse um dia que achava que eu era orgulhoso; provavelmente ele tinha razão. Não sou injusto com as pessoas, faço o possível para ser justo e paciente com elas, mas nunca as amei. Entre dois eruditos do convento, prefiro sempre o mais instruído; jamais gostei de um sábio fraco, apesar da sua fraqueza. Se mesmo assim eu sei o que é o amor, devo-o a você. Fui capaz de amá-lo, somente a você, entre todas as criaturas. Você não pode imaginar o que isso significa. Significa um poço no meio de um deserto, uma árvore florida no ermo. Foi graças a você, somente a você, que o meu coração não definhou, que um lugar dentro de mim permaneceu aberto para a misericórdia.

Goldmund sorriu contente; ele estava um pouco constrangido. Com a voz calma e suave que tinha durante as horas de lucidez, disse:

— Naquele dia em que você me salvou da forca e estávamos voltando para cá, perguntei-lhe pelo meu cavalo Bless e você sabia o que tinha acontecido com ele. Naquela ocasião percebi que você, que nunca soube distinguir um cavalo de outro, cuidara do meu cavalinho Bless. Compreendi que você fizera aquilo por mim, e fiquei feliz com isso. Vejo agora que foi isso que aconteceu, que você gosta realmente de mim. Mas eu sempre gostei de você, Narciso. Passei metade da minha vida tentando conquistá-lo. Sabia que você também gostava de mim, mas jamais esperei que você chegasse a confessá-lo, você, um homem tão orgulhoso! Você me dá o seu amor neste momento em que não tenho mais nada, em que caminhadas e liberdade, mundo e mulheres me abandonaram. Aceito e agradeço-lhe por isso.

A madona-Lídia encontrava-se no quarto e observava.

— Você continua pensando na morte? — perguntou Narciso.

— Sim, penso nela e naquilo em que se transformou a minha vida. Quando eu era um adolescente, ainda um aluno, queria ser tão espiritual quanto você. Aí você me mostrou que eu não tinha vocação para isso. Então mergulhei no outro lado da vida, no mundo dos sentidos, e as mulheres tornaram fácil para mim encontrar o prazer ali, pois são solícitas e ávidas. Mas não gostaria de falar de modo desdenhoso sobre elas nem sobre os prazeres dos sentidos, porque frequentemente eles me fizeram muito feliz. E também tive a sorte de aprender nas minhas experiências que a sensualidade pode ter uma alma. É daí que nasce a arte. Mas agora as duas chamas estão apagadas. Não tenho mais a felicidade primitiva da luxúria — e não iria querê-la mais, mesmo que as mulheres ainda me perseguissem. Além disso, não tenho mais desejo de criar obras de arte, já fiz um número suficiente, e não é a quantidade que importa. Portanto, chegou a minha hora de morrer. Estou pronto, e também curioso.

— Por que curioso? — perguntou Narciso.

— Bem, talvez seja um tanto tolo da minha parte. O fato é que estou realmente curioso. Não a respeito do além, Narciso. Penso muito pouco nisso e, se é que posso falar francamente, não acredito mais nisso. Não existe o além. A árvore seca está morta para sempre; a ave que morreu gelada não volta mais à vida, nem o homem depois que morre. Pode-se continuar a pensar ainda um pouco nele depois que partiu, mas isso também não dura muito tempo. Não, estou curioso a respeito da morte somente porque ainda conservo a crença, ou o sonho, de que estarei caminhando para minha mãe. Espero que a morte seja uma grande felicidade, uma felicidade tão grande quanto a do amor, do amor consumado. Não consigo deixar de pensar que, em vez da morte com sua foice, é minha mãe quem virá para levar-me de volta para ela, de volta ao não ser e à inocência.

Numa de suas últimas visitas, após Goldmund ter ficado muitos dias sem falar, Narciso encontrou-o novamente consciente e loquaz.

— O padre Antônio acha que você deve sofrer muito com essas dores. Como você consegue suportá-las tão tranquilamente? Parece-me que você agora encontrou a paz.

— Você se refere à paz com Deus? Não, essa eu não encontrei. Não quero paz com Ele. Ele fez o mundo malfeito. Mas fiz as pazes com as dores no peito, é verdade. Antigamente eu não suportava dores e, embora eu achasse às vezes que a minha morte seria fácil, eu estava enganado. Quando a morte ficou muito perto de mim, naquela noite na prisão do conde Henrique, eu vi que simplesmente não conseguia encará-la, que ainda era forte e selvagem demais para morrer, que eles teriam que quebrar cada um dos meus ossos duas vezes. Mas agora é diferente.

Falar deixava-o cansado. Sua voz foi ficando mais fraca. Narciso pediu-lhe que se poupasse.

— Não — disse ele —, quero contar-lhe tudo. Antes eu teria me envergonhado de relatar-lhe estas coisas. Você certamente vai achar graça. É o seguinte: quando montei o meu cavalo e saí daqui, não foi assim, sem mais nem menos. Ouvi um rumor de que o conde Henrique havia voltado para esta região e que sua amante, Agnes, estava com ele. Bem, isso não parece importante para você; e hoje em dia também não parece importante para mim. Mas, naquela ocasião, a notícia me queimou por dentro e eu só pensava em rever Agnes. Ela era a mulher mais bela que eu já conhecera e amara; queria revê-la, queria ser feliz com ela novamente. Parti, e após uma semana de viagem eu a encontrei. Foi lá, e precisamente naquela hora, que ocorreu minha transformação. Como já disse, encontrei Agnes, que não estava menos formosa. Eu a encontrei, e encontrei também a oportunidade de ser visto por ela e de falar-lhe. E imagine só, Narciso, ela não queria mais saber de mim. Eu já era velho demais para ela, já não era tão belo e tão divertido, e ela não queria mais nada de mim. Isso, na verdade, foi o fim da minha viagem. Mas continuei cavalgando; não queria voltar para cá tão decepcionado e ridículo, e, enquanto cavalgava, o vigor, a mocidade e a inteligência já haviam me abandonado completamente, porque eu caí com o cavalo num barranco, fui parar dentro de um riacho, fraturei várias costelas e fiquei dentro da água, desamparado. Foi nessa ocasião que eu soube realmente o que era dor. Quando caí, senti alguma coisa se quebrando dentro do meu peito, o som da fratura me agradou, gostei de ouvi-lo e fiquei satisfeito com isso. Deitado dentro da água, sabia que estava perto da morte, mas tudo era diferente daquela noite lá na prisão. Não me opunha, a morte já não me parecia tão terrível. Sentia essas dores atrozes que tenho tido desde então. Ao mesmo tempo, tive um sonho, ou uma visão, não importa o nome que você queira dar-lhe. Eu continuava ali, e o meu peito ardia de dor e eu me defendia e gritava, quando ouvi uma voz que ria — uma voz que eu não ouvia, desde a minha infância. Era a voz da minha mãe, uma voz feminina grave, cheia de sensualidade e de amor. Então senti que era ela, que ela estava comigo e me pusera no seu colo, abrira o meu peito e ali introduzira seus dedos, bem lá no fundo, entre as costelas, para arrancar meu coração. Ao ver e compreender isso, deixei de sentir as dores. E agora, quando elas voltam, não são mais dores, não são inimigas, são os dedos de minha mãe que retiram meu coração. Ela se esforça para isso. Às vezes ela o aperta e geme como se estivesse em êxtase. Às vezes ela ri e murmura sons carinhosos. Muitas vezes ela não está ao meu lado, mas lá em cima, no céu, e eu vejo seu rosto entre as nuvens, grande como uma nuvem. Ela paira ali, sorrindo tristemente, e seu sorriso triste me sorve e extrai o coração do meu peito.

Falava continuamente nela, na mãe.

— Você se lembra? — perguntou num de seus últimos dias. — Eu tinha me esquecido completamente da minha mãe e você a evocou outra vez. Naquele dia, também doeu muito, como se presas de animais devorassem as minhas entranhas. Ainda éramos jovens, meninos bonitos. Mas já naquela ocasião minha mãe havia me chamado, e tive de segui-la. Ela está em toda parte. Ela era a cigana Lisa, era a bela madona do Mestre Nicolau, era vida, amor, volúpia; também era o medo, a fome, os instintos. Agora ela é a morte, e seus dedos estão dentro do meu peito.

— Não fale tanto, meu caro — pediu Narciso —, espere até amanhã.

Goldmund encarou-o com aquele sorriso, o sorriso novo que trouxera da viagem e que às vezes parecia ser tão velho e tão frágil, até mesmo um pouco senil; e depois, novamente tão cheio de bondade e sabedoria.

— Meu caro amigo — murmurou —, não posso esperar até amanhã. Preciso despedir-me de você agora, e tenho que contar-lhe tudo. Ouça-me um pouco mais. Queria falar-lhe a respeito da minha mãe e de como ela mantém os dedos cerrados em torno do meu coração. Durante muitos anos, meu sonho mais ardente e secreto tem sido o de fazer uma estátua da mãe. Ela era para mim a mais sagrada de todas as imagens; sempre a carreguei dentro de mim, uma figura cheia de amor e de mistério. Ainda recentemente, teria sido insuportável para mim pensar que eu podia morrer sem antes fazer essa estátua; para mim, a vida teria parecido inútil. Entretanto, veja como as coisas aconteceram de maneira estranha: em vez de minhas mãos a modelarem e formarem, são as mãos dela que me formam e me modelam. Ela fecha as mãos em volta do meu coração e o desprende, deixando-me vazio; ela está me atraindo para a morte, e comigo morre também o meu sonho, a bela figura, a imagem da bela mãe-Eva. Ainda posso vê-la, e se tivesse força nas mãos, poderia fazê-la. Mas ela não quer isso, ela não quer que eu torne visível o seu segredo. Ela prefere que eu morra. E eu morro satisfeito, ela está facilitando isso para mim.

Profundamente abalado, Narciso ouvia essas palavras, e precisou inclinar-se bem junto dos lábios do amigo para poder compreendê-las. Algumas palavras ele ouvia indistintamente; outras, ouvia claramente, mas não conseguia entender o sentido.

E então o doente abriu novamente os olhos e ficou observando durante algum tempo o rosto do amigo. Despedia-se dele com os olhos. Com um movimento repentino, como se tentasse sacudir a cabeça, murmurou:

— Mas como você irá morrer quando chegar a sua hora, Narciso, se você não tem mãe? Sem mãe, não se pode amar. Sem mãe, não se pode morrer.

O que ele murmurou depois disso não pôde ser compreendido. Nos dois últimos dias, Narciso ficou dia e noite ao lado da cama, vendo a vida do amigo se extinguir. As últimas palavras de Goldmund queimavam seu coração como fogo.

Este livro foi composto na tipografia Palatino LT Std,
em corpo 11,5/16,5, e impresso em papel off-white
no Sistema Digital Instant Duplex da Divisão Gráfica
da Distribuidora Record.